D1663118

Werner Heiduczek    Tod am Meer

# Die DDR-Bibliothek

Werner Heiduczek

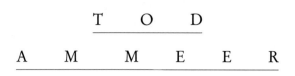

T O D

A M M E E R

Roman

Mit einem Nachwort von Carsten Wurm

Verlag Faber & Faber Leipzig

# VORWORT DES HERAUSGEBERS

Jablonski ist tot. Man fand ihn morgens im Meeresgarten auf einer Bank, von der aus zwischen den Ginsterbüschen der Blick frei ist zur kleinen felsigen Insel, wo der Leuchtturm steht. Nach Aussagen der Ärzte muß die Gehirnblutung gegen drei Uhr eingetreten sein. Dr. Assa, auf dessen Station Jablonski nach seiner ersten Gefäßblutung mehrere Wochen gelegen hatte, meinte, seitens des Ministeriums in Berlin wäre es unverantwortlich gewesen, Jablonski den Sommer über am Schwarzen Meer zu lassen. Der Mann hätte in einem Schlafwagen nach Leipzig transportiert werden müssen, wo er wohnte. Die Starrköpfigkeit Jablonskis sei kein Entschuldigungsgrund für eine derartige Fahrlässigkeit des Ministeriums. Bei aller Eigenwilligkeit sei Jablonski ein gefügiger Patient gewesen. Und bei entsprechender Entschiedenheit der staatlichen Stellen, auch der Botschaft in Sofia, wäre Jablonski sicher abgereist.

Dr. Assa beurteilt den Fall als Mediziner. Und es mag sein, daß Jablonski heute noch lebte, wäre alles so geschehen, wie Dr. Assa es gefordert hatte. Mir will jedoch scheinen, Jablonski ist nicht an den Folgen eines Gefäßrisses gestorben, sondern an dem Versuch, sein Leben zu korrigieren. Er hatte sich dafür weder einen günstigen Zeitpunkt noch einen günstigen Ort ausgesucht. Aber das lag schon nicht mehr bei ihm. Vielleicht, daß über Jahre hin sich in ihm etwas Derartiges vorbereitete, ohne daß seine Freunde und engsten Mitarbeiter eine Ahnung davon hatten. Ja, ich möchte behaupten, Jablonski selbst hat wenig von einer solchen Veränderung bemerkt, solange er sich gesund fühlte. Nur so ist überhaupt nach meinem Empfinden die plötzlich auftretende Besessenheit Jablonskis nach Wahrhaftigkeit zu verstehen. Sein labiler Körper war dem Ansturm bisher zurückgedrängter Gefühle nicht mehr gewachsen. Ich glaube, er blieb in Burgas, obwohl er wußte, daß Hitze und Feuchtigkeit hier ihm den Tod bringen konnten. Und je länger ich über Jablonski und sein Ende nachdenke, um so stärker drängt sich mir der Verdacht auf, daß er Angst hatte, in sein gewohntes Leben zurückzukehren. Vielleicht suchte er den Tod, um sich aus der »selbstverschuldeten Unmündigkeit« zu befreien. Dieser Ausspruch Immanuel Kants findet sich immer wieder in den zurückgelassenen Aufzeichnungen Jablonskis: an den Rand einer Manuskriptseite gekritzelt, in seinem Tagebuch, schließlich auf einem weggeworfenen Blatt im Papierkorb.

Jablonski muß sich während der drei Monate, da er in einem Neubaublock auf der Straße des Ersten Mai in Burgas wohnte und sich – man kann es schon sagen – geradezu in den Tod schrieb, sehr spontan verhalten haben. Ein rastlos Umhergetriebener, der selbst davor nicht zurückscheute, neben das »Samo Lewski«[1] eines fußballbegeisterten Jungen sein »Samo istina«[2] zu setzen. Niemand von den Hausbewohnern mag etwas Besonderes daran gefunden haben. Die Buchstaben waren mit dem Finger in den Staub des Flurfensters geschrieben.

Nach Aussage einer Nachbarin soll Jablonski nachts zumeist auf dem Balkon gesessen und zum Meer hingestarrt haben.

Ich war bemüht, dieses letzte Buch Jablonskis dem Leser so zu geben, wie es der Autor hinterlassen hat. Es wurde mir angetragen, manches, was Jablonski subjektiv übersteigert, ins Licht der Objektivität und somit der Gerechtigkeit zu stellen. Ich kann nicht bestreiten, daß Jablonski in dem Bestreben, sein wahres Ich von jeder Lüge freizulegen, eine gewisse Verliebtheit zeigt, sich der Schuld an dem Verderbnis seines eigenen Lebens zu bezichtigen wie auch der Schuld am Untergang

---

[1] wörtlich: nur Lewski. Anfeuerungsruf der Anhänger des gleichnamigen Sportklubs
[2] »Nur die Wahrheit«

anderer Menschen. Wenn es sich auch paradox anhört, so ist gerade seine Selbstanklage Ausdruck mangelnder Konsequenz, eben ein letzter Versuch, sich die Wertschätzung seiner Leser und Fernsehzuschauer zu erhalten, denen er mit seiner Kunst so manchen Schein als Wahrheit angeboten hat.

Ich war anfangs auch geneigt, dem Rat zu folgen und Eingriffe im Manuskript vorzunehmen. Zwei Eintragungen in Jablonskis Tagebuch ließen mich jedoch von einer Handlung Abstand nehmen, die mir mit einem Male verwerflich erschien. Wenige Tage vor seinem Tode schrieb Jablonski: »Dies hier ist ein aufrichtiges Buch, Leser. Ich habe darin keine Achtung auf deinen Nutzen noch auf meinen Ruhm genommen.« Und wenig später folgt der Satz: »Ich bekenne mich zu meinen Irrtümern.«

Ist der erste Satz ein Zitat aus Montaignes »Essays«, so gehört der zweite ganz allein Jablonski selbst. Mir erscheinen beide wie ein Motto zu diesem Buch. Mag sein, daß solche Sätze eifrige Theoretiker der Schönen Künste zum Widerspruch provozieren und manchen, der naiv zu einem Buch greift, verwirren. Ich nehme es wie Jablonski in Kauf, weil ich weiß, daß so manche Erfahrung mit Mißverständnissen bezahlt wird. Die ganz und gar subjektive Grundhaltung des Autors läßt zwangsläufig das oder jenes ungesagt, was notwendigerweise gesagt werden müßte, zugleich jedoch stößt Jablonski dieserart zu einer Betrachtung unseres Lebens Türen auf, die sonst verschlossen blieben. Der Weg zur Wahrheit führt zumeist über Irrtümer. Das ist eine alte Weisheit. *Der Herausgeber*

Ich habe nicht gewußt, wie sehr ich leben möchte.

Als ich den Druck in den Ohren spürte und das Rauschen hörte, habe ich den Mund aufgemacht. Das wußte ich vom Fliegen her. Dreihundert Meter noch, und ich würde die Füße ins Meer stecken, den schwarzen Sand durch die Finger rieseln lassen und zur Insel Bolschewik hinüberschauen. Vor mir, halb rechts, lag der Hafen, darinnen, dicht gedrängt, Kräne und Schiffe. Eine Sirene heulte, und ich dachte, eigentlich ist nichts anders geworden in den zehn Jahren, die ich nicht mehr hier gewesen bin. Der Wind ist da wie immer am Nachmittag, die Glarusse[1] kreischen. Die Landzunge von Pomorie ist nicht länger, die Hügel nach Sosopol zu sind nicht gewachsen, nur die Sträucher im Meeresgarten. Gedrängter erschien mir alles und sehr grün. Dieser Druck in den Ohren ist ganz natürlich, dachte ich, um acht bist du noch in Sofia gewesen und jetzt in Burgas am Meer.
Aber da war plötzlich der Schmerz, als stürzte eine Mauer auf meinen Hinterkopf und als würde ich ganz und gar zerreißen.
Jetzt hat's dich erwischt, dachte ich, als ich im Sessel des Foyers saß, und ich staunte, wie gleichgültig ich war.

»So«, sagt Dr. Assa, »jetzt können Sie zählen. Zwanzig Tage, und Sie dürfen sich nicht aufrichten.«
»Ja«, sage ich, »ras, dwa, tri.«
Dr. Assa macht mir nichts vor. Ich hasse die Lüge der Ärzte, die ihre Humanität ihnen vorschreibt.

---

[1] Meeresvogel aus der Gattung der Möwen

Dr. Assa hat es erkannt. Nichts da von jenem tröstenden Geschwätz des Praktikanten auf der Unfallstation: »Zehn oder zwölf Tage müssen Sie ins Krankenhaus.« Das war infantil von dem Mann. Die Punktion hatte Blut in der Rückenmarkflüssigkeit ergeben. Ärzte und Schwestern, die um mich herumstanden, wußten noch nicht, daß ich ihre Sprache verstehe. Sie wären sonst vorsichtiger in ihren Äußerungen gewesen, etwa die Neurologin, als die mir die Kanüle zwischen die Rückenwirbel stach und ich laut aufstöhnte.

»Sie sind doch ein Kulturmensch«, sagte sie.

Da verlor ich die Beherrschung und schrie böse Worte gegen die Wand, weil mir das »kulturen tschowek« der Frau als Zynismus erschien, was es keineswegs war, eher Ratlosigkeit. Denn anfangs hatte sie geglaubt, ich sei lediglich überreizt. Ein spleeniger Schriftsteller mit dem Maß an Hysterie, das nun mal allen Künstlern eigen ist. Sie wußte nicht, ob sie mich zur Veranstaltung gehen lassen sollte, deretwegen ich tausendsechshundert Kilometer geflogen und vierhundert Kilometer mit dem Wartburg gefahren war. Die Schulleiterin war außer sich.

»Eine halbe Stunde wenigstens«, bat sie. »Er braucht nichts zu sagen, nur eine halbe Stunde dazusitzen.«

Ich wollte es ja selbst. Von überallher waren meine früheren Schüler gekommen: aus Warna, Tolbuchin, Plowdiw, Tirnowo und Sofia. Dobri sogar von der Armee. Weiß Gott, ich wollte zur Veranstaltung, aber ich konnte den Kopf nicht heben und die Knie nicht durchstrecken.

Und da stach mir die Ärztin die Kanüle zwischen die Rückenwirbel. Ras, dwa, tri... Ich zähle, Dr. Assa. Ich zähle die Stunden, die Tage, die Schreie der Glarusse. Ich zähle die Tropfen des Wasserhahns, die Fliegen an der Decke. Ich zähle die Schreie der Zigeunerin im Zimmer nebenan, das Kichern der Frauen. Sie erzählen sich schweinische Witze. Nur eine Pappwand trennt mich von ihnen. Ich zähle meinen Atem. Sogar den Regen zähle ich.

Gib den Rosen Wasser,
Bai Dimiter,
gib den Rosen Wasser.
Ihre Blätter fallen
auf meine nackten Füße.
Gib den Rosen Wasser,
Bai Dimiter.

Ich bin aufgetaucht aus dem Dahindämmern, in das mich die Hämostatika, Analgetika und Neuroplogetika versetzt haben. Sechs Tage sind vergangen seit jenem merkwürdigen Rauschen in meinen Ohren und dem nachfolgenden Schmerz, den ich nicht als ein Stechen beschreiben kann und nicht als ein Schlagen, weil er sich als einzelnes überhaupt nicht fassen läßt.

Bai Dimiter ißt Agneschko[1] und grüne Gurken und sagt: »Dowolen ssym. Ben bereket wercin, Allah.«[2]

Bai Dimiter ist siebzig Jahre alt. Nachts steht er auf, kommt an mein Bett, wenn er glaubt, ich schlafe, und zieht die Decke über meine Füße. Ich weiß nicht, was aus mir würde ohne Bai Dimiter. Er ist mir Vater und Bruder und Freund. Und ich bin ohne Hoffnung. In mir ist nichts als Angst.

Die Stunden vor meinem Fenster stehn wie die Glarusse im Wind. Durch die dünne Wand höre ich das Wimmern der Zigeunerin.

Es war nicht freundlich von der Stadt, mich so zu empfangen. Nicht freundlich vom Meer. Nicht freundlich vom Hafen. Warum haben mich die Krankenträger nur so ohne Verstand ins Bett gelegt? Immerzu

---

[1] Lammfleisch
[2] Das ist Bulgarisch und Türkisch und heißt soviel wie: »Ich bin zufrieden. Allah möge es mir immer so reichlich bescheren.«

muß ich die Wand anstarren und die Tür. Hinter mir ist der Himmel, und er ist blau, ohne Wolken. Nur die Glarusse zerstören dieses weite unendliche Blau. Ich habe es gesehen, als ich in die Stadt einfuhr. Ich werde Dr. Assa sagen, er soll mich wenden wie Kebabtscheta auf dem Rost, dann kann ich hinausschauen. Die Wand ist ein weißer Tod. Die Tür ist ein weißer Tod.

Nein, ich war nicht vorbereitet auf das, was mich in Burgas erwartete, ganz und gar nicht. Ich hatte noch in Sofia ein warmes Bad genommen und dann gefrühstückt. Weißbrot, Schafskäse und saure Milch. Die Gästewohnung unseres Kulturzentrums war im großen und ganzen angenehm. Etwas kalt, aber der Cheflektor hatte mir einen elektrischen Heizkörper gegeben. Zweitausend Watt. Natürlich war eine Röhre kaputt, und die Tür zum Bad schloß auch nicht. Offene Türen machen mich sonst wütend, hier störten sie mich nicht. Außer dem Witoscha, den ich schon vom Flugzeug aus gesehen hatte, war die kaputte Tür in der Wohnung das erste Vertraute wieder. Zehn Jahre, was geschieht da nicht alles in der Welt. Die Bäume wachsen zwei oder drei Meter. Indien und Pakistan haben Krieg. Die Israeli besetzen die Golan-Höhen. In München verteilt man Goldmedaillen und erschießt Geiseln. Mao Tse-tung schwimmt, gefilmt von Reportern, im Gelben Fluß. Allende wird von der Junta ermordet. Aber die Türen in Sofia sind geblieben, wie ich sie kenne, und die Spülkästen in den Toiletten haben schlechte Dichtungen.

Ich glaube nicht an Vorherbestimmung. Aber bei allem Rationalismus, Sofia wollte mich warnen. Die Stadt überschüttete mich mit Regen. Ich hatte mich auf Agneschko eingestellt, Tarator[1] und Teleschko wareno[2], aber ich mußte Schnitzel essen wie in Leipzig auf der Gohliser Straße.

[1] Bulgarisches Nationalgericht
[2] Gekochtes Kalbfleisch

Hatte ich die Tausend-Watt-Röhre nicht eingeschaltet, fror ich wie ein Schneider. Meine Hoffnung setzte ich auf Kyrill und Method[1]. Da beginnt der Sommer, sagte ich mir. Ich werde den Bulvard Russki entlanggehen mit hellen Hosen und weißem Hemd oder die Uliza Stamboliski, weiß der Teufel, es ist doch gleich, wo ich langlaufe. Ich werde mich auf eine Bank setzen, die Sonne wird brennen, und die Linden werden mir Schatten geben. Ich werde dolce farniente machen und carpe diem. Ich werde die Beine von mir strecken, den Kopf zurückbeugen, die Arme auf die Rückenlehne legen und Walther von der Vogelweide hersagen. Tandaradei, schone sanc diu nahtigal. Oder Goethe: »Eine wunderbare Heiterkeit hat meine ganze Seele eingenommen, gleich dem süßen Frühlingsmorgen, den ich von ganzem Herzen genieße.« Und ich werde an den italienischen Professor denken, der einmal zu mir sagte: »Ihr Deutschen habt eine Seele ohne Freude. Lauft ihr einen Berg hinunter, denkt ihr schon mit Sorge an die Besteigung des nächsten. Und während des Sommers kümmert ihr euch um den Winter.«

Jedoch Kyrill und Method war ein Betrug an meiner Hoffnung. Die Lebensregel des Italieners, sich dem Genuß des Augenblicks hinzugeben, fand ich blödsinnig, und auch die riesige Losung beim Dimitroff-Mausoleum »NAUKATA E SLYNCE«[2] heiterte mich keineswegs auf. Ich wollte mir wenigstens die bunten Demonstrationszüge der Schüler, Studenten und Kunstschaffenden ansehen, aber bei diesem Hundewetter war ich nicht rechtzeitig zum »Platz des 9. September« gegangen. Jetzt ließen mich die Milizionäre nicht mehr durch. So hörte ich von weit her Schalmeien, Dudelsäcke, Rufe und Chorotänze aus

---

[1] 24. Mai, Feiertag der Kulturschaffenden Bulgariens, benannt nach den Schöpfern des kyrillischen Alphabets
[2] Wissen ist Sonne

Lautsprechern und dachte, bloß gut, daß du morgen nach Burgas fährst, Burgas ist freundlicher.

Ich lief die Leguéstraße entlang und hoffte im Haus der Schriftsteller jemand zu treffen, mit dem ich eine Tasse Kaffee trinken konnte oder Wodka. Mir war nach Betrinken zumute. Vielleicht saßen Dimiter Wylew und Wassill Popow, mit denen ich das Jahr zuvor im sibirischen Tjumen gewesen war, in der Gostilniza[1]. Aber die Türen zum Schriftstellerhaus waren verschlossen. Das hätte ich eigentlich wissen müssen. Die Leute demonstrierten. Ich lief wieder die Leguéstraße zurück. Wenn noch etwas helfen kann, dann die »Goldenen Brücken« auf dem Witoscha oder »Kopitoto«, dachte ich. In einer Sakuswalna[2] aß ich Schaschlik und stieg anschließend in einen Bus. Ich wollte raus aus Sofia, wollte die Sonne über mir haben und die Wolken unter mir. Die Schaffnerin betrog mich um fünfzehn Stotinki. Sie dachte, ich merke es nicht, weil ich Ausländer bin. Ich sagte nichts. Bei den »Goldenen Brücken« streiften keineswegs Zweige meine Stirn, kein Adler kreiste in der Luft, keine Eidechse huschte dahin, wie es die Prospekte von Balkantourist dem Gast versprechen. Es regnete nicht, es goß. Ich lief einmal um den Bus und setzte mich wieder auf meinen Platz. Die Schaffnerin mußte mich wieder um fünfzehn Stotinki betrügen, sonst hätte sie sich verraten, und ich mußte wieder so tun, als merke ich es nicht, sonst hätte ich mich verraten. Am Abend ging ich in den Zirkus. Die Stars waren auf Tournee in Moskau.

Sofia war eine Schande.

[1] Kleine Gaststätte
[2] Imbißraum

Du schläfst, Bai Dimiter. Ich höre dich atmen. Durch das geöffnete Fenster fällt der Schein des Mondes. Er wirft einen weißen Fleck an die Tür. Eine der Frauen schnarcht. Irgendwo spielt ein Radio. Sonst ist die Nacht still. Mir ist, als hörte ich das Schlagen der Wellen an die Kaimauern des Hafens. Und das Meer bringt mir die Erinnerung an Borchert:

> Wenn ich tot bin,
>
> möchte ich immerhin
>
> so eine Laterne sein,
>
> und die müßte vor deiner Türe sein
>
> und den fahlen
>
> Abend überstrahlen.

Ich spreche die Verse leise vor mich hin. Ich will nicht, daß du wach wirst, Bai Dimiter. Du würdest fragen, ob ich etwas brauche. Wasser oder Tabletten. Ich brauche nichts. Nur den Gedanken an den Tod brauche ich. Und Borchert. Er hat Hamburg geliebt, wie ich Burgas liebe. Die Sterne hier sind nicht so nah, daß ich nach ihnen greifen kann wie in einer Frostnacht in Pamporowo. Burgas hat nicht den Schnee des Mussala[1], der mich blind macht. Nicht die schroffen Hänge des Piringebirges. Nicht seine Hütten, nicht seine kalten Seen. Ich weiß nicht, ob Borchert gewußt hat, warum er Hamburg liebt und die Elbe. Und ich weiß nicht, warum mir Burgas mehr ist als Rostock oder Greifswald. Würde eine unversöhnliche Macht die Welt zerstören wollen wie Sodom und Gomorrha, sie zu erhalten, wollte ich sterben. Aber um drei Städte würde ich weinen. Um Zabrze, Burgas und Herzberg. Ich weiß, es gibt Schöneres. Die Lieblichkeit des Neckars in Heidelberg ist verlockender als die flachen Ufer der Schwarzen Elster in Herzberg.

---

[1] Höchster Berg Bulgariens

Hamburgs Nächte sind sagenumwobener als die von Burgas. Und der Blick aus dem Turmzimmer der Droste-Hülshoff über den Bodensee auf die Alpen romantischer als der Blick aus meiner Dachluke in Zabrze auf die Halden der Guido-Grube und die dreckigen Hallen der Donnersmarck-Hütte. Aber in diesen Städten bin ich mir selbst begegnet: meiner Liebe, meinem Schmerz, meinem Nachdenken, meiner Gedankenlosigkeit, dem Erfolg und der Lächerlichkeit, dem Wissen und dem Nichtwissen.

»Was ist?« fragt Dr. Petrow.

Hinter ihm steht Weska, die Nachtschwester. Ich sehe ihre Knie, ihre Schenkel. So kurz trägt niemand den Rock hier im »Erstrangigen Bezirkskrankenhaus«. Wenn ich einen gesunden Kopf hätte, würde ich sagen: Komm, Weska, laß uns hinauslaufen. Im Meeresgarten ist es jetzt still. Wir setzen uns hinter einen Ginsterstrauch. Das Meer singt, und der Leuchtturm schickt uns sein Blinken. Ich werde meinen Kopf in deinen Schoß legen und dir die Geschichte von dem Zigeunermädchen Vungja erzählen… Ich werde dir erzählen, wie sehr sie ihren Hassan liebt und daß ihre Liebe stärker ist als ihre Furcht vor dem Tod. Oder besser, ich erzähle dir die Geschichte von meinem Bruder Abel, den ich nicht auf dem Kassiunberg in Damaskus getötet habe, sondern im dreckigen Kreppin. Ich möchte erzählen, erzählen, es wird dann alles leichter.

»Warum haben Sie geläutet?« fragt Dr. Petrow.

»Er hat wieder seine Tabletten nicht genommen«, sagt Weska. Immer stopft sie mir zuerst die gelbe in den Mund, dann die zwei weißen und gibt mir Wasser.

»Warum haben Sie wieder die Tabletten nicht genommen?« fragt sie.

»Sie müssen die Tabletten nehmen. Jeden Abend müssen Sie die Tabletten nehmen.«

Ja, halte meinen Kopf, Weska. Es tut gut, wie du meinen Kopf hältst.

Der mächtige Knjas hat Vungjas Geliebten zu sich ins Meer geholt, und sie ist ihm gefolgt und tanzt für ihre und Hassans Freiheit vor dem mächtigen Knjas auf dem Grund bei den Algen. Und der Mond hängt wie eine rote Lampe über dem Wasser. Der Tod ist ein schöner Tanz, Weska.

»Ist noch was?« fragt Dr. Petrow.

»Nein«, sage ich, »es ist nichts.«

»Warum haben Sie dann geläutet?«

»Ich möchte anders liegen.«

»Wie anders liegen?«

»Ich möchte hinaussehen können.«

»Doktor Assa hat verboten, Sie zu drehen.«

»Ich möchte trotzdem hinaussehen können.«

»Jetzt in der Nacht?«

»Ja.«

»Und deswegen haben Sie geläutet?«

»Ja.«

»Sie sind verrückt.«

»Ja.«

»Also packen Sie an, Schwester. Sie auch, Bai Dimiter. Langsam, verdammt. Liegen Sie gut so?«

»Ja. Ziehen Sie die Vorhänge zurück. Bitte.«

»Machen Sie's, Schwester.«

»Danke. Ich möchte Ihnen was erzählen.«

»Was sagt er?«

»Die Tabletten. Er wird gleich schlafen.«

Rodi me majko s kysmet, i me chwyrli na smet.[1]
Ich weiß nicht, ob du recht hast mit deinen Sprüchen, Bai Dimiter.
Ich weiß es nicht. Und ich weiß nicht, wenn du recht haben solltest,
ob meine Mutter mich mit eben jenem Glück zur Welt gebracht hat,
das man braucht, um von einem Misthaufen aus aufwachsen zu
können.

Du schneidest dünne Scheiben von deiner Lukanka[2], Bai Dimiter,
kaust, schließt dabei die Augen und dankst Allah. Dowolen ssym.[3]
Ich bin nicht zufrieden, ganz und gar nicht. Ich versuche alles in mir zu
ordnen. Ich weiß nicht, woher diese plötzliche Gier nach Ordnung
kommt. Ich bin sonst nicht so. Eher liederlich. Vielleicht ist die viele
Zeit schuld, die ich plötzlich habe. Die vierte Dimension, die vor uns
herflieht. Oder die fremde Sprache, die täglich um mich ist. Sie zwingt
mich, aus meinem gewohnten Empfinden und Denken herauszutre-
ten. Mir ist, als müßte ich mein bisheriges Leben noch einmal leben.
Gegenwart und Vergangenheit, Traum und Realität verlieren ihre
Grenzen. Es erschreckt mich, Bai Dimiter. Ich sehe eine Welt und sehe
auch wieder nichts. Nimm mich nicht als einen Verrückten. Vielleicht
habe ich noch nie so klar zu denken vermocht. Gib mir das Notizheft.
Die Schwester hat es mir weggenommen. Sie will nicht, daß ich schreibe. Ja, dort auf dem Tisch liegt es. Weißt du, was ich neben den Namen
Dr. Assa hingeschrieben habe? Das Wort »Jude«. Ich habe es in Klammern gesetzt. Ich weiß weder, warum ich es in Klammern gesetzt habe, noch warum das Wort überhaupt hier steht. Vielleicht habe ich es
nur deswegen getan, weil jemand gesagt hat: »Er ist Jude. Ein feiner
Mensch.« Ich weiß nicht einmal, wann ich das hier hingeschrieben

---

[1] Bring mich mit dem Glück zur Welt, Mutter, dann kannst du mich auf den Mist
werfen
[2] Spezielle Wurstart in Bulgarien, Dauerwurst
[3] Ich bin zufrieden

habe. Sicher während der ersten Tage, als ich unter Drogen gesetzt wurde. Mir war plötzlich, als stünde Stallmach vor meinem Bett. Ich meine den Juden Stallmach aus Hindenburg oder Zabrze, wie die Stadt heute heißt. Dreißig Jahre habe ich nicht an Stallmach gedacht. Ich hatte völlig vergessen, daß es ihn überhaupt gab. Und nun stand er plötzlich vor mir und wackelte mit dem Kopf wie eine Figur auf einer Rummelplatzbude. Und dann machte Stallmach des Fenster auf, und ich sah Bäume mit rußigen Blättern. Das Beuthener Wasser mit seinem öligen Glanz. Die kleinen rußigen Häuser der Bergleute in der Sandkolonie. Den klotzigen grauen Admiralspalast. Dorthin ging meine Großmutter jeden Sonntag, um Striptease-Tänzerinnen zu sehen. Und es störte sie nicht, daß die Leute sich über sie lustig machten, denn meine Großmutter war sechsundsiebzig Jahre alt. Das alles ist Hindenburg, Bai Dimiter. Wo ich bin, ist diese Stadt. Ich möchte sie abschütteln wie den Regen von meiner holländischen Kutte. Ich fürchte mich hinzufahren. Ich weiß nicht, wie Zabrze aussieht. Eine Literaturzeitung hat mir ein verlockendes Angebot gemacht. Arbeiten über Integration und deutsch-polnische Freundschaft stehen bei Verlagen, Redaktionen und Rezensenten hoch im Kurs. Ich fahre nach Warschau, nach Krakau, an die Masurischen Seen, aber nicht nach Zabrze; de Gaulle nannte sie die »polnischste aller polnischen Städte«. Natürlich stimmt das nicht, und de Gaulle wußte das auch. Es war eine politische Demonstration des eigenwilligen Franzosen. Ein Bekenntnis zu den neuen Grenzen in Europa. Ich war dabei, als der General wie ein römischer Triumphator durch die Straßen Warschaus fuhr. Ein Scipio, der die Karthager geschlagen hatte und den Römern die Furcht nahm: Hannibal ante portas.

Als in Hindenburg die Synagoge brannte, war ich ein Kind. Sie brannte am Morgen, zwanzig Minuten vor acht. Ich weiß das heute noch genau. Mein Schulweg führte an dem kleinen Rundbau vorbei, von dem für mich etwas Geheimnisvolles ausging, mehr noch als von der evangelischen Kirche. Es war ja in Hindenburg alles sehr sorgsam getrennt: Katholisches, Evangelisches und Jüdisches. Ich kann mich noch an die zwei kleinen Mädchen erinnern, die eines Tages aus Amerika kamen, in das Haus in der Haldenstraße 18 zogen. Dorthin nämlich, wo ich mit meinen Eltern und meinen Brüdern unterm Dach wohnte. Es konnte nicht ausbleiben, daß wir miteinander spielten. Für mich, den Siebenjährigen, hatte das Beisammensein mit den Mädchen den Reiz des Verbotenen, nicht weil sie Amerikaner, sondern weil sie evangelisch waren.

Zwanzig Minuten vor acht ging ich immer an der Synagoge vorbei, wenn ich nicht verschlafen hatte. Aber das kam selten vor. Dafür sorgte mein Bruder. Er war fünf Jahre älter, und wir besuchten dieselbe Schule. Das Feuer schlug aus dem Dach, und ich wollte unbedingt hinlaufen, denn ich hatte noch nie ein Haus brennen sehen. Mein Bruder packte mich bei der Hand, zerrte mich weiter, und ich heulte, weil ich das schöne Feuer nicht genauer ansehen durfte.

Vielleicht habe ich aus einem plötzlichen Erinnern an diesen Tag, zwanzig Minuten vor acht, neben den Namen Dr. Assa in Klammern das Wort »Jude« gesetzt. Oder weil ich an den Studienassessor dachte, bei dem ich in der Sexta für einige Wochen Englischunterricht hatte. Ich weiß nicht mehr, wie er hieß. Auch an sein Gesicht erinnere ich mich nicht, nur an die seltsame Art zu grüßen, wenn er in die Klasse kam. Er sagte »Heil«, und wir sagten »Hitler«. Es fiel so ganz und gar aus der Gewohnheit des sonstigen Grüßens. Deshalb überhaupt bemerkte ich es. Als der Assessor eines Tages nicht mehr zum Unterricht kam, hieß es: »Der war ein Jedek.«

Dieses Wort hatte einen schaurigen Klang.

Und ich war damals immer wieder aufs neue froh, kein »Jedek« zu sein wie der Studienassessor oder der Margarinegroßhändler Stallmach. Ich behalte sonst keine Namen, aber diesen habe ich mir gemerkt. Bei Stallmach kaufte meine Mutter Margarine en gros für das Geschäft, in dem sie arbeitete. So kam es zu meinen drei Begegnungen mit Stallmach.

Die erste: Stallmach, groß, wuchtig, sitzt in seinem Kontor nahe der Kronprinzenstraße. Er trägt einen dunklen Anzug, einen hellen Binder, ein weißes Hemd, eine Hornbrille. Im Vorraum arbeiten mehrere Angestellte. Arbeiter laden Margarinekisten auf einen Wagen.

Die zweite: Stallmach steigt mit meiner Mutter und mir in einen nach Margarine riechenden Keller. Stallmach ist zu groß für die Tür, muß sich bücken und stößt mit der Stirn gegen eine der Kisten, die im Dunkeln stehen. Er schleppt zwei Pappkartons die schmale Treppe hinauf, stellt sie auf unseren Handwagen und sagt: »So.« Er trägt einen dunklen Anzug, einen hellen Binder, ein weißes Hemd, eine Hornbrille. Sie scheint mir sehr groß.

Die dritte: Stallmach fegt Schnee von den Steinstufen, die vom Bahnhof hinauf zur Dorotheenstraße führen. Er trägt hohe Schuhe, Galoschen, einen grauen Mantel, Fausthandschuhe, um den Hals einen Wollschal und an der Brust einen gelben Stern. Er ist unrasiert und krumm. Auf seiner Nase sitzt die Hornbrille. Sie gibt dem Gesicht etwas Eulenhaftes.

Aber das alles wollte ich dir eigentlich nicht erzählen, Bai Dimiter. Das mit der Synagoge, mit Stallmach und dem Studienassessor rechne ich mir nicht als Schuld an. Ich suche den Punkt, von dem aus mein Leben anfing, falsch zu laufen. Anerkennung und Lob, Bai Dimiter, ich habe in meinem Land beides. Aber was zählt das schon. Hier liege ich, bin steif, muß mir von dir die Podloga¹ geben lassen und den Urinator². Und wenn der Tag kommt, an dem ich aufstehen darf, werde ich den gleichen grauen Kittel tragen wie du, ohne Gürtel und Knöpfe. Das Leben, Bai Dimiter, sag mir, was ist das Leben? Du weißt es auch nicht. Du erklärst dir die Welt aus deiner gutmütigen Einfalt. Für dich gibt es nichts Böses. Deine Söhne haben es weit gebracht, weiter als du. Einer ist Journalist und der andere Direktor von Radio Orphei. Sie haben viel zu tun, sehr viel. Deswegen, sagst du, können sie nicht zu dir kommen. Und doch bestellst du vor jedem Besuchstag den Zigeuner, der hier die Männer rasiert und ihnen die Haare schneidet. Wäschst dir die Hände, sitzt auf dem Stuhl neben dem kleinen Tisch und wartest. Manchmal erinnerst du mich an King Lear. Der hatte keine Söhne, sondern Töchter.

»Du schreist nachts.«

»Was schreie ich?«

»Ich weiß nicht. Du schreist deutsch. Und dabei immer ein Wort.«

»Was für ein Wort?«

»Ich weiß nicht.«

»Du bist ein Lud, Bai Dimiter, ein King Lear, ein Verrückter.«

»Aber du schreist.«

»Was? Was?«

»Bleib doch ruhig. Ich werde Doktor Assa holen.«

»Ich bin ganz ruhig, Bai Dimiter. Sieh her, wie ruhig ich bin.«

»Aber du hast wieder blaue Lippen.«

»Schreie ich Abel oder Woyzeck oder Anissa oder Esther oder Wanda? Mein Gott, ja, ich hatte eine Menge Frauengeschichten. Alles ging

---

¹ Schieber
² Urinflasche

schief. Mein ganzes Leben ging schief. Lebte Wanda, ich läge nicht hier, Bai Dimiter, nie und nimmer. Ich wäre Pole. Ich hätte mir dieses verfluchte Deutschland erspart. Ich habe Träume, schreckliche Träume, Bai Dimiter. Und ich habe Sehnsucht nach einem weißen Dampfer, einem Märchen, in das ich fallen kann bis auf den Grund.«

»Zu Wanda?«

»Meinetwegen zu Wanda. Irgendwohin eben. Fallen und ausruhen und aufsteigen.«

»Zu Wanda?«

»Wanda. Wanda. Das ist vorbei. Wie die Tage vorbei sind und die Wochen und die Jahre, alles unnütz Gelebte. Ich sagte doch, ich suche den Punkt, von dem aus mein Leben anfing, falsch zu laufen. Vielleicht finde ich ihn bei Wanda in Ruda. Komm, setz dich zu mir, ich will dir von ihr erzählen und nichts verschweigen. Zu viel verschweigen wir, Bai Dimiter, aus Angst, aus falschem Glauben, aus Resignation. Setz dich nicht vors Fenster, ich möchte den Himmel sehen.«

Ruda liegt zwischen Hindenburg und Königshütte. Zum ersten Mal war ich dort im September neunzehnhundertneununddreißig. Der Krieg mit Polen war gerade zu Ende gegangen. Ich war zwölf Jahre alt und fuhr mit dem Fahrrad über die nahegelegene Grenze. Ich war noch nie in einem fremden Land gewesen, und obwohl es an jenem Tag regnete, ich durchnäßt war und vom Lehm und Kot der Straßen bespritzt, fühlte ich mich auf eine neue Art froh. Ja, ich will es dir nicht verhehlen, ich war stolz. Ich nahm die polnischen Straßen, die kleinen Ortschaften und die Städte bis Kattowitz hin in meinen Besitz.

Die Synagoge war abgebrannt. Der Jude Stallmach trug bereits seinen gelben Stern und fegte die Straße vor dem Bahnhofsplatz.

Vielleicht war es Zufall, vielleicht wollte es auch mein Schicksal so, daß ich im Februar 1943 wiederum nach Ruda kam. Die 6. Armee war in Stalingrad vernichtet worden, die Engländer trieben Rommels Divisionen von El Alamein durch die Cyrenaika, nahmen Tripolis, und Goebbels rief den »totalen Krieg« aus.

Das alles geschah, bevor ich Wanda Wroblewski in Ruda begegnete.

Ruda war damals ein kleiner Ort und außerordentlich häßlich. Die Häuser waren niedrig und grau, die Straßen ungepflastert. Im Sommer war der Regen schmutzig, im Winter der Schnee. Ich kam 1943 nicht direkt nach Ruda, sondern auf einen der Stadt vorgelagerten Hügel, von dem aus man die umliegende Landschaft überblicken konnte. Wir nannten den Hügel Rudaer Berg, obwohl er lächerlich niedrig war. Die kahlen flachen Ausläufer des Balkans hier am Schwarzen Meer sind gegen den Rudaer Berg gewaltige Kuppen. Eure Bäume sind grüner, eure Sterne näher, euer Himmel ist blauer.

Mein Bruder war auf abenteuerliche Weise von Nordafrika über Sizilien und Neapel nach Hindenburg gekommen. Die deutschen Truppen hatten viele Verwundete und wenig Ärzte, die sie erneut frontfähig machen konnten. So sollte mein Bruder in Breslau sein begonnenes Medizinstudium wiederaufnehmen.

Zur gleichen Zeit aber hatte ich den Einberufungsbefehl als Luftwaffenhelfer erhalten. Mit dem überwiegenden Teil meiner Klasse sollte ich mich bei der Flakbatterie melden, die auf jenem Hügel vor Ruda Stellung bezogen hatte.

Das plötzliche Erscheinen meines Bruders brachte damals bei uns zu Haus alles durcheinander. Mein Vater war im Gegensatz zu meiner Mutter staatlichen Organen gegenüber ein wenig ängstlich. Das unerwartete Wiedersehen mit meinem Bruder jedoch versetzte ihn in so große Freude, daß er sich von meiner Mutter überreden ließ, für mich eine Entschuldigung zu schreiben. Ich hätte Fieber, schrieb er und schickte meine Mutter mit diesem Zettel am nächsten Tag zum Stellplatz vor der Horst-Wessel-Schule. Sie gab das Schreiben dem Direktor, der seine Schüler verabschiedete – sicher sagte er dabei etwas von Heldentum und Verteidigung der Heimat und Pflichterfüllung, du weißt ja, was man bei solchen Gelegenheiten daherredet –, aber der Direktor nahm das Schreiben nicht entgegen, sondern verwies meine Mutter an den Unteroffizier, der uns Jungen in die Flakbatterie zu führen hatte. Wie meine Mutter später sagte, machte der Unteroffizier ein dummes Gesicht, nahm jedoch das Entschuldigungsschreiben an sich und meinte, er wolle es dem Hauptwachtmeister übergeben.

Als mein Vater das hörte, bekam er es nun doch mit der Angst, wollte, daß ich sofort die Sachen packte und meiner soldatischen Pflicht nachkäme.

Von all der Aufregung wurde mir übel. Außerdem hatten wir die Ankunft meines Bruders die ganze Nacht hindurch gefeiert, und ich hatte zuviel von dem Chianti getrunken, den er aus Italien mitgebracht hatte. Ich mußte brechen. Meine Mutter schimpfte meinen Vater einen Straschek, was soviel heißt wie »Hosenscheißer«, und steckte mich ins Bett. Alle Argumente meines Vaters tat sie mit dem Bemerken ab, daß mein ältester Bruder Max im Arbeitsdienst nicht umgekommen wäre, hätte sie damals nicht auf meinen Vater gehört und den Jungen mit seiner aufgerissenen Zehe zu Hause behalten, statt ihn ins Lager zu schicken.

Du zappelst mit den Beinen, Bai Dimiter, ißt Kirschen, spuckst die Kerne zum Fenster hinaus und willst wissen, was das alles mit dem Mädchen aus Ruda zu tun hat. Po leka, po leka.[1] Du wirst es erfahren. Es gehört dazu, und wir haben Zeit. Du hast gehört, was Dr. Assa gesagt hat. »Ras, dwa, tri.«

Ich bin bei acht. Noch zwölf Tage, und ich darf mich im Bett aufsetzen. Uns bleibt eine Ewigkeit an Zeit, Bai Dimiter. Gib mir das Glas mit dem

---

[1] Langsam, langsam

Saft. Und etwas Wasser. Ob ich noch hier sein werde, wenn die Melonen reif sind? Man muß an ihre Schale klopfen und dem Ton nachhorchen, dann weiß man, welche reif und saftig sind.

Es geschah, wie mein Vater erwartet hatte. Am Abend kam einer meiner Schulfreunde und teilte mit, ich hätte mich am nächsten Morgen unverzüglich dem für die Batterie zuständigen Militärarzt vorzustellen. Das sei ein Befehl des Hauptwachtmeisters.

Meine Mutter wollte mit mir gemeinsam hingehen. Aber ich sagte, sie sei verrückt, ich kein Muttersöhnchen, und sie gab mir eine Ohrfeige. Die Nacht über schlief ich nicht. Zumindest kommt es mir heut so vor. Beim Morgengrauen stand ich auf, nahm aus dem Etui meines Bruders eine Zigarette, begann den Tabak zu kauen und ihn zu schlucken. Ich brachte es nicht weiter als bis zur Hälfte. Der Speichel tropfte aus meinen Mundwinkeln. Mir war zum Kotzen elend, und ich wartete auf einen Fieberanfall. Aber alles, was der Tabak zuwege brachte, waren lächerliche siebenunddreißig komma zwei Grad.

Morgens halb acht zog ich los. Zum Peter-Paul-Platz, wo sich die Behandlungsstation für Militärangehörige befand, war es ein Golgathaweg. Ich erinnere mich an eine breite Toreinfahrt, eine gewundene Treppe, an Steinstufen und ein braunes Geländer, an den kalten Wartesaal, in dem es stank und der voller Soldaten war. Die meisten von ihnen wollten mit Hilfe des Oberstabsarztes ihren abgelaufenen Heimaturlaub verlängern. Hatte ich zu Hause vor Übelkeit nichts essen können, so fühlte ich mich hier plötzlich völlig gesund, ja ich verspürte großen Hunger. Der Oberstabsarzt war ein Greis. Aber das kam mir sicher damals nur so vor, weil ich erst sechzehn Jahre alt war. Eins jedoch weiß ich genau, er hatte Parkinsonismus. Seine rechte Hand zitterte, auch wenn sie auf dem Schreibtisch lag. Er wußte mit mir nichts Rechtes anzufangen. Ich war offensichtlich sein erster Fall dieser Art. Ich hätte verdorbene Wurst gegessen, sagte ich und preßte die Hände flach gegen den Magen. Ob ich gebrochen hätte, fragte er, oder die Scheißerei hätte. Daß ein Arzt so sprach, überraschte mich.

»Nein«, sagte ich, »ich habe keinen Durchfall.«

Ich mußte die Zunge herausstrecken. Dann drückte er einige Male gegen meinen Magen, daß mir die Tränen kamen. Ich hätte außergewöhnlich tiefe Augenringe, sagte er und wollte wissen, ob ich onaniere, dann wäre die Magengeschichte neurasthenisch zu erklären.

Ich weiß nicht, warum der Oberstabsarzt eine solche Lust empfand, mich derart brutal in mein neues Lebensmilieu einzuführen. Ich hatte nur den Wunsch, möglichst schnell aus dem Zimmer zu kommen, meinte, ich fühlte mich schon besser und könnte sogleich in die Batterie hinausfahren.

Er gab mir einen Zettel, der die Anordnung für eine dreitägige Bettruhe enthielt.

In Oberschlesien wächst eine Stadt in die andere. Du kannst mit der Straßenbahn von Gleiwitz über Hindenburg nach Beuthen, Königshütte und Kattowitz fahren und merkst nicht, wo die eine Stadt anfängt und die andere aufhört. Bis nach Ruda brauchte ich eine gute halbe Stunde. Von der Haltestelle aus waren es zwanzig Minuten zur Batterie.

Von meinen Klassenkameraden sah ich niemanden. So klopfte ich an die Tür der Schreibstube. Ich war eigentlich ganz ruhig, denn in meiner Tasche hatte ich den Krankenschein vom Oberstabsarzt. Die Schreibstube befand sich in der zweiten Baracke, gleich am Hauptweg, der in gerader Linie über den Hügel führte.

Die ganze Batteriestellung schien mir tot.

Ich klopfte noch einmal.

Dann öffnete ich die Tür, stellte den Koffer neben mich und sagte: »Guten Tag.«

Zu diesem Gruß hatte ich mich nach einigem Überlegen vor der Tür entschieden. Es war keine Provokation – auf einen solchen Gedanken wäre ich nie verfallen, Bai Dimiter. Es war auch keine Naivität. Dazu lebte ich viel zu sehr in meiner Zeit. Es war einzig und allein Ratlosigkeit. »Heil Hitler« zu sagen wie sonst immer auf der Straße oder in der Schule schien mir nicht richtig, da ich ja nun Soldat war und einem Hauptwachtmeister gegenüberstand. Ich trug aber auch keine Mütze, um die Hand daran legen zu können. Überhaupt nicht zu grüßen, schien mir unhöflich. Und so sagte ich eben »Guten Tag« wie zu meiner Großmutter.

Außer dem Hauptwachtmeister saß noch ein Gefreiter in der Schreibstube. Beide sahen mich an, als käme ich nicht aus Hindenburg, sondern von der Venus, und der Hauptwachtmeister sagte leise, ja nahezu zärtlich: »Raus!« Da ich mich nicht rührte, schrie er so, daß sein Kopf ganz rot wurde: »Raus!«

Dagegen ist das Schreien der Zigeunerin im Zimmer nebenan, wenn sie eine Spritze in den Hintern bekommt, Kirchenmusik, Bai Dimiter.

Ich erschrak derart, daß ich meinen Koffer stehenließ und die Tür aufriß. Ich stand vor der Baracke und wußte nicht, was nun werden sollte. Ich kam mir absolut überflüssig vor wie auch später als Soldat, wo ich immer nur mitlief und blöd gaffte. Ich war schon ein rechter Idiot. Ich weiß nicht, ob du verstehst, was ich sagen will. Es ist ja auch egal.

Als ich so dastand, ging sie an mir vorbei. Damals wußte ich noch nicht, wer sie war. Ich kannte nicht ihren Namen. Ich sah nur, daß sie sehr schön war. So schön, daß ich nicht an den Hauptwachtmeister dachte, solange ich ihr nachblickte.

Du kennst nicht das Mumienporträt aus Fajum. Wachsmalerei auf Holz. Es zeigt einen Knaben. Du denkst, es ist ein Mädchen mit großen Augen wie Oliven und schwarzem Haar, das sich leicht kräuselt und auf den Nacken fällt. Du siehst ein wenig vom rechten Ohr und einen langen schmalen Hals. Der Mund ist so, du möchtest ihn ganz vorsichtig anfassen.

Als ich das Bild dieses ägyptischen Knaben zum erstenmal sah, habe ich gedacht, ich stehe vor dem Mumienporträt Wanda Wroblewskis.

Die Zeit verklärt vieles, ich weiß, Bai Dimiter. Und Wanda hat mit siebzehn Jahren drei Tage lang an einem Galgen in Ruda gehangen. Und alle wurden an der Toten vorübergetrieben, auch ich.

In ihrem Gesicht war oft ein Zug von Schwermut, und dann wiederum war sie von so ausgelassener Fröhlichkeit, daß sie meine Sinne betäubte. Sie machte die Männer wild. Uns Jungen aber verwirrte sie und weckte in uns hitzige Phantasien. Sicher trug dazu weniger die seltene Schönheit ihres Gesichtes bei als vielmehr die Art ihres Gehens. Ein leichtes Wiegen in den Hüften, fast träge ging sie mit provozierend vorgestreckten Brüsten.

Wanda sah mich nicht an, sah nicht, daß ich sie angaffte, oder sah es, tat aber so, als bemerkte sie es nicht. Sicher war sie es gewöhnt, angestarrt zu werden. Ein Stück Weg lief ich ihr nach. Damals wußte ich noch nicht, wie man ein Mädchen anspricht. Sie verschwand in der Küchenbaracke, wo, wie ich später erfuhr, ihre Mutter als Köchin arbeitete.

Wanda Wroblewski war Polin, trug aber kein »P« auf ihrem Kleid wie viele aus den ostoberschlesischen Gebieten, die von den Faschisten einfach zu Deutschen erklärt worden waren . . .


Ich bin müde, Bai Dimiter, ich bin sehr müde. Weißt du, wovor ich Angst habe? Daß ich mich plötzlich nicht mehr werde bewegen können. Ich darf nicht soviel sprechen, laß mich schlafen, Bai Dimiter. Und mach das Fenster auf. Der Himmel fällt auf die Dächer und legt sich aufs Meer.

Iwan kommt, der dicke, gutmütige Iwan, bei dem ich früher einmal drei Jahre gewohnt habe. Es ist Nacht, aber das kümmert ihn wenig. Er bringt mir Lukanka und Apfelsinen.

»Sag, was du brauchst«, sagt er. »Du mußt essen, viel essen. Guck mich an.«

»Komm am Tage und nicht in der Nacht«, sagt Bai Dimiter. »Es geht ihm nicht gut. Warum kommst du in der Nacht, wenn du besser am Tage kommen sollst!«

Iwan schimpft auf Bai Dimiter und Bai Dimiter auf Iwan. Wie er am Tage kommen soll, wenn er für Balkantourist Verpflegung fahren muß, fragt Iwan. Und Bai Dimiter sagt: »Jetzt geh schon, in der Nacht muß er schlafen.«

»Du mußt viel essen«, sagt Iwan.

Dann löscht er das Licht. Ich höre seine Schritte auf dem Flur. Ich bin sein Freund. Er ist stolz auf mich. Ich weiß gar nicht, warum. Als ich damals aus jenem gräßlichen Hotel in seine Wohnung zog, besaß Iwan noch seinen eigenen Kamion[1].

Im Winter ließ er das klapprige Ding morgens um vier vor meinem Fenster warmlaufen. Und kam er nachts nach Haus, stellte er laut das Radio ein, holte mich aus dem Bett, und wir tranken heißen Kognak ohne Wasser. Iwan war meine Rettung, als ich zum erstenmal nach Burgas kam. Die Direktion des Fremdsprachengymnasiums hatte mich in ein zweitrangiges Hotel an der Hauptstraße gesteckt. Das Fenster meines Zimmers war mit einem riesigen Leninbild verdeckt. Der Raum war dunkel. Dabei hatte ich immer von der Sonne des Südens geträumt, die das Herz heiter machen soll. Aus den Lautsprechern schrie Musik. Der 9. September[2] wurde vorbereitet, aber ich war am

[1] Lastkraftwagen
[2] Bulgarischer Staatsfeiertag, Tag der Befreiung

Durchdrehen. Ich starrte Tag für Tag, Stunde für Stunde auf die schmutzige graue Leinwand des Leninbildes. Lenin blickte freundlich auf die Straße des Ersten Mai hinunter, aber mir blieb seine Rückseite. Und ich fing an, das Bild zu hassen. Ich haßte es, wie Borchert im Gefängnis seinen Vordermann haßte, auf dessen Nacken er während des Rundgangs unentwegt starren mußte. Das stehst du nicht durch, dachte ich. Das nicht. Was geht dich das alles hier an. Der bulgarische Staatsfeiertag, du verstehst nichts von ihm. Die Folkloremusik, du hörst nur zwei oder drei Töne, die sich eine Ewigkeit lang wiederholen. Die orientalische Toilette, du hockst darüber wie ein Galeerensträfling. Paßt du nicht auf, hängt das Hosenbein im schmutzigen Wasser. Wenn du nicht sofort ins Flugzeug steigst und zurückfliegst, wirfst du den wackligen Schemel Lenin in den Rücken, und sie sperren dich als Konterrevolutionär ein, bevor du deine erste Stunde am Gymnasium unterrichtet hast. Wie willst du ihnen erklären, daß du Lenin für einen bedeutenden Mann hältst.

Und dann traf ich Iwan, auf der Toilette. Wir standen nebeneinander und hatten den frommen Blick, den man beim Wasserlassen aufsetzt. Er merkte sofort, daß ich Ausländer war. Als wir uns die Hände wuschen, sprach er mich an. Ich verstand kein Wort. Er führte mich zu einem Tisch, wo seine Freunde saßen, alles Kraftfahrer. Wie ich in seine Wohnung kam, weiß ich nicht. Ich war entsetzlich betrunken. Aber ich blieb in der Republikanska 12. Bei Iwan und Iwanka, seiner Frau, lernte ich bulgarisch sprechen.

Die Nacht ist warm, und ich bin auf einmal nicht mehr müde. Als wenn ich mit einem kleinen Boot zur Insel Bolschewik fahre, ist mir, oder von ihr weg, ein flüchtiger Häftling, und das Wasser schlägt in den Kahn.

»Ich habe dir die Geschichte von Wanda Wroblewski nicht zu Ende erzählt«, sagte ich.

»Schlaf«, sagt Bai Dimiter. »Das ist eine böse Geschichte, die ist nicht gut für die Nacht.«

»Aber ich möchte sie dir erzählen. Ich bin ganz ruhig.«

»Schlaf.«

»So einen Mond wie hier gibt es in Ruda nicht«, sage ich. »In Ruda ist der Mond dreckig. Und das Gras ist dreckig und das Korn, und überhaupt alles ist dreckig. Wanda paßte gar nicht dahin. Nach Tirnowo. Ja, dort könnte ich sie mir gut vorstellen. Einen Krug Wasser auf den Schultern, würde sie die Steinstufen hinaufsteigen, und ich würde hinter ihr herlaufen und sagen: Gib mir den Krug, ich trag ihn dir. Und sie würde so tun, als verstände sie meine Sprache nicht. Nun gib schon her, würde ich sagen und nach dem Krug greifen. Und sie würde mir auf die Hand spucken und weitergehen.

Ihr Körper ist wie die Jantra, die sich um die steil aufragende Stadt windet und in deren Wasser sich die Häuser spiegeln. Weliko Tirnowo, da würde ich Wanda bei der Hand nehmen, die sie mir ja zuletzt doch gibt, wir würden zwischen den Felsen zu den alten Häusern hochklettern, an den neuen Wohnblöcken vorbeilaufen und auf den Trapesiza-Hügel steigen, der einmal von mächtigen Festungsmauern geschützt war wie der Rudaer Berg von unseren Flakgeschützen...«

Du hörst mir nicht mehr zu, Bai Dimiter, du denkst, ich spinne. Schlafe, und laß mich allein mit ihr gehen. In der Uliza Nikolai Pawlewitsch sind die Häuser gestapelt wie die Margarinekisten des Juden Stallmach. Es sieht aus, als wollten sie jeden Augenblick umkippen. Aber der Felsen hält sie. In einer solchen Nacht kann man weit laufen. Von Tirnowo nach Drjanowo ins Kloster. Der Abt begrüßt uns mit dem einzigen deutschen Wort, das er kann: Schnaps. Und er gibt uns das schönste Zimmer, das er hat. Es ragt über die Drjanowska, die sich lärmend durch die Felsenschlucht drängelt. Wanda steht am offenen Fenster und sagt: So weiße Felsen habe ich noch nie gesehen, sie sind, als hätte sie eine große Hand mit dem Messer geschnitten. Der Fluß macht die Kammer kalt, und das Bett ist wie der trockene Boden des Kornfeldes in Ruda. Es war unsere letzte Nacht. Sie wußte es. Und ich dachte, es würde erst alles beginnen.

Bevor ich Wanda kennenlernte, habe ich nicht gewußt, was das ist, ein Mädchen lieben ...

Das Fenster der Schreibstube wurde aufgerissen. Der Hauptwachtmeister schrie, wie lange ich Idiot noch wie ausgeschissen dastehen wollte. Das brachte mich wieder zu mir. Ich nahm stramme Haltung an, wollte etwas sagen, wußte aber nicht was und war schließlich froh, als mir der Mann den Koffer durchs Fenster vor die Füße schmiß. Ihn interessierte die Diagnose des Oberstabsarztes nicht. Ich hätte mich in der Bekleidungskammer zu melden, schrie er, damit ich in der Batterie nicht weiterhin wie eine angestochene Sau herumliefe, und knallte das Fenster zu.

Ich gehörte zu den ersten Luftwaffenhelfern. Wir trugen noch die Uniform der Flaksoldaten, was unser Selbstbewußtsein außerordentlich erhöhte. In dieser Kleidung erschienen wir auch täglich für einige Stunden in der Schule, die für uns nur noch den Zweck erfüllte, vor den unteren Klassen angeben und die Lehrer mit unserer Faulheit und Grobheit an den Rand eines Nervenzusammenbruchs bringen zu können. Unseren Englischlehrer riefen wir Fips, den Chemielehrer Häppek, den Physiklehrer Karamba – er war in Bolivien geboren –, den Deutschlehrer Steiß und den Geschichtslehrer Haase, dem keiner gewachsen war. Gemeint war der Hals, denn der Kopf des Mannes saß zwischen den Schultern nahezu auf dem Rumpf.

Während der Straßenbahnfahrt zur Schule poussierten wir mit den Schaffnerinnen, und nachts, wenn wir Telefondienst hatten, schwatzten wir mit den Luftwaffenhelferinnen der Bataillonszentrale dummes Zeug, erzählten irgendwelche Zoten und taten groß mit unseren Erfahrungen.

Jeweils zehn Jungen waren in einer Baracke untergebracht. Wenn wir nicht gerade Ausbildung an den Geschützen hatten, Granaten reinigten oder darin geschult wurden, wie der Anflug feindlicher Flugzeuge sich über Radar auf weißes Papier malte, spielten wir Skat, Siebzehn-und-vier oder hatten von irgendwoher Mädchen in die Baracke geschmuggelt. Wir griffen ihnen unter die Röcke, in die Blusen und fluchten, wenn sie dabei kicherten, denn erwischte uns bei derlei Spielen der diensthabende Unteroffizier, wurden wir zwei Stunden durchs Gelände gescheucht und hatten während der Nacht todsicher Gefechtsübung. Niemand fühlte sich für uns so recht verantwortlich. Beschwerte sich die Schule bei der Batterie, grinste der Hauptwachtmeister. Gab die Batterie der Schule einige Hinweise über unser Verhalten, zuckte der Direktor die Schultern. Die HJ-Führung ließ uns in Ruhe. Einmal war einer vom Bann zu uns auf den Rudaer Berg gekommen. Auf dem Rückweg durch die Felder wurde ihm plötzlich im Dunkeln ein Tuch über den Kopf geworfen, seine Arme wurden nach hinten gebogen und der Kerl von drei Seiten angepißt. Es wurde keine Verhandlung darüber anberaumt. Wahrscheinlich hatte der Mann den Vorfall nicht gemeldet aus Furcht, sich lächerlich zu machen.

Insgeheim wurde ein erbitterter Kampf geführt zwischen Luftwaffenhelfern und Hitlerjugend, den wir letztendlich verloren. Das zeigte sich schon allein darin, daß wir unsere Flaksoldaten-Uniform ausziehen mußten und eine Kleidung bekamen, die ein Gemisch war aus Hitlerjugend und Wehrmacht. Diese Zwitterstellung nahmen wir als Entwürdigung, wir versuchten auf unsere Weise Selbstbewußtsein zu finden. Hurerei, Glücksspiel und Faulheit galten bei uns als die höchsten Eigenschaften. Wer diese Dreieinigkeit in vollendetem Maße besaß, war auf dem Rudaer Berg Gralskönig. Und das war mein Freund Wysgol. Sein Vater war Fliegeroberst, trug das Ritterkreuz. Er hatte es sich während der berühmten Luftschlacht über dem Kanal, gleich nach der Besetzung Frankreichs, durch den Abschuß mehrerer englischer Flugzeuge im wahrsten Sinne des Wortes an den Hals geschossen, denn er war ebenfalls abgestürzt und seit dieser Zeit frontuntauglich. Mein Freund Wysgol haßte alles, was auch nur im geringsten nach Hitlerjugend aussah, war aber ein begeisterter Soldat. Er fand unser Leben auf dem Rudaer Berg stinklangweilig, weil sich nach Oberschlesien kaum ein russisches oder amerikanisches Flugzeug verirrte. Jedenfalls nicht während der Zeit, die wir dort waren. Seine Freundschaft verdanke ich meiner Begabung im Tausendmeterlauf. Ich gewann damals in Hindenburg jeden Wettkampf nach Belieben. Das imponierte ihm. Und da wir bald entdeckten, daß wir einander während der Mathematikarbeiten außerordentlich nützlich waren – Wysgol besaß eine große Zuneigung zur Geometrie, ich zur Algebra –, bildete sich sehr bald das zwischen uns heraus, was wir Freundschaft nannten.

Bei allem Fanatismus für den Krieg, der Wysgol letztlich auch das Leben kostete – ohne seine Hilfe hätte ich Wanda Wroblewski niemals so nahe kommen können, wie es dann geschah. Auf dem Rudaer Berg lebte ein buntes Gemisch von Menschen: vier russische Gefangene, ein Dutzend Flakwehrmänner, die tagsüber in den umliegenden Gruben arbeiteten, Wandas Mutter mit zwei anderen Frauen, Flaksoldaten, die irgendwann einmal verwundet worden waren, und wir Luftwaffenhelfer. Unser aller Chef war ein Hauptmann aus dem Schwäbischen, tagsüber schlief er, nachts torkelte er betrunken durch die Batteriestellung, sang schwermütige Lieder oder vergnügte sich in seiner Baracke mit Luftwaffenhelferinnen. Alles Dienstliche überließ er dem Hauptwachtmeister, der auch dafür verantwortlich war, ihm die Weiber vom Halse zu schaffen, wenn sie ihm lästig wurden.

Der Hauptwachtmeister war ein Sadist. Er genoß die Macht, die ihm der Hauptmann überließ, schlug die Gefangenen, beschuldigte die Frauen in der Küche des Diebstahls an Wehrmachtseigentum, drohte mit einer Anzeige und zwang sie so zu sich ins Bett. Uns hetzte er über den Übungsplatz, veranstaltete, was man in der Soldatensprache »Maskenball« nennt, gab nachts Gefechtsalarm, wenn es regnete oder schneite, und war erst zufrieden, wenn der eine oder der andere von uns Jungen vor Erschöpfung zu heulen anfing.

Wysgol und ich schworen, den Hauptwachtmeister beim ersten Feindangriff umzubringen.

Ich weiß nicht, ob wir unseren Schwur gehalten hätten. Vielleicht Wysgol. Ich besaß nicht seine Kaltblütigkeit. Aber ich sagte ja, zu uns kamen weder russische noch amerikanische Flugzeuge.

Und umgebracht hat den Hauptwachtmeister ein anderer: Wanda Wroblewski . . .

»Die«, ruft Bai Dimiter und springt aus dem Bett und setzt sich zu mir.

»Warum das Mädchen?«

»Ich denke, du schläfst.«

»Wie soll ich schlafen, wenn du die ganze Zeit vor dich hin erzählst. Die kleine Wanda«, sagt er und wickelt sich in eine Decke. »Wieso das Mädchen?«

»Wenn ich sie begraben müßte, weißt du, wo ich es tun würde? In Kasanlak, im thrakischen Kuppelgrab. Ich würde den bedeutendsten Maler der Welt suchen, und der müßte sie an das Gewölbe malen, mitten unter die Streitwagen der Thraker, zwischen ihre Pferde. Und nach tausend oder noch mehr Jahren fangen die Kunsthistoriker einen großen Streit an über die Herkunft des Mädchenkörpers. Denn natürlich merken sie den Stilbruch. Die Thraker malten besser als wir heute.«

»Wie hat sie es gemacht? Diesen Hund«, sagt Bai Dimiter.

»Hätten die Russen oder Amerikaner Bomben auf den Rudaer Berg geworfen, hätte Wysgol den Hauptwachtmeister umgelegt, Wanda lebte, und ich läge jetzt nicht hier, Bai Dimiter. Ich wäre Pole, aber das habe ich schon gesagt. Vielleicht verstehst du jetzt, warum ich nicht nach Zabrze fahre. Ich würde zum Rudaer Berg laufen und würde sie suchen. Oder doch einen Fetzen von ihrem bunten Kleid, den Abdruck ihrer Sandalen, das niedergedrückte Korn. Und ich weiß, ich würde nichts finden, nur den blassen Himmel und die blassen Sterne. De Gaulle, was wußte der schon von Zabrze...«

Wysgol merkte sehr bald, was mit mir los war.
»An die kommst du nicht ran«, sagte er, »da kommt keiner ran. Von uns wenigstens nicht. Eher läßt sie einen Russen über sich gehen. Ich hab da was für dich. Die knackt, du. Wie die Schale einer Kastanie knackt die. Ich bin selber scharf drauf. Aber dir geb ich sie. Deine Wanda ist keusch. Jungfrau. So was seh ich. Um die so weit zu bringen, brauchst du Nerven, Mann. Und Zeit. So lange bist du nicht hier auf diesem Scheißberg.«
»Hau ab«, sagte ich.
Er hielt mir ein Glas Schnaps hin, aber ich schlug es ihm aus der Hand. Dann prügelten wir uns, und er schlug mich zusammen. An Wysgol wagte sich keiner von uns heran. Ich sonst auch nicht.
»Du hast mich dazu gezwungen«, sagte er, holte einen Lappen und wischte mir das Blut aus dem Gesicht.
Ich sagte nichts.
Der Hauptwachtmeister mußte den Lärm in der Baracke gehört haben. Jedenfalls stand er plötzlich vor uns. Ehe wir noch dazu kamen, aufzuspringen und Meldung zu machen, meinte er freundlich, er wolle uns christliche Würde lehren und zeigen, wie man mit wehrmachtseigenem Mobilar umzugehen habe. Er sagte wirklich: Mobiliar. Dann

schickte er uns mit Seife und Zahnbürste in die Latrine und hieß uns die Holzbrillen putzen.

Als wir allein waren, ließ Wysgol die Hosen runter, hockte sich über eins der Löcher und sagte ganz ruhig: »Ich leg ihn um.«

Wanda ging im allgemeinen gegen vier Uhr nachmittags nach Haus. Bis dahin war sie immer in der Küche bei ihrer Mutter. Die blieb meist bis in die Abendstunden in der Batterie. Sie gab vor, dies und jenes für den kommenden Tag vorbereiten zu müssen. Später entdeckte man, daß sie ein Verhältnis mit Wolodja hatte, einem der russischen Gefangenen, der dem Waffenunteroffizier zur Hand ging. Der Unteroffizier wußte um dieses Verhältnis und wurde nach Wolodjas Flucht vor ein Kriegsgericht gestellt. Aber das alles geschah Monate später.

Ich sah Wanda aus der Küche kommen, ließ Seife, Zahnbürste und meinen Freund Wysgol in der Latrine zurück und lief ihr über die Felder nach. Es war für uns streng verboten, allein nach Ruda zu gehen. Es galt als gefährlich. Aber das reizte uns um so mehr. Ich blieb immer ein Stück hinter Wanda. Ging sie schneller, tat ich es auch, blieb sie stehn, blieb ich auch stehn, einfältig, nicht wahr, aber an diesem Tage war mir alles egal. Hätte sie gesagt: »Komm, laß uns davongehen, irgendwohin«, ich hätte es getan.

Wanda blieb plötzlich stehen und wandte sich mir zu: »Wenn du nicht abhaust, schrei ich.«

»Schrei«, sagte ich, »ich mache dir so und so nichts.«

Wir standen uns eine Weile gegenüber. Plötzlich fing sie an zu lachen. Ich lachte auch. Dann ging sie weiter, und ich folgte ihr.

Es war ein trüber Märztag. Es schneite ein wenig, aber der Schnee schmolz sogleich. Die Wege waren matschig.

Das Haus, in dem Wanda wohnte, stand in einer engen Gasse. Ich lief einfach mit in den dunklen Treppenflur. Es roch nach Terpentin und Wanzen. Die abgewetzte Holztreppe knarrte. Wanda wohnte im zweiten Stock. Vom Hausflur ging es gleich in die Küche. Wanda machte im eisernen Ofen Feuer an, setzte Wasser auf, kramte hinter einem Vorhang und tat, als wäre ich überhaupt nicht da. Ich wollte fortlaufen, aber ich konnte nicht. Ich mußte Wanda immerzu ansehen.

Später fragte ich mich manchmal, warum sie mich damals nicht einfach hinausgeworfen hat. Sicher war ich ihr widerlich. Sie wußte, was wir in den Baracken mit anderen Mädchen trieben. Aber vielleicht hatte sie Angst, ich würde mich an ihr oder ihrer Mutter rächen.

»Warum machst du das?« fragte sie.

»Was?«

»Wenn du schon da bist, dann setz dich«, sagte sie.

»Mein Bruder wollte Pfarrer werden. Sie haben es im Arbeitsdienstlager herausgefunden und ihn geschunden. Jetzt ist er tot«, sagte ich.

Es paßte gar nicht hierher in die Küche, wo es auch nach Terpentin roch und nach Wanzen. Aber ich dachte, es ist gut, wenn sie es weiß. Wenn sie es weiß, dachte ich, wird sie keine Angst vor dir haben.

Wanda setzte sich auf eine Fußbank. Sie öffnete die Ofentür und wärmte sich ihre Hände. Der Schein des Feuers fiel auf ihr Gesicht. Es war ganz still in der Küche. Nur das brennende Holz knisterte.

»Der Hauptwachtmeister wird dich ganz schön jagen, wenn er erfährt, wo du dich herumtreibst«, sagte sie.

»Das macht nichts. Wir legen ihn ja doch um, wenn ein Angriff kommt.«

Ich war froh, daß ich es gesagt hatte, und ich glaubte, sie wäre auch froh über meine Worte. Wanda hockte zusammengekauert vor dem Ofen. Es schien, als dächte sie über etwas nach. Plötzlich aber sagte sie böse: »Geh.«

Ich begriff es nicht.

»Du bist komisch«, sagte ich und stand auf.

Sie saß unbeweglich auf der Fußbank. In mir kam das Verlangen auf,

Wanda zu berühren, es war wie ein Zwang. Ich legte meine Finger scheu auf ihren Mund. Sie saß ganz still da und sah mich erstaunt an. Ich ging.

Als ich in die Batterie zurückkam, schrubbte Wysgol noch die Latrine.

»Hat sie dich gefeuert?« fragte er.

»Ich glaube, ich dreh durch«, sagte ich.

Du mußt wissen, Bai Dimiter, in Oberschlesien sind fast alle Leute katholisch. Das ist der Grund, weswegen wir mit Hitler nicht viel im Sinn hatten, nicht weil wir Kommunisten waren. Wenn ich dir erzähl, wie ich nach dem Krieg in die Partei gekommen bin, du lachst dich tot. Aber das ist eine andere Geschichte.

Es ist eigenartig mit mir. Seit ich schreibe, lebe ich ständig in der Angst, mir könnte eines Tages nichts mehr einfallen. Andere Schriftsteller kennen eine solche Angst nicht. Sie platzen vor Geschichten. Nun, wo ich nicht schreiben kann, hetzen mich die Einfälle zu Tode. Wenn ich träume, träume ich Geschichten. Wenn ich zur Decke hochstarre, denke ich, es ist ein leeres Blatt Papier, und ich schreibe es voll mit der Geschichte von der Hure, die 1946 in unseren Neulehrerkurs kam. Wenn der Regen gegen die Scheiben trommelt, denke ich, es ist meine Schreibmaschine, und ich tippe die Geschichte von dem Aluminiumwerker Schippenschiß, der Nationalpreisträger wurde, dann Kulturpalastdirektor und zuletzt vor die Hunde ging, weil er mit seiner Karriere nicht fertig wurde. Mein Leben erscheint mir plötzlich zu kurz für das, was ich noch sagen muß und will. Ich fange in Gedanken alles an und führe nichts zu Ende. Wenn ich dir von Wanda erzähle, so tu ich es, um nicht verrückt zu werden. Wenn ich schreibe, muß in meinem Kopf Ordnung sein. Ras, dwa, tri. Kein Mischmasch. Nein, leg dich jetzt nicht ins Bett. Bleib so neben mir sitzen. Bis die Sonne aufgeht, habe ich dir alles über das Mädchen von Ruda erzählt.

Und ich werde dann ganz ruhig sein und schlafen...

Wolodja sah so ganz anders aus, als ich damals dachte, daß Russen aussehen. Er war groß und blond und hatte blaue Augen. Er war aus einem kleinen Dorf bei Nowosibirsk. Als ich vor zwei Jahren in dieser Stadt war, habe ich auf dem Denkmal der »Schmerzhaften Mutter Sibiriens« seinen Namen gesucht. Tausende von Namen sind dort in den Stein geritzt. Und einige hundert heißen Wolodja. Was ich tat, war unsinnig. Ich wußte ja nicht einmal Wolodjas Vatersnamen. Aber man tut so vieles, von dem man weiß, daß es unsinnig ist. Vielleicht lebt Wolodja noch. Vielleicht ist ihm damals die Flucht durch Polen zu seinen Leuten hinter der Weichsel gelungen. Vielleicht haben sie ihn auch zunächst eingesperrt, weil sie meinten, er sei von den Faschisten als Spion geschickt. Das alles weiß ich nicht, Bai Dimiter. Ich weiß nur, daß er in Ruda unserem Waffenunteroffizier zur Hand ging, Wandas Mutter liebte und mit zwei anderen Gefangenen im Januar 1944 floh.

Ich spielte ganz gut Schifferklavier, auch etwas Gitarre. Ich hatte immer die Stimmung hochzujagen. Wysgol sagte: »Die Weiber anheizen, daß ihnen die Hosen von allein herunterfallen.«

Aber seit ich das erstemal in Wandas Küche gesessen hatte, neben dem eisernen Ofen, den Geruch von Terpentin und Wanzen in der Nase, seit sie so heftig gesagt hatte: »Geh!« und ich ihre Lippen berührt hatte, konnte ich mit keiner Straßenbahnschaffnerin mehr poussieren, während des Nachtdienstes keine Flakhelferin in der Bataillonszentrale mehr anrufen und ihr schweinische Witze erzählen. Während eines Saufgelages in unserer Baracke legte ich das Schifferklavier auf einen Schemel, ging hinaus und mußte erbrechen. Wysgol kam mir nach. Er war der einzige, der wußte, was mit mir los war.

»Junge, Junge«, sagte er, »dich hat's erwischt. Das geht nicht gut. Was mach ich bloß mit dir, du blöder Hund.«

Er lief zurück in die Baracke und hieß die Mädchen nach Haus gehn. Als einige meinten, er sei ein Idiot, schrie er, das hier sei eine Batterie und kein Puff. Es müßte überhaupt alles anders werden, denn wenn die Amerikaner das Ruhrgebiet bombardierten, würden die Russen das gleiche mit Oberschlesien machen, das sei doch wohl klar. Und dabei könne man nicht saufen und huren.

Ich fuhr übers Wochenende nur noch selten nach Haus. Meine Mutter besuchte mich in der Batterie und weinte, aber ich log, wir hätten jetzt immerzu Gefechtsbereitschaft. Zuerst glaubte sie mir, doch dann entdeckte sie, daß die anderen Luftwaffenhelfer sonntags in Hindenburg spazierengingen. Sie kam wieder auf den Rudaer Berg, und ich mußte mir etwas anderes einfallen lassen. Ich sagte, der Hauptwachtmeister hätte herausbekommen, daß mein Bruder hatte Pfarrer werden wollen. Außerdem meldete ich mich jeden Sonntag zum Kirchgang. So schikaniere er mich mit zusätzlichem Bereitschaftsdienst, was einer Urlaubssperre gleichkäme. Wysgol könne das bestätigen.

Meine Mutter wollte sogleich zum Hauptmann laufen. Sie werde nicht zulassen, sagte sie, daß mit mir das gleiche geschehe wie mit meinem Bruder Max. Aber ich beschwor sie, nicht zum Hauptmann zu gehen, es würde dann alles nur schlimmer. Wysgol pflichtete mir bei und versicherte meiner Mutter, er würde in dieser Angelegenheit mit seinem Vater, dem Oberst und Ritterkreuzträger, sprechen. Der Hauptmann wäre dessen Freund. Meine Mutter tat mir leid, aber ich konnte nicht anders. Ich mußte mich Sonntag für Sonntag an den Feldweg setzen, der nach Ruda führte, und auf Wanda warten. Wenn sie vorbeikam, stand ich auf und lief neben ihr her. Wir sprachen kein Wort. Und doch hatte ich das Gefühl, daß auch sie begann, auf mich zu warten.

Einmal, es war einer der heißen, trockenen Tage, die es dort bei uns gibt, setzte sie sich neben mich. Ich saß ganz still, weil ich fürchtete, sie könnte fortgehen, wenn ich mich bewegte. Wanda hockte im staubigen

Gras, hatte die Arme um die Knie gelegt und starrte auf ihre Füße. »Du darfst nicht mehr auf mich warten«, sagte sie.

Ich erschrak.

»Warum«, fragte ich, »warum darf ich nicht mehr warten?«

»Meine Mutter«, sagte sie.

»Aber warum?«

Ich glaube, ich war ganz blaß. Wenn mich etwas sehr erregt, werde ich immer blaß.

Sie sah mich an und sagte: »Du bist sehr dumm.«

Dann stand sie auf, blieb eine Weile stehen und ging dann schnell weiter. Ich wollte ihr nachlaufen, aber ich vermochte es nicht. Zwei oder drei Stunden später rannte ich schließlich doch nach Ruda. Ich wußte nicht, was ich tun sollte, wenn Wanda mich nicht hereinließ. Ich haßte die idiotische Uniform mit der Hakenkreuzbinde. Aber ich hatte auf dem Rudaer Berg keine Zivilsachen. Ich hätte sie angezogen, Bai Dimiter. Ich hätte mich einen Dreck darum gekümmert, ob mir der Hauptwachtmeister drei Tage Bau verpaßt hätte. Aber mein Grübeln war umsonst gewesen. Wanda ließ mich herein. Wir setzten uns auf den Fußboden, lehnten mit dem Rücken gegen die Wand, und ich nahm ihre Hand und hielt sie an mein Gesicht. So saßen wir, bis Wandas Mutter kam.

Die Mutter sagte etwas, was ich nicht verstand. Sie sprach polnisch. Auch Wanda redete in der für mich fremden Sprache. Es war wie zu Haus, wenn meine Mutter sich mit anderen Frauen polnisch unterhielt, damit ich nicht mitbekäme, worüber sie sprachen.

Ich muß noch sagen, daß Wandas Mutter siebenunddreißig Jahre alt war, daß die Frau ohne Mann lebte und daß Wanda ein uneheliches Kind war. Im katholischen Oberschlesien galt so etwas als sehr schlimm.

Wandas Mutter konnte mich nicht leiden. Ich glaube sogar, sie haßte mich, obwohl sie mich nicht kannte und ich ihr nichts getan hatte. Daß sie Wanda schließlich doch erlaubte, sich mit mir zu treffen, in der Wohnung und auch abends in den Wiesen, hatte ich wahrscheinlich Wolodja zu verdanken, der Valeska, so hieß die Köchin, vielleicht geraten hatte, nicht unklug zu sein und ihre Feindschaft gegenüber den Deutschen nicht so offen zu zeigen. Vielleicht hat er auch von Mischa Erkundigungen über mich eingeholt. Mischa war Ukrainer, klein, er hinkte etwas. Er machte bei uns die Baracke sauber, heizte im Winter den Ofen, und wir gaben ihm dafür Zigaretten. Der Hauptwachtmeister durfte von derlei Geschäften nichts wissen, denn es war für uns streng verboten, mit Russen Kontakt zu haben.

Mischa kam während des Winters immer in unsere Baracke, wenn wir noch im Bett lagen. Für uns war das sehr angenehm. Wenn wir aufstanden, war es bereits warm.

Wir Barackenbewohner waren ein wilder Haufen. Ich sagte es bereits. Wir wuschen kaum unsere Wäsche und wetteiferten darum, wessen Füße am meisten stanken. Wenn unsere Baracke beim Appell auffiel, weil in den Ecken noch Dreck und auf den Spinden Staub lag, traten wir Mischa in den Hintern. Unsere Seele stank wie unsere Füße. Ich will nichts entschuldigen, Bai Dimiter, aber wir waren sechzehn Jahre, und es war Krieg. Wir waren keine Kinder, wir waren keine Soldaten. Wir waren nichts und wollten etwas sein.

Ich war plötzlich ein Außenseiter. Ich wollte nicht, daß meine Füße stanken, wenn ich im Kornfeld neben Wanda lag. Ich wollte auch Mischa nicht mehr in den Hintern treten, weil sie sagte, sie wollte dann nichts mehr mit mir zu tun haben. In der Baracke hieß ich auf einmal »heiliger Josef«, und ich krachte eines Abends mit meinem Strohsack auf die Erde, weil jemand die Bettleiste angesägt hatte. Bei Gefechtsalarm war plötzlich mein Stahlhelm verschwunden, oder meinen Schuhen fehlten die Schnürsenkel. Der Hauptwachtmeister nannte mich einen Schandfleck der Batterie, und ich erhielt jetzt wirklich Ausgangssperre.

Auch zwischen Wysgol und mir war etwas anders geworden. Wysgol spielte mir zwar keinen Schabernack wie die anderen, aber er schützte mich auch nicht davor. Er glaubte, ich würde bald wieder zur Vernunft kommen. Nur, wenn jemand mit mir eine Schlägerei anfangen wollte, stellte er sich neben mich und sagte: »Schluß.«

Ich war sehr allein, wurde stiller und war bedrückt. Wanda merkte es bald. Aber ich sprach nicht über das, was in der Batterie vor sich ging. Wenn ich mit ihr beisammen war, wollte ich von all dem nichts wissen. Ich versuchte es zu vergessen, und manchmal gelang es mir. Damals schrieb ich meine ersten Gedichte. Sie sind alle verlorengegangen, und ich bekomme keins mehr zusammen. Ich weiß nur, daß es sehr traurige Gedichte waren und daß ich sie Wanda vortrug und daß sie ihr gefielen, obwohl es sicher sehr schlechte Gedichte waren. Ich glaube, damals fing auch Wanda an, mich zu lieben. Wenn du mich fragen würdest, worin sich ihr neues Gefühl zu mir zeigte, ich könnte es dir nicht sagen. Rein äußerlich war wohl nichts anders geworden. Ich streichelte nicht ihre Brust, wir küßten uns nicht einmal. Wenn ich allein war, nannte ich mich einen Trottel. Mich packte eine wilde Gier nach ihrem Körper. Ich konnte nicht schlafen. Und wenn ich schlief, träumte ich wirres Zeug. Aber saß ich bei ihr, in der Wohnung, oder lagen wir auf einer Wiese, von der aus man die Fördertürme der Gruben und die Kohlenhalden sah, waren meine Sinne ganz ruhig. Ich bin sicher, alles zwischen uns wäre kaputtgegangen, hätte ich versucht, ihren Körper zu nehmen. Es mußte von allein kommen. Sie mußte es wollen. Das sage ich heut, wo ich mehr vom Leben weiß. Damals war mir das alles nicht bewußt. Ob eine Frau mich liebt, erkenne ich an ihren Augen, Bai Dimiter.

Wanda hatte es gern, wenn ich ihr nachts die Sternbilder zeigte. Ich kannte anfangs nur wenige. Aber ich kaufte mir eine Menge Bücher über Astronomie und wußte bald, wo der Drachen zu finden ist und wo die Kassiopeia, das Siebengestirn und die Leier. Uns gehörte der ganze Himmel, die ganze Welt. Ich fand einen Aufsatz über die Hohlwelttheorie. Sie behauptet, wir leben nicht auf der Erdrinde, sondern in einer Kugel. Ich erzählte Wanda davon. Sie schlug in die Hände und lachte, weil sie sich vorstellte, sie fiele plötzlich von der einen Erdseite zur anderen, und unterwegs stieße sie an den Mond. Ich lernte Gedichte auswendig. Meist von Eichendorff. Er stammte aus der Gegend von Ratibor, das vierzig Kilometer von Zabrze entfernt liegt, wo auch der Schokoladen-Sobczik geboren ist, der später bei Wittenberg neben mir lag mit einem Granatsplitter im Kopf. Ich war sehr stolz darauf, daß ein so bedeutender Dichter wie Eichendorff Oberschlesier war wie ich.

> Es war, als hätt der Himmel
> die Erde still geküßt,
> daß sie im Blütenschimmer
> von ihm nun träumen müßt.

Die Verse gefielen mir besonders. Ich sprach sie sehr oft, Wanda glaubte, sie seien von mir. Sie sagte: »Du wirst einmal ein großer Dichter.« Ich brachte es nicht fertig, ihr zu gestehen, daß ein anderer das Gedicht geschrieben hatte.

Die Herbsttage des Jahres 1943 waren bei uns in Ruda mild und warm. Mir sind die staubigen Feldwege in Erinnerung, das gelbe Laub der Bäume, die gemähten Felder, der Qualm der Hütten, die sich unaufhörlich drehenden großen Räder der Fördertürme und Wanda, die zumeist barfuß lief. Alles andere existierte für mich nicht: nicht der Sturz Mussolinis in Italien, die Berufung Himmlers zum Innenminister, nicht die große Panzerschlacht im Kursker Bogen, die Vertreibung unserer Armeen vom Dnjepr, nicht der Zusammenbruch der faschistischen Truppen in Nordafrika noch die Landung der Engländer und Amerikaner auf Sizilien, auch nicht die Vaterländische Front in Bulgarien, die Partisanen-Gruppen in den Rhodopen, im Pirin- und im Rilagebirge.

Wanda ging es nicht anders. Alles, was sie wußte, war, daß ihre Mutter Wolodja liebte und daß das gefährlich war. Vielleicht war der schmerzhafte Sturz aus dem Nichtwissen ins Wissen Ursache für alles, was dann kam. Ich weiß nicht, ob ich sagen darf, Wandas Tun war sinnlose Selbstzerstörung. Ausdruck von Kopflosigkeit und einem wilden Rachegefühl. In ihr war eine Leidenschaft, die in kurzer Zeit aus einem Kind ein Weib machte.

Eines Morgens war Wolodja mit zwei anderen Gefangenen verschwunden. Es war ein kalter Januartag des Jahres 1944. Temperaturen um minus zwanzig Grad sind in Oberschlesien keine Seltenheit. Und es war ein Montag. Ich weiß alles noch so genau, weil gegen fünf Alarm gegeben wurde, wir zwei Stunden nicht in die Baracken durften und entsetzlich froren. Der Hauptmann torkelte durch das Gelände, der Hauptwachtmeister war auffallend still, und der Waffenunteroffizier lief immerfort dem Hauptmann hinterher und beteuerte, daß ihn keine Schuld träfe. Die Gefangenen seien ordnungsgemäß in ihrer Kammer eingeschlossen worden, die Gitter vor ihren Fenstern hätte er selbst überprüft, es sei ihm ein Rätsel, wie die Gefangenen überhaupt hätten ausbrechen können. Der Hauptmann wurde allmählich nüchtern und schrie etwas von Kriegsgericht und Schlamperei und Aufhängen.

Wenig später kam der Bataillonskommandeur mit anderen Offizieren, Leuten von der Abwehr. Wir wurden verhört. Der Waffenunteroffizier brachte sehr schnell Wandas Mutter ins Spiel. Er zitterte um sein Leben. Man brauchte ihn nur zu schütteln, da fielen die Worte aus seinem Mund.

»Wenn die herausbekommen, was zwischen dir und Wanda ist, bist du dran«, sagt Wysgol zu mir.

Ich war kein Held damals, ich bin nie einer gewesen, Bai Dimiter. Ich hatte große Angst. Mir war ganz schlecht vor Angst. Ich gestehe, in diesen Stunden, da ich frierend vor der Baracke stand, wünschte ich, Wanda nicht zu kennen. Daß ich mich später eines solchen Gefühls schämte, nimmt nichts von seiner Schändlichkeit. Mein Zorn richtete sich gegen Wolodja. Wie kann er so was machen, dachte ich, ausreißen und Wandas Mutter hier sitzenlassen. Ich weiß bis heute nicht, warum er sie nicht mitgenommen hat. Vielleicht hat er es gewollt, nur sie wollte nicht, weil ja noch Wanda da war. Was sollte aus ihr werden? Vielleicht hatte Valeska gehofft, ihre Liebe zu Wolodja würde nicht ins Gespräch kommen. Aber so töricht konnte sie nicht gewesen sein. Sie mußte wissen, daß der Unteroffizier alles tun würde, um sein eigenes Leben zu retten. Sie muß Wolodja sehr geliebt haben. Und sie muß ihre Tochter sehr geliebt haben. Ihr Herz war stärker als ihr Verstand. Und es kostete sie das Leben. Mit zwei Flakwehrmännern wurde sie wegen Fluchtbegünstigung und Hochverrat hingerichtet. Der Waffenunteroffizier wurde an die Ostfront strafversetzt, der Hauptmann ebenfalls. Der Hauptwachtmeister konnte nachweisen, daß eigentlich er es gewesen war, der versucht hatte, Ordnung in die verlotterte Batterie zu bringen. So durfte er auf dem Rudaer Berg bleiben.

Um mich kümmerte sich weiter niemand. Wysgol meinte, ich hätte ungewöhnliches Schwein.

Chef der Batterie wurde ein Oberleutnant aus Wurzen. Ein junger Kerl mit dem Eisernen Kreuz erster Klasse und einem steifen Arm. Mit Frauen hatte er nicht viel im Sinn. Er war ein leidenschaftlicher Schachspieler. Wysgol hatte das bald herausgefunden, und da er selber nicht schlecht Schach spielte, eine aggressive, romantische Spielweise bevorzugte, holte ihn der Oberleutnant oft zu sich in die Offiziersbaracke, wo sie erbitterte Partien gegeneinander austrugen. Wysgol stand auf diese Weise unter dem persönlichen Schutz des Oberleutnants und war gegen alle Schindereien des Hauptwachtmeisters geschützt. Daraus zog auch ich meinen Vorteil.

Wysgol und ich wurden während der nächtlichen Übungen nicht an den Geschützen als Richtkanoniere eingesetzt, sondern durften in der warmen Gefechtsbaracke sitzen und von dort die Richtwerte nach draußen durchgeben. Wir brauchten nicht mehr die Geschütze zu reinigen oder den Hof zu fegen. Statt dessen wurden wir nach Hindenburg zum Bataillonsstab geschickt, Meldungen zu überbringen oder entgegenzunehmen. Aber diese Begünstigungen bedeuteten mir nichts. Ich lebte in einem Zustand völliger Lethargie. In der Schule schrieb ich eine Fünf nach der anderen. Die Sehnsucht nach Wanda machte mich fertig.

Seit der Verhaftung ihrer Mutter durfte Wanda das Batteriegelände nicht mehr betreten. Wenn nur irgend möglich, rannte ich nach Ruda, schlug an die Tür ihrer Wohnung, aber Wanda machte nicht auf. Ich war sicher, daß sie in der Küche beim Ofen hockte, und es brachte mich fast um den Verstand. Ich spielte mit dem Gedanken, mir das Leben zu nehmen. Aber ich wußte nicht, wie ich es anstellen sollte. Mich aufzuhängen schien mir schrecklich, und mich vom Dachgarten des Admiralspalastes auf das Steinpflaster zu stürzen, dazu hatte ich zuviel Angst. Ich stellte mir vor, wie ich da aufknallen würde, und die bloße Vorstellung nahm mir jeglichen Mut. Der beste Tod schien mir der Tod durch eine Kugel. Aber ich hatte keine Pistole. Ich hätte sie dem Oberleutnant oder dem Hauptwachtmeister stehlen müssen, doch ich fand keine Gelegenheit dazu. Wahrscheinlich redete ich mir das auch nur ein. Ich trieb mich damals mit mehreren Mädchen herum. Wysgol schleppte mich überallhin mit. Aber mal warf ich mich wie ein Irrer auf eine Flakhelferin, daß sie schreiend davonlief, und das nächste Mal war ich impotent.

»Du drehst tatsächlich durch«, sagte Wysgol. »Noch ein Monat, und du bist in Brieg in der Klapsmühle.« Und er sang das Spottlied, das in unserer Gegend jeder kannte: »Kommst du nach Brieg, kommst du nicht mehr zurieck.«

Und dann erhielt ich den Brief. Absender: Hindenburg, Haldenstraße 18, der Name meiner Mutter. Aber von einer anderen Hand geschrieben.

»Heute abend. W.« Das war alles.

Was in mir vorging, als ich das las, kann ich nicht sagen, Bai Dimiter. Wir spielten gerade wieder einmal Bänkeln. Ein Glücksspiel, das gegenüber Siebzehn-und-vier den Vorteil hatte, daß alle aus unserer Baracke gleichzeitig setzen konnten. Geld besaßen wir genug. Wir wußten nichts mit ihm anzufangen.

Als ich den Brief gelesen hatte, nahm ich Mütze und Koppel und ging hinaus. Wysgol kam mir nachgelaufen. Ob etwas passiert sei, fragte er.

»Mein Bruder«, sagte ich.

»Tot?«

»Vermißt.«

Auch Wysgol sollte nichts von meinem Glück wissen.

»Es erwischt eben jeden mal«, sagte er.

»Heute zum Nachtappell leg was in mein Bett«, sagte ich. Der Unteroffizier vom Dienst sah nur flüchtig auf die Betten, wenn er abends durch die Baracken ging. Wir hatten es im Laufe eines Jahres zur Perfektion gebracht, ein Bett so herzurichten, als schlafe da jemand.

»Gemacht«, sagte Wysgol. Und dann noch einmal: »Es erwischt eben jeden mal.«

Er war ziemlich hilflos. Ich merkte, daß er sehr an mir hing.

»Ich dank dir auch«, sagte ich.

»Red keinen Quatsch«, erwiderte er.

Dann trennten wir uns.

Es war April. Der einundzwanzigste. Ich weiß es so genau, denn einen Tag zuvor hatte Hitler Geburtstag gehabt, und wir hatten aus diesem Anlaß Schokolade und Rotwein bekommen. Dagegen weiß ich nicht mehr, was ich in den Stunden bis zu meinem Zusammentreffen mit Wanda gemacht habe. Ob ich in Ruda war oder Zabrze oder ob ich Straßenbahn fuhr, von einer Endhaltestelle zur anderen. Vielleicht setzte ich mich auch gleich in jene offene Feldscheune, die in den Wochen zuvor unser Zufluchtsort gewesen war. Ich zweifelte nicht einen Augenblick daran, daß Wanda mit ihrem »Heute abend. W.« nichts anderes hatte sagen wollen, als daß ich in diese Feldscheune kommen sollte. Die Stunden fehlen einfach in meiner Erinnerung. Ich weiß nur, daß ich vor Wanda in der Scheune war. Es war ein sehr dunkler Abend. Und es wehte ein heftiger Wind. Die Scheune war eigentlich keine Scheune, nur eine Überdachung für das Stroh. Wir sind immer in die Strohballen gekrochen, wie zwei Tiere in ihre Höhle. An diesem Platz fühlten wir uns geborgen, es war warm und trocken. Wir gruben uns auch stets an derselben Stelle ein.

Ich spürte, daß Wanda da war, noch bevor ich sie sah. Sie hockte sich neben mich. Ich wollte etwas sagen, aber mein Mund war ganz trokken. So kauerten wir im Stroh, und ich drückte Wanda recht ungeschickt an mich. Ich wagte nicht zu tun, was ich mit jedem anderen Mädchen unter solchen Umständen getan hätte. Wanda gab sich an diesem Abend anders als sonst. Ich konnte ihr Gesicht nicht sehen, ich tastete über ihr Haar, ihre Stirn, die Nase, die Augen. So merkte ich, daß sie weinte. Ich mache mir heute Vorwürfe, daß ich ebensowenig gesprochen habe wie sie. Ich bekam einfach den Mund nicht auf. Vielleicht hätte ich ihren Tod verhindern können. Ich zweifle inzwischen nicht mehr daran, daß Wanda diesen Abend zu mir gekommen war, weil sie Angst hatte zu tun, was sie tun wollte. Sie erhoffte von mir einen Rat. Und ich kann mich auch nicht damit herausreden, daß es in Ruda eine illegale Gruppe gegeben haben muß, die sich nach dem Tode der Köchin bestimmt des Mädchens angenommen hätte. Vielleicht hat es diese Gruppe nie gegeben. Vielleicht stand Wanda auch unter ständiger Beobachtung der Gestapo, so daß man sie allein lassen mußte, um nicht die Gruppe zu verraten. Vielleicht, Bai Dimiter. Als ich ihr nasses Gesicht spürte, überkam mich eine wilde Begierde. Ich küßte ihren Mund, ihren Hals, ihre Brust. Ich war tollwütig in meiner Liebe zu Wanda. Ich wollte all ihr Leid aufwiegen mit meiner Zärtlichkeit. Sie gab sich mir hin, und ich weiß, sie tat so was zum erstenmal.

Sie muß sehr einsam gewesen sein, Bai Dimiter. Als sie fortging, küßte sie mich. Sie hatte einen sehr weichen Mund. Ich wollte fragen, wann wir uns wiedersehen, aber Wanda rannte davon.

In derselben Nacht erschoß sie den Hauptwachtmeister, den Oberleutnant und noch zwei Flaksoldaten.

Vor den Richtern, die sie zum Tode durch den Galgen verurteilten, sagte sie aus: Die Pistole hätte sie dem Hauptwachtmeister gestohlen. Nur zu diesem Zwecke sei sie in seine Baracke gegangen. Er hätte ihr schon des öfteren das Angebot gemacht, nachts zu ihm zu kommen, noch als ihre Mutter lebte, auch nach ihrem Tode. Ja, sie habe mit dem Hauptwachtmeister geschlafen, aber nur, um an seine Pistole heranzukommen. Wenn sie noch mehr Kugeln gehabt hätte, hätte sie noch mehr Soldaten der Batterie erschossen, sagte sie.

Man wollte nicht glauben, daß sie alles dies ohne Zuraten anderer getan hatte, und wollte die Namen ihrer Freunde wissen. Auf solche Fragen zuckte Wanda nur die Schulter. Man folterte sie, man versprach ihr, sie am Leben zu lassen, wenn sie Namen nennen würde.

Wanda hatte niemanden zu verraten, denn sie war allein.

Ich sah Wanda erst wieder, als sie tot war. Anfang Mai wurde sie auf dem Marktplatz in Ruda erhängt.

Der Tag ist blaß. Ich kann ihn jetzt durch mein Fenster sehen. Er ist ganz allein für mich da. So einsam verloren steht er vor meinem Fenster wie der Schrei einer Nebelkrähe. Der Himmel ist grün wie das Wasser des Meeres, wenn im Herbst die Algen angespült werden.

Ein solcher Morgen ist ohne Grenzen. Ich fliege von Moskau nach Nowosibirsk. Und für Minuten ist der werdende Tag eine Linie, auf der die TU 104 dahinrast. Links, zehntausend Meter unter uns, die glühenden Wipfel der Taiga und rechts noch die Nacht. Der Ural liegt fern. Wanda war eine solche Linie, auf der mein Leben dahinraste, links der brennende Wald und rechts die Nacht.

O Burgas, das mich hergeholt hat, damit Totes in mir wach wird. Daß ich aufsteige zur Wahrheit oder zu ihr hinabtauche. Hinausstürze aus der Finsternis wie jener Mann aus der Höhle, von dem Plato erzählt. Jener Gefesselte, der immer nur die Schatten des Wahren gegen die Wand geworfen sieht. Und der eines Tages die Ketten zerreißt, hinausstürmt aus dem Gefängnis der Schatten und hingeschleudert wird vom Licht der Wahrheit. Ich will nicht wie er in die Höhle zurückkehren. Ich will nicht die Bescheidenheit Lessings: »O Herr, die ganze Wahrheit gehört allein dir!« Ich will mich die letzten hundert Meter an dem Stahlseil hochziehen, bis ich auf dem Mussala stehe, dem höchsten Gipfel dieses Landes. Ich will nach Griechenland hinüberschauen und Zeus suchen und hinüberschreien: »Wähntest du etwa, ich sollte das Leben hassen, in Wüsten fliehen, weil nicht alle Blütenträume reiften.«

Ich bin ein lächerlicher Narr. Liege ungefesselt im Bett. Neben mir die Schnur mit der Klingel. Ich brauche nur den Knopf zu drücken, und ich bekomme Relanium, gebe mich danach gedämpft und ruhig.

Die Frauen lärmen schon auf dem Flur. Die kleine dicke Drugarka kommt herein und steckt mir das Thermometer unter den Arm.

Dobro utro. Kak ste?

Dobre.[1]

Sie gibt mir den Urinator. Diese Vokabel habe ich erst hier gelernt. Am ersten Tag hatte ich Flasche mit schischenze übersetzt, und sie brachte mir Mineralwasser.

Bai Dimiter wäscht mich und füttert mich mit Erdbeeren.

»Du mußt essen«, sagt er. Er sagt dasselbe wie Iwan. »Erdbeeren sind gut für die Augen.«

Ich weiß nicht, warum Erdbeeren gut für die Augen sein sollen. Aber ich lasse sie in mich hineinstopfen. Ich habe schon immer gern Erdbeeren gegessen. An einem der letzten Kriegstage habe ich in Wittenberg aus einem Keller ein Glas Erdbeeren gestohlen, kurz bevor der Befehl zum Angriff auf die sowjetische Frontlinie kam. Unsere Artillerie sollte Feuerschutz geben. Aber sie schoß vierhundert Meter zu kurz und schoß uns zusammen. Durch die Feldtelefone wurde geflucht und geschrien. Und Sobczik, der Schokoladen-Sobczik aus Ratibor, lag neben mir mit einem Granatsplitter im Kopf...

Ich muß ruhig bleiben.

»Keine Erregung«, hat Dr. Assa gesagt. Aber ich bin ja ganz ruhig. Auf dem Korridor kotzt die dicke Zigeunerin Tarator in den Ausguß. Bai Dimiter flucht, denn der Abfluß wird dadurch verstopft, und das überlaufende Wasser fließt unter der Tür hindurch in unser Zimmer. Aber das alles geht mich nichts an. Ich schlucke Relanium und lächle. Die Gegenstände im Zimmer verlassen ihren festen Platz.

---

[1] Guten Morgen. Wie geht es Ihnen? – Gut.

Ras, dwa, tri . . . sechzehn.

Tür und Fenster stehen offen. Es zieht. Bai Dimiter faltet Zeitungspapier zusammen und nagelt es an den Türpfosten. Das Schloß ist kaputt. Bai Dimiter ist zufrieden und setzt sich auf mein Bett. Was das für ein Schippenschiß war, der Nationalpreisträger, will er wissen.

»Den laß«, sag ich, »den muß ich vergessen.«

»Du hast wieder geschrien.«

»Ja, ja, ja.«

»Wenn du bulgarisch schreien würdest, könnte ich dir sagen, was du schreist.«

»Und Jutta? Da ging es mir nämlich gut. Da war ich als Schulrat gefeuert.«

»Wie?«

»Eben, wie man jemand feuert.«

»Vielleicht schreist du das?«

»Nein, nein, es ist ja auch egal. Es ist besser, wir wissen es beide nicht.«

Bai Dimiter läuft zum Tisch und schneidet dünne Scheiben von der hausgemachten Lukanka. Er wackelt dabei mit dem Kopf wie der Jude Stallmach. »Willst du?« fragt er.

Natürlich will ich. Das Fleisch ist herrlich weich und scharf wie Piperki. Dr. Assa darf nicht wissen, daß ich Lukanka esse. Wollüstig kaue ich die Wurst, schließe die Augen und halte die Hände auf dem Bauch. Dowolen ssym. Ben bereket wercin. Allah. Ich bin Bulgare, ich bin Türke, ich bin Zigeuner. Ich lege keinen Wert darauf, Deutscher zu sein. Ich will dir etwas gestehen, Bai Dimiter: Ich mag die Deutschen nicht. Einmal hat jemand zu mir gesagt: »Du bist ein Irrtum der Geschichte.«

Wir standen auf einem Hügel bei Tobolsk, unter uns floß der Irtysch mit seinem lehmfarbenen Wasser. Am Ufer drängten sich die kleinen Holzhäuser der alten sibirischen Hauptstadt. »Du bist Slawe«, sagte er. Deswegen, siehst du, schrei ich, wenn ich schlafe. Du lachst. Natürlich ist das Unsinn. Wegen solcher Sachen schreit man nicht. Wer kann sich schon aussuchen, was er sein möchte: Russe, Pole, Deutscher. Wenn dir das Blut so gegen das Großhirn drückt wie mir, schreist du auch. Schmerz kennt weder Grenzen noch Klassen. Also mach dir keine Gedanken über so läppische Dinge.

»Du bist ein lustiger Mensch«, sagt Bai Dimiter, »so lustig und so berühmt.«

Ich muß lachen, mir ist dabei, als schlüge jemand mit einem Stein auf meinen Hinterkopf. Bai Dimiter kichert. Er denkt, mir laufen die Tränen, weil ich so lustig bin.

»Ich bin ein alter Mann«, sagt er, »aber ich habe nicht viel erlebt. Nur Arbeit. Bei dir ist das anders.«

»Ja«, erwidere ich, »mein Leben ist dadurch gekennzeichnet, daß ich es an stinkenden Flüssen verbringen muß und daß eine Dienstmädchensehnsucht in mir steckt.« Nur schreibe ich darüber nicht. Ich sage immer: später, später, jetzt ist die Zeit nicht reif dafür. Ich bin so voller historischer Verantwortung, daß ich vor lauter Pflichterfüllung die Pflicht verletze, den Himmel Himmel zu nennen und die Erde Erde. Und vielleicht verbirgt sich hinter dem, was ich Verantwortung nenne, etwas anderes. Das größte Verderbnis für das Schreiben ist die Lüge, Bai Dimiter. Sie schleicht sich zwischen mich und die Welt. Sie schmeichelt meinem Verlangen nach Ruhm und Erfolg. Sie macht mich anfällig gegenüber dem Lob. Läßt mich nach Preisen und Titeln haschen und darauf achten, wie oft mein Name in den Zeitungen steht oder im Referat des Ministers genannt wird. Wenn du glaubst, die Lüge ist erst da beim Schreiben selbst, so ist das falsch. Ich lüge schon, wenn ich mir die Welt erkläre und die Menschen darin und mein Verhältnis zu ihnen. Wenn ich zehn Jahre früher über Wanda und mich geschrieben hätte, wäre ich in der Erzählung ein Held oder eine tragische Person geworden. Ich hätte nie zugegeben, daß ich ein Schwächling war. Wanda, ich

bin sicher, hat mich als solchen erkannt. Sie hätte sonst zu mir gesprochen, bevor sie tat, was sie in jener Nacht getan hat. Sie wollte nicht, daß der Hauptwachtmeister der erste Mann sein sollte, dem sie sich hingab. So kam sie zu mir. Während ich auf ihr lag, war sie ganz still. Ihre Augen waren groß und erstaunt und erschreckt, als ich wie ein Tier meinen Trieb abschlug, ohne zu begreifen, was in ihrer Seele vorging. Erschütterungen müssen mich quälen, bevor die Haut platzt, aus der ich neu ins Leben schlüpfe. Auf andere Art geht es mir wie meinem Onkel. Der war ein kleiner, unscheinbarer Mann, von Hause aus Bäcker. Aber diesen Beruf hat er nur zwei Monate ausgeübt. Er heiratete im Böhmischen in einen Bauernhof ein. Er war ein kalpasin[1], weißt du, eher ein verschrobener Philosoph als ein Bauer. Seine Schwiegermutter schikanierte ihn. So wurde er der große Schweiger. Zwanzig Jahre lang, bis die Tschechen nach dem Krieg die Deutschen aus Böhmen hinaustrieben. Da wachte er auf aus seinem Kutscherleben. Er lief zu den Zeugen Jehovas und wurde ein großer Prediger, überlebte nicht nur seine Frau aus dem Böhmischen, sondern noch zwei aus dem Anhaltinischen, bis er eines Tages in der Elbe ertrank. Fünf Tage trug ihn der Fluß, dann legte er ihn bei Torgau sanft auf eine Sandbank. Der Mund meines Onkels war weit geöffnet. Vielleicht hat er noch während des Sterbens gerufen: »Die Zeichen, Brüder, ich sehe sie. Die Zeit ist nah für die große Schlacht.«
Ich bin wie du in der Partei, Bai Dimiter. Muß ich einen Fragebogen ausfüllen, schreibe ich: Mitglied seit achtundzwanzig Jahren. Auf eine Art macht es mich stolz. Aber die Zahl der Jahre sagt gar nichts. Weißt du, warum ich im März 1946 in die SPD eingetreten bin? Weil ich hundert Mark dafür bekommen habe. Und von diesen hundert Mark habe ich mir eine Flasche Fusel gekauft und wäre fast an einer Alkoholvergif-

---

[1] Nichtsnutz, Tolpatsch

tung draufgegangen. Das war in Herzberg, dreißig Kilometer von Torgau entfernt, wo mein Onkel, der große Prediger, von der Elbe auf die Sandbank gelegt wurde. Genauer gesagt, war es nicht in Herzberg, sondern in Gronitz, einem Dorf, drei Kilometer von Herzberg entfernt. Im Schloß dort, das einem Grafen Palumbini gehört hatte, hauste ich acht Monate mit anderen Gestrandeten und Obdach Suchenden. Wir nannten uns »Neulehrerkursanten«. Aber nie und nimmer wollte ich Lehrer werden, Bai Dimiter. Ich wollte lediglich den schlimmen Anfang des Nachkrieges überleben. Ich verabscheue den Lehrerberuf. Ich habe keine guten Erfahrungen mit Lehrern gemacht, weder in der Volksschule noch später im Gymnasium. Bevor ich Wysgol kennenlernte, hatte ich Pieczyk zum Freund. Er wohnte in der Sandkolonie gleich neben der Heilig-Geist-Kirche. Das war die kleinste Kirche in Hindenburg und die ärmste. Dafür war ihr Pfarrer der beste, der mir je im Leben begegnet ist. Er schloß nachts weder die Kirche ab noch die Tür zu seinem kümmerlichen Häuschen, und der Kirchendiener mußte jeden Morgen Vagabunden oder betrunkene Bergleute, die auf den Altarstufen, im Beichtstuhl oder neben der kleinen Orgel schliefen, hinausjagen. Mein Freund Pieczyk stotterte. Schuld daran war unser Lehrer Wissolek, der mit dem Stock wild zuschlug, wenn jemand im Diktat zu viele Fehler machte. Deswegen stotterte Pieczyk. Wir haben uns an Wissolek gerächt.

Ich würde dir jetzt am liebsten erzählen, wie ich dem Lehrer Wissolek in der Heilig-Geist-Kirche die Beichte abnahm und Pieczyk ihn anschließend erpreßte, was Wissolek zuletzt in die Klapsmühle nach Brieg brachte und von dort nach Belgien, wo er von Partisanen erschossen wurde. Aber Wissolek hat mit Gronitz nichts zu tun. Hier trat ich in die Partei ein, weil ich hundert Mark brauchte. Und ich brauchte die hundert Mark, weil ich mich besaufen wollte. Und ich wollte mich besaufen, weil man Ellen, die Hure aus Breslau, vom Neulehrerkursus gefeuert hatte und ich mich am traurigen Habicht rächen wollte. Der traurige Habicht war unsere FDJ-Sekretärin und auf idiotische Weise moralisch. Ich schreie sicher nach Ellen.

»Nein, nein«, sagt Bai Dimiter. »So ein Wort ist nicht dabei.«

»Doch. Du wirst begreifen, daß ich nach Ellen schreie, wenn du erfährst, was geschehen ist. Aber zuerst muß ich dir erzählen, wie mein Freund Wysgol starb.«

Die Ereignisse in Ruda führten dazu, daß alle Luftwaffenhelfer der dortigen Batterie ein Vierteljahr früher als vorgesehen zur Wehrmacht einberufen wurden. Wysgol und ich wollten Panzerfahrer werden. Uns gefiel die schwarze Uniform mit dem silbernen Totenkopf auf dem Tuch, außerdem meinte Wysgol, daß man bei dieser Waffengattung ebenso schnell zu Ruhm gelangen könne wie bei der Fliegerei. Ich gebe zu, ich bin anfällig für Orden und Medaillen. Ich wollte mir auch beweisen, keineswegs ein Schwächling zu sein. Nach Wandas Tod schrie ich ebenso während des Schlafes wie hier. Die anderen in der Baracke warfen wütend mit Stiefeln und Holzscheiten nach mir, wenn sie durch mein Geschrei geweckt wurden. Aber wir wurden alle zur Infanterie eingezogen, wobei das Wehrbezirkskommando sicher den Hinweis erhalten hatte, uns unterschiedlichen Truppenteilen zuzuweisen. Wysgol und ich blieben zusammen. Wir verdankten es seinem Vater, der einflußreiche Freunde besaß. Wysgols Vater sorgte auch dafür, daß wir zu einem Offizierslehrgang abkommandiert wurden. Ich weiß nicht, ob er es aus Eitelkeit tat oder aus Sorge um das Leben seines Sohnes. Immerhin erreichte Wysgols Vater dadurch, daß wir acht Monate lang nicht zum Fronteinsatz kamen, sondern in Sagan, einer Stadt in Niederschlesien, Paradeschritt und Nahkampf übten. Wir lernten Granatwerfer, Panzerabwehrkanonen, leichtes und schweres Maschinengewehr handhaben, später, in Görlitz, auf dem östlichen Oderufer, das heute zu Polen gehört, wurde uns in aller Eile Theorie und Praxis der Kriegführung beigebracht.

Die Fronten im Osten wie im Westen waren damals längst zusammengebrochen.

Das Kasernenleben war widerlich, Bai Dimiter. Wysgol verfluchte seinen Vater und meldete sich freiwillig zum Kampfeinsatz. Ich tat es ihm gleich. Aber der Kompaniechef warf uns aus seinem Zimmer. Wir wußten damals nicht, daß wir dazu ausersehen waren, als »Elitetruppen« den bereits verlorenen Krieg noch aus dem Feuer zu reißen.

Wysgol starb in der Nacht vom zweiten zum dritten Mai auf einer Landstraße nach Stendal, genauer gesagt, er wurde vom kleinen dicken Paul, der schon den Polenfeldzug mitgemacht hatte, erschossen. Einfach erschossen. Dabei hatte Wysgol noch eine Woche zuvor das Eiserne Kreuz erster Klasse erhalten, weil er bei Raguhn einen amerikanischen Jagdbomber mit dem Maschinengewehr heruntergeholt hatte. Unsere Kompanie zählte zur Armee Wenk, die vom Südwesten her die eingeschlossene Hauptstadt freikämpfen sollte. Es war eine sehr warme Nacht. Sie hatte etwas Unheimliches. Wir konnten uns nur noch in einem Landstrich von zehn Kilometer Breite frei bewegen. Westlich der Elbe lag der Amerikaner. Bis auf seine Flugzeuge verhielt er sich beängstigend still. Den ganzen Tag aber hörten wir das dumpfe Dröhnen sowjetischer Panzer. Ich hatte in Wittenberg ein Fahrrad gestohlen. Wysgol und ich fuhren abwechselnd darauf.

»Wenn etwas passiert«, sagte Wysgol, »treffen wir uns nach dem Krieg in Hamburg. Du hinterläßt bei der Polizei deine Adresse.«

Ich weiß nicht, wie er ausgerechnet auf Hamburg kam. Vielleicht dachte er, wir könnten von dort aus mit einem Schiff nach Südamerika oder sonstwohin auswandern. Ich weiß überhaupt nicht, wie er sich das vorstellte: nach dem Krieg. Es hörte sich an, als wenn er sagte »nach den Ferien« oder »zu Weihnachten«.

»Du glaubst auch, es ist aus.«

»Am besten beim Hauptpolizeiamt«, sagte Wysgol, »nicht bei so einer Scheißfiliale.«

Dann warf er die Gasmaskenbüchse in den Wald und sagte gar nichts mehr.

Die Gulaschkanone kam abends um zehn. Und um halb elf erschoß der kleine dicke Paul aus Rostock meinen Freund Wysgol. Vielleicht war es auch um drei Viertel elf. Jedenfalls erschoß er ihn und rannte dann mit mir über ein Feld, klammerte sich am Verpflegungswagen fest, der uns beide mitschleifte, und ich begriff nicht, was geschehen war und noch geschah. Die Pferde rasten auf unser eigenes Abwehrfeuer zu. Neben uns schlugen die Granaten der sowjetischen Panzer ein. So was ist das Ende der Welt, Bai Dimiter, und was du in der Schule oder sonstwo über Humanität gelernt hast, ist vergessen. Bei mir wenigstens war es so. Ich war ein Tier, das nichts wollte als leben.

Der Panzerdurchbruch der sowjetischen Truppen war erfolgt, als unser Zug bei der Gulaschkanone stand. Es war uns Wein versprochen worden, Schokolade und Zigaretten. Jetzt, da der Krieg nur noch ein paar Tage dauern konnte, wurden wir mit solchen Dingen reichlich versorgt. Ich reichte dem Küchenbullen gerade mein Kochgeschirr hin, oder ich wollte es ihm hinreichen, das weiß ich nicht mehr so genau, jedenfalls stand ich ganz dicht bei der Gulaschkanone, da schlug die erste Granate hinter uns ein. Gleich darauf noch eine, und dann hörte es nicht mehr auf. Ich warf mich hin, sprang auf, rannte ein Stück und warf mich wieder hin. Zwei Bilder sind aus dem Chaos geblieben: Auf der schmalen Straße taumelt ein Gefreiter vom Nachrichtentrupp. Er schreit unentwegt, wir sollen ihm helfen. Es hat ihn erwischt, Bauchschuß, Lunge, was weiß ich, aber er denkt nicht daran, die blöde Kabeltrommel vom Rücken abzuwerfen. Und dann Wysgol. Er fuchtelt im Tohuwabohu mit dem Revolver und will keinen davonlaufen lassen.

Seit er den Jagdbomber heruntergeholt hatte, war er Zugführer. Ich kann nicht behaupten, daß ihm die Beförderung zu Kopf gestiegen war. Er gehörte auch keineswegs zu den idiotischen Durchhaltern. Weiß der Teufel, was in jener Nacht in ihm vorging. Vielleicht wollte er nur nicht, daß ihm der Zug auseinanderfiel. Er schrie dem kleinen dicken Paul etwas zu, und als der sich einen Dreck um Wysgols Befehl kümmerte, drohte ihm Wysgol mit der Pistole. Ich sehe das Aufblitzen von Pauls Karabiner. Er hebt ihn nicht einmal in Augenhöhe, schießt gleich aus der Hüfte, wie man es in Western-Filmen sehen kann. Und Wysgol kippt um.

Ich kroch noch zu ihm hin, aber er war tot. Die Kugel hatte ihn in den Hals getroffen.

Ich sah, wie der Küchenbulle mit der Peitsche auf die Perde einschlug. Ich sah, wie Paul sich am Verpflegungswagen festklammerte. Ich rannte hinter ihm her, erreichte ihn, packte Paul am Rock, krallte mich an ihm fest und machte die Beine steif. Ich hörte Paul keuchen, und dann plumpste er wie ein Sack aufs Feld. Ich lag auf ihm und würgte ihn. Ich hatte das wahnsinnige Verlangen zu morden. Ich schwöre dir, Bai Dimiter, den ganzen Krieg über habe ich nicht einen Menschen getötet. Ich sagte ja, ich war völlig überflüssig in diesem Krieg. Aber in jener Nacht überkam mich plötzlich ein Rausch. Ich kann mir heut noch nicht erklären, woher diese plötzliche Mordlust kam. Sie richtete sich nicht direkt gegen Paul. Es hätte auch jeder andere sein können. Sicher hätte ich Paul erwürgt. Obwohl er sonst kräftiger war als ich, vermochte er nicht, mich von sich abzuschütteln. Erst eine Granate machte meinem Wüten ein Ende. Sie detonierte dicht neben uns. Ich verlor die Besinnung.

Als ich die Augen aufschlug, sah ich einen roten Schein am Himmel und das dicke Gesicht von Paul. Er wickelte einen Verband um meine Stirn und sagte: »Mensch, haben wir Schwein gehabt.« Ich lag auf einem Acker, und mir war, als lebte ich und lebte auch wieder nicht. Ein so seltsames Gefühl hatte ich noch nie verspürt. Als ich in Ruda unter dem Galgen vorbeimarschieren mußte, an dem Wandas Leichnam hing, war mir, als wäre meine Seele etwas Materielles. Sie steckte in meinem Bauch, in meinem Rücken, in meinem Hals. Ich konnte plötzlich nicht mehr gehen, und Wysgol mußte mich weiterzerren. Aber in jener Nacht auf dem Acker, wenige Kilometer vor Stendal, hatte ich das Gefühl, als wäre überhaupt nichts in mir, kein Magen, kein Herz, keine Leber. Ich war ein Stück Haut, sonst nichts. Paul gab mir Sekt zu trinken und fütterte mich mit Schokolade. Bevor er hingestürzt war, hatte er vom Verpflegungswagen heruntergerissen, was er zu fassen bekam. Über Wysgol sprachen wir nicht. Auch nicht darüber, warum Paul mich nicht einfach hatte liegen lassen. Vielleicht tat es ihm leid, daß er Wysgol erschossen hatte. Vielleicht tat ich ihm leid. Vielleicht wollte er auch bloß nicht allein sein, wenn er über die Elbe in amerikanische Gefangenschaft ging. Alles, was Paul tat, war ganz und gar praktisch. Er hatte fünfeinhalb Jahre Krieg hinter sich, war in Polen gewesen, in Frankreich, Norwegen und Belorußland. Er wollte nicht zehn Kilometer vor der Elbe noch draufgehen.

»Komm«, sagte er, »morgen ist der Russe hier.«

Er stopfte in seinen Brotbeutel Fleischbüchsen, Butter, Schokolade, Zigaretten. Was er bei sich nicht unterbrachte, gab er mir. Wir hetzten die Straße entlang, die zum Fluß führte. Niemand hielt uns auf. Als der Morgen graute, sahen wir die Elbe und eine Menge Soldaten, die aufgeregt am Wasser hin- und herliefen, schrien, sich drängten und sich schlugen. Alle trieb es zum Amerikaner, aber es führte nur eine wacklige Holzbrücke über den Fluß. Darunter, zu beiden Seiten des Ufers, standen Polen, Franzosen, Tschechen, befreite Zwangsarbeiter umher. Auch sie schrien und streckten uns ihre Arme entgegen. Sie wollten unsere Waffen. Aber ich preßte mein Gewehr an mich. Die Sonne schien auf den Fluß. Das Gras war grün und der Himmel blau. Möwen kreischten wie hier die Glarusse vor unserem Fenster. Ich hatte mich an den Krieg gewöhnt, Bai Dimiter. Nun sollte der Frieden kommen, und ich hatte Angst vor ihm.

Frühjahr und Sommer des Jahres 1945 waren außergewöhnlich warm. Vielleicht verdanke ich dieser Wärme ebenso mein Leben wie dem nüchternen, aufs Praktische gerichteten Sinn des kleinen dicken Paul aus Rostock. Der Amerikaner hatte achtzigtausend Gefangene auf einem ehemaligen Sendegelände untergebracht. Ich sage untergebracht, Bai Dimiter. Aber du mußt nicht glauben, auch nur einer von uns hätte ein Dach über dem Kopf gehabt. Wir bekamen drei Tage weder zu trinken noch zu essen. Und als es das erste Wasser gab, gab es die Ruhr und den Typhus. Ich war ziemlich apathisch und beneidete Wanda und Wysgol, daß sie das verdammte Leben schon hinter sich hatten. Die Sonne brannte auf meinen Kopf. Wenn ich aufstand, wurde mir schwarz vor Augen, und ich fiel zurück ins harte Gras. Die ersten Nächte kauerten Paul und ich aneinandergepreßt unter seiner Zeltplane. Ich haßte Paul. Er stank nach Schweiß und dreckiger Wäsche, und er schnarchte. Alle im Lager stanken nach Schweiß und dreckiger Wäsche. Aber Paul hatte meinen Freund Wysgol erschossen. Und mit Wysgol hatte er mir die Hoffnung genommen, in diesem Wirrwarr irgendwie durchzukommen. Diese Leere, Bai Dimiter! Diese entsetzliche Leere! Ich konnte nicht anders, als Paul zu hassen. Trotzdem aß ich seine Schokolade und das Fleisch aus seinen Büchsen. Und ich kroch in das kleine Viermann-Zelt, das er mit Hilfe seiner Zigaretten organisiert hatte.

Daß Paul und ich im Juni flohen, hing mit den Vereinbarungen zwischen Stalin, Churchill und Roosevelt in Jalta zusammen. Inzwischen war auch das Potsdamer Abkommen unterzeichnet, und die Rote Armee besetzte den Teil Deutschlands, zu dem das Sendegelände gehörte, auf dem wir lagen. Ein amerikanischer Captain erklärte uns, was geschehen sollte. Er sprach Deutsch wie ein Deutscher und meinte, wir könnten uns entscheiden zwischen Amerikanern und Russen. Es sei, so sagte er, eine Entscheidung auf Dauer und nicht ohne Konsequenzen. So oder so. Ich begriff erst einige Jahre später, was der amerikanische Captain mit dem *So oder so* hatte sagen wollen.

Die Nacht, die uns zur Entscheidung blieb, schliefen wir nicht. Wir rauchten Pauls letzte Zigaretten. Paul wollte nach Rostock, ich nach Hindenburg. Russe oder Amerikaner, wir hielten weder von dem einen noch von dem anderen etwas. Das Nachdenken trieb uns auf die Latrine. Dort entschied Paul: »Wir kratzen die Kurve.«

Am frühen Morgen marschierten wir unter den ersten in Richtung Westen. Befehligt wurden wir von deutschen Offizieren. Ich glaube, dem Amerikaner war es gleich, ob jemand in einem Waldstück zurückblieb oder in einem Dorf. Wer sich auf russischem Gebiet absetzt, machte ihm drüben keine Scherereien. Paul und ich versteckten uns während der ersten Marschpause in einem Bauernhof. Paul hatte noch etwas Schokolade. Er gab sie den Kindern der Bäuerin. So durften wir in der Scheune bleiben, bis die anderen fort waren.

Die Hure aus Breslau trafen wir fünf Tage später in der Gegend von Salzwedel. Das heißt, zuerst traf Paul sie. Für gewöhnlich wichen wir den Ortschaften aus. Aber wir hatten bald nichts mehr zu essen. Paul ging zunächst allein auf ein Dorf zu. Er meinte, einer falle nicht so auf wie zwei. Ich legte mich derweil unter einen Strauch. Es gelang mir nicht, mich an Paul zu gewöhnen, und ich war froh, wenn ich allein war. Nicht nur das. Ich verspürte immer stärker das Verlangen, Paul zu quälen. Ich hatte bald herausgefunden, daß er es nicht ertragen konnte, wenn ich nicht mit ihm sprach. So schwieg ich, während wir nebeneinander herliefen. Dafür redete er um so mehr. Manchmal überfiel ihn ein

Redekrampf. Der Schweiß trat ihm auf die Stirn, und seine Hände begannen zu zittern. Er erzählte mir immer wieder dieselbe Geschichte. Als Fünfjähriger hätte er seinen zweijährigen Bruder umgebracht. Im Wäscheschrank wäre Ameisengift versteckt gewesen. Er hätte das süße Zeug dem Kleinen zu trinken gegeben. Der war davon eingeschlafen und nicht mehr aufgewacht. Pauls Mutter konnte das nicht verwinden. Sie hatte ihn sogar von sich gestoßen, sagte er, wenn er sich an sie drükken wollte. Zu all dem schwieg ich. Ich konnte nicht vergessen, daß er meinen Freund Wysgol erschossen hatte.

Manchmal sagte Paul unvermittelt: »Über mir liegt ein Fluch.« Solche Selbstbezichtigung war Unsinn. Aber ich widersprach ihr nicht. Paul war nicht sehr klug, aber von Grund auf gut, auch wenn er seinem Bruder Ameisengift zu trinken gegeben und Wysgol erschossen hatte. Er suchte sein Leben lang Liebe und fand Haß und Bosheit.

Das Dorf, vor dem ich auf Paul wartete, hieß Klöden. Man kann die Gegend dort weithin überschauen. Sie ist sehr flach. Paul blieb außergewöhnlich lange fort. Für eins wünschte ich, der Russe möge ihn gefaßt haben. Zum anderen war mir ein solcher Gedanke unangenehm, denn solange ich mit Paul zusammen lebte, brauchte ich mich weder um Essen noch um einen Unterschlupf zu kümmern. Außerdem mußte ich damit rechnen, ebenso eingefangen zu werden wie er.

Die Hitze des Tages und der Hunger machten mich müde. Ich schlief schließlich ein und erschrak, als Paul mich weckte.

Er lachte, weil ich so erschrak. Überhaupt war Paul auf seltsame Art verändert. Er redete nicht wie sonst hastig auf mich ein, sondern grinste zufrieden, gab mir Brot und etwas Speck, streckte sich ins Gras, schmatzte und schlug sich von Zeit zu Zeit mit der flachen Hand auf die nackte Brust. Es machte mich wütend.

»Was nun?« fragte ich. »Bleiben wir hier, oder gehen wir weiter?«

Er griente, und ich schrie, er solle nicht so blöd feixen. Aber das machte ihm nichts aus. Ihm war es gleich, ob ich fluchte oder lachte. Ich war nicht mehr wichtig für ihn.

Nach einer Weile sagte er: »Wir sind aus dem Schneider.«

Er erzählte von einer Frau, der er im Dorf begegnet war. Sie legte den Bäuerinnen Karten, für Speck und Eier, für Fressereien eben. Sie war aus Rostock und wollte nach Hause wie er. So lernte ich Ellen, die Hure aus Breslau, kennen, die später in Gronitz vom Neulehrerkursus fortgejagt wurde. Sie war sechsundzwanzig, acht Jahre älter als ich, so groß wie Paul, blond und roch nach Kernseife. Dieser Geruch nach Kernseife war das einzige, was mir an ihr zunächst auffiel. Sie briet für uns Eier mit viel Speck. Ich schlang das fette Zeug in mich hinein. Gegen Abend bekam ich Brechdurchfall und Fieber. Die ganze Nacht über kotzte ich. Paul und Ellen schliefen in einer Kammer nebenan. Sie vergnügten sich miteinander. Ich hörte ihn grunzen und sie schreien. Es war eine eklige Nacht, Bai Dimiter. Ich hatte das Verlangen, die Tür zur Kammer aufzustoßen und einen Eimer kaltes Wasser über ihre erhitzten Körper zu gießen. Aber ich war so schwach, daß mir die Beine wegknickten, als ich von der Matratze aufstand. Ich kroch auf allen vieren durchs Zimmer. Auf dem Hof blieb ich liegen. Ich hatte wenig Hoffnung. Mir war alles gleich. Nur: Paul und Ellen wünschte ich den Krampf, daß sie nicht mehr auseinanderkämen. Ihre Lustschreie sollten zum Gewinsel werden. Mein Freund Wysgol hätte mich niemals auf solche Weise krepieren lassen, dachte ich.

Während ich auf dem Hof in einer Pfütze lag, schwor ich, Paul etwas anzutun, wenn ich die Nacht überleben sollte.

Ellen fand mich einige Zeit später. Während Paul schlief, war sie aufgestanden, um nach mir zu sehen. Sie schleppte mich zurück ins Zimmer. Ich muß sehr gestunken haben. Soviel begriff ich in meinem Fieber: Ich bot keinen erbaulichen Anblick.

»Verschwinde«, sagte ich und trat nach ihr.

Sie meinte, ich sei ein »hundsblöder Idiot«.

So etwas hatte noch niemand zu mir gesagt. »Hundsblöd«, das versteht nur, wer auf den Strich geht oder aus dem Krieg kommt.

Ellen schleifte mich am Boden entlang. Dabei faßte sie mich mal bei den Schultern, mal bei den Füßen.

Später, als ich gewaschen, nackt unter einem Bettuch lag und ebenso nach Kernseife roch wie Ellen, saß sie neben mir auf der Matratze und wischte mir den kalten Schweiß von der Stirn.

Ich hatte plötzlich Angst, sie könnte fortgehen, wieder zu Paul. Ich nahm ihre Hand von meiner Stirn und küßte ihre Finger.

»Wenn du heulen kannst, dann heul«, sagte sie.

Sie legte meinen Kopf in ihren Schoß. Ich wurde ganz ruhig und schlief ein. Als ich erwachte, lag sie zusammengerollt neben mir. Ich sah das Muttermal auf ihrem Hals, die kleine Nase, die zwei Falten auf der Oberlippe.

Ich kann nicht behaupten, daß Ellen schön war. Dafür hatte sie eine zu flache Stirn. Die Augen quollen darunter hervor wie bei einem Frosch. Vielleicht fand Paul Ellen schön, weil sie einen kleinen festen Körper hatte. Für mich ist das Gesicht einer Frau wichtiger als der Wuchs ihrer Beine. Wahrscheinlich hätte ich Ellen nie angerührt. Aber der Gedanke, sie Paul wegzunehmen, bereitete mir Vergnügen. Er besaß nur sie. Was er dachte, dachte er für sie. Was er tat, tat er ihretwegen. Ihn zu töten wäre nicht so grausam gewesen, wie ihm die Frau zu nehmen.

Ich greife in meiner Erzählung vor, Bai Dimiter. Ich fühle mich immerzu gejagt. Wovon? Sag mir, wovon? Gib mir das Relanium vom Tisch. Es macht mich ruhiger. Ich glaube, ich habe die Fähigkeit verloren zu warten. Ich möchte etwas tun, jetzt sofort. Dabei kann ich die Knie immer noch nicht durchdrücken, und wenn ich huste, denke ich, mein

Schädel platzt auseinander wie die Schale einer Kastanie, die vom Baum auf die Straße fällt.

Paul selbst war es, der mich darauf brachte, ihn mit Ellen zu betrügen. Als er am Morgen in mein Zimmer kam, sah er Ellen neben mir liegen. Sein dickes Gesicht, das ich nie anders gekannt hatte als gutmütig und etwas blöde, erschien mir jäh verwandelt. Ich habe Pauls Gesicht nicht gesehen, als er meinen Freund Wysgol erschoß, aber so ungefähr muß es ausgesehen haben wie nun, da er Ellen neben mir auf der Matratze liegend vorfand. Ich bin sicher, hätte er ein Gewehr gehabt, er hätte mich ebenso abgeknallt wie Wysgol. Vielleicht auch Ellen.

»Du Idiot, ich bin impotent«, rief ich, »bei vierzig Fieber ist alles ausgetrocknet. Ich wäre im Hof verreckt ohne sie.«

Von meinem Geschrei wurde Ellen wach. Sie erblickte Paul, seinen vorgestreckten Hals, den aufgerissenen Mund und sagte: »Was glotzt du? Hol Wasser. Wir müssen ihn abreiben. Siehst du nicht, wie er schwitzt?«

Und Paul tat, was sie sagte.

Du meinst, ich hätte merken müssen, daß Ellen eine Professionelle war? Du kennst Jambol, Bai Dimiter, Burgas und Kositscheno, aber du kennst die Huren nicht. Ihre Seele ist gespalten wie die Seele der meisten Menschen. Irgendwo hat jeder sein Paradies, aus dem er vertrieben wurde und in das er zurückmöchte. Du suchst das Paradies in deinen Söhnen, ich suche es in dem, was man Wahrheit heißt, und Ellen suchte es bei mir und später im Neulehrerkursus, aus dem sie verstoßen wurde, hingetrieben in die Nikolaistraße nach Halle, wieder in den Puff.

Mit Paul und ihr hätte es etwas werden können. Sie hätte ihn tyrannisiert, hier und da einmal betrogen. Aber am Ende wären sie beide glücklich geworden. Da kam ich mit meiner albernen Geschichte, ich sei Theologiestudent. Wahrscheinlich hatte mich das Schicksal meines ältesten Bruders mehr erschüttert, als es mir damals bewußt war. Nur so ist zu erklären, daß ich einen Teil seines Lebens als Stück meines eigenen ausgab.

Ellen lachte, als sie hörte, ich wolle Pfarrer werden. Aber ihr Lachen war keineswegs Spott, eher Verlegenheit und Neugier. Ich habe nicht gewußt, was ich mit dieser Lüge bei ihr anrichten würde. Sie behandelte mich, wie Magdalena Jesus behandelt hat. Wenn Paul nachts zu ihr in die Kammer wollte, warf sie ihn hinaus, hieß ihn einen »geilen Bock«, der nichts anderes im Sinn hätte als »fressen und auf den Weibern liegen«.

Ohne Zweifel, Ellens Ausdrucksweise irritierte mich. Aber wir waren damals alle nicht zimperlich. Ellen hatte, so erzählte sie, in Breslau Schreckliches erlebt, bevor sie mit einem Verwundetentransport aus der Festung evakuiert wurde. Sie sei Flakhelferin gewesen, später Krankenpflegerin, behauptete sie. Ich hatte keine Veranlassung, ihr nicht zu glauben, zumal sie mich während meiner Krankheit pflegte und sich dabei äußerst geschickt anstellte. Obwohl eine Hure, war sie keusch. Du glaubst, das ist nicht möglich, Bai Dimiter? Unser Fehler ist, daß wir uns zu starre Bilder von der Welt machen: vom Sozialismus, von der Arbeit, unseren Kindern und den Huren.

Als ich Ellen kennenlernte, war sie noch stark genug, die Zerrissenheit ihrer Seele zu ertragen. Sie zerbrach erst, als man sie vom Neulehrerkursus fortjagte und ihr Glaube an eine neue Welt zerstört wurde. Die Bauersfrauen in Klöden betrog sie rücksichtslos. Ihren Ruf als Kartenlegerin festigte sie durch ihre Frechheit. Einer alten Frau sagte sie voraus, der Sohn würde in einer Woche ins Dorf zurückkehren. Und er kam, fast auf den Tag genau. Nein, Ellen war nicht berechnend, sie war naiv, und das Glück half ihr, wie es sie auch wieder im Stich ließ. Ich glaube, für Ellen war ich damals so etwas wie die Hoffnung auf ein anderes Leben. Der Krieg war vorbei und damit auch alles Vergangene. Wenigstens dachte sie das in ihrer Einfalt. Ich war nie ein Heiliger, aber Ellens Träume drängten mich dazu, eine Zeitlang diese verdammte Rolle zu spielen. Abends setzte sie sich zu mir auf die Matratze, fütterte mich mit Kirschen, Käse und Schinken und streichelte meine Stirn. Während sie mich umsorgte, erzählte ich ihr gotteslästerliche Geschichten aus dem Alten Testament. Es war eine Schande, was ich zusammenlog: Moses verführt Potifa, Samson tanzt vor Salome, König David läßt Manna regnen und heiratet die Hure Magdalena. Das Märchen von König David und der Hure Magdalena wollte Ellen immer wieder hören. Ich hatte zuerst nicht beabsichtigt, Magdalena dem König ins Bett zu legen. Sie sollte vom Hof gejagt werden, weil der königliche Feldführer, statt eine Schlacht zu schlagen, sich mit Magdalena im Zelt vergnügte. Aber Ellen bestand darauf, daß die Hure Magdalena Königin wurde, und so ließ ich sie avancieren. Dieses unbedingte Verlangen Ellens nach einem glücklichen Lebensende Magdalenas hätte mich aufhorchen lassen müssen. Doch mich interessierte anderes. Eier, Käse und Speck waren meiner vorgeblichen Keuschheit nicht zuträglich. Ellens Stirn schien mir keineswegs mehr störend flach. In ihren Augen entdeckte ich einen Glanz, der meine Sinnlichkeit erregte. Ihre kleinen festen Schenkel rochen betäubend nach Kernseife, und ich konnte nicht anders, als mein Gesicht auf sie zu legen. Es machte mich wahnsinnig, daß Ellen so gar nichts von meiner Begierde zu merken schien. Sie hatte Perverse kennengelernt und Impotente, Geizige und Verschwender, Psychopathen und Tripperkranke. Mich liebte sie, weil sie glaubte, ich sei anders. Es genügte ihr, meine Stirn zu streicheln. Ich bekam Komplexe. Außerdem machte mich Pauls Eifersucht wütend. Immerzu blieb er in Ellens Nähe.

Stube und Kammer, in denen wir zu dritt hausten, waren an einen

Pferdestall gebaut. Der Stall war leer. Überhaupt sah es auf dem Hof trostlos aus: ein umgestürztes Fuhrwerk, verrostete Milchkannen, auf dem Misthaufen Papier und Asche. Der Bauer war zum Volkssturm eingezogen worden und noch nicht wieder zurück. Seine Frau lebte nur von der Hoffnung, die Ellens Karten ihr gaben. Wenn ich Ellen vorhielt, sie betrüge das arme Weib, der Bauer verfaule wahrscheinlich schon längst in einem Schützengraben, erwiderte sie: »Na und? Für die Frau lebt er.«

Der Hof wäre noch öder gewesen ohne den Kirschbaum. Ich habe nie wieder einen so großen Kirschbaum gesehen. Seine Früchte waren prall und süß. Die Äste reichten tief herab. Es bereitete mir Vergnügen, hochzuspringen und die Kirschen mit den Lippen zu fassen. Wenn Paul sich unbeobachtet meinte, versuchte er es auch. Aber er war zu klein und zu dick. Mehr und mehr bemühte er sich, mich nachzuahmen. Sicher hoffte er, Ellen besser zu gefallen, wenn er aufhörte, er selbst zu sein. Bisher hatte Paul Pfeife geraucht. Auf diese Weise ging kein Krümel Tabak verloren. Da ich aber Zigaretten rauchte und Ellen ebenso, tat er es auch.

Ellen hatte ein recht kitschiges Bild von einem Theologen. Ich tat alles, sie in ihrer Ansicht zu bestärken. Ich merkte, daß ich so am schnellsten zum Ziele käme. Ein bißchen Sehnsucht, ein bißchen heiliger Schauer, ein bißchen Selbstbetrug. Ihre Seele lag ziemlich offen vor mir. Es bedurfte noch des Kirschbaums und einer Nacht, wo der Mond in einem seltsam blassen Rot am Himmel hing.

Ich weiß nicht, wie lange wir unter den weitausladenden Ästen des Kirschbaumes gelegen haben. Ellens Kopf steckte in meiner Achselhöhle. Sie schnarchte ein wenig, aber es störte mich nicht. Ich sah den Mond durch die Blätter. Er war jetzt weiß. Es schien mir, als jage er über den Himmel. Ein Hund heulte, ein zweiter gab Antwort.

Sicher hätte ich die Nacht in Klöden längst vergessen. Sie ist mir geblieben, weil mir der Morgen geblieben ist. Ich bin schließlich doch noch eingeschlafen. Ellen weckte mich. Es regnete ein wenig, und ich fröstelte.

»Der Russe«, sagte Ellen und hielt mir den Mund zu.

Vielleicht haben die Trojerinnen ihren Männern die Hand so auf den Mund gelegt, wenn sie flüsterten: »Die Griechen.« Es war ohne jeden Sinn, was Ellen tat. Es war allein Angst. Ich hatte auch Angst. Wir schlichen zum Hofzaun und blickten durch einen Spalt auf die holprige Straße. Panzer, Lastkraftwagen, Gedröhn von Flugzeugen hätten mich nicht so erschreckt wie diese klapprigen Panjewagen: offene Wagen, mit Planen überzogene Wagen, kleine Pferde mit zottigen Mähnen und müden Augen, hier und da ein Zuruf oder ein Fluch. Sonst war alles still. Ich hatte den Eindruck, selbst die Hunde verkrochen sich in ihre Hütten. Eine Woche lang hatten wir recht sorglos gelebt. Die Amerikaner waren abgezogen, die Russen noch nicht da. Ich hatte den Krieg eigentlich schon vergessen, spielte den Philosophen, gierte nach Ellen und empfand böse Freude über Pauls Eifersucht.

Wenn ich heute an Paul denke, denke ich an Woyzeck, und ich komme mir vor wie der Hauptmann oder der Tambourmajor. Du kennst Woyzeck nicht, Bai Dimiter. Aber wenn mich von den vielen Menschen, die Schriftsteller in ihren Büchern erschaffen, als wären sie Prometheus, schlechte Menschen und gute Menschen, Glückliche und Verblendete, Tapfere und Versager, wenn mich einer zutiefst anrührt, dann ist es Woyzeck. Ich bin nicht sentimental. Ich war es mal. Aber Woyzeck bringt mich zum Heulen, und ich habe Angst, daß auch noch in hundert Jahren oder in tausend ein Hauptmann sagen wird: »Er ist dumm, ganz abscheulich dumm, Woyzeck. Er hat keine Moral.« Und Woyzeck antwortet immer noch: »Es muß was Schönes sein um die Tugend, Herr Hauptmann. Aber ich bin ein armer Kerl.«

Kompanien zogen an uns vorüber, Bataillone. Mir schien, als besäßen die Russen nichts anderes als Panjewagen, kleine Pferde unter einem Krummholz, schmutzige Uniformen und unrasierte Gesichter. Ich begriff nicht, wie sie so bis nach Berlin hatten kommen können und jetzt noch weiter nach Klöden. Eine Armee Kutusows, ja Peters des Großen, so schien es. Ich verfluchte Paul, der den Einfall gehabt hatte, aus amerikanischer Gefangenschaft zu fliehen. Ich war bereit, auf Hindenburg zu verzichten, auf Ellen, den Geruch ihres Bauches nach Kernseife, auf die erschwindelten Eier, den Speck, Minneapolis, Little Rock, New Orleans, das schien mir ein Ausweg, und ich dachte an Wysgol, der gesagt hatte: »Wenn etwas passiert, treffen wir uns in Hamburg.« Deutschland war nicht mehr Deutschland. Es war ein dreckiger Bauernhof in Klöden. Die Franzosen saßen in Freiburg, die Engländer in Köln, die Amerikaner in München, die Russen in Klöden. Und ich saß auch hier, preßte meine Nase gegen einen Bretterzaun und sah durch einen Spalt auf die graue Straße.

Paul war fort. In der Nacht hatte er sich einfach davongemacht. Ich stelle mir vor, er hat hinter dem umgestürzten Fuhrwerk gestanden und zugesehen, wie Ellen und ich es unterm Kirschbaum trieben. Und ich stelle mir vor, daß sein dickes Gesicht sehr blaß war und daß er mit der Deichsel auf uns hatte einschlagen wollen. Und als wir schliefen, hat er ganz nah bei uns gestanden und hat lautlos geweint.

»Das wirst du nicht tun«, hatte er noch einen Tag zuvor gesagt. »Ich habe sie gefunden, nicht du.«

Und ich hatte geantwortet: »Stein oder Schere.«

Ich war mir meiner Sache sehr sicher gewesen. Ob ich gewann oder verlor, das war nicht mehr die Frage. Das wußte er.

»Ich hätte dich verrecken lassen sollen«, sagte er.

Ich sagte gar nichts.

Da schrie er plötzlich und stürzte sich auf mich. Ich trat zur Seite, und er schlug mit dem Gesicht gegen die Tischkante. Er blutete sehr stark. Ich war aus dem Zimmer gegangen, ohne mich nach ihm umzusehen. Und nun war er fort. Ich bin ihm nie wieder begegnet.

Den ganzen Tag über wagten wir nicht, auf die Straße zu gehen. Wie zwei erschreckte Kinder saßen wir auf meiner Matratze. Ich nannte Paul einen hinterhältigen Kerl. Und Ellen sagte: »Vielleicht bekomme ich ein Kind.«

»Von mir nicht«, erwiderte ich.

»Einer mit einem Kind im Bauch tun sie nichts«, meinte sie.

»Aber mir«, sagte ich.

Ellen war mir plötzlich lästig. Ich stieß sie von mir, als sie mich ins Ohr küssen wollte. Was ich hätte, fragte sie.

»Gar nichts«, sagte ich, »du kotzt mich an.«

Ich besaß einen Feldbeutel, eine Decke und einen Mantel. Das alles schnürte ich zu einem Bündel und wollte fortgehen.

»Hau doch ab, du dummes Luder«, rief Ellen. »Du bist noch nicht aus dem Dorf, da haben sie dich, verschwinde, los, verschwinde!«

Ich setzte mich wieder neben sie. Eine Weile saßen wir so da, sprachen nichts und hörten auf das Pferdegetrappel, von dem etwas Friedliches, zugleich aber auch etwas Bedrohliches ausging. Ich warf mich plötzlich über Ellen und riß ihr das Kleid von der Schulter. Sie schlug mir ins Gesicht, stieß mit den Beinen, aber es half ihr nicht, ich vergewaltigte sie. Ellen lag da wie tot. Ihr Kopf war von der Matratze gerutscht. Das Gesicht lag seitlich auf dem Holzfußboden. Sie starrte auf die schmutzige Tapete, und ihre Arme lagen schlaff neben dem Körper.

»Bist du fertig?«

Sie sagte es ohne Zorn, eher müde und gleichgültig. Ich ekelte mich vor mir selbst, holte Wasser, wusch Ellen und zog ihr das Kleid über. Sie saß gegen die Wand gelehnt. Ihr Kopf lag auf den Knien.

»Spuck mich an«, sagte ich.

Sie blieb sitzen, wie sie saß, und sagte: »Warum ist alles so dreckig?«

»Ich bin kein Theologiestudent«, sagte ich. »Ich habe nicht einmal das Abitur. Nur einen ganz blöden Vorsemestervermerk, der zu nichts taugt. Es ist alles Schwindel, was ich dir erzählt habe. Es ist überhaupt alles Schwindel. Wenn du willst, heirate ich dich.«

Ellen lachte. Sie verschluckte sich, so lachte sie.

»Wir beide«, sagte sie, »das wäre ein Witz.«

Am nächsten Morgen zogen wir los. Sie trug mein Bündel und ich ihren Koffer, auf einem Stock über meiner Schulter. Ellen hatte für mich Zivilkleidung besorgt. Wir waren eigentlich ganz vergnügt.

In der Nacht darauf wurde Ellen zum zweitenmal vergewaltigt.

An der Elbe hatten uns sowjetische Soldaten gefaßt. Sie bedeuteten uns, wir würden auf der Kommandantur ein Dokument erhalten, dann könnten wir nach Haus. Aber sie logen, brachten uns nicht zum Kommandanten, sondern zu einer Scheune, wo bereits achtzig oder hundert Menschen herumsaßen. Männer, Frauen, Kinder. Sie alle hofften auf ein Dokument. In der Nacht holten sie Ellen heraus und noch zwei andere. Sie müßten zum Verhör, sagte man.

Mit dem, was in jener Nacht und am folgenden Morgen auf diesem Bauernhof geschah, bin ich all die Jahre über nicht fertig geworden. Vielleicht ist das der Grund, weswegen ich mich lange geweigert habe, ein Filmszenarium oder ein Buch über die Nachkriegszeit zu schreiben. Es könnte sich jetzt jemand hinstellen und rufen: »Jablonski hat Angst vor der Wahrheit.« Und ich würde antworten: »Ja, ja, ja.« Ich weiß nicht, wann ich in die Welt hinausschreien kann, was ich als Wahrheit erfahren habe, nicht weil ich Konsequenzen fürchte, sondern weil ich nicht weiß, wem meine Wahrheit nützt. Wie sehr ich einer Selbsttäuschung erlegen war, wurde mir vor zwei Jahren bewußt. Ich fuhr mit Bogodin auf dem Irtysch. Der Mond spiegelte sich im Wasser. Die

Taiga war ein dunkles Band, über das helle Feuer aufstiegen – Fackeln verbrennenden Erdgases. Wir saßen am Heck, und ich blickte auf das von der Schiffsschraube zerwühlte Wasser.

»Habt ihr vergewaltigt?« fragte ich.

Bogodin begriff mich zunächst nicht. Vielleicht hatte er gerade an Kora gedacht, als ihn die Amis das dritte Mal vom Himmel holten, oder an einen Vers. Er war Lyriker, seit das damals passiert war. Mit dreißig Oberstleutnant, mit fünfunddreißig Lyriker. Das ist eine Kaderentwicklung. Und bloß, weil er im amerikanischen Hinterland abgestürzt war, fünf Tage hungerte und fror, Wundfieber hatte und Halluzinationen, bis ihn ein nordkoreanischer Stoßtrupp fand. Seine militärische Karriere war zu Ende. Es nützte ihm nichts, daß er neun amerikanische Flugzeuge abgeschossen hatte. Die eigenen Leute trauten ihm nicht mehr. Es war die harte Zeit, wo der einzelne geopfert wurde, um die heilige Sache des Volkes nicht zu gefährden. Wer die Menschlichkeit will, darf sich vor der Unmenschlichkeit nicht fürchten. Das klingt grausam, Bai Dimiter. Aber das Leben ist grausam. Vor dem Glück steht der Schrecken. Ich denke und denke und komme nicht weiter. Manchmal glaube ich, das Leben kennt keine Erfüllung, nur Sehnsucht.

»Habt ihr vergewaltigt?«

»Was soll das, jetzt nach fast dreißig Jahren?«

»Ob dreißig oder hundert. Die Wahrheit zählt, nicht die Jahre.«

»Erwartest du von uns einen Schuldkomplex?«

»Du verstehst mich nicht.«

»Ob Griechen oder Römer, Osmanen oder Chinesen, Amerikaner oder Russen, Engländer, Franzosen oder Deutsche, schick sie in den Krieg, und es wird Mord geben, Raub, Plünderung und Vergewaltigung. Ich finde es dumm, den Menschen in den Zustand des Tieres zu versetzen und dann über seine Unmoral zu meditieren. Viele sind nur deshalb mit einem sogenannten reinen Gewissen aus dem Krieg zurückgekehrt, weil sie Glück hatten, ganz einfach Glück. Wenn es in tausend Jahren noch Kriege geben sollte, wird es nicht anders sein. Das schwör ich dir.«

Ellen war zwei oder drei Stunden fort. Sie kam beim frühen Licht des Tages. In der Scheune konnte man erste Konturen erkennen. Ein Kind schrie. Die Mutter wiegte es in den Armen. Als der Kleine nicht aufhörte zu schreien, schlug sie ihn und machte dann wieder ihr Eiapopeia. Es roch nach faulem Stroh und Urin. Die meisten schliefen. Wer wach war, stierte mit stumpfen Augen vor sich hin.

Ellen hatte den Gang, den Frauen nach so etwas haben: ein wenig plattfüßig, die Knie nach auswärts gebogen, den Körper aufgerichtet, ein Hohlkreuz. Sie gehen durch die Welt, die alle Farben verloren hat, eckig, wie schlecht geführte Marionetten.

Genauso war die Straßenbahnschaffnerin gegangen, die Wysgol eines Tages in unsere Baracke auf dem Rudaer Berg mitgebrachte hatte, ein einfältiges Mädchen, achtzehn Jahre alt, vollbusig und mit einem Basedow-Hals. Wir hatten gar nicht vor, mit ihr zu machen, was wir dann gemacht haben. Keiner begriff am Ende, wie es hatte dazu kommen können. Wysgol trieb's mit ihr auf seinem Bett. Wir anderen spielten Skat. Ihr Lachen war aufreizend. Sie war die erste, von der Wysgol geschafft wurde. Völlig fertig kroch er aus der Ecke hervor, wo sein Bett stand. Sie blieb liegen und lachte. Ich glaube nicht einmal, daß sie Wysgol verspotten wollte. Es war, weil sie erhitzt war und noch voller Kraft und er, der so stark getan hatte, davonschlich wie ein geschundener Hund. Ich weiß nicht mehr, wer von uns zuerst die Karten hinlegte und zu der Straßenbahnschaffnerin ging. Wir standen plötzlich alle um das Bett herum, auf dem sie lag. Noch nahm sie es als Spiel, hatte rote Flecke im Gesicht und am Hals. Ihr aschblondes Haar fiel über die Augen. Als einer von uns sich zu ihr herabbeugte, stieß die ihn vor die Brust. Da warf er sich auf sie. Es war zu spät, als sie begann, sich ernsthaft zu wehren. Zwei hielten sie fest, der dritte tat's. Dann kam der nächste und der nächste. Sechsmal. Zuerst bäumte sich noch ihr Körper auf, aber schon bald war er seelenloses Fleisch.

Ellen setzte sich neben mich. Ich kratzte Stroh zusammen und schob ihr meinen Mantel hinüber. Ich glaube, sie sah und hörte nichts. Erst, als ich sie leicht bei den Schultern faßte und sie auf den Mantel legen wollte, zuckte sie erschreckt zusammen, starrte mich an, als wäre ich etwas seltsam Fremdes. Sie stand immerzu auf und setzte sich wieder. Es schauderte sie, sich hinzulegen.

Das Geschrei auf dem Hof ging los, als die Sonne sich über die Kastanienbäume schob. Ihre Kronen waren voller Kraft, als hätte es nicht fünfeinhalb Jahre Krieg gegeben und über fünfzig Millionen Tote. Es muß gegen fünf Uhr morgens gewesen sein. Ein dicker Lichtstrahl fiel durch das halb geöffnete Scheunentor. Ellen lag nun doch auf meinem Mantel. Sie hatte mir den Rücken zugekehrt. Ihr Körper war gebogen wie der eines Embryos. Nichts, was um sie herum geschah, weckte bei ihr eine Reaktion. Ich weiß nicht, ob sie schlief oder wach war. Aus dem Lehmboden der Tenne kroch die Kälte in meinen Rücken. Ich hörte den dünnen Knall eines Pistolenschusses. In der Scheune breitete sich Furcht aus. Es wurde geflüstert. Die Kinder preßten sich an ihre Mütter. Angst und Neugier trieben mich mit einigen anderen zum Scheunentor. Was sich auf dem Hof abspielte, machte mir die Welt noch rätselhafter. Ein Kommando russischer Soldaten schlug auf drei oder vier der eigenen Leute ein. Sie traten nach ihnen, trieben sie mit Kolbenhieben der Maschinenpistolen auf einen Jeep. Das gleiche geschah mit einem Leutnant oder Oberleutnant. Am Hoftor lehnte ein langaufgeschossener Mann mit einem Armeniergesicht. Er rauchte und sah dem Ganzen gelassen zu. Der Leutnant stemmte sich mit den

Füßen gegen die Räder des Jeeps und rief dem Armenier etwas zu. Der verzog keine Miene, und die Soldaten warfen den Leutnant wie ein Stück Schrott auf den kleinen Wagen. Der Leutnant blutete, fluchte und heulte. Der Armenier steckte seine Pistole zurück in die Ledertasche, die vor seinem Bauch hing, und zündete sich eine weitere Zigarette an. Dann raste der Jeep durchs Hoftor, an dem Mann vorbei, der wahrscheinlich ein Hauptmann war. Er schrie dem Fahrer noch etwas zu. Niemand von uns wagte, auf den Hof zu gehen. Wer aufs Klo mußte, pißte in die Ecke, ob Frauen oder Männer.

»Sie bringen sich gegenseitig um«, sagte jemand.

Es wurde sehr heiß in der Scheune. Die Sonne brannte auf das Schieferdach. Ein Soldat hatte beide Torflügel aufgestoßen. Niemand von uns hatte den Mut, sie wieder zu schließen, um die Hitze des Tages nicht in den dunklen Raum zu lassen. Die Luft flimmerte über dem Hofbrunnen. Fliegen quälten uns. Ellen verlangte zu trinken. Ich gab ihr die Feldflasche. Auch ich trank. Das Wasser schmeckte faulig.

Mittags wurden wir auf den Hof getrieben. Am Scheunentor baute sich ein Soldat auf. Er erinnerte mich an Mischa, den Ukrainer vom Rudaer Berg.

»Dawai, dawai«, schrie er und schob das Käppi in den Nacken. Die Sonne prallte auf seinen kurzgeschorenen Schädel. Der Mann hatte den Kragen des Hemdrocks geöffnet und wischte sich mit dem Ärmel den Schweiß aus dem Gesicht.

»Dawai.«

Dieses Wort verstand damals jeder zwischen Elbe und Oder. Es barg etwas Drohendes.

Wir mußten uns in der Mitte des Hofes aufstellen. Die Frauen links, die Männer rechts. Die wenigen Habseligkeiten lagen vor unseren Füßen. Mir will heute scheinen, als hätten wir fünf Stunden in der knallenden Sonne zugebracht. Aber sicher waren es weniger. Ellen saß auf ihrem

Koffer. Die Frauen gaben sich nicht so ängstlich wie die Männer. Hin und wieder lief eine zum Brunnen und holte Wasser. Schließlich kam der armenische Offizier aus dem Haus. Vielleicht war er auch ein Georgier. Er sprach miserabel deutsch. Aber was wir nicht verstanden, verdeutlichten uns seine Gesten. Ich bin sicher, er haßte uns. Ob Frauen, Kinder, Männer, für ihn waren wir Faschisten. Seine Uniformbluse war ebenso fleckig und zerknautscht wie die der Soldaten. Es steckten nur mehr Orden an seiner Litewka. Er war keine dreißig Jahre alt. Zuerst sagte er etwas auf russisch. Es interessierte ihn nicht, ob wir es verstanden. Sein Gesicht hatte den gleichen unbeteiligten Ausdruck, mit dem er zugesehen hatte, wie der Leutnant auf den Jeep geworfen worden war.

»Die Frauen nach Haus, die Männer dawai«, sagte er, spuckte aus, als wenn er sich vor etwas ekelte, und ging zurück ins Haus.

Ich habe mich auch im Malen versucht, Bai Dimiter. Ich wollte ja immer raus aus der Didaktik, aus dem Palaver über methodische Schritte und lehrplangebundene Bücher, die ich miserabel fand und über die ich doch Aufsätze schreiben lassen mußte. Ich wollte Volksrichter werden und Matrose und Fotograf. Aber die Volksbildung gab mich nicht frei. Sie hielt mich fest wie einen Galeerensträfling. Es gab einen Beschluß für Genossen. Ich wäre aus der Partei ausgeschlossen worden, wenn ich meinen Wünschen nachgegangen wäre. Ein Weg stand mir offen, zur Armee und zur Volkspolizei. Aber es steckten zu viele Erinnerungen in mir: der Rudaer Berg, Wysgol, Paul. Ich habe gemalt. Kohle, Aquarell, Öl. Immer wieder den Armenier: Wie er am Tor steht, wie er ausspuckt, wie er die Zigarette in den Mund schiebt. Ich habe ihn gehaßt, wie er uns gehaßt hat. Ich habe nicht sowjetische Soldaten gemalt, die auf einer Gulaschkanone stehen und hungernden Menschen Suppe in ein Kochgeschirr schütten. Keinen Sergeanten, der seinen starken

Arm schützend um ein Kind hält. Das alles ist geschehen, Bai Dimiter, in unserem verödeten Deutschland, in dem die Straßen aussahen wie vom Krebs zerfressen. Ich habe die Angst gemalt, die Skepsis, den Haß. Meine Bilder waren ebenso schlecht wie meine Gedichte. Ich malte und schrieb in einem Rausch. Ich wußte noch nicht, was erzählerische Distanz ist und poetische Idee und Komposition und Selbstkontrolle. Vor meinen Augen stand immerzu der Armenier, der einen sowjetischen Leutnant wie ein Stück Schrott auf den Jeep werfen ließ und vor uns, den Deutschen, ausspuckte.

»Viele sind nur deshalb mit einem sogenannten reinen Gewissen aus dem Krieg zurückgekehrt, weil sie Glück hatten, ganz einfach Glück.« Das eben glaube ich nicht. Da macht Bogodin es sich zu leicht. Mit einer solchen Philosophie gibt er sich und mir und jedem das Recht, unsere Sünden abzustreifen. Nicht nur weit zurückliegende, auch die von gestern und heute. Was bei uns geschehen ist und geschieht, in diesem verfluchten Land, das mir anhängt durch Tradition und Erziehung, mich erstaunt und erschreckt, in dem ich umherlaufe wie Christus und Lenin, in mir selbst zerrissen wie jener Armenier, was hier geschieht, ist ganz und gar nicht so lieblich, wie es mich Filme lehren wollen und Bücher und Artikel. Ich nehme mir das Recht, es zu sagen, weil auch ich Lachen verkündet habe, wo ich hätte Tränen zeigen müssen. Nicht begreifend, daß Leid keineswegs Resignation provozieren muß oder ein Lebensgefühl des Absurden.

Ellen stand am Dorfausgang unter einer Kastanie. Ich ging inmitten eines Trupps alter und junger Männer auf dem schmalen Asphaltband, das von Panzerketten zerrissen war und vom Winterfrost aufgeworfen. Den Lappen um meinen rechten Fuß hatte ich schlecht gewickelt, nun drückte er unterhalb des Knöchels. Ich wagte nicht, stehenzubleiben, den Schuh auszuziehen und den Fußlappen zu richten. Das

»Dawai« klang mir noch in den Ohren und der dünne Pistolenknall auf dem Hof. Die Sonne blendete nicht mehr. Sie war rot und rund und freundlich. Es wäre schön gewesen, jetzt mit Ellen in die Felder hineinlaufen zu können. Selbst die Disteln, die das spärliche grüne Korn überwucherten, waren schön. Der Abend kündigte sich an und eine milde Nacht.

Ellen reichte mir einen Zettel hin, als ich an ihr vorüberhumpelte. Ich steckte ihn in die Tasche, ohne einen Blick darauf zu werfen. Später dann sah ich mich um. Ellen stand unter der Kastanie wie unter einem riesigen Pilz. Ich holte den Zettel aus der Tasche und las ihre Adresse. Wozu, dachte ich, es ist vollbracht. Ich dachte wirklich so pathetisch. Wir liefen in den Abend und in die Nacht. Der Kastanienallee folgten Apfelbäume, den Apfelbäumen Pappeln, den Pappeln Birken. Ich weiß nicht mehr, ob der Mond schien, der Himmel klar war und Sterne blinkten. Ich schleppte mich von Marschpause zu Marschpause, fiel in den Straßengraben und wurde durch Schreie aus meiner Ohnmacht wieder hochgerissen. Einer von uns wollte die Nacht nutzen, sich davonzumachen. Als die Begleitmannschaft merkte, daß jemand fehlte, begann ein wildes Geschieße. Sie fanden den Mann in einem Kanalisationsrohr, zerrten ihn an den Beinen aus seinem Versteck, traten und schlugen ihn. Zuerst brüllte er, dann war er still...


»Bitte sei immer glücklich.«
Diesen Satz schreibe ich mit meinem Finger überallhin: aufs Bettuch, an die Wand, gegen den wolkenverhangenen Himmel. Eine Russin sagte ihn zu mir, viele Jahre später. Über dem Obmeer schwebte eine dreieckige Wolke. Ich habe ihr nichts von jener schrecklichen Nacht erzählt.

Ras, dwa, tri … zwanzig.

»Ganz langsam«, sagt Dr. Assa, »langsam.«

Er faßt mich bei den Händen und richtet vorsichtig meinen Oberkörper auf.

Neben ihm steht die kleine Ärztin. Sie hat ein Kindergesicht und schaut ängstlich.

»Die Stunde der Wahrheit«, sage ich.

»Wie ist Ihnen?« fragt Dr. Assa.

»Ich kann den Hof sehen.«

»Und jetzt langsam drehen. Strecken Sie die Beine raus. Ja, einfach baumeln lassen. Flimmert's?«

»Ein wenig.«

»Stützen Sie ihn«, sagt er zur Ärztin.

»So ein grüner Hof.«

»Aufstehen und nicht sprechen. Na?«

»Ich glaube, ich lebe.«

»Das reicht fürs erste«, sagt Dr. Assa.

Ich sehe noch einmal aus dem Fenster.

»So ein grüner Hof.«

Die Korridore in Krankenhäusern ähneln einander. Wenn ich »Warten auf Godot« inszenieren müßte, ich würde vom Bühnenbildner verlangen, daß er mir einen solchen Korridor entwirft: Die Fenster weit aufgerissen, die Mittagssonne brennt unbarmherzig, am Rundhorizont weiße Betonblöcke, vor ihnen ein Ahornbaum mit sehr durstigen Blättern. Auf dem Gang eine Zigeunerin und ein Mann, der einen schmächtigen Jungen beim Kragen eines Kittels gepackt hat. Läßt er ihn für Augenblicke los, taumelt der Junge und lacht und droht hinzufallen. Der Junge torkelt grinsend an der Zigeunerin vorbei. Sie ist jung, zweiundzwanzig Jahre alt, mit ungewöhnlich glattem Haar, blasser brauner

Haut, großen Augen und verängstigt. Ich nenne sie Vungja, weil mir ein Zigeunerlied einfällt, wenn ich sie sehe.

> Geh, die großen Herrn zu bitten,
> schwarze Vungja.
> Bitte mit deinen schönen Augen,
> wenn's hilft, mit deinen Schenkeln.
> Bittest du nicht für mich,
> soll auf dich sich stürzen
> dieser ganze weite Himmel.

Ich sage »Dober den«[1]. Für gewöhnlich hebe ich nur kurz die Hand, wenn ich grüße. Sage »sdraste«[2] oder einfach »eh«. Vungja erwidert meinen Gruß nicht. Sie nickt nicht einmal. Vielleicht habe ich zu leise gesprochen, oder sie hat mich nicht verstanden. Ich spreche mit einem schauderhaft preußischen Akzent. Wir tapsen unsicher aneinander vorbei. Mich reizt es, stehenzubleiben und zu sagen: »Wir sind noch einmal davongekommen.« Aber was weiß sie schon von Literatur und meiner Anspielung auf Nachkriegstitel. Entsetzlich, wie wichtig sich die Bücherschreiber nehmen. Vielleicht sollte ich einen Essay über Rimbaud schreiben.

Vungja sieht mir nach. Ich spüre es. Vielleicht will ich auch nur, daß sie mir nachsieht. Sie macht mich neugierig. Nein, nein, nein. Nur nicht das wieder. Die Menschen haben aufgehört, für mich Menschen zu sein. Sie sind nur noch Objekte. Über meinen Schreibtisch könnte ich den Spruch hängen, der über den Anatomieräumen einer Universitätsklinik in Stein geschlagen ist: Hic gaudet mors succurer vitae. Hier

---

[1] Guten Tag
[2] Soviel wie: Grüß dich

steht der Tod im Dienst des Lebens. Ich möchte wissen, was ich zusammenschreie, wenn ich schlafe. Vielleicht nenne ich mich einen Mörder . . .

Der Weg vom zweiten Stock in den sonnigen Garten ist eine endlose Straße. Braune Fliesen, marmorne Stufen. So träume ich manchmal, so kühl und so leer. Ich steige Stufen hinab. Eine nie aufhörende Folge von Stufen. Und ich friere. Irgendwo, weit weg, scheint die Sonne. Ich sehe einen kleinen leuchtenden Fleck. Und ich möchte mich hinabstürzen.

Weska kommt die Treppe hochgelaufen, die kleine schlanke Weska mit dem kurzen Rock. Sie sieht mich auf einer der Steinstufen sitzen und sagt: »Was machen Sie nur für verrücktes Zeug.«

»Wissen Sie, daß Sie schöne Beine haben«, entgegne ich.

»Doktor Assa hat Ihnen verboten, auf den Hof zu gehen.«

»Er wird es nicht erfahren.«

»Doch.«

»Von wem?«

»Von mir.«

»So schöne Beine und einen so häßlichen Charakter.«

»Ach«, ruft sie, wie nur Bulgaren »Ach« rufen. Die Mundwinkel sind herabgezogen, und die rechte Hand schlägt einen Halbkreis. Wahrscheinlich denkt sie, was gehen dich meine Beine an. Hol dir in der Zugluft eine Lungenentzündung, dann gehst du hops. Sie läuft weiter und kümmert sich nicht mehr um mich.

Vielleicht ist Burgas meine letzte Station. Fast wünsche ich es. Ich steige die Stufen weiter hinab. Mit einer Hand stütze ich mich aufs Treppengeländer, mit der anderen halte ich den Kittel über meinem Bauch zusammen. Warum gibt man mir keinen grauen Gürtel zum grauen Kittel? Ich muß leben. Und ich werde in Burgas bleiben, zwei Monate, drei, ein halbes Jahr. Ich werde hier schreiben, was ich in Leipzig nicht schreiben kann. Nein, nein, es verbietet mir auch dort keiner. Ich bin nur verkrampft, verkompliziere, was schon kompliziert ist, oder banalisiere das Tragische. Ich habe den schönen Satz gelesen: »Es gibt Dichter, die, um Dichter zu werden, von anderen gedichtet werden müssen: das von ihnen Unaufgefundene nimmt in anderen Dichtern Gestalt an.«

Ich will nicht warten, bis ein anderer kommt, um mich zu schreiben. Ich will es selbst tun.

Im zweiten Stock, fast in einer senkrechten Linie über mir, steht Vungja. Sie beugt sich über die Steinbrüstung, als wollte sie mir etwas zurufen. Aber sie blickt nur zu mir herunter mit einem sehr traurigen Gesicht. Sicher hat sie Heimweh nach der Lehmhütte am Rande eines Dorfes, dem Geschrei der Kinder, den bunten Fetzen am Körper, die bis zu den Knöcheln herabhängen und die dünnen braunen Beine verdecken. Hier hat sie ein sauberes Bett, zum Frühstück Honig, Tee, Sirene[1]; zum Mittagessen Giwetsch[2] und Agneschko[3]. Wie ein Vogel, dem die Flügel gebrochen sind, steht sie da, eingesperrt in einen goldenen Käfig. In dem grauen Kittel, den sie wie ich vor dem Bauch zusammenhalten muß, kann sie nicht sprechen und nicht singen.

Ich möchte Vungja auswendig lernen, so wie sie dasteht. Ich möchte für sie ein Lied schreiben, das der Wind ins Meer weht. Niemand wird je seinen Text sprechen, etwas auf der Welt, nur vier Zeilen, möchte ich ganz allein für mich behalten.

Auf den Bänken im Garten ist kein freier Platz mehr zu finden. In grünen Mänteln sitzen dort die Patienten von der Augenstation, in blaßroten die von der inneren Abteilung. Sie alle tragen einen

[1] Schafskäse
[2] Gemüsegericht
[3] Lammfleisch

Gürtel. Ich komme mir gedemütigt vor ohne Gürtel, lehne meine Stirn gegen das Holzgitter des Zaunes und denke: Dort draußen ist das Leben ...

Bai Dimiter ist den letzten Tag im Erstrangigen Bezirkskrankenhaus. Er ist wütend. Der Zigeuner hatte versprochen, ihn zu rasieren, nun ist er nicht gekommen.

»So kann ich nicht auf die Straße, so doch nicht«, ruft er. Er kratzt seine Handfläche an den harten, weißen Stoppeln. Immerzu fragt er mich, wie er aussieht. Und ich sage: »Gut, gut siehst du aus. Dein Gesicht ist nicht mehr schief. Der Mund hängt nicht mehr herunter.« Ich glaube, die Eitelkeit hört nicht auf, ob man achtzehn ist oder achtzig. Vielleicht ist es auch nicht Eitelkeit. Man will aussehen wie ein Mensch, nicht wie der Glöckner von Notre-Dame.

Bai Dimiter flucht auf die Zigeuner, auf die Türken und auf die Griechen, blickt in einen kleinen, tauben Spiegel und flucht wieder. Er läuft auf den Korridor, fragt die Frauen, die uns das Abendbrot bringen, nach dem Ziganin, nennt die Alte »Momitschenze«[1], und die wundert sich nicht darüber, denn jeder ruft sie hier so. Großartig, wie Bai Dimiter fluchen kann, besser noch als Iwan. Turzi, Krazi, Ziganki, Haidutti[2]. Er fühlt sich seinen Söhnen verpflichtet. Der Vater des Direktors von Radio Orphei kann nicht wie ein Strolch über den Bulvard laufen. Und dann muß er zu seiner Frau, die in der Poliklinik Nummer zwei liegt, Magenkrebs hat, vielleicht noch vier Monate leben wird oder ein halbes Jahr. Sie wird sich entsetzen, ihren Dimiter so verwildert zu sehen wie einen Chuligan[3].

---

[1] Mädchen
[2] Türken, Diebe, Zigeuner, Räuber
[3] Halbstarker

»Du hättest ihm ein größeres Bakschisch geben sollen. Mit seinen acht Kindern, der lebt davon.«

Das hätte ich nicht sagen dürfen. Bai Dimiter wird sehr rot im Gesicht, ich habe Angst, er könnte einen zweiten Schlaganfall bekommen wegen der lächerlichen Rasur. Um ihn zu beruhigen, fluche ich ebenfalls auf die Türken und die Griechen und die Zigeuner und erkläre, daß man nicht acht Kinder in die Welt setzen darf, wenn man sie vom Bakschisch anderer Leute ernähren muß.

»Wo er das nur hernimmt, der ausgetrocknete Zwerg«, sagt Bai Dimiter, »acht Kinder.«

»Hat er die Blinden, Gelähmten und Verrückten des Erstrangigen Bezirkskrankenhauses rasiert, säuft er und legt sich zu seiner Mamuschka. Was anderes kennt er nicht.«

»Genau.«

»Du kannst jetzt schon ausrechnen, wann in Bulgarien mehr Zigeuner herumlaufen als Bulgaren.«

»Genau.«

»Und leben vom Kindergeld.«

»Totschno.«[1]

»Nimm meinen elektrischen Apparat«, sage ich.

Aber Bai Dimiter traut der Maschine nicht. Er hat sich fünfzig Jahre lang mit dem Messer rasiert. Als erstes wird er morgen zum Parikmacher[2] gehen und sich rasieren lassen. Dieser Gedanke läßt ihn wieder ruhig werden.

Zum Abendbrot gibt es Nudelsuppe mit Hammelfleisch. Ich gieße die Brühe in den Ausguß, esse Brot und Schafskäse und trinke saure Milch. Bai Dimiter schlürft die Suppe und kaut das fette Fleisch. Kein An-

---

[1] Genau
[2] Friseur

zeichen mehr von der Gefahr eines Schlaganfalls. Wie ich ihn an dem kleinen Tisch sitzen sehe, zwischen Tür und Bett, ganz dem Genuß hingegeben, muß ich plötzlich an den alten Intendanten denken, den Österreicher. Keineswegs hat er Ähnlichkeit mit Bai Dimiter. Vielleicht sind beide gleich groß, aber der Komödiant ist dreimal so breit. Als wir miteinander arbeiteten, trug er einen Marx-Bart, weil er den Nathan spielte. Stritten wir uns, glaubte ich, er fiele jeden Augenblick tot um. Dabei war alles nur Bluff. Ich versuchte immer, mich theoretisch verständlich zu machen, und war stets der Verlierer, weil er nicht diskutierte, sondern spielte. Die unsinnigsten Vorschläge spielte er mit einer derartigen Intensität und Kraft, daß ich mich überzeugen ließ. Erst zu Haus merkte ich, wie sehr er mich übers Ohr gehauen hatte. Wenn ich am nächsten Tag ins Theater kam und sagte: »So kann ich die Szene nicht schreiben«, rief er: »Kinder, ach, Kinder«, kaufte in der Kantine Bockwurst und Kuchen und Kaffee und spielte mir eine neue Variante vor, sackte auf seinem Stuhl zusammen, fiel mit der zerfurchten Stirn auf die Tischplatte, genau zwischen die Bockwurst und Plunderkranz, und wenn ich erschreckt den Dramaturgen ansah, ob dem Alten jetzt nicht doch etwas zugestoßen sei, richtete der sich wieder auf, schlürfte seinen Kaffee wie Bai Dimiter die Nudelsuppe und blickte uns triumphierend an.

Nachtdienst hat heute Dr. Welikowa. Im weißen Mäntelchen sieht sie aus wie eine Abiturientin. Ihr Selbstbewußtsein holt sie aus dem Stethoskop, das sie, für alle sichtbar, immer vor ihrem Bauch hält. Sie absolviert ihr erstes Assistentenjahr, fürchtet sich, Entscheidungen zu treffen, und keiner nimmt sie für voll. Nicht einmal die Tanten, die uns morgens für die Visite präparieren. Ich weiß sofort, ob Dr. Assa zu erwarten ist oder Dr. Michailow. Da wird der Urinator geleert, die Podloga hinausgetragen, das Zimmer gewischt, das Nachtschränkchen gerückt, das Leinentuch glattgezogen, das Deckbett aufgeschüttelt. Ich muß die Beine ausstrecken und die Arme an den Körper legen. Wie Dimitrow im Mausoleum liege ich, zu dem Shiwkow auf Besuch kommt. Muß Dr. Welikowa Visite machen, bleibt das Zimmer am Morgen so, wie es am Abend war. Die Frauen laufen auf dem Flur umher, schwatzen und schreien.

Der Himmel glüht in einem tiefen Rot. Wie quer durchgeschnitten kommt er mir vor und erinnert mich an die glatte Felswand hinter dem Drjanowski-Kloster. Die Hitze des Tages kriecht jetzt aus jedem Winkel des kleinen Zimmers. Bai Dimiter trinkt den Rest des Bieres aus der Flasche, schmatzt und schwitzt und hält seine Hose. Ich öffne das Fenster, die Luft ist auch draußen schwer und feucht. Sturm müßte aufkommen, dem Abend diese erdrückende Schlaffheit nehmen.

Bai Dimiter hat Besteck und Handtuch und Zahnbürste in einen Schuhkarton gesteckt. Hose, Hemd und Jacke wird er morgen aus dem Garderobesaal zurückerhalten, wenn er den Entlassungsschein mit der Unterschrift von Dr. Assa vorzeigt. Jetzt sitzt er auf seinem Bett, hält den Karton auf den dünnen Schenkeln und weiß nichts mit sich anzufangen. Er wartet. Auf morgen, auf das leere Haus, auf den Tod seiner Frau. Vielleicht hat er plötzlich Angst, hier fortgehen zu müssen. Unsere Betten stehen Kopf an Kopf. Ich sitze wie Bai Dimiter da, habe die Hände im Schoß und warte auf die Einsamkeit, die in das schlauchartige Zimmer schleichen wird, wenn er fort ist. Vom Garten her höre ich den hölzernen Schlag des Tabla-Spiels[1]. Auf der Straße des Ersten Mai schreit Musik aus den Lautsprechern. Um diese Stunde drängen sich die Menschen auf dem Bulvard. Die Kinder fahren vor dem Freiheitsdenkmal Rad oder Roller. Auf den Bänken unter den Linden sitzen die Mütter, palavern und rufen von Zeit zu Zeit den Kleinen

---

[1] In Bulgarien beliebtes Brettspiel

ihr »Schte padnesch«[1] oder »Chaidebe«[2] zu, palavern weiter und nehmen ihr Rufen ebensowenig ernst wie die Kinder die Ermahnungen der Mütter.

Der Himmel ist blaß geworden, und ebenso blaß blinken erste Sterne. Wir machen kein Licht. Fliegen und Mücken würden über uns herfallen.

»Und ihr habt sie wirklich rausgeworfen«, sagt Bai Dimiter plötzlich in das Halbdunkel des Zimmers.

»Wen?«

»Sie, die ihr vergewaltigt habt.«

Warum fragt er nach Ellen? Warum nicht nach Esther oder Schippenschiß, dem verzweifelten Zuchthäusler, der doch einmal Nationalpreisträger gewesen ist mit Foto im Neuen Deutschland. Jetzt wäre ich soweit, darüber zu erzählen. Die Angst vor deinem Fortgehen, Bai Dimiter, macht mich weich. Wir werden uns nicht mehr wiedersehen, auch, wenn du versprichst, mich zu besuchen. Du wirst nicht kommen. Ich bin nicht böse darüber, nur traurig. Wanda und Ellen, es sind bittere Geschichten, aber sie liegen hundert Jahre zurück. Ich lulle dich ein mit Vergangenem, tue, als wäre ich ein Mann ohne Gegenwart. Du mußt mich zwingen, zu erzählen, wie es kam, daß ich hier liege. Ich würde antworten: Es begann mit Anissa, meiner geschiedenen Frau. Und eigentlich wundert es mich, daß du nicht sagst, ich riefe während des Schlafes ihren Namen. Anissa ist für mich Vergangenheit und Gegenwart und Hoffnung. Ich kann nicht aufhören, sie zu lieben. Und wenn ich verzweifelt bin, verfluche ich sie. Wäre das Leben zwischen Anissa und mir anders verlaufen, lebte Esther noch, Schippenschiß säße nicht im Zuchthaus, und ich läge nicht hier.

---

[1] Du wirst hinfallen
[2] Jargonwort: Los, mach hin

Doch Bai Dimiter fragt nach Ellen. Dann werde ich meine Gegenwart Vungja erzählen. Sie spricht ebenso schauderhaft bulgarisch wie ich und wird mich nicht verstehen. Ich kann auch zu den Glarussen sprechen, den Sternen und den Baumkronen.

»Eine Hure«, sagt Bai Dimiter, »so sieht sie gar nicht aus.«

»Aber sie war's. Von ihrer Mutter ohne Glück zur Welt gebracht und auf den Mist geworfen.«

Bai Dimiter steht auf. Seine nackten Füße stecken in riesigen Pantoffeln, und ich denke, gleich wird er losrennen wie der kleine Muck. Doch er stellt nur den Schuhkarton auf den Tisch und schaukelt den Kopf zwischen den Schultern wie eine orientalische Tänzerin.

»Sie mußte ja auch nicht gerade Lehrerin werden wollen. Eine Hure.«

»Ich kenne Lehrerinnen, Ärztinnen, Abteilungsleiterinnen und Juristinnen, die sind mehr Hure als sie. Und Hurenböcke, Bai Dimiter, die kommen gleich nach dem lieben Gott.«

Er begreift mich nicht. Hört wahrscheinlich auch nicht mehr darauf, was ich sage, sondern denkt daran, daß er morgen in die staubige Öde seiner kleinen Wohnung zurückkehrt und daß alles dort, was seine Frau je berührt hat, schon das Zeichen des Todes trägt.

Beide laufen wir jetzt durchs Zimmer. Vom Fenster zur Tür und wieder zurück. Wir begegnen uns jeweils in der Mitte, dort, wo das Mondlicht einen hellen Streifen zeichnet.

»Der Tod auf dem Misthaufen ist ein anständiger Tod«, sage ich und sage nicht, daß ich diesen Satz bei Barlach gelesen habe. Woher soll Bai Dimiter wissen, wer Barlach ist.

»Du wirst kein gutes Ende nehmen«, sagt er nach einer Weile. Ich gebe darauf keine Antwort. Ich kann mir keinen guten Tod vorstellen, nur einen schnellen oder langsamen. Wenn es tatsächlich so etwas geben sollte wie ein schönes Sterben, so folgt keineswegs dem guten Leben ein guter Tod und dem schlechten ein schlechter.

Morgen, wenn Bai Dimiter fort ist, werde ich mir weiße Bogen geben lassen und aufschreiben, womit ich nicht fertig werde. Ich werde den Tag über schreiben, die Nacht hindurch und wieder den Tag. Ich werde nicht herumstottern und nach Vokabeln suchen. Ich werde in meiner Sprache schreiben, frei und ohne Furcht...

Den Brief an Ellen habe ich geschrieben, als ich so verdammt einsam war. Ich befand mich in einer Stimmung, in der man Schlaftabletten nimmt oder den Gashahn aufdreht. Den ganzen Tag über hatte es geregnet. Ich war naß und durchgefroren von der Baustelle gekommen, hustete und spürte schon das Fieber in mir. Solche Novembertage sind nichts Außergewöhnliches. Aber an jenem Tag hatte ich Geburtstag. Das machte mich sentimental. Dabei hatte ich am Morgen nicht einmal an meinen Geburtstag gedacht. Auch tagsüber nicht. Wir rissen eine Bahnstrecke ab. Du mußt dir vorstellen, Bai Dimiter, du krallst die steifen Finger um den Eisengriff eines Steckschlüssels, spannst dich davor und läufst acht Stunden lang im Kreis. Und du weißt nicht, wofür. Die Schienen sollen nach Kiew oder Minsk transportiert werden, doch niemand holt sie ab. Sie werden den Bahndamm hinabgerollt und verrotten.

Auf Jahrmärkten ziehen Ponys kleine Wagen mit Kindern. Die schönen Köpfe der Tiere sind mit einem Lederhalfter bis dicht an den Hals gezogen. So scheinen sie stolz und lebensfroh. Wenn die Peitsche knallt, laufen die Pferdchen drei Minuten lang in einem Kreis von fünf Metern Durchmesser. Das alles sieht sehr lustig aus. Die Kinder kreischen vor Freude. Aber die Augen der Tiere blicken stumpf und traurig. Sie erinnern mich an jenen Panther, über den einer unserer Dichter gesagt hat:

Sein Blick ist vom Vorübergehn der Stäbe
so müd geworden, daß er nichts mehr hält.
Ihm ist, als wenn es tausend Stäbe gäbe
und hinter tausend Stäben keine Welt.

Ich kann es nicht besser ausdrücken, um zu beschreiben, was ich in jener Zeit beim Gleisbau empfand.

Am Abend erhielten wir Lohnabschlag. Sechzig oder siebzig Mark. Als ich den Empfang bestätigte, las ich das Datum, und da fiel mir ein, daß ich Geburtstag hatte. Ich war neunzehn Jahre alt und ziemlich heruntergekommen. Meine Füße steckten in Holzkloben. Ich trug noch die Wehrmachtsuniform, auf dem Kopf einen Tiroler Hut, speckig und von Motten zerfressen. Ich hatte ihn am Bahndamm gefunden. Während der Zeit beim Gleisbau sah ich nicht freundlicher aus als der Jude Stallmach in Hindenburg.

Nach Feierabend stahl ich aus dem Bahnwärterhäuschen Briketts, steckte sie in einen Sack und warf diesen über die Schulter. Der Bahnwärter nahm es nicht so genau. Er stahl auch.

In meiner Mansarde standen ein Bett, ein Stuhl, ein Tisch und ein eiserner Ofen, auf dem ich in einer alten Büchse Tee kochte oder Kartoffeln oder Brennesselsuppe. In die Wand hatte ich rostige Nägel geschlagen. Daran hängte ich meine Kleider.

Den Brief an Ellen schrieb ich in der Nähe des Ofens. Es war wie jeden Abend Stromsperre. Aber wenn ich die Ofentür öffnete, fiel gerade so viel Licht auf den Briefbogen, daß ich die Buchstaben erkennen konnte. Ich hatte keinerlei Hoffnung, daß der Brief Ellen jemals erreichen würde. Vielleicht war ihr Haus abgebrannt. Trotzdem schrieb ich, weil ich das Alleinsein in der für mich unverständlichen Welt nicht mehr ertrug. Ich muß schon hohes Fieber gehabt haben, denn ich heulte plötzlich los. Es war mir peinlich, obgleich ich allein war. Der triste Novemberabend, die vom Regen nassen Fenster, die Dunkelheit, die Stille, der idiotische Gedanke an den Geburtstag. Meine Seele war leer. Ich wünschte mich zurück in den Kuhstall, in dem ich arbeitete, bis mich der Treuhänder des Gutes mit einem Sichelschnitt zum Eunuchen machen wollte. Er galt im Dorf als mächtiger Mann und Kommunist, was ihn nicht hinderte, mit zwei Frauen zusammenzuleben und mich wie einen Knecht zu halten. Frühstück bekam ich erst, nachdem das Vieh gefüttert war und der Stall gesäubert. Einmal bin ich ohnmächtig vom Futtertisch gekippt. War das Vieh versorgt, mußte ich für die Frauen des Treuhänders Holz hacken oder die Treppe scheuern. Ich bin nur deswegen nicht in die KPD eingetreten, weil ich immerzu diesen bulligen Kerl vor mir sah. Er erinnerte mich an meinen Ausbilder in der Görlitzer Kaserne. Trotzdem erschien mir an jenem Abend das Leben auf dem Gut als die erträglichste Zeit nach meiner Gefangenschaft. Zwar gingen die Frauen des Treuhänders hin und wieder aufeinander los, kreischten, und eine riß die anderen den Haaren, aber zu mir waren sie freundlich. Unter der Rübenschnitzelmaschine hatte ich stets ein Kochgeschirr voll Milch, und mit den Kühen konnte ich sprechen. Sie stierten mich nicht an wie die kahlen Wände meiner Mansarde.

Nach Zabrze durchzukommen, hatte ich damals aufgegeben. Der Oderübergang war gesperrt. Zudem fürchtete ich, jenseits des Flusses in eine Grube gesteckt oder totgeschlagen zu werden. Glück erwartete ich nicht mehr. Es war mir bereits in der Gefangenschaft ausgezahlt worden, bei einer Gelegenheit, wo ich es nicht erhofft hatte. Ausgerechnet jene Ärztin, von der ich annahm, daß sie mir übel wollte, setzte mich bei der Untersuchung auf die Entlassungsliste. Ich hatte einmal über die kleine Frau gelacht, weil sie in ihren klobigen Stiefeln so eigenartig einherging. Sie hatte sich hinreißen lassen, mich zu schlagen. Als ich zwei Wochen später nackt vor ihr stand und sie mich in den Hintern kniff, um meine Gesundheitsgruppe zu bestimmen, sahen wir uns einen Augenblick lang an. Ich redete etwas von Magenkrämpfen und Brechdurchfall, hörte aber bald auf, denn ich merkte, daß sie mein Lügen durchschaute. Von ihr hing es ab, ob ich mit dem nächsten Transport in den Kaukasus kam oder entlassen wurde. Ich war gesund wie kaum ein anderer dort. Ich hatte die fünf Wochen im Lager auf meiner Holzpritsche gelegen, früh meine sechshundert Gramm nasses Brot empfangen und mittags meine Suppe. Die meisten machte das Warten und die Ungewißheit fertig. Aber ich war naiv wie während der Wochen an der Front. Ich grübelte nicht, sondern schlief. Heute will mir scheinen, ich hätte fünf Wochen hindurch geschlafen, wäre nur hellwach gewesen während des Zeremoniells des Brotteilens.

»Dwa!« rief die Ärztin und stieß mich in den Rücken.

Das bedeutete die Entlassung. Ich weiß nicht, was damals in der Frau vorging. Vielleicht erinnerte ich sie an einen jüngeren Bruder. Vielleicht wollte sie auch bloß nicht rachsüchtig scheinen.

Während die anderen zum Bahnhof marschierten, ging ich am Stacheldraht vorbei in die Freiheit. Ich lief barfuß die Straßen entlang, atmete den Geruch des Sommers und erfreute mich an den Farben des Tages. Da ich mit mir nichts anzufangen wußte, machte ich mich auf den Weg nach Torgau. Russen und Amerikaner waren sich dort während des Krieges zum erstenmal begegnet. Außerdem war ich nicht weit von der Stadt entfernt während eines Artilleriebeschusses verschüttet worden. Ich wollte mir diese historische Gegend in Ruhe ansehen. Aber vor Torgau blieb ich in jenem Dorf hängen, wo der Treuhänder das Gut verwaltete. Ich bettelte um ein warmes Mittagessen, bekam einen Teller Suppe und döste zufrieden vor mich hin. Da kam der Kerl auf mich zu. Ob ich Lust hätte, auf dem Gut zu arbeiten. Geld sei bei ihm nicht zu verdienen, aber mit solchen Scheinen könne ich mir heutzutage ja doch nur den Arsch wischen. Rausfressen allerdings könnte ich mich bei ihm. Er schlug mir auf die Schulter, daß ich von der Stufe rutschte.

Im Nachtschrank steht noch eine Flasche Bier, Bai Dimiter. Trink sie zum Abschied. Du wirst nicht gleich tot umfallen von dem faden Gesöff . . .

Vor fünf Jahren veröffentlichte ich eine Komödie. Ich nannte sie: »Der Treuhänder«. Die Kritiker bescheinigten mir Witz und die Fähigkeit, in historischen Dimensionen zu denken. Ich schilderte einen Mann, der mit seiner Vorstellung vom Kommunismus den Kommunismus gefährdete. Doch was er auch immer tut, es kehrt sich gegen ihn selbst. Die Leute haben viel gelacht. Aber es war ein Lachen, das kein Nachdenken provoziert. Kunstwahrheit und Lebenswirklichkeit, nicht selten sperrt sich das eine gegen das andere wie der »Treuhänder« gegen den Treuhänder. Dieser nämlich hat gesoffen. Und wenn er besoffen war, mußtest du ihm aus dem Weg gehen. Er drosch dann auf alles ein, was ihm vor die Fäuste kam.

Seine Frau hieß Irma. Ihr Gesicht war breit und flach. Über ihren Körper würden Männer sagen: »Bei der hast du was zwischen den Händen.«

Die zweite Frau im Haus hieß Rosi. Sie hatte, wie man so sagt, den Teufel unterm Rock. Solange sie nicht sprach, war sie schön. Schwarzes Haar, schwarze Augen. Obwohl beide Frauen einander nicht ausstehen konnten, hielten sie zusammen, wenn es darum ging, den Mann zu betrügen.

Irma suchte Zärtlichkeit, irgend jemand, der gut zu ihr war. Ich fühlte mich ebenso einsam wie sie. Das führte uns zusammen.

Rosi tat alles, die heimlichen Begegnungen Irmas mit mir nicht nur zu schützen, sondern ihre Rivalin regelrecht zu ermuntern, Alex, so hieß der Treuhänder, zu hintergehen. Sie war dabei ohne Falsch. Manchmal zog sie Alex zu sich ins Bett, damit Irma ungestört bei mir in der Kammer sein konnte. Der Gedanke, daß der herrschsüchtige, eitle Mann zu eben der Zeit, da er bei ihr lag, von seiner Frau betrogen wurde, erhöhte sicher ihre Lust.

Schließlich aber geschah doch, was in solchen Fällen immer geschieht.

Hörst du noch zu, Bai Dimiter? Zwei Flaschen Bier hintereinander verträgst du wohl doch nicht. Gieß das Zeug weg, ich kaufe dir morgen eine neue Flasche. Die Botschaft ist nicht knausrig. Ich liege hier wegen eines Betriebsunfalls und bekomme eine Menge Lewa. Ich bin reich wie ein Tschorbatschia[1].

»So ein guter Saft«, sagt Bai Dimiter.

»Ein Gefäß in deinem Kopf macht nicht mit, und du bekommst wieder ein schiefes Maul. Gieß es weg.«

»Ich stell's zum Schrank, visch[2].«

Er läuft mit kurzen Schritten durchs Zimmer, versteckt das Bier hinter seinem Karton, setzt sich wieder zu mir aufs Fensterbrett und reibt sich die Hände, als hätte er soeben auf dem Basar einen ausländischen Käufer übers Ohr gehauen.

»Er hat euch also erwischt, der rasboinik[3]?«

Es war wirklich ein dummer Zufall. Wir glaubten ihn in Halle bei der Landesregierung. Zwei Stunden zuvor war er mit seinem zusammengeflickten Motorrad losgefahren. Eigentlich hätte er erst am Abend zurück sein sollen. Aber zehn Kilometer hinterm Dorf blieb das Vehikel stehen.

---

[1] Gutsbesitzer
[2] Schau her
[3] Räuber

Ein Lastwagen der Roten Armee brachte ihn samt seiner Maschine ins Dorf zurück.

Ich rannte ohne Hosen quer über den Hof, der Treuhänder mit einer Sichel hinter mir her. In seinem Jähzorn hätte er mich zum Kapaun gemacht. Aber die Angst ließ mich laufen wie einen Olympioniken auf der Tartanbahn, immer um den Misthaufen herum.

Da er mich nicht fangen konnte, verprügelte er seine Frau. Er schlug sie mit dem Stiel einer Forke. Irma versuchte erst gar nicht zu flüchten. Ich glaube auch, sie war besinnungslos.

In der gleichen Nacht noch verließ ich das Dorf.

Jemand gab mir den Tip, bei der Bahn um Arbeit anzusuchen. Man würde dort nicht schlecht bezahlt und hätte außerdem freie Fahrt.

Nach fünf Wochen war ich fertig. Bai Dimiter. Rostige Schienen, faule Bohlen, nasse Klamotten. Die Mansarde kahl und kalt. Meist kroch ich ins Bett, wenn ich abends nach Hause kam. Ich warf die nassen Kleider einfach auf den Fußboden und zog sie morgens wieder naß über. Das hält auf die Dauer niemand durch. Es ist nur eine Frage der Zeit, wann man schlappmacht. Damals versuchte ich, mich mit chinesischen Sprüchen am Leben zu erhalten: »Si Ma Niu war betrübt und sprach: Alle Menschen haben Brüder, nur ich habe keinen. Dsi Hia sprach: Im Verkehr mit den Menschen ist der Edle sorgfältig und ohne Fehl. So sind innerhalb der vier Meere alle seine Brüder. Warum sollte der Edle sich bekümmern, daß er keine Brüder hat.«

Manchmal erschrecke ich, wenn ich Bücher lese, die tausend oder zweitausend Jahre alt sind. Ich möchte aufhören zu schreiben. Was ich zu sagen habe, haben andere bereits besser gesagt.

Im Stockwerk unter mir wohnten Umsiedler. Eine Frau mit vier Kindern. Das Jüngste drei Jahre alt, das älteste siebzehn. Die fünf Menschen hausten in einem Zimmer. Abwechselnd hatten sie Gelbsucht, Angina, Venenentzündung und Typhus. Mit allerlei Hausmitteln brachte es die Frau immer wieder fertig, ihre Kinder am Leben zu erhalten. Der Mann war gefallen.

Die Älteste hieß Anissa. Tagein, tagaus lief sie im selben Dirndl herum. Als Kind hatte sie Rachitis gehabt. Deswegen waren ihre Beine ein wenig gebogen und zu kurz. Sie besaß einen naiven Glauben an das Gute in der Welt. Es war die »Schönheit ihrer Seele«, die mich anzog, nicht ihr Körper. Während der Wochen, da ich Schienen abriß, fiel sie mir nicht auf. Ich lebte eingesponnen in der Monotonie von Arbeit, essen, schlafen und wieder Arbeit. Mich interessierte nicht, was um mich herum und in der Welt geschah. Ich verlernte damals zu sprechen. So völlig ohne Zuversicht schrieb ich den Brief an Ellen.

Während der Gefangenschaft hatte ich kaum an sie gedacht. Und wenn, dann nur im Zorn. Ihr gab ich die Schuld, daß wir beim Elbübergang dem sowjetischen Posten in die Arme gelaufen waren. Ich hatte vorgehabt, stromaufwärts mit einem Floß nachts über den Fluß zu setzen. Ellen jedoch behauptete, die Elbbrücke sei für jeden passierbar.

Was ich ihr geschrieben habe, weiß ich nicht mehr. Sicher wirres Zeug. Noch am gleichen Abend steckte ich den Brief in den Kasten, warf mich ins Bett und muß dann mehrere Tage ohne Besinnung dagelegen haben. Anissa sagte später, das Fieber sei beängstigend hoch angestiegen. Der Hauswirt habe die Tür aufgebrochen, weil einige Leute vom Gleisbau nach mir gefragt hätten und trotz heftigen Klopfens sich in meiner Stube nichts rührte.

Es wäre damals ein anständiger Tod gewesen, Bai Dimiter, ohne Schmerzen. Ich hätte niemanden verderben können, sondern wäre verglüht wie ein Meteor, der zur Erde stürzt. Ich habe es Anissa nicht gedankt, daß sie an meinem Bett wachte, mich fütterte, wusch und trocknrieb, wenn ich schwitzte. Ich schämte mich, wenn Anissa mir das Hemd wechseln mußte und ich nackt und klapprig vor ihr lag. Sie war auch verlegen, versuchte nicht hinzusehen auf meinen dürren Körper. Ihre Hände waren geschickt und zart und keusch. Manchmal lachten wir, weil wir uns in einer solchen Lage nicht anders zu helfen wußten. Anissa arbeitete bis in den späten Abend als Küchenhilfe in einer Gaststätte. Die Wirtsfrau hatte keine Kinder und schikanierte das Mädel, das sich nicht zu wehren wußte. Einmal stahl sie für mich einige Kartoffeln und wurde dabei ertappt. Für drei Tage entzog man ihr die zusätzliche Verpflegung, die sie sonst erhielt.

In Deutschland heirateten damals Sachsen Ostpreußen, Mecklenburger Bayern, Sudetendeutsche Oberschlesier. Das ging gut und ging auch wieder nicht gut. Anissa war erzogen, mit ihrer Umwelt in Harmonie zu leben. Liebte sie einen Menschen, vertraute sie ihm bedingungslos. Schwere Arbeit, Krankheit, Hunger, das alles ertrug sie. Wurde ihre Seele verwundet, brach sie zusammen. Sie brauchte immer etwas, woran sie glauben konnte.

Ich greife wieder vor, Bai Dimiter. Aber ich weiß nicht, wie ich meine Gedanken zähmen soll. Ich muß es aussprechen, auch wenn du nicht danach fragst. Mich quält das Wissen darum, Anissa leichtfertig von mir gestoßen zu haben. Nicht sie ist daran zugrunde gegangen, zerbrochen bin ich. Denk nicht, ich heule dir etwas vor, ehe unwiderruflich der Vorhang fällt. Jeder überschreitet einmal seinen Rubikon. Ich tue es gelassen. Alea iacta est. Nur möchte ich vorher wissen, wieviel Punkte ich gewürfelt habe. Und wenn mir Zeit bleibt, möchte ich noch einen Wurf tun. Ich will ihn ehrlich tun, ohne Spekulation und ohne den Versuch, die Rechnung meines bisherigen Lebens zu runden. Gib mir deine Hand, Bai Dimiter. Ich möchte etwas spüren, was lebt. Es ist nicht wahr, daß ich gelassen über den Rubikon gehe. Ich habe Angst vor der unendlichen Leere. Dir sag ich es, denn morgen früh gehst du fort und wirst vergessen, was ich gesprochen habe.

»Ein schöner roter Mond«, sagt Bai Dimiter. »So spät in der Nacht habe ich noch nie einen so roten Mond gesehen. Du wirst nach Hause fahren. Du wirst lange leben und gute Bücher schreiben und zufrieden sein. Hier im Krankenhaus wirst du ein Lud[1] wie in deiner Mansarde. Das ist so, momtsche.«[2]

Jemand läuft hastig den Korridor entlang. Wahrscheinlich Dr. Welikowa. Ein Exitus oder ein Anfall. Vor dem Fenster der Schrei eines aufgeschreckten Glarus. Die Sirene eines auslaufenden Schiffes. Es wird durch den Bosporus fahren, durch die Straße von Gibraltar, der Atlantik wird vor ihm liegen und für die Menschen auf dem Frachter alles bereithalten: Hitze und Sturm, das Kreuz des Südens und Nebel, den Lärm afrikanischer Häfen und die Stummheit einer Nacht auf der Kommandobrücke.

Diese elende Sehnsucht.


Von Ellen kam keine Antwort. Es war mir nun auch völlig gleich, ob sie sich meldete oder nicht. Nein, es war mir nicht gleich. Ich wünschte, daß sie nichts von sich hören ließe. Denn ich war krank geschrieben und hatte Anissa. Sie brachte mir jeden Tag Bücher, wahllos herausgekramt, wo immer sie welche fand: Raskolnikow und »Volk ohne Raum«, Zarathustra und »Deutschland ein Wintermärchen«, Edgar Wallace und sentimentale Liebesgeschichten. Nie wieder hat mich eine solche Gier nach Büchern überwältigt. Ich war sieben Jahre zur Oberschule gegangen und doch ein durch und durch ungebildeter Mensch geblieben, roh und stumpf. Ich mußte dem Tod erst so nah kommen,

[1] Verrückter
[2] Junge

um neu leben zu können. Die Wochen mit Wanda auf dem Rudaer Berg waren plötzlich wieder da. Die Nacht in der Feldscheune, der am Galgen schaukelnde Körper, dies alles erlebte ich ein zweites Mal. Es war nicht mehr der laute Schmerz, begleitet von Selbstmitleid und Rührseligkeit. In einer warmen Kammer, im Bett, zwei Jahre später, den Zarathustra lesend und nicht Lenin und Marx, begriff ich zum erstenmal etwas davon, warum Wanda hatte sterben müssen. Das klingt absurd. Aber ich glaube, wichtig war damals für mich nicht, was ich las, sondern daß ich überhaupt las und anfing nachzudenken.

Eines Tages kam Anissa und sagte: »Du kannst Lehrer werden.«

Ich fand das einen herrlichen Witz.

»Doch, doch«, sagte Anissa, »in der Stadt sind Zettel angeschlagen, darauf steht, man kann sich melden.«

»Dann melde dich«, sagte ich.

»Ich«, erwiderte sie, »da muß man schon mehr im Kopf haben als ich.«

In Tetschen war sie bei einem Schneider in die Lehre gegangen, hatte aber die Ausbildung nicht beenden können.

Ich merkte jedoch bald, daß der Gedanke, Lehrer zu werden, für Anissa etwas Verführerisches hatte. Sicher spielte die Hoffnung mit, auf diese Art ihr demütigendes Dasein in der Gastwirtschaft beenden zu können. Weit bedeutender war für ein Mädchen ihrer Herkunft das Ungewohnte einer solchen Vorstellung. Die Welt existierte für sie bisher in vorgegebenen Kategorien. Berufe, für deren Ausübung der Besuch eines Instituts, einer Hochschule oder gar einer Universität erforderlich war, standen bei ihr außerhalb jeglicher Erwägung. Jetzt aber, da dergleichen möglich schien, erschreckte sie eine solche Aussicht und war doch von verlockenden Reiz. Einmal stellte sie sich vor meinen fleckigen Spiegel, raffte ihr Haar zusammen und setzte ein Gesicht auf, wie sie glaubte, daß Lehrer es tragen müßten. Ich mußte lachen, und Anissa erteilte mir eine Rüge. Ich küßte ihren Rocksaum, und als sie mir da noch nicht verzieh, ihren Gürtel. Anissa schlug mich leicht auf den Mund, dann umschlang sie mich. Es war unsere erste Zärtlichkeit. Für einige Tage erschien mir der Lehrerberuf eine recht passable Lebensexistenz. Insgeheim holte ich Erkundigungen ein und erfuhr, daß während des Neulehrerkursus den Studenten neben der freien Unterkunft in einem Schloß monatlich hundert Mark Stipendium gezahlt würden. Keine Gleise, keine Schwellen, keine Frostbeulen. Ich sah mich in einem warmen Schloßsaal sitzen, Anissa neben mir, und wir faßten einander bei den Händen.

Auch Anissa unterlag mehr und mehr ihren Träumen. Sie brachte vom Schulamt zwei Anmeldeformulare. Noch schien alles ein schönes Spiel.

»Mein Gott«, dachte ich, als der Bogen vor mir lag, »mit vierzig bist du ein Tyrann, mit sechzig ein Blödian, den die Kinder während des Unterrichts veralbern.« Ich hatte mit einem Male Angst, den Schein auszufüllen, tat es nur Anissas wegen. Ich wünschte sie aus der Gaststätte fort. Mich tröstete der Gedanke, jederzeit vom Kursus weglaufen zu können.

»Wenn du gehst, geh ich auch«, sagte Anissa.

Ich zögerte die Entscheidung mehrere Tage hinaus. Da kam Ellen. Ich wünschte sie zum Teufel, aber mir blieb nichts anderes übrig, als sie bei mir wohnen zu lassen. Ich war auf dem guten Weg gewesen, Anissas Liebe zu gewinnen. Nun glaubte ich alles verloren. Der Neulehrerkursus schien mir die einzige Möglichkeit, Ellen zu entfliehen. So gab ich Anissas und meine Bewerbung ab. Ellen dachte jedoch nicht daran, nach Rostock zurückzufahren. Sie wollte auch Neulehrer werden, meldete sich und wurde angenommen. Ich hoffte vergeblich, daß sie es sich noch anders überlegte.

Der Lehrgang begann am zweiten Januar. Leiter war ein Halbjude, ein klein gewachsener Mann. Er hinkte ein wenig. Der Mathematiklehrer hieß Kreis. Er war stolz auf seinen Namen, denn er sah darin eine Bestätigung für die richtige Wahl seines Berufes. Kreis erzählte uns höchst kindische Witze. Zum Beispiel schlug er die Handflächen gegeneinander, daß es einen klatschend dumpfen Ton gab, und ließ uns vergeblich raten, was er da nachahmte. »Eine Kuh, die kackt.« Er lachte sich halbtot dabei. In einem abgelegenen Dorf irgendwo im Riesengebirge war er zwanzig Jahre lang Lehrer gewesen. Den Witz mit der Kuh hat er uns in acht Monaten sechsmal erzählt.

In Geographie unterrichtete uns ein Ostpreuße. Während der Pausen spielte er auf einem verstimmten Flügel Löns-Lieder. Bei einigen Frauen kam er damit ganz gut an.

Um sich ein Bild vom Leistungsstand der Lehrgangsteilnehmer zu verschaffen, ließ der Leiter ein Diktat und eine Rechenarbeit schreiben. Es müssen erschreckende Ergebnisse herausgekommen sein. Aber fortgeschickt wurde niemand. Es gab nur eine Bedingung, du durftest kein Nazi gewesen sein.

Ellen war in der ersten Klasse, Anissa in der zweiten, ich in der dritten, dort, wo sozusagen die Hilfsschüler steckten. Ich hatte Ellen hereingelegt, ohne es zu wollen. Während der Prüfungsarbeit saßen wir nebeneinander. Ich merkte, wie sie zitterte und immerzu auf mein Blatt schielte. Sie solle über ihre Arbeit meinen Namen schreiben, sagte ich. Ellen sah mich mit ihren Froschaugen glücklich an. Über meine Arbeit schrieb ich ihren Namen. Ich hatte den Wunsch, die Prüfung nicht zu bestehen. Anissa war aus der Gastwirtschaft befreit, das erfüllte mich mit Genugtuung. Da sie annehmen mußte, ich sei mit Ellen verlobt, waren für mich sowieso alle Wege zu ihrer Kammer versperrt. Die Abscheu vor dem Lehrerberuf verdrängte plötzlich wieder die Aussicht auf ein angenehmes Dasein im Schloß. Aber ich sagte ja, wegen ungenügender Leistungen wurde anfangs niemand fortgeschickt. Die Betrogene war Ellen. Meine Arbeiten mit ihrem Namen wurden unter die zwanzig besten eingereiht. Auf diese Weise geriet Ellen in die erste Klasse. Dort war so ziemlich alles vertreten: Abenteurer, Asketen, Jesuiten, Streber, Faule, Wüstlinge, Jungfrauen. Die meisten von ihnen waren bürgerlicher Herkunft. Und mitten drin steckte Ellen, die Hure. Man hoffte, daß sie etwas vom Geist der Arbeiterklasse in diese Gruppe einbrächte, denn in die Rubrik des Fragebogens »bisherige Tätigkeit« hatte Ellen »Plätterin« eingetragen.

In der ersten Klasse befand sich auch der traurige Habicht. Wer ihr diesen Namen gegeben hat, weiß ich nicht. Sie war das, was man eine Hundertfünfzigprozentige nennt. Sagte jemand, er sei als Soldat in Rußland gewesen, korrigierte sie sofort, er hätte als Angehöriger der faschistischen Wehrmacht die Sowjetunion überfallen. Das harmlose Schulmeisterlein aus dem Riesengebirge kam einmal völlig verstört aus dem Unterricht. Ängstlich stand er in einer Nische der Schloßhalle, während er sonst pausbäckig und mit den Armen rudernd durch die Gänge lief. Er hatte den Lehrgang als ein Geschenk des Himmels für die Flüchtlinge bezeichnet. Daraufhin war der traurige Habicht aufgestanden und hatte ihm bedeutet, die Menschen aus Schlesien und dem Sudetenland seien nicht Flüchtlinge, sondern Umsiedler, Lehrgänge wie dieser zudem nicht von Gott eingerichtet, sondern von der antifaschistisch-demokratischen Ordnung mit großzügiger Unterstützung der sowjetischen Befreier. Der arme Mann war darüber so erschrocken, daß er lediglich herausgebracht hatte, eben dies habe er mit seinen ungeschickten Worten sagen wollen. Er hatte zu Haus eine kranke Frau, eine Tochter und ein Enkelkind. Als Dozent erhielt er nicht nur ein gutes Gehalt, sondern auch Zusatzverpflegung. Er fürchtete nun, diese Vergünstigungen vertan zu haben. Aber es passierte ihm nichts. Bei aller Unduldsamkeit, ja Radikalität, war der traurige Habicht kein Intrigant. Vieles hörte sich aus ihrem Mund schärfer an als beabsichtigt. Sie hatte an den Faschismus geglaubt, nun, über ihren Irrtum entsetzt, wollte sie alles besser machen. Unter ihrem Trauma ließ sie auch die anderen leiden. Der Lehrgangsleiter war der einzige, der das unglückliche Mädchen – als solches sehe ich sie heute an – hin und wieder zurechtwies.

Trauriger Habicht hieß sie auch wegen ihrer gebogenen Nase, unter der ein dünner blonder Schnurrbart wuchs. Vielleicht war das ihr eigentliches Unglück. Ihre Sehnsucht nach einem Mann war so natürlich wie bei jeder anderen Frau auch. Aber sie war nicht nur nicht begehrenswert, sondern wurde zudem noch von den Männern verspottet. So war sie verbittert und suchte Erfüllung auf andere Weise. Sie war ein Mensch mit einem Übermaß an Liebe. Hatte sie jemanden gefunden, den sie umsorgen konnte, brachte sie für ihn jedes Opfer, aber sie tyrannisierte ihn auch. Es war keineswegs Zufall, daß Ellen und der traurige Habicht zueinanderfanden. Allein auf sich gestellt, hätte Ellen in der ersten Klasse nicht lange durchgehalten. In ihrer Unbeholfenheit hätte sie sich an einen Burschen dort geklammert und wäre sehr bald als Hure entdeckt worden.

Es begann damit, daß Ellen während einer Deutschstunde aufgefordert wurde, Heines Gedicht zu erläutern: »Denk ich an Deutschland in der Nacht.« Sie soll, so behaupteten einige, gesagt haben: »Wenn ich mir vorstelle, der arme Hund ist krank, liegt da und kann nicht schlafen, grübelt und grübelt und denkt an zu Haus, da würde ich auch losflennen.« Damit hatte sie dem Dozenten die sorgfältig vorbereitete Stunde geschmissen.

Wie gesagt, ich weiß nicht, ob es wirklich so gewesen ist. Aber es war Ellens Art, so zu reden.

Ich suche immerzu nach dem Namen des traurigen Habichts. Vielleicht fällt er mir noch ein.

Nach der ungewöhnlichen Gedichtinterpretation hat Ellen während des Unterrichts nicht mehr den Mund aufgemacht. Sie fühlte sich gedemütigt, hatte Komplexe, und manchmal war ihr Gesicht verkniffen, ja geradezu bösartig. Fortwährend glaubte sie, jemand mache sich über sie lustig, und sie beklagte sich bei mir. Ich behandelte Ellen grob, denn sie war mir lästig. Gingen wir während der großen Pause durch den Park oder liefen mittags zum Essen in die kleine Stadt, schob sie ihren Arm unter meinen. Es war mir unangenehm. Da über sie gelacht wurde, fürchtete ich, man könnte es auch über mich tun. Ich schämte mich ihrer, und Ellen spürte es. Sie stellte sich während der Pausen immer seltener neben mich und ging kaum noch mit mir gemeinsam in die Pony-Bar. So nannten wir die Gaststätte, wo wir für gewöhnlich Molkenquark aßen oder Pferdefleisch.

Nach drei Wochen wollte Ellen den Lehrgang verlassen.

Ich erinnere mich genau, es war ein Sonntag, da kam sie zu mir aufs Zimmer. Es war kein Zimmer im üblichen Sinne, eher eine Art Rundgewölbe wie in einer Burg. Eine verwahrloste Bude: zwei Doppelstockbetten, ein Tischchen, vier Stühle, jedes anders aussehend, eine durchgelegene Couch und eine »Goebbelsschnauze«, eines jener kleinen Radios, die während der Hitlerzeit in Deutschland für billiges Geld gekauft werden konnten. Der kleine schwarze Kasten gab nur einen Sender her und lief Tag und Nacht.

Der Raum, in dem wir zu viert hausten, wurde von den Schloßbewohnern »Hölle Buchenwald« genannt. Ein völlig unpassendes Wort. Es sollte eigentlich nur sagen, wie sehr wir das Zimmer verkommen ließen. Während der acht Monate, da ich dort wohnte, habe ich nicht ein einziges Mal den Fußboden gekehrt. Mein Bett brachte ich nur in Ordnung, wenn sich einer der Dozenten anmeldete. Pietruschka, ein ehemaliger Justitiar, war der einzige, dem der Dreck auf die Nerven ging. Er stammte aus Hindenburg wie ich. Das war für ihn Grund genug, mich zu lieben wie ein Vater seinen Sohn. Pietruschka konnte nicht leben, ohne zu rauchen. Eine Zigarette auf dem schwarzen Markt jedoch kostete mehrere Mark, so baute Pietruschka auf einem Beet hinterm Schloß vor seiner Landschule selbst Tabak an. Sein Slogan war: In einer halben Stunde vom Stengel in die Pfeife. Er trocknete die kümmerlichen Blätter auf einer Heizplatte, zerrieb sie danach zwischen den Handflächen und paffte das giftige grüne Zeug. Zwei Jahre später begruben wir ihn. Ich studierte damals bereits in Halle, kam aber zur Beerdigung in sein Dorf und spielte auf dem Harmonium: »Alle Tage ist kein Sonntag.« Dieses Lied hatte er immer gekrächzt, wenn er betrunken war: »Pieron, sie haben uns im Leben ganz schön angeschissen.«

Ich hing an diesem heruntergekommenen glatzköpfigen Mann nicht minder als die Schulkinder, denen er die Weisheit predigte: Der Mensch schreitet fort, indem er faul ist. Bei den Bauern erwarb er sich dadurch Achtung, daß er den scheußlichsten Fusel soff und mehr davon vertrug als sie, die ihn heimlich gebrannt hatten. »Die anhaltinischen Knülche wollen einen Oberschlesier untern Tisch saufen«, sagte er kurz vor seinem Tode. »Solche Gruchliks.«

Ich erzähle dir das, Bai Dimiter, damit du weißt, wie es um unseren Lehrgang bestellt war. Sicher ging es anderswo sittsamer zu, bei den Schülern und auch bei den Dozenten. Gronitz jedenfalls war ein vergnügliches Kloster. Es ist schon ein Wunder, daß trotz allem ein großer Teil der Kursanten ordentliche Lehrer wurden, Direktoren, Schulräte und Professoren. Andere gingen vor die Hunde. Zu ihnen gehörte Ellen. Vielleicht wäre es ihr wirklich gelungen, dem alten Leben zu entfliehen, wenn ich nicht diesen dummen Einfall gehabt hätte, die Prüfungsarbeiten zu vertauschen. In der dritten Klasse saßen zumeist Studenten mit mangelndem Selbstbewußtsein. Hier hätte Ellen Zeit gefunden, über ihr Leben nachzudenken. Nicht aber unter Menschen, die sich für gebildet hielten, denen der Krieg jedoch die Seele zerbrochen hatte.

An einem Sonntag also kam Ellen zu mir. Draußen herrschte strenger Frost, und es war nicht sehr warm in unserem Turmgewölbe. Ich lag zusammengerollt auf der Couch. Anders konntest du auf dem Ding nicht liegen, ohne Kreuzschmerzen zu bekommen. Ich war wütend, denn Anissa hatte eine Probe der Laienspielgruppe meinem Angebot vorgezogen, mit mir ins Kino zu gehen.

Ellen war sehr blaß, als sie kam. Wie sie an der Tür stand, sah sie aus wie eine Pieta. Ich blinzelte aus der Kuhle meiner Couch hervor, hatte einen guten Geschmack im Mund und in der Nase den Geruch von Kernseife. Ich hob die Decke und bedeutete Ellen, sie möge sich zu mir legen.

»Ich gehe«, sagte sie.

»Na komm schon«, erwiderte ich. »Schließ ab.«

Sie tat es, obwohl sie dabei noch einmal sagte: »Ich gehe.«

Im Grunde genommen war sie mir gleichgültig. Wenn ich ein Herz gehabt hätte, Bai Dimiter, ich hätte sie an diesem Tage gehen lassen. Ein Bauer, dem im Krieg die Frau umgekommen war, hatte ihr angeboten, sie zu heiraten. Er war fünfzehn Jahre älter, aber was besagt das. Ich fühlte mich in meiner Eitelkeit getroffen, wurde plötzlich sehr redselig. Ich schilderte ihr die Heirat als ein Feidajok[1]. Ellen wurde immer unsicherer. Zuletzt kroch sie unter meine Decke. Es war Flucht vor sich selbst. Jeder hätte Ellen in diesem Augenblick haben können. Ratlosigkeit und Verzweiflung machten sie anschmiegsam. Ich habe bis dahin nicht gewußt, daß Angst solche Lust zu geben vermag.

Ellen blieb beim Lehrgang. Aber ihre Schüchternheit verkehrte sich nun in eine übersteigerte Sucht, anerkannt zu werden. Sie setzte ein,

[1] Aus dem Türkischen: schlechtes Geschäft

was sie besaß: Kunst, Karten zu legen, und ihren Körper. Dabei kam ihr die Fähigkeit zugute, sehr rasch erfassen zu können, wie einer genommen sein wollte. Dem traurigen Habicht gegenüber gab sie sich als Schutzsuchende, den Dozenten gegenüber als Arbeiterin, der die bürgerliche Gesellschaft den Bildungsweg versagt hat, den Böcken als geiles Weib. Als Wahrsagerin war Ellen begehrt. Sie behauptete, nicht ans Kartenlegen zu glauben, es nur aus Jux zu tun, aber gerade das reizte viele, sich von ihr die Zukunft voraussagen zu lassen. Man konnte den Aberglauben hinter spielerischem Tun verbergen. Pietruschka wollte von ihr wissen, wie lange er zu leben habe. Ellen ließ ihn drei Karten ziehen. Er deckte den Kreuzbuben, die Kreuz-Sieben und die Kreuz-Neun auf. An jenem Abend war uns allen unheimlich zumute.

Zwei Monate lang ließ es sich mit Ellen im Neulehrerkursus gut an. Seit jener Stunde, da sie auf so einmalige Art Heines Gedicht interpretiert hatte, fühlte sich der traurige Habicht für ihren weiteren Weg verantwortlich. Immer öfter sah man sie während der Pausen beieinanderstehen. Nachmittags erledigten sie gemeinsam die Hausaufgaben, abends gingen sie ins Kino oder auf den Tanzboden. Das jedoch führte zwischen ihnen bald zu Zänkereien. Während Ellen von vielen Burschen umworben war, saß der traurige Habicht im Saal, ohne zum Tanz aufgefordert zu werden. Um ihr Selbstbewußtsein nicht gänzlich zu verlieren, trug sie den Männern gegenüber Verachtung zur Schau, erklärte sie ausnahmslos für egoistisch, herrschsüchtig und herzlos. Sie war von einer krankhaften Eifersucht. Damit quälte sie Ellen ebenso wie mit ihrem übersteigerten Drang, sie zu bilden.

Die Katastrophe begann damit, daß Ellen sich in Pottich verliebte. Pottich war der Sohn eines Superintendenten, der dem antifaschistischen Block angehörte. Das mag der Grund dafür gewesen sein, daß Pottich, obwohl während des Krieges Hauptfeldwebel, den Neulehrerkursus in Gronitz besuchen durfte. Pottich war ein kräftiger Bursche. Er imponierte mir durch die Fülle seines Wissens. Dabei stammten seine Kenntnisse aus dem Lexikon, das er während des Unterrichts auf den Knien liegen hatte. Er war ein Blender und ein Schwein. Damals wenigstens, denn heute ist er ein braver Ehemann, stellvertretender Direktor, leitet den Schulchor und fährt sonntagmorgens zum Angeln.

Pottichs Geltungsstreben hatte seine Ursache in einer verdorbenen Kindheit. Immer den Vater vor Augen, besaß er weder dessen Talent noch seine Energie. Er hatte ein humanistisches Gymnasium besucht und war dort gescheitert. Da schickte ihn sein Vater kurzerhand auf die Privatschule. Vor den Bedrängnissen des Abiturs rettete ihn der Krieg. Pottich war keineswegs ein durch und durch verworfener Mensch. Und sicher ist es vorschnell von mir, ihn ein Schwein zu heißen. Was ihm seine Eltern an Obst, Brot und Wurst zusteckten, verteilte er unter die hungrigen Lehrgangsteilnehmer. Im Grunde genommen war Pottich naiv, lediglich ein Opfer des ehrgeizigen Vaters. Er prahlte mit seinen Eroberungen, die er zweifellos machte.

Pottich spielte in einer Tanzkapelle Klavier. Die Band, so würden wir heute sagen, trug den Namen »Tibidabo«, was nach amerikanischem Jazz klingen sollte. Aber Pottich hatte das Wort aus dem Lateinischen zusammengesucht, und es bedeutete nichts anderes als: Ich werde es dir geben.

Daß Ellen trotz ihrer reichen Erfahrung auf Pottich hereinfiel, spricht für ihren Glauben an die Gerechtigkeit und an das Gute in der Welt. Sie war von stolzem Glück erfüllt, daß dieser kluge, musikbegabte Pastorensohn ausgerechnet ihr den Hof machte. Alle Warnungen des traurigen Habichts deutete sie als Mißgunst und Neid. Wenn während eines Tanzvergnügens Pottich von der Bühne in den Saal sprang und die Kapelle für ihren Pianisten einen Solotanz arrangierte, lag Ellen leicht in seinen Armen, hielt die Augen geschlossen, und auf ihrem Gesicht war jener Schimmer Glücks, der selbst dem Häßlichen Glanz zu geben vermag. Die Illusion von einer Wirklichkeit, die nicht existierte, machte Ellens Seele heiter, ihren Gang anmutig, ihre Bewegung lieblich, ihr Gesicht schön. Sie war mit einem Male die begehrteste Frau des Lehrgangs. Wetten wurden abgeschlossen, wer in der Lage sein würde, sie Pottich abspenstig zu machen. Ich war froh, auf diese Weise von Ellens Anhänglichkeit befreit zu sein.

Als einziger also litt der traurige Habicht unter den neuen Gegebenheiten.

Alles, was sie Ellen an Zuneigung entgegengebracht hatte, muß sich während kurzer Zeit in Haß verwandelt haben. Anders ist ihr Verhalten während der Vollversammlung, die einer Gerichtsverhandlung glich, nicht zu erklären. Ebenso steigerte sich Ellens Abneigung gegen ihre einstige Freundin in dem Maße, wie ihre Liebe zu Pottich wuchs. Der Instinkt des Weibes verriet ihr, daß die Mahnungen des einsamen Mädchens nicht frei waren von eigenem Verlangen nach dem verlotterten Kerl, den sie selber gar zu gern geliebt und erzogen hätte.

Ich sagte wohl schon, daß es im Lehrgang eine Laienspielgruppe gab. Die FDJ, deren Sekretär der traurige Habicht war, hatte sie gegründet. Auch Anissa gehörte zur Leitung der Jugendorganisation. Wollte ich in ihrer Nähe sein, blieb mir nichts anderes übrig, als mit der Theatertruppe durch die Dörfer zu ziehen. Fast jedes Wochenende traten wir irgendwo auf. Mir war es bald leid, den blöden Bauern zu spielen, der, wie ein Huhn gackernd, über die Bühne hüpft und Kälber ausbrüten will. Dabei hatte ich mit meiner Rolle einigen Erfolg. Auf der Straße liefen mir die Kinder nach, gackerten gleichfalls und grölten. Ich verfluchte Anissa und mich und das idiotische Laienspiel. Es kam hinzu, daß ich ganz und gar kein Liebhaber von Organisationen und Verbänden war und es im gewissen Sinne auch heut nicht bin. Das hängt mit der Erziehung in meinem Elternhaus zusammen. Und diese ist wiederum bestimmt durch den oberschlesischen Lebenskreis, in dem zu meiner Zeit nur eine Macht anerkannt wurde, die Macht der katholischen Kirche. Sie achtete zwar streng auf die Einhaltung ihrer Riten, ließ aber den Bergleuten ihren rauhen Eigenwillen, ihre grobe Gutmütigkeit und ihre Wildheit. Es entbehrte nicht der Komik, wenn zehntausend Bergmänner zum Annaberg wallfahrteten, sich schon im Zug mit Bier und billigem Schnaps vollaufen ließen, dabei fromme Lieder über die heilige Barbara und die Mutter Anna sangen, zum Hochamt betrunken auf die Knie fielen und den Segen des Erzbischofs von Breslau entgegennahmen. Auf der Haldenstraße in Hindenburg habe ich als Kind das Fluchen gelernt und das Weinen, das Stehlen und die Sehnsucht nach einer Blume, nenn sie Wahrheit, nenn sie Gerechtigkeit, nenn sie Liebe. Ich habe sie für mich nicht gefunden, Bai Dimiter, oder gefunden und zertreten.

Ich werde sentimental. Das ist die Nacht. Die Linden fangen an zu blühen.


Als Ellen noch nicht von Pottich entdeckt worden war, bemühte sich der traurige Habicht darum, sich für das Laienspiel zu begeistern. Sie meinte, hier könnte Ellen Freunde finden und eine gesellschaftliche Tätigkeit, bei der sie an Selbstbewußtsein gewänne. Ellen erschien auch das eine oder andere Mal zu den Proben, wagte aber nicht, eine Rolle zu übernehmen. Wahrscheinlich war sie so beeindruckt von Anissas Talent, daß sie fürchtete, neben ihr nicht bestehen zu können. Insgeheim aber lernte sie Anissas Text auswendig und spielte deren Szenen in einer entlegenen Ecke des Parkes, wo ich sie eines Tages entdeckte. Ich muß abscheulich gelacht haben, denn Ellen fing an zu heulen und beschwor mich, niemandem etwas davon zu erzählen. Sie würde sich sonst vom Schloßturm stürzen. So überspannt schwatzte sie manchmal daher. Von diesem Tag an kam sie nicht mehr zu den Proben. Erst, als die Geschichte mit Pottich begann, wollte sie unbedingt mitspielen. Sie hatte den leidenschaftlichen Wunsch, dem Manne, den sie liebte, gleichwertig zu werden. Da sie kein Instrument beherrschte, im Unterricht kaum ausreichende Leistungen zeigte, sah sie ihre einzige Chance im Laienspiel. Das Theater und der Beruf des Schauspielers hatten für sie noch den Zauber, der einfältigen Seelen eine fromme Scheu eingibt. Es muß sie viel Überwindung gekostet haben, sich selbst anzubieten, zumal die Feindschaft zwischen ihr und dem traurigen Habicht immer offensichtlicher wurde. In der Gruppe herrschte ein heftiges Für und Wider. Anissa, die nicht nur Ellen, sondern der Welt überhaupt unbefangen gegenüberstand, begriff nicht, warum Ellen nicht mitspielen sollte. Der traurige Habicht begründete seine entschiedene Ablehnung mit den unzureichenden Leistungen Ellens im Unterricht. Auf den Einwurf, sie selbst sei es gewesen, die vor nicht allzu langer Zeit Ellen gedrängt hätte, der Laienspielgruppe beizutreten, erwiderte sie, Ellens Leistungen seien in der Zwischenzeit weiter abgesunken. Damit hatte sie zweifellos recht, aber es war auch eine deutliche Anspielung auf Ellens Verhältnis mit Pottich.

Ich, um meine Ansicht befragt, heuchelte Objektivität, Bai Dimiter. Ich hielt eine verworrene Rede über Konzentration und Zersplitterung der Kräfte und tat, als koste es mich große Überwindung, Ellens Bitte abzuweisen. In Wirklichkeit wünschte ich Ellen nicht in der Laienspielgruppe, weil ich fürchtete, Anissa zu verlieren. Ich habe behauptet, Anissa stand Ellen unbefangen gegenüber. Das ist unüberlegt dahergesagt, Bai Dimiter. Anissa, so muß es heißen, war um Unbefangenheit bemüht. Sie stellte zwar keine Fragen, aber seit Ellens Erscheinen wich sie mir aus. Es nützte wenig, daß ich erklärte, zwischen Ellen und mir bestünden keinerlei Bindungen, ich liebte nur sie, Anissa. Freundschaft, Liebe, Treue – Anissa war unbedingt. Sie ist es auch heute noch. Manchmal wünscht sie sich mehr Leichtfertigkeit.

Die Rigorosität ihrer Hingabe hat ihr viel Leid gebracht. Ellen wurde nicht aufgenommen. Dadurch zwangen wir sie geradezu, sich Pottich noch enger anzuschließen.

Wenig später kam der anonyme Brief. Ihn konnte, obwohl der Poststempel aus Magdeburg stammte, niemand anders geschrieben haben als Ellens ehemaliger Zuhälter aus Rostock. Er mußte ihren neuen Aufenthaltsort über den Suchdienst des Roten Kreuzes herausgefunden haben. Jedenfalls gab er sich als biederer Bürger und Antifaschist, der die Lehrgangsleitung lediglich darauf hinweisen wollte, daß Ellen ehemals in Breslau einem Offizierspuff angehört hatte und auch noch nach dem Krieg in Rostock dem unredlichen Gewerbe einer Prostituierten nachgegangen war. Er nannte sogar das Straßenrevier, in dem sie ihr Geschäft betrieben hatte.

Dieser Brief brachte den Lehrgangsleiter in eine schwierige Lage. Einerseits hätte er das Schreiben in den Ofen stecken könne, da es anonym war. Andererseits fühlte er sich für die Ordnung im Lehrgang verantwortlich und für die Moral derer, die demnächst Kinder zu erziehen hatten. Gefälschte Lebensläufe waren damals nichts Ungewöhnliches, zumindest durfte er die Angelegenheit nicht dem Schulrat verschweigen. Damit jedoch würde diese zu einem offiziellen Fall werden. Wie also entscheiden?

Der kleine, gütige Mann, Dr. Bork hieß er, lief damals mehrere Tage verstört im Schloß umher. Während des Unterrichts war er zerstreut, gab vor, sich unwohl zu fühlen, und schickte uns aus dem Klassenraum. Das Gerücht kam auf, seine junge, lebenslustige Frau betrüge ihn mit dem Bürgermeister der Kreisstadt. Das enge Zusammenleben im Schloß machte uns sensationshungrig und geschwätzig. Was Dr. Bork im einzelnen unternahm, weiß ich nicht. Ich weiß nur, daß er nicht beabsichtigte, Ellen fortzuschicken. Er wollte lediglich Zeit gewinnen,

Ellen nicht einem ungewissen Leben preisgeben, in dem sie als Ausgestoßene zwangsläufig scheitern mußte.

Er wollte es gut machen und machte es schließlich falsch. Statt den anonymen Brief dem Schulrat zu geben, einem Mann, der unfähig war, Ordnung zu halten, Wichtiges und Unwichtiges gleichermaßen schnell vergaß, berief Dr. Bork das Schüleraktiv ein, weil er hoffte, hier Fürsprecher für Ellen zu finden. Ihm gehörten auch der traurige Habicht und Mauritius an, ein SPD-Mann, dem vor Moskau das linke Bein abgeschossen worden war. Er hat den Lehrgang nicht beendet, sondern ging kurz nach dem Vereinigungsparteitag von KPD und SPD aus Protest nach Westfalen. Ellen besaß in ihm einen eifrigen Anwalt. Der traurige Habicht dagegen forderte eine Versammlung aller Dozenten und Lehrgangsteilnehmer. Sie fand sich durch den Brief in ihrer zunehmenden Abneigung Ellen gegenüber bestätigt und nannte sie verlogen und hinterhältig.

Das Verhör – ich will es einmal so bezeichnen – erfolgte an einem Sonntagnachmittag. Ich fühlte mich sehr elend. Mein Körper wollte meinem Gewissen entgegenkommen und flüchtete ins Kranksein. Ich konnte nicht genau bestimmen, was mir fehlte. Jedenfalls hatte ich Fieber. Pietruschka warf mich aus dem Bett.

»Du hast das Weib hergeholt«, sagte er, »jetzt bekenn dich zu ihr.«

Obwohl kurz nach dem Krieg die seltsamsten Dinge geschahen und die Menschen Ungewöhnliches hinnahmen, ohne lange darüber nachzusinnen, so rief doch das Begehren einer ehemaligen Hure, Neulehrer zu werden, einige Verwunderung hervor. Eigentlich lachten die meisten Lehrgangsteilnehmer mehr über den gelungenen Witz, als daß sie sich empörten. Sie lachten auch über Pottich, der auf Ellen hereingefallen war. Nicht er hatte mit ihr, sondern sie hatte mit ihm gespielt. So schätzten es jetzt nahezu alle ein, zuletzt glaubte Pottich selbst daran. Eine Hure war eine Hure. Man fand Vergnügen an ihrer Gerissenheit, sah nicht ohne Begehren ihre straffen Brüste, die festen Schenkel, aber zugleich verachtete man sie, aus dem Bedürfnis nach Selbstgefühl und Moral, die viele im Kriege verloren hatten. Ich weiß nicht, wie viele von den Lehrgangsteilnehmern in den Ländern Europas Menschen getötet hatten, Ellen sicherlich nicht. Das Verwerfliche an der Versammlung war die geheuchelte Entrüstung, die zur Schau getragene Emphase der Verteidigung, die Feigheit und die Heiterkeit vieler. Das ist mir als Gesamteindruck in Erinnerung geblieben. Es mag sein, daß ich aus einem Gefühl der Schuld und aus Selbstverachtung nicht gerecht bin. Aber in einem täusche ich mich sicher nicht: Zuviel Persönliches wurde hinter angeblicher Objektivität versteckt. Und die Lüsternheit, mit der Ellen Fragen gestellt wurden, war nicht zu verbergen.

Dr. Bork glitt die Versammlung bald aus der Hand. Seine Stimme war viel zu leise, um sich durchsetzen zu können. Mauritius – er hieß in der Tat wie die kostbare Briefmarke – und der traurige Habicht lieferten sich Wortgefechte. Ich konnte mich schon damals nicht des Eindrucks erwehren, daß Mauritius in sein eigenes Reden verliebt war. Mir will scheinen, er trat nur deshalb mit solchem Eifer für Ellen ein, weil die Mehrzahl gegen sie auftrat. Er wollte die Suggestivkraft seiner Redekunst ausprobieren. Vielleicht war es auch eine Art Wahlrede für die SPD, deren Existenz Mauritius in Gefahr sah. Ihm gelang es, daß über den eifrigsten Gegner Ellens, den traurigen Habicht, gelacht wurde. Sie war Mitglied der KPD, verfügte keineswegs über den Wortreichtum von Mauritius und besaß auch nicht seine Fähigkeit, Sätze zu komponieren, die geschlungen waren wie die Isker bei ihren Felsdurchbrüchen. Sie sprach stockend, begann einen Satz und schloß einen neuen an, ohne den ersten zu beenden. Aber sie hatte zwingendere Argumente als Mauritius. Ihre entscheidende Frage gipfelte in dem Satz: »Glaubt ihr, die Faschisten sind aus den Schulen vertrieben worden, um dort für die Huren Platz zu schaffen?«

Ellen schwieg zu allem, was gesagt wurde. Sie kam auch Mauritius nicht zu Hilfe, als er, wie ein durchtriebener Verteidiger vor Gericht, versuchte, ihr einen Weg zu weisen, aus der Kalamität herauszufinden. Er fing an, die nicht gerade effektvolle Story von einem Mädchen zu erzählen, das seiner kranken Mutter und der hungernden Geschwister wegen einen Weg gegangen wäre, der, wenn auch nicht zu loben, doch zu verstehen sei. Eine neue Ordnung müsse jedem nicht nur das Recht, sondern auch die Zeit geben, zu einer neuen Moral zu finden.

Mauritius legte sich wirklich mächtig ins Zeug. Aber mit Ellen kam er nicht zurecht. Sie wollte den Strohhalm nicht ergreifen, der ihr hingehalten wurde. Mehrere Jahre Prostitution hatten sie nicht kaputt gemacht. Zerbrochen ist sie an Menschen wie Pottich und mir. Der Himmel ihrer Hoffnung ist in jenen Tagen eingestürzt. Ich sage es mit denselben Worten, mit denen sie mir Jahre später – es war in Halle in einem Puff – ihr Verhalten während der Vollversammlung in Gronitz erklärte. Ich steckte mitten im Staatsexamen, hatte den Kopf voll mit lateinischen Vokabeln, mit aristotelischer Philosophie, Sartre und sowjetischer Pädagogik. Alle Bordells sollten geschlossen werden. Das öffentliche Gewerbe paßte nicht zum neugegründeten Staat. Die Huren wurden nach Aue in den Uranbergbau geschickt. Ellen war zum Zyniker geworden, sie versuchte damit ihren Schmerz und ihre Bitterkeit zu überspielen.

»Wer einmal auf den Strich geht«, sagte sie, »kommt davon nicht mehr los. Ihr seid doch alle Pastoren, Scheißer seid ihr, geile Böcke.«

Ich erwiderte, sie hätte uns mit ihrer Sturheit die Beine weggeschlagen, selbst dem armen Bork. Der hatte nur eine Willenserklärung haben wollen, irgend etwas, womit er dem Ministerium gegenüber hätte auftreten können. Sie schüttete ein Wasserglas Wodka in sich hinein, warf sich aufs Bett und lachte. Ihr Gesicht war aufgedunsen, ihre Nase breit, mit ihren Froschaugen glotzte sie mich an.

»Na komm schon«, sagte sie. »Für dich mache ich es umsonst.«
Ich ging, und sie warf mir wütend das Glas nach.

Vielleicht kam dieser Wutausbruch drei Jahre zu spät. Ihr Schweigen während der Versammlung in Gronitz nahmen alle als Eingeständnis ihrer Verworfenheit. Pottich, aus Angst, in die Geschichte verwickelt zu werden, entblödete sich nicht zu erklären, Ellen hätte versucht, ihn mit der Behauptung zu erpressen, von ihm geschwängert zu sein.

Ich wagte nicht, aufzustehen und für Ellen Partei zu ergreifen. Meine Feigheit rechtfertigte ich vor mir selbst damit, daß ich mich an den Gedanken klammerte, es sei unmöglich, Ellen als Lehrer auf ein Dorf zu schicken. In kurzer Zeit wären die Bauern nach ihr wild, und die Frauen würden sie steinigen. Selbst wenn Ellen mit ihrer Vergangenheit brechen wollte, der anonyme Briefeschreiber würde keine Ruhe geben. Ellen würde die Neulehrer in den Ruf bringen, Ganoven und Huren zu sein. Außerdem, so meinte ich, hatte ich allen Grund, an Ellens Aufrichtigkeit zu zweifeln. Sie hatte selbst mich hintergangen. Bei der Abstimmung enthielt ich mich der Stimme. Das schien mir das Äußerste, was ich für Ellen tun konnte, obwohl mir bewußt war, daß ich sie damit auch nicht rettete.

Ellen hat unmittelbar nach der Versammlung ihre Sachen in den alten Koffer gepackt. Es lag keine Anordnung vor, daß sie umgehend das Schloß zu verlassen hätte. Dr. Bork hatte ihr angeboten, in einer nahegelegenen Fabrik für sie Arbeit zu besorgen. Er wollte alles tun, ihr weiteres Fortkommen zu sichern. Aber Ellen war entschlossen, fortzugehen. Zum Bahnhof mußte sie vier Kilometer laufen. Am Abend fuhr aus diesem Kaff kein Zug mehr. Ich redete auf sie ein, sie möge nichts überstürzen, ich bot ihr alles Geld an, das ich hatte. Aber Ellen tat, als existiere ich nicht. Ich griff nach ihrem Koffer. Sie riß ihn mir aus der Hand.

Ich sah sie schließlich über den Schloßhof gehen, der vom Regen aufgeweicht war. Ihre Schuhe mit den dicken Holzsohlen sanken im Kot ein, und einmal knickte ihr Fuß um, so daß sie fast gestürzt wäre. Ich hoffte, sie würde sich noch einmal umblicken, aber sie ging durch das breite verfallene Tor und entschwand meinem Blick hinter einer Biegung der schmutzigen Landstraße.

Am Abend jenes Tages machte mir Mauritius den Vorschlag, in die SPD einzutreten. Ich hatte nicht vor, mich einer Partei anzuschließen. Mir reichte die antifaschistische Jugendorganisation mit ihrem Laienspiel und den albern fröhlichen Volksliedern. *Tanz mit der Jule, walz mit der Jule* und *Heissassa* und *Laurentia*. Anissa spielte dazu auf der Mandoline, und der traurige Habicht riß zukunftsfroh den Mund auf. Ich hatte plötzlich wieder Sehnsucht nach Ellen.

Ich weiß nicht, ob du den Wunsch kennst, Bai Dimiter, moralisch im Dreck zu versinken, ein Mörder zu sein, ein Säufer, ein Stück Unterwelt. Du möchtest alles Sittsame in die Luft sprengen, weil du es als verlogen ansiehst, als selbstgefällig und ekelhaft.

»Leck mich am Arsch mit deiner SPD«, sagte ich. Mauritius schlug sich vor Freude auf die Beinprothese. Damit irritierte er mich.

»Wenn wir uns vorher zusammengetan hätten«, sagte Mauritius, »wäre sie zu retten gewesen. Lehrgangsabschluß, dann ein Jahr Arbeit in einem Betrieb, dann Lehrer. Der entscheidende Faktor im Leben ist Zeit. Die größten Fehler in der Geschichte entstehen dadurch, daß sich die Mächtigen nicht genügend Zeit nehmen: Alexander, Napoleon, Robespierre.«

»Hitler«, sagte ich.

Und er sagte: »Blödian.« Wobei ich nicht wußte, ob er mich meinte oder Hitler.

»Hast du was zu saufen?«

»Nein«, erwiderte er, »aber wenn du eintrittst, bekommst du hundert Mark.«

Das schien mir ein Witz. Jedoch Mauritius beteuerte es mit einer solchen Eindringlichkeit, daß ich in meinem Zweifel unsicher wurde.

»Jeder Neulehrer-Student, der in der SPD ist, erhält eine einmalige Stützung«, sagte Mauritius. Trittst du ein, bist du Mitglied. Bist du Mitglied, hast du Anspruch auf die hundert Mark.«

Ich wollte sichergehen und verlangte fünfzig Mark Vorschuß. Ich glaubte nicht, daß Mauritius mir das Geld geben würde. Aber er zog lächelnd sein Portemonnaie heraus und steckte mir einen Fünfzigmarkschein zu. Ich unterschrieb den Antrag zur Aufnahme in die SPD und dachte, das hat nichts zu bedeuten, heute rein, morgen raus. Die restlichen fünfzig Mark wollte ich noch mitnehmen. Ich hatte keine Anhnung, daß vier Wochen später der Vereinigungsparteitag stattfinden sollte und daß die neue Partei, in die ich in meiner Einfalt hineinrutschte, mit einer Disziplin arbeitete, der ich anfangs hilflos gegenüberstand. Im Gegensatz zu mir war Mauritius ein politischer Kopf, er gehörte dem Kreisvorstand seiner Partei an, und es war keineswegs so, wie es heute manchmal Schülern und Studenten gelehrt wird, daß eine überwältigende Mehrheit der SPD-Mitglieder der Vereinigung begeistert zustimmte. Wenn ich versuche, mir das eigenartige Verhalten von Mauritius zu erklären, dann so, daß er wie auch andere seiner Genossen bestrebt waren, vor der nicht zu verhindernden Vereinigung noch so viele Mitglieder wie nur möglich in ihre Partei aufzunehmen, um der KPD gegenüber ein kräftemäßiges Übergewicht zu behaupten. Mauritius war einer der intelligentesten, aber auch gerissensten Männer, die mir im Leben begegnet sind. Ich möchte behaupten, er glaubte an gar keine Idee, sondern verachtete im Grunde genommen die Menschen.

»Wer einem Staat Verfassung und Gesetze gibt, muß davon ausgehen, daß alle Menschen schlecht sind und stets ihren bösen Neigungen folgen, sobald sie Gelegenheit dazu haben.«

Sicher hatte Mauritius Machiavelli gelesen.

»Du wirst den Schritt nicht bereuen«, sagte er.

Ich hatte nicht den Eindruck, daß sich mit der soeben vollzogenen Unterschrift in meinem Leben etwas ändern könnte, gleich, ob zum Guten oder Schlechten. Alles, wonach ich trachtete, war, zu weiteren dreißig Mark zu kommen, um mir eine Flasche Schnaps zu besorgen. Im Dorf gab es einen Bauern, der aus Kartoffeln Fusel brannte.

Zwanzig Mark gab mir Pietruschka, Anissa zehn. Ich erzählte beiden etwas von einer Decke, die ich mir kaufen wollte, um mir daraus eine Hose nähen zu lassen. Daß ich Pietruschka betrog, war nicht weiter schlimm. Er rechnete gar nicht damit, das Geld je zurückzuerhalten. Pietruschka gab geliehenes Geld auch nie zurück. Anissa zögerte, mir die zehn Mark zu leihen. Nicht, daß sie geizig war. Aber sie überließ das gesamte Stipendium ihrer Mutter, die jeden Pfennig brauchte, die Familie durchzubringen. Anissa besaß ein gewisses Talent zu zeichnen. Es reichte nicht aus, um Malerin zu werden. Das wußte sie. Aber sie verdiente für ihre Mutter und ihre Geschwister einiges Geld hinzu, indem sie für Bauern und Gastwirte Federzeichnungen anfertigte: Hunde, Katzen und Häuser. Mancher gab ihr dafür zwanzig Mark, ein anderer zehn, je nachdem, wie er gelaunt war und ob er ein Herz für Umsiedler hatte, von denen viele nach dem Kriege wie rechte Bettler lebten und die nicht selten von den Eingesessenen gedemütigt wurden. Wenn das Gesetz sie auch als gleichberechtigte Bürger erklärte, so waren doch Paragraphen nicht in der Lage, den Herzen zu befehlen.

Anissa gab mir das Geld, weil ich immer noch in einer völlig abgewetzten Wehrmachtshose herumlief und ein Hemd trug, das ich nicht zu waschen wagte, weil es dabei sicher auseinandergefallen wäre.

»Mein Bruder hat Diphtherie«, sagte sie.

»Dann laß es, wenn er Diphtherie hat«, entgegnete ich. »Es ist bloß, weil die Decke jetzt zu haben ist. Aber Diphtherie ist wichtiger.«

Ich wußte genau, wie dieses gutmütige Kind zu packen war. Sie hielt mir die zehn Mark hin, und ich palaverte, daß ich lieber mit nacktem Hintern herumlaufen wollte, als einem Kranken etwas wegzunehmen. Sie wurde wütend, warf mir das Geld vor die Füße und lief davon.

Ich besorgte mir den Schnaps, hockte mich in jenen Winkel des Parkes, wo ehemals ein Schwanenteich gewesen sein mußte statt des nun vermodderten Tümpels, und trank das scharfe Zeug. Die Erde war feucht und kalt. Aber das kümmerte mich nicht. Die Welt verklärte sich mir. Ich kicherte wie ein Schwachkopf und rezitierte Gedichte. Zwischendurch ließ ich immer wieder Alkohol in mich hineinlaufen.

Wann ich auf den Gedanken kam, den traurigen Habicht dem Gespött der Lehrgangsteilnehmer auszuliefern, weiß ich nicht. Wenn man betrunken ist, fallen einem die verrücktesten Sachen ein. Die Tat, die ich vorhatte, kam mir geradezu heroisch vor, zumal sie die Möglichkeit zuließ, alle Schuld an dem Vorgefallenen dem traurigen Habicht zu geben. Ich meinte, Ellen diese Rache schuldig zu sein. Außerdem war ich jetzt Mitglied irgendeiner Partei, die Recht und Ordnung in die verderbte Welt zu bringen hatte.

Ich war schon so betrunken, daß ich nicht einmal mehr wußte, in welcher Partei ich steckte. Alles, was ich an Denken aufzubringen vermochte, konzentrierte sich auf einen einzigen Punkt: Ich wollte den traurigen Habicht entjungfern. Und wenn es soweit war, sollte sie nackt durchs Schloß laufen. Dann wollte ich Ellen nachreisen. Adieu Anissa. Ich war es müde, sie immer wieder und immer wieder vergeblich zu bitten, mit mir ins Kino zu gehen oder abends in den Park. Adieu Neulehrerkursus, der mir Ellen genommen, aber Anissas Liebe nicht geschenkt hatte, sich lediglich anschickte, aus mir einen Ritter der Pädagogik zu machen. In meiner Trunkenheit beschloß ich, ein König der Ganoven zu werden, ein romantischer Räuber an Elbe und Rhein.

Der Anfang meiner neuen Karriere sollte mit einem einzigartigen Witz beginnen.

Ich wußte, daß ich dem traurigen Habicht nicht unsympathisch war. Ich galt ihr als Beispiel proletarischen Aufschwungs. Mein Großvater mütterlicherseits war Pole und Analphabet. Mein Vater Bergmann, später Maschinenbauschlosser. Im Lehrgang fiel ich auf durch den oberschlesischen Akzent und die Verlottertheit meines Äußeren. Ich sagte je bereits, Bai Dimiter, der traurige Habicht brauchte stets jemanden, für den er sorgen konnte. Als Ellen sich mehr und mehr Pottich zuwandte, suchte sie erneut nach einem Menschen, dem sie ihre Fürsorge angedeihen lassen konnte. Sie nähte die abgerissenen Knöpfe an mein Hemd, setzte Flicken auf meine Hose und fütterte mich mit Quarkkeulchen. Ich machte mich zwar insgeheim darüber lustig, fand es aber auch wieder angenehm, so umsorgt zu werden. Der traurige Habicht, keineswegs frei von Hemmungen, sich einem Mann derart anzubieten, begründete ihr Verhalten damit, daß ich bei meinem Erfolg als Schauspieler nicht so zerlumpt durch die Straßen laufen dürfte. Ich sei den Leuten in der Stadt bekannt, ein Aushängeschild nicht nur für den Lehrgang, sondern auch für die soeben gegründete FDJ.

Meines Geistes und meines Körpers nicht mächtig, torkelte ich in das Zimmer des traurigen Habichts. Mein unverhofftes Erscheinen erschreckte nicht nur sie, sondern auch das Mädchen, mit dem sie dieselbe Kammer bewohnte. Ich lallte Unverständliches vor mich hin, was den traurigen Habicht veranlaßte, ihre Zimmergenossin fortzuschicken. Sie bettete mich auf eine Liege und war wie eine Mutter zu mir, wie eine Geliebte und Schwester. Ich wußte gar nicht mehr, weswegen ich überhaupt hierher gekommen war, verfiel in wilde Beschimpfungen über mich selbst und hielt philosophische Reden gegen die Verderbtheit der Welt. Ich glaube, den traurigen Habicht quälte nicht minder ein schlechtes Gewissen. Das ließ sie zugänglich sein für

Zärtlichkeiten, die sie sonst in ihrer Gehemmtheit von sich wies. Ich hatte nicht mehr das Verlangen, sie zu demütigen, ich erkannte in ihr eine Gleichgesinnte, die ebenso litt wie ich, küßte sie und zog sie aus. Sie ließ alles mit sich geschehen. Ihr Körper war fleischlos. Sie zog die Schultern ein wenig hoch. Mund und Leib zitterten.

»Schließ die Tür ab«, sagte sie.

Da war's bei mir vorbei. Ich wußte plötzlich wieder, weswegen ich hergekommen war. Ich sah sie neben mir liegen, die Augen geschlossen, den schmalen Mund leicht geöffnet. Ihre Haut faßte sich kalt an wie Leder, und ihre Brüste waren flach und taub. Wenn sie nicht an diese idiotische Tür gedacht hätte, wäre sie zur Frau geworden, was ja im Grunde genommen ihr Verlangen war. Sie stöhnte, wand sich, aber ich ekelte mich vor ihr und zwar impotent.

Es ist ein deprimierendes Gefühl, Bai Dimiter, du kennst es vielleicht. Mir trat der Schweiß auf die Stirn. Ich kam mir vor wie ein Trottel, wollte es erzwingen, aber ohne Erfolg. Dieses Versagen wollte ich nicht zugeben. So tat ich, was ich ursprünglich vorgehabt hatte. Ich lachte, lachte so, daß mir die Tränen liefen, stand auf und nannte sie Hure. Betrunken, wie ich immer noch war, riß ich die Tür auf, daß, wer vorbeigekommen wäre, uns hätte nackt sehen können. Der traurige Habicht warf sich eine Decke über den Körper. Ich zog Hose und Hemd an, lief grölend aus dem Zimmer, dabei die Tür offen lassend.

In der folgenden Nacht machte der traurige Habicht einen Selbstmordversuch. Sie schnitt sich die Pulsadern auf und wurde in die psychiatrische Klinik eingeliefert. Es war ein ähnlicher Bau wie der, in dem wir liegen, Bai Dimiter.

Nach Gronitz kam sie nicht wieder zurück.

Krai, Bai Dimiter, leka noscht, dobro utro[1]. Du wirst dich noch zwei Stunden aufs Ohr hauen, und ich werde mich im Garten auf die Bank legen. Die Sonne schiebt sich aus dem Meer. Ich werde mir einbilden, ich steige mit ihr hoch und verglühe im werdenden Tag. Manchmal frage ich mich, was Che Guevara wohl empfunden haben mag, als ihm die Revolution im Dschungel Boliviens zusammenfaulte. Ich verbeuge mich wie ein alter Chinese vor einem Menschen, der einen Palast eintauscht gegen ein hartes Laubbett. Manchem ist das Glück gegeben, rechtzeitig zu sterben, mitten im Erfolg, ihm bleibt die Qual der Leere und des Lasters erspart. Ich frage mich, was der Satz wohl zu bedeuten hat, der da in der Bibel steht und heißt: Selig sind die Armen im Geiste, denn ihrer ist das Himmelreich. Es kann doch nicht sein, daß er so primitiv die Dummheit proklamiert. Ihn muß ein Mensch niedergeschrieben haben, der durch die Qual des Wissens gegangen ist. Wir jagen ihm nach, und es hält uns Augenblicke des Glücks bereit und Stunden der Verzweiflung.

»Du schwatzt und schwatzt«, sagte Bai Dimiter, »und du bist gar nicht wichtig. Niemand ist wichtig. Es gibt immer jemand, der das macht, was du nicht machst.«

»Mit deiner Weisheit gehörst du ins Rila-Kloster oder in den Naroden Sowjet[2]«, erwidere ich. »Es tut mir leid, daß du fortgehst. Wem soll ich nun all den Wirrwarr erzählen, der mein Leben füllt? Was du von mir weißt, ist nur der Anfang. Ich kann nicht gesund werden, wenn ich das Unausgesprochene mit mir herumtrage.«

Bai Dimiter schläft schon. Er hat recht, ich bin ganz und gar unwichtig. Für ihn, für sein Land. Auch für meins. Vielleicht war ich nur für einen Menschen wichtig: für Anissa. Während der ersten Zeit unserer Liebe

[1] Schluß, Bai Dimiter, gute Nacht, guten Morgen
[2] Oberste Volksvertretung Bulgariens

und Ehe wenigstens. Damals, als sie meinetwegen aufs Studium verzichtete. Einer mußte Geld verdienen, um uns durchzubringen, mich und die Mutter mit den Kindern ...

Das Ministerium wird jemand aus Berlin nach Burgas schicken, der mich heil in mein Vaterland zurückbringen soll. Wir werden ein Schlafwagenabteil für uns allein haben, nicht über Rumänien fahren, sondern den kürzeren Weg über Belgrad nehmen. Ich wollte eigentlich schon immer einmal nach Jugoslawien. Von dort dann weiter nach Florenz, Rom, Athen. Nein, nein, kein Tourismus. Wenn ich reise, reise ich aus Angst, daß meine Seele unter der Dunstglocke Leipzigs verkümmert. Ich reise aus Durst und Hunger und Verzweiflung. Ich erobere nichts, wie man es den Deutschen nachsagt, ob im Krieg, ob im Frieden. Ich tauche ein in mein unbekanntes Zuhause, welches andere Fremde nennen oder Welt.

Bai Dimiter liegt auf dem Rücken. Er schnarcht. Ich rolle ihn auf die Seite. Ich müßte mich auch ins Bett legen und versuchen zu schlafen. Wenn ich weiter so übersteigert lebe, bin ich in vierzehn Tagen überm Rubikon. Der Gedanke hat etwas Verlockendes.

Die Venus ist kaum noch zu sehen. Irgendwo dort im All fliegt eine Sonde zu ihr. Sie kann nicht einsamer sein als ich an diesem Fenster. Der Horizont fängt an zu brennen, erste Glarusse gleiten über die flachen Häuser und stürzen hinab aufs Meer. Ich verstehe, wie jemand den Satz finden konnte: Die Luft trinken.

In einer Stunde wird auf dem Korridor der Lärm beginnen. Die Frauen werden Gläser und Töpfe gegeneinander schlagen, schreien und lachen und fluchen. Die kleine Ärztin wird kommen und mit hilflosem Kindergesicht fragen: Kak ste? Was wäre, wenn ich einfach erwiderte: Beschissen. Nicht auf bulgarisch, sondern auf deutsch. Ich sollte sie überhaupt einmal mit einem Schwall deutscher Wörter überfallen. Mit blödem Zeug, das mir einkommt: Der Mond ist gestorben, die Sonne läuft aus in der Helligkeit der Nacht, dem Frohsinn der Trauer. Ich fühle mich stark, Riesen zu zeugen, mit Ihnen, Dr. Welikowa. Liberté. Fraternité... Sie wird mich für verrückt halten und den Psychiater kommen lassen.

Ich öffne die Tür. Die Türen hier erinnern mich an die verrotteten Dachrinnen in Leipzig und die brüchigen Dachschiefern, durch die der Regen in die Wohnungen tropft. Ich denke an den Dichter aus der Menckestraße, der Leipzig eine »den Musen bittere Stadt« nannte.

Ich setze mich auf die Schwelle zum Frauenraum, lehne mich gegen den Türpfosten und stiere auf die Betten, in denen sie liegen, die Alten und die Jungen, die Dicken und Dürren, Frivolen und Verschämten. Wie oft hat jede von ihnen den Rock geworfen, die Knie gezeigt, die Bluse geöffnet? Jetzt liegen sie da und haben es vergessen oder schauen in ihre Vergangenheit wie in einen Guckkasten, in dem bunte Papierfetzen Märchenbilder hinzaubern.

Ich starre Vungja an.

»Was willst du?«

Sie hat eine heisere Stimme.

»Komm«, sag ich, »hier stinkt's.«

Ich rechne gar nicht damit, daß sie sich aus ihren zerwühlten Decken schält. Aber sie steht auf, und ich ahne unter dem verwaschenen, langen Hemd ihren mageren Körper. Sie wirft den grauen Kittel über, und wir gehen durch den langen Flur, unter den aufgerissenen Fenstern vorüber wie zwei, die Hoffnung suchen.

Auf den Bänken liegt Tau. Ich reibe das Holz mit meinem Kittel trokken. Dann breche ich eine Rose vom Strauch und sage zu Vungja: »Steck sie ins Haar. Es ist eine schöne Lüge.«

Vungja blickt mich scheu an. Sie weiß nichts mit meinen Worten anzufangen. Aber sie steckt die Rose ins Haar. Und ich komme mir vor wie

Don José, jener brave spanische Soldat, der eine Zigeunerin ins Unglück treibt. Oh, ich hatte einmal furchtbare Angst vor Zigeunern, weil man mir erzählte, sie raubten Kinder. Ich glaubte auch, Juden würden kleine Kinder schlachten, das Blut aus ihrem Körper laufen lassen und das zarte Fleisch essen.

»Möchtest du einen Spiegel haben?« frage ich.

»Ja.«

»Der klarste Spiegel Bulgariens liegt am Fuße des Vichren. Aber du mußt dort sein, wenn der Schnee noch ringsum auf den Berghängen liegt und der Tag so unverbraucht ist wie zu dieser Stunde. Dann ist das Wasser des Sees klar wie Krähenaugen. Wenn du hineinschaust, Vungja, bist du mit deiner Rose im Haar, deinem blassen Gesicht und der gelben Haut eine Mater dolorosa. Ich meine, du bist eine Königin in deinem zerschlissenen Mantel. Aber das alles währt nur eine Minute. Wenn du die Augen schließt und sie wieder öffnest, ist der Spiegel des Wassers blind, und in dir bleibt nur eine große Sehnsucht.«

»Du schreibst Märchen?«

»Nein, die Fähigkeit dazu habe ich verloren. Aber du könntest es.«

Sie lacht, bückt sich und spielt mit dem Zipfel ihres Mantels, dabei blickt sie zu mir herauf, als wollte sie mich locken. »Das Märchen von Vungja und Hassan, den eine mächtige Zauberin zu sich ins Meer holt, damit er vor ihr spielt und reitet. Und Vungja taucht hinab auf den Grund und befreit ihn, und sie leben in großer Liebe bis auf den heutigen Tag. Erzähl mir dieses Märchen«, sag ich.

»Ne verno«[1], sagt sie.

»Und welches ist die Wahrheit?«

»Oh, Hassan war stark. Er trieb sechs Pferde vor sich her. Da schickte die Zauberin eine große Welle und holte Hassan zu sich. Jede Nacht lief

---

[1] Das ist nicht die Wahrheit

Vungja zu den Steinen des Wassers, und wenn der Mond ganz hell schien, konnte sie hinabschauen bis auf den Grund. Dort sah sie Hassan reiten und tanzen. Da zerriß sie ihr rotes Kleid, schnitt ihr langes Haar ab und flocht aus Stoff und Haar einen Strick und ließ sich hinab. Aber das Meer war tief und das Seil zu kurz. Und als sie rief, hörte Hassan nicht ihr Rufen. So löste sie ihre Hände vom Seil und fiel und fiel und fiel.«

»Das ist die Wahrheit?«

»Ja.«

»Sie ist traurig.«

»Die Wahrheit ist immer traurig«, sagt Vungja.

Sie nimmt meine Hand und schaut auf die Zeichnungen ihrer Linien. Jetzt bin ich wirklich jener spanische Soldat, und ich denke an Pietruschka, der dreimal die Kreuzfarbe deckte und bald darauf tot war.

»Ich will's nicht wissen«, sag ich.

»Du bist allein?«

»Ja«, sag ich. »Das ganze Land kennt mich oder das halbe. Aber ich reite wie Hassan auf dem Grund des Meeres.«

Dann schweigen wir, halten uns bei den Händen wie zwei Kinder, die durch den Wald gehen und Angst haben, einander zu verlieren.

»Ich will dir das Märchen von Anissa erzählen«, sag ich, »und es wird gut sein, wenn du es nicht verstehst. Halte dabei meine Hand. Sie ist in letzter Zeit gescheckt wie eine Elster. Das sind Durchblutungsstörungen. Es tut gut, wenn du meine Hand hältst.

»Du sprichst, und es hört sich an, als wenn ich auf einen Knochen beiße.« Vungja lacht, spuckt aus, und die spitzen Knie stoßen durch das Hemd und den Kittel. Ich lege meine Hand darauf. Sie sieht mich an mit großen Augen.

»Anissa«, fange ich an, »war nicht braun wie du, und ihre Knie waren weich. Als ich sie hochzeitete, roch ihr Haar nach Gras. Unser Bett war zwischen den Wurzeln einer Weide. Die herabhängenden Blätter streichelten meinen Nacken und Anissas Gesicht. Das Wasser eines Flusses glitt sanft an uns vorbei, und Anissa sagte: ›Jetzt möchte ich mit dir hinabtauchen und im Meer erwachen.‹ Kannst du mich verstehen, Vungja?«

»Ja, Anissa lebt nicht mehr.«

»Doch.«

»Nein, wenn eine Geschichte so anfängt, lebt Anissa nicht mehr.«

»Vielleicht hast du recht. Einer von uns beiden ist tot. Und da sie lebt, bin ich gestorben.«

»Wie heißt du?« fragt Vungja.

»Deine Augen sind groß wie die Trauben des Hamburgski Misket. Ich möchte in sie hineinbeißen.«

»Eh«, sagt sie, steht auf und geht ins Haus.

Mein Kopf ist, als wollte er zerreißen.


Bai Dimiter steht vor dem Bett. Seine Hose hängt an ihm herunter, als hätte er keinen Hintern und keine Schenkel. Er hält mit beiden Armen den Karton vor der Brust, ängstlich, als könnte ihm jemand das Stück Lukanka fortnehmen und die Apfelsine, die er seiner Frau bringen will. Jetzt sehe ich's. Bai Dimiters Gesicht ist noch schief, der rechte Mundwinkel hängt herab. Seine Unterlippe ist blaß. Aber ich werde es ihm nicht sagen. Ich werde sagen: »Du kannst schon wieder einen Esel auf den Schultern schleppen.« Und ich werde sagen: »Deine Frau wird die Lukanka schmatzen. Was meinst du, wie schnell sie gesund wird nach so einer Lukanka.« Dabei werden die Schwestern der Frau die stark gewürzte Wurst sofort wieder wegnehmen. Aber das braucht er nicht zu wissen. Sein Glück ist der Irrtum. Mag er ihm bleiben die wenigen Monate oder Jahre, die er noch zu leben hat. Es bringt niemandem Schaden.

Die Söhne werden King Lear nicht mit dem Auto vom Krankenhaus abholen. Er wird mit schiefem Mund, dem alten Strohhut auf dem Kopf, dem Karton unterm Arm die Uliza Sliwniza entlangtippeln und dann die Uliza Ernst Thälmann. Zwischendurch wird er sich auf eine Bank setzen oder einen Mauersims. Die Sonne sticht. Auf dem Bulvard San Stefano wird er zum Friseur gehen. Er wird ihm ein Bakschisch geben, damit ihm der Mann die weißen Bartstoppeln sauber abrasiert.

I oschte edno kamentsche padna[1], Bai Dimiter.

Mir ist, als müßte ich mich übergeben. Meine Augen sehen alles verzerrt. Die Wände zerbrechen, und die Gegenstände im Zimmer schieben sich ineinander. Dr. Assa darf von meinem Zustand nichts wissen. Ich werde mich flach auf den Rücken legen und die Augen schließen. Ich hätte schlafen sollen und nicht die ganze Nacht hindurch quatschen.

»Chaide momtsche, aufstehn!«

Mein Gott, die Alte soll nicht so schreien.

»Der Urinator ist sauber. Ich habe ihn nicht gebraucht. Laß mich schlafen, Mädchen.«

Aber sie rollt mich wie Nudelteig, tätschelt mein Gesicht, als müßte ich aus einer Narkose ins Leben zurückgerufen werden.

»Verschwinde«, schreie ich und trete nach ihr.

Auch sie schreit. Ich verstehe nichts. Es muß Türkisch sein oder Griechisch. Aber ich liege schon wieder ausgestreckt auf meinem Bett und rede mir ein, daß ich ganz ruhig bin, daß der Tisch bei der Tür steht und das Nachtschränkchen seitlich von meinem Kopf. Die Wände sind nicht zerbrochen, die fleckige Decke schaukelt nicht über mir und droht nicht auf mich herabzustürzen. Bloß keine Angeographie, denke ich. Sie spritzen dir ein Kontrastmittel in die Schlagadern am Hals,

---

[1] Und wieder ist ein Steinchen gefallen

röntgen dein Gehirn und stellen fest, du mußt operiert werden. Ich brauche ein Vierteljahr noch, dann können sie mit mir machen, was sie wollen. Diese lumpigen drei Monate werde ich doch durchstehen. Es ist schon alles in meinem Kopf, was ich schreiben will. Jahrelang habe ich es hin und hergewendet. Ausgestrichen, wenn es sich mir zwischen die Zeilen mengte. Ich werde es nicht so machen wie Fallada, der sich und seiner Frau schwor, er wolle täglich nur drei Seiten schreiben, höchstens fünf. Dann wurden es zwanzig und mehr, und er war nur noch ein Wrack, wenn er ein Buch in wenigen Wochen zu Ende brachte. Das kann ich mir in diesem Zustand nicht leisten. Drei Monate, höchstens vier. Und dreihundert Seiten, mehr werde ich nicht brauchen, um zu sagen, was mir zu sagen bleibt. Alles andere soll verbrannt werden, die Tonbänder gelöscht, die Filme vernichtet. Beerdigen sollen sie mich, wie sie wollen. Wer reden will, soll reden. Mich wird es nicht stören. All diese Testamente, die das Schweigen am offenen Grab verlangen, sind eine letzte Eitelkeit.

Ich öffne die Augen, ein wenig nur, um sie sogleich schließen zu können. Aber jeder Gegenstand im Zimmer steht, wo er zu stehen hat. Ich sehe die Konturen überdeutlich wie die Schiffsleiber im Hafen kurz vor einem Gewitter.

Die Alte bringt Dr. Assa angeschleppt. Er muß gerade in die Klinik gekommen sein. Dr. Welikowa läuft hinter ihm her, auch einige Praktikanten stehen vor meinem Bett. Dr. Assa mißt meinen Blutdruck, fühlt den Puls und zieht meine Augenlider herunter. Griff nach dem Nacken, Strecken und Beugen der Knie.

»Sie sind ein undisziplinierter Mensch«, sagt Dr. Assa.

Ich lächle ihn an. Wenigstens scheint mir, daß ich lächle.

Vielleicht habe ich ein starres Gesicht, blaugefärbte Lippen und eine weiße Stirn.

Dr. Assa setzt sich zu mir aufs Bett.

»Wie lange geben Sie mir?« frage ich.

Er lacht. »In zwei Wochen werfen wir Sie hier raus. Die Botschaft ist benachrichtigt. Am Bahnhof in Sofia steht ein Krankenwagen, der bringt Sie ins Hotel. Und in Dresden wartet ebenfalls ein Krankenwagen, der fährt Sie nach Leipzig. Sechs Wochen Sanatorium, danach schreiben Sie Filme und Bücher und Stücke wie eh und je. Sie sind okay.«

»Ein verfluchtes Wort«, sage ich. »Wissen Sie, daß ich einmal nach Amerika auswandern wollte, bloß um diesen verdammten Lehrerberuf von mir abzuschütteln? Nach vier Semestern Pädagogikstudium bin ich heimlich über die Grenze. Englische Zone, amerikanische Zone, französische Zone. Ich wollte Medizin studieren oder Jura. Mir war scheißegal, was ich studieren würde, bloß nicht Pädagogik. Ich bewarb mich an den Universitäten in Hamburg, Freiburg, Heidelberg, München. Ich gab eidesstattliche Erklärungen ab über ein Abiturzeugnis, das gar nicht existierte. Aber Hindenburg war Polen, wie sollte da ein Freiburger Prorektor herausfinden, daß ich ein Schwindler und Hochstapler war. Trotzdem, ich hatte kein Glück. Auch nicht in Bremerhaven, wo ich mich heimlich auf ein amerikanisches Schiff geschlichen hatte. Sie fanden mich, schlugen mir zwei Zähne aus und sagten: ›Okay, boy.‹ Für den Captain war ich so unwichtig, daß er mich nicht einmal der Polizei übergab. Da bin ich zurück und wurde Lehrer.

»Eine Anissa hat angerufen«, sagte Dr. Assa. »Der Film ist abgedreht. Man spricht viel Gutes darüber. Anissa wird herkommen und Sie abholen.«

»Sie sollen sich zum Teufel scheren«, schreie ich. »Alle sollen sich zum Teufel scheren.«

»Eine Spritze«, sagt Dr. Assa.

Ich spüre den Stich in der Armbeuge, und ich sehe eine reine blaue Farbe.

Bai Dimiter ist fort. Sein Bett ist neu überzogen und glattgestrichen. Jetzt, da ich allein bin, scheint mir das Zimmer größer. Eine Fliege summt, und ich höre mein Herz schlagen. Bai Dimiter hat zum Abschied eine Blume ins Wasserglas gestellt. Ben bereket vercin, guter Alter. Du hättest eine gütigere Welt verdient, aber Allah hat taube Ohren. Ich werde dir Briefe schreiben. Ich habe keinen anderen Menschen auf der Welt, dem ich etwas zu sagen hätte, und niemanden, der mir so zuhört wie du.

> Wer auf den Zehen steht, steht nicht sicher.
> Wer große Schritte macht, kommt nicht weit.
> Wer sich gern selbst zeigt, den übersieht man.
> Wer gerne recht behält, den überhört man.
> Wer auf Verdienste pocht, schafft nichts Verdienstvolles.
> Wer sich hervorhebt, verwirkt den Vorrang ...

Ich werde mit Laudse beginnen und hinzusetzen: In diesen sechs Zeilen ist mein Leben eingefangen. Frage nicht, warum ich geschrien habe, als Dr. Assa die Erfolgsmeldung über meinen Film gebracht hat. Hab Geduld mit mir. Ich höre die Melodie, aber ich kann sie nicht singen. Ich habe den Mut zu sprechen, jedoch ich habe meine Sprache verloren.

*Immer wenn ich mich elend fühlte, suchte ich bei Anissa Schutz. Ging es mir gut, lief ich davon.*

Es ist ausgesprochen. Ich kann nichts mehr zurücknehmen. Wanda verstand ich nicht, weil ich einfältig war. An Ellen und dem traurigen Habicht wurde ich schuldig, weil mich der Krieg roh gemacht hatte. Anissa verlor ich, weil ich Opfer annahm, aber nicht bereit war, welche zu bringen.

Jetzt ist mir leicht ums Herz, Bai Dimiter. Ich bin bereit, alles noch einmal zu leben, um die Wahrheit von der Lüge zu trennen, die Schuld
von der Unschuld. In mir erwacht die Gier zu schreiben.

Der traurige Habicht hatte fast kein Blut mehr im Körper, und es war
schon ein Wunder, daß sie überhaupt durchkam. Sie gehörte nicht zu
den Menschen, die mit dem Selbstmord lediglich kokettieren. Sie wußte, daß man nicht quer übers Handgelenk schneiden darf, sondern die
Pulsadern längs aufritzen muß. Sie tat es auch nicht in ihrem Zimmer,
dort wäre sie schnell entdeckt worden. Sie lief in den Park. Die März-
nächte waren feucht und kalt. Aber irgendwelche Pärchen trieben sich
zu jeder Jahreszeit im verwahrlosten Gelände hinter dem Schloß herum. Das war ihr Glück oder ihr Pech. Ich lag währenddes in meinem
Bett, gleichfalls dem Tode nahe. Ohne Pietruschka wäre ich erstickt.
Nachdem ich aus dem Zimmer des traurigen Habichts hinausgelaufen
war, hatte ich den Rest des Fusels in mich hineingegossen. Wenige Minuten später riß es mich um. Wie ein Amokläufer raste ich durchs
Schloß, schrie, fuchtelte mit den Armen und wollte mich irgendwo
festhalten. Ich glaube, ich bin die Treppe hinuntergestürzt. Pietruschka
und Pottich schleppten mich ins Zimmer und warfen mich auf mein
Bett. Jemand schlug mir ins Gesicht. Ich erbrach und verschluckte
mich. Pietruschka wälzte mich auf den Bauch, so daß Kopf und Arme
herabhingen.
»So ein Pieron«, fluchte er. Aber als ich nach Luft schnappte, kniete er
neben mir und rief: »Senek,[1] mach keinen Mist, Junge, Mensch, du
kannst mir doch nicht krepieren.«
Vielleicht hat er auch etwas anderes gerufen. Ich war ja nicht bei Sinnen.
In kurzer Zeit war das kleine Zimmer voller Menschen. Mir war, als

[1] Söhnchen

gäbe es in der Welt nur Gesichter. Lauter gleiche Fratzen. Sie rissen das Maul auf und wackelten mit dem Kopf. Pottich glaubte, ich hätte Alkoholvergiftung. Er wollte einen Arzt holen. Aber Pietruschka sagte: »Der braucht keinen Arzt. Der kommt durch. So ein blöder Hund, so ein Szulik[1].«

Am nächsten Morgen erfuhr ich, was mit dem traurigen Habicht geschehen war. Ich ging zum Lehrgangsleiter und sagte, er solle mich rausschmeißen, ich hätte sie auf dem Gewissen. Dr. Bork hatte einen Gallenanfall hinter sich. Er war noch sehr schwach und lag im Bett. Der Mann litt unter unserer Verderbtheit und Brutalität. Er klammerte sich an die Hoffnung, daß unsere verkrüppelten Seelen geheilt werden könnten, und fürchtete zugleich, Kinder von Menschen, wie wir es waren, erziehen zu lassen. Aber es gab in unserem Land damals keine andere Wahl.

»Was hast du gemacht?« fragte er. »Sag mir die Wahrheit, oder ich übergebe dich der Kommandantur.«

Er duzte mich, und ich fand, es konnte gar nicht anders sein. Ich beschuldigte mich, mehr als notwendig. Ich litt schon als Kind unter der Gier, mich selbst anzuklagen. Dem Pfarrer in der Sandkolonie beichtete ich Sünden, die ich nie begangen hatte. Vielleicht lebte damals schon eine Ahnung in mir, daß das, was ich als geschehen ausgab, doch hätte geschehen können, wenn Möglichkeit und Versuchung auf mich zugekommen wären. Ich will nicht behaupten, daß Unschuld und Reinheit eines Menschen allein aus Mangel an Gelegenheit resultieren, Böses zu tun. Aber die Verführung, wer kann von sich schon behaupten, daß er ihr jederzeit zu widerstehen vermag.

Vielleicht glaubst du, daß meine Beschuldigungen schon wieder Koketterie und Verliebtheit in mich selbst sind. Es ist ein hartes Urteil, aber

---

[1] Obszöner Fluch

ich will ihm nicht widersprechen, weil ich mich plötzlich selbst nicht mehr kenne. Vielleicht bilde ich mir nur ein, rückhaltlos ehrlich zu sein, und kann es gar nicht mehr.

Das wäre für mich das Schrecklichste.

Dieser Satz, Bai Dimiter, ist nicht gelogen.

Dr. Bork jagte mich nicht vom Lehrgang, was mir durchaus lieb gewesen wäre. Ich hätte mich mit der schönen Lüge beruhigen können, gesühnt zu haben. Niemand außer Dr. Bork wußte, was zwischen mir und dem traurigen Habicht geschehen war. Er schwieg darüber ebenso wie ich. Einige Tage danach ging ich ins Krankenhaus, aber der traurige Habicht wollte mich nicht sehen. Selbst Dr. Bork ließ der traurige Habicht nicht zu sich. Wenig später war sie aus der Stadt verschwunden.

Ich wurde im Lehrgang so etwas wie ein Musterschüler. Von dem Geld, das ich tatsächlich vierzehn Tage nach meinem Eintritt in die SPD erhielt, zahlte ich fünfzig Mark an Mauritius zurück. Den Rest gab ich Anissas Mutter. Pietruschka mahnte meine Schulden nicht ein. Ich regte mich auch keineswegs wie Mauritius darüber auf, als die SPD, wie er meinte, den Kommunisten zugeschlagen wurde. Was sich damals in Deutschland an politischen Auseinandersetzungen vollzog, habe ich erst später aus Büchern und Rundfunksendungen erfahren. Ich wurde auch Mitglied der FDJ. Ich tat es Anissas wegen. Sie meinte, es gehöre dazu. Mir war zwar nicht klar, wozu *es* gehören sollte. Jedoch ich hatte weder Kraft noch Lust, mich mit ihr über derlei Dinge zu streiten. Also trat ich ein. Wir machten ganz vergnügliche Abende: Tanz und Stalin und Hans Sachs.

Pietruschka sagte eines Tages zu mir: »Was ist mit dir los, Senek? Du säufst nicht, du rauchst nicht, keine Weiber, bloß dieser Verein oder wie sich das nennt. Mensch, ist das eine Scheiße, immer dasselbe.«

Irgend jemand gab mir damals ein Buch mit Schriften von Schopenhauer. In Mode waren zwar Sartre und der Existentialismus, aber Schopenhauers Gedankenwelt kam meinem Seelenzustand entgegen. Ich fühlte mich in der Erfahrung bestätigt, daß alles, was mich an äußerer Welt umgab, angehäuft war mit Tand und Flitter. Sätze wie solche sind mir im Gedächtnis geblieben: »Die gewöhnlichen Leute sind bloß darauf bedacht, die Zeit zuzubringen; wer irgendein Talent hat – sie zu benutzen.«

Die Gefahr dieser Philosophie bestand für mich darin, daß sie mich zur Äußerlichkeit führte, das Verlangen nach Außergewöhnlichkeit und Ruhm in mir entfachte, während sie doch gerade die Zurückgeworfenheit auf sich selbst bekundet und die Sensibilität des geistigen Menschen als höchstes Gut des elenden Erdendaseins ausgibt. Es mag absurd klingen, aber Schopenhauer machte mich eitel. In mir erwachte das, was die Christen Hochmut des Geistes nennen.

Anissa bekam diese Verwandlung in mir als erste zu spüren. Die Heiterkeit ihres Gemüts war auf die Dauer meiner Eitelkeit, Selbstsucht und meinem sich herausbildenden Zynismus nicht gewachsen. Im Grunde genommen beneidete ich sie um die Unbefangenheit ihres Lachens. Wo sie war, war Freude.

Ich litt.

Es fällt mir schwer, diesen Satz hinzuschreiben. Anissa nahm meine Liebe nicht an, obwohl Ellen Gronitz längst verlassen hatte. Es gelang mir nie, nach dem Tanz mit ihr allein nach Haus zu gehen. Dabei lief ich nur ihretwegen in die umliegenden Dörfer. Ich konnte gar nicht richtig tanzen. Anissa lachte. Ich nahm es als Spott, schwor mir hundertmal, sie nicht mehr zum Tanz aufzufordern, und tat es doch immer wieder. Ich war verrückt nach ihr. Laß es mich so sagen, Bai Dimiter.

Manchmal tanzte Anissa barfuß. Vielleicht denkst du jetzt, sie sei so temperamentvoll gewesen, daß sie die Schuhe von den Füßen schleuderte, sich wild drehte, ihr Haar warf und alle im Saal klatschten: eine Vitale, Unheilige, wie heute emanzipierte Frauen gern dargestellt werden. Keineswegs, Anissa tanzte barfuß, weil sie nur ein Paar Schuhe besaß und diese dazu noch die Fersen wundrieben. Ich sagte schon, ihre Beine waren nicht so, daß du Verlangen verspürt hättest, die Knöchel zu küssen und die Knie und die Schenkel. Anissa ärgerte sich über die kurzen Dinger und schnitt Grimassen, wenn sie an sich herabsah. Aber die Fähigkeit, das Mißfallen über den eigenen Körper mit solch heiterer Selbstironie zu zeigen, ließ manch schöneres Mädchen neben ihr weniger begehrenswert erscheinen.

Heute bilde ich mir ein, ich hätte Anissas Zuneigung schließlich dadurch gewonnen, daß ich mein Bemühen, ihre Gunst zu erlangen, einstellte. Wahrscheinlich habe ich aber doch nur einen anderen Weg gesucht, bei ihr zu erreichen, was nun mal ein Mann bei einer Frau zu erreichen hofft. Ich gab mich als Mensch, der sich dem eigentlichen Wesen der Welt zugewandt hat. Anissa behauptete später, in jenen Wochen der Einkehr habe mein Gesicht müde und zerquält ausgesehen wie das eines russischen Intellektuellen des neunzehten Jahrhunderts. Sie meinte, eben jener Hauch Dostojewski sei es gewesen, der sie irritiert hätte.

Anissa war es, die mich eines Tages fragte, ob ich nicht wieder einmal zum Dorftanz mitgehen wollte. Ich war derart von mir eingenommen, daß ich meinte, es sei nichts anderes als eine verschämte Liebesbezeugung. In Wirklichkeit tat ich Anissa leid. Sie wünschte, mich fröhlich zu sehen.

Anissas Frage steigerte mein Selbstbewußtsein, ja, machte mich eitel. Ich äußerte mich abfällig über die albernen Witzeleien auf dem Tanzboden, den Lärm dort, die Knutscherei. Ich meditierte über Wert und Unwert der Welt und zitierte Schopenhauer, Anissa zeigte sich merklich beeindruckt, vor allem, als ich ihr einige von mir verfaßte Gedichte zu lesen gab. Natürlich hatten sie keinen Wert. Aber hier und da war mir ein annehmbarer Vers gelungen.

Ich verspüre wieder die mangelnde Konzentration, Bai Dimiter. Es ist eine Krankheit, die mich von Tag zu Tag mehr plagt. Ich schreibe heimlich, immer in der Furcht, die Tür könnte sich öffnen, eine Schwester hereinkommen oder Dr. Assa. Sie wollen, daß ich gesund werde, und begreifen nicht, daß es für mich nur eine Arznei gibt. Ich habe die Vorhänge zugezogen. Die Sonne knallt gegen die Scheiben und auf die weißen Mauern. Die Fliegen sitzen matt an der Decke. Manchmal glaube ich, das Rauschen in meinen Ohren kehrt zurück. Aber sicher bilde ich es mir nur ein. Ich bewege ganz langsam meinen Kopf und spüre kein Übel. Auch die Kniegelenke sind elastisch. Ich sehe das Stadion in Hindenburg vor mir. Dort habe ich als Junge triumphale Siege errungen. Meine Schulkameraden trugen mich auf ihren Schultern von der Aschenbahn. Es ist ein herrliches Gefühl, Bai Dimiter, auf den letzten dreihundert Metern den Spurt anzuziehen und das Bewußtsein zu haben, der Körper läßt dich nicht im Stich. Du hörst nicht die Schreie von der Tribüne, du siehst nichts als die zwei, drei Läufer vor dir, und wenn du an ihnen vorbei bist, ist dein Gesicht vielleicht verzerrt, aber ganz innen, wo es niemand sieht, da lachst du und möchtest laufen, laufen, laufen. Wenn der verfluchte Krieg nicht gewesen wäre, vielleicht hätte ich mich für die Olympischen Spiele qualifiziert. Ein irrer Traum jetzt, da ich Mühe habe, die Treppe hinabzusteigen und meine Gedanken beisammenzuhalten, daß sie mir nicht auseinanderfließen.

*Immer wenn ich mich elend fühlte, suchte ich bei Anissa Schutz; ging es mir gut, lief ich davon.*

Mir drängt sich wieder dieser Satz auf. Ich schreibe ihn hin, weil ich nicht weiß, ob ich ihn bereits zu dir gesagt oder ihn nur für mich gedacht habe.

Alles, was ich bisher in diesem Zimmer erzählt und aufgeschrieben habe, sind erste Entwürfe. Die eigentliche Arbeit steht mir noch bevor. Ich sehne mich danach und habe zugleich Angst.

Anissas Leben habe ich verdorben ...

Nein, das ist ein schlechter Anfang.

Ich habe Anissa geliebt, soweit ich fähig bin zu lieben. Mein Verlangen nach ihr war nicht frei von der Sucht nach Selbstbestätigung. Ich konnte es nicht ertragen, zurückgewiesen zu werden. So lag in dem Beginn unserer Liebe schon ihre Zerstörung. Und doch, wenn ich mir etwas zurückwünschen könnte, so wäre es jener Sommer des Jahres neunzehnhundertsechsundvierzig.

Anissa widersetzte sich nicht mehr meinem Wunsch, mit ihr ins Kino zu gehen. Waren wir zum Tanz, liefen wir anschließend allein durch die Felder nach Haus. Und manchmal standen wir stundenlang am gleichen Fleck und küßten uns die Lippen wund. Nur das Schlagen der weitentfernten Kirchenuhr drang bis zu uns und der heisere Schrei eines Rehes. In mir war alles sauber, Bai Dimiter, ich war frei und gelöst. Kaum ein Tag, da ich nicht Verse schrieb oder malte. Wenn Pottich in der Band ausfiel, sprang ich für ihn als Pianist ein. Wir führten »Die Illegalen« von Weisenborn auf, und ich hatte als Walter einen riesigen Erfolg. Es war, als wenn mir alles gelingen wollte.

Da wurde Anissa schwanger.

Wir hatten beide Angst. Obwohl durch Krieg. Umsiedlung und Armut gegangen, waren wir einfältig, ja geradezu dumm. Was sollten wir auch in einer solchen Zeit mit einem Kind? Zuerst wollten wir Anissas Zustand nicht wahrhaben. Wir deuteten das Ausbleiben der Blutung als

Folge schlechter Ernährung, zumal Anissa unter einer immer wiederkehrenden Bindehautentzündung litt, was nach Meinung der Ärzte nur mit einer ausreichenden Menge Butter zu beheben gewesen wäre. Aber wir besaßen kein Geld, um diese Medizin auf dem schwarzen Markt zu besorgen. Drei oder vier Wochen logen wir einander Zuversicht vor. Anissa war damals sehr blaß, ihre Brust wurde schwer. Die Bindehautentzündung trat nicht mehr auf. Anissas Körper reagierte auf die Schwangerschaft ebenso stark, wie ihre Augen und ihr Gesicht seelische Erregungen nicht verbergen konnten.

Ich begreife nicht, warum sie nach Burgas kommen will. Sie verabscheut mich. Als sie erfuhr, wie ich mich Schippenschiß und Esther gegenüber verhalten habe, hat sie mir ihre Verachtung ins Gesicht geschrien, hat mich einen brutalen Egoisten genannt, der die Kunst als Rechtfertigung nimmt für seine Unmenschlichkeit. Niemand kennt mich so wie Anissa, und niemand ist an mir so verzweifelt wie sie. Schon damals, als die Sache mit dem Kind war.

Es gab in mir keinen Widerstreit der Wünsche, die Frucht auszutragen oder sie zu töten. Anissa war unglücklich, ich hingegen ausschließlich wütend, daß mir derartiges widerfahren war. Mein Unwille übertrug sich auf mein Gefühl Anissa gegenüber. Jetzt, da ich für sie der einzige Mensch war, dem sie sich anvertrauen konnte, ging ich ihr aus dem Weg. Ich flüchtete mich in Schachwettkämpfe oder spielte an Wochenenden Schifferklavier in einer Dorfkneipe. Indes schnürte Anissa ihren Leib. Aber ihr Gesicht quoll auf, und ihr Hals wurde fett. Ich schämte mich, mit ihr irgendwo hinzugehen. Sie weinte viel, und es ging mir auf die Nerven. Es gab Augenblicke, da haßte ich Anissa. Einmal schrie ich, sie möge sich nicht so hysterisch geben, schließlich habe sie ihr Vergnügen dabei gehabt. Anissa sah mich an, als erblickte sie etwas sehr Grausames. Nicht den Tod, den erwartet man, und er kann Erlösung sein. Ich glaube vielmehr, daß sie zum erstenmal in ihrem Leben etwas von der Qual einer tiefen Enttäuschung erfuhr. Sie war in diesem Augenblick wirklich häßlich, Bai Dimiter. Ich sagte ja, Schönheit und Lieblichkeit empfing sie aus ihrer Seele. Aber die war plötzlich tot. Anissa riß den Mund auf, sie bekam keine Luft. Ein Krampf erfaßte ihre Atemwege. Ich dachte, sie kippt um und stirbt. Ich weiß nicht, ob ich es für einen Moment sogar wünschte, weil ich dann von allem befreit gewesen wäre, was mir lästig erschien. Ich wußte noch vom Krieg her, daß man Menschen bei einer solchen Gegebenheit das Gefühl des Geborgenseins geben muß. Wenn die Angst weicht, gelangt auch der Körper wieder zu normalen Reaktionen. So redete ich auf Anissa ein und streichelte sie. Ich sagte, wir würden heiraten, alles andere sei unwichtig, wir liebten uns doch. Ich zwang mich zu lügen, es war ekelhaft, aber der Krampf löste sich. Anissa konnte wieder atmen, lag jedoch im Gras und zitterte vor Kälte wie ein kleiner Vogel, der aus dem Nest gestoßen worden ist.

Was Anissa an dem Gedanken erschreckte, ein Kind zur Welt zu bringen, war nicht so sehr die Furcht davor, es vielleicht unehelich gebären zu müssen. Sicher war sie nicht frei von Vorurteilen. Aber sie hätte Kraft genug besessen, sich aus der engen Welt solchen Denkens zu befreien. Weit entschiedener wirkte bei ihr, was man schlechthin Existenzangst nennt. Sie wußte um das Elend, in dem ihre Mutter und die jüngeren Geschwister lebten. In den kleinen Raum, wo alle auf dem Fußboden schliefen und nur der in den Genuß des einzigen Bettes kam, der gerade krank war, konnte sie nicht noch ein schreiendes Etwas bringen, das sein Recht auf alles erheben würde, was sie ihm von Herzen gern geben mochte, aber nicht konnte. So trieben Umstände, zu denen sie gar nichts beigetragen hatte, Anissa dazu, das zu töten, was in ihr wuchs und sie schon zu lieben begonnen hatte.

Zuerst war ich es, der vorschlug, das Kind abzutreiben. Anissa lehnte auf das entschiedenste ab. Ich erwiderte zornig, daß wir mit nichts als dem nackten Arsch nicht heiraten und kein Kind aufziehen könnten. Trotzdem beharrte sie darauf, das Kind gebären zu wollen. Zwei Wochen später aber verlangte sie von mir, jemand zu besorgen, der bereit wäre, den Eingriff vorzunehmen. Sie sagte: Der es täte. Es ist ihre Art, auch heute noch, Dingen, die häßlich sind, nicht die Namen zu geben, die ihnen zukommen. Früher verspottete ich sie deswegen. Nannte es Prüderie oder albernes Getue. Es war töricht und dumm von mir, Bai Dimiter. Anissas Verhalten entspringt einem seelischen Unbehagen. Ich muß es genauer sagen. Anissa erschrickt vor Erscheinungen, die es ihrer Meinung nach nicht geben dürfte. Der Wunsch, die Welt möge gut sein, ist in ihr so stark, daß er sie verleitet, Böses, das sich ihr zeigt, zu verdrängen. So geschieht es, daß sie eben dieses Böse nicht böse nennt, weil sie nicht will, daß es böse ist. Und obwohl sie darum weiß, jetzt, da sie reifer geworden ist, gibt sie ihre Schwäche nicht zu, weil das, was ihren Charakter ausmacht, stärker ist als ihre Erfahrung.

Es war also an mir, jemand ausfindig zu machen, der uns vor dem zu erwartenden Kind befreite. Ich bedauerte, daß Mauritius bereits den Lehrgang verlassen hatte und in Westfalen lebte. Er hätte Rat gewußt, zumindest kannte er Ärzte und Hebammen. Der Vereinigungsparteitag brachte mich auf diese Weise im nachhinein in Schwierigkeiten, die Pieck und Grotewohl bei ihrem historischen Händedruck keineswegs bedacht hatten. In meiner Not wandte ich mich an Pietruschka, der, wenn auch nicht ein Frauenfeind, so doch ein Frauenverächter war. Zweimal verheiratet und beide Male von den Ehefrauen betrogen, hielt er die Frauen für verderbt, schwor auf Strindberg und nannte Ibsen mit seiner »Nora« einen Blödian. Er ließ nicht ab, Nietzsches Sentenz zu zitieren: »Würdig schien mir der Mann und reif für den Sinn der Erde: Aber als ich sein Weib sah, schien mir die Erde ein Haus für Unsinnige.« Pietruschka fegte wieder einmal das Zimmer. Ich lag auf der Couch, sah ihm zu und fing stockend an, von meinen Schwierigkeiten zu reden.

Selbstbezichtigung, Verzweiflung, Beteuerungen, Vorsätze, es fehlte eigentlich nichts, was angebracht war, meine Notsituation eindrucksvoll darzustellen.

Pietruschka tat, als wäre sein ganzes Sinnen darauf gerichtet, die dreckige Bude zu reinigen. Schließlich stellte er den Besen hinter den Schrank und sagte: »Da hast du dir ganz schön ins eigne Nest geschissen.«

»Ich werde sie heiraten«, erwiderte ich.

»Das veranlaßte ihn, jetzt seinerseits einen Monolog zu führen. Von Strindberg und Nietzsche kam er auf die Knabenliebe der griechischen Philosophen. Ohne Geilheit, meinte er, wäre in der nicht gerade rühmenswerten Weltgeschichte so manches anders verlaufen. Auch die Klassenkämpfe.

»Es muß weg«, unterbrach ich ihn.

Und Pietruschka erwiderte: »Das wird sich.«

Ich wartete auf eine Fortsetzung, aber er hielt den Satzfetzen für ausreichend.

»Meinst du.«

»Du läßt dir doch die Hosen nicht von der Kirche runterziehen, du Szulik.«

Er boxte mich vor die Brust, kicherte und schlug sich auf die Schenkel. Einen Arzt oder eine Schwester oder sonst eine Pfuscherin kannte Pietruschka nicht. Aber er meinte, Anissa möge nur täglich mehrmals vom Tisch springen und dabei mit der ganzen Fußfläche gegen den Boden prallen. Wichtig sei die Erschütterung, da risse sich der Fetus los. Chinin wäre besser, sagte er. Weil das jedoch nicht zu haben sei, möge Anissa es mit heißen Sitzbädern versuchen. Etwas Haut könnte ruhig dabei verbrennen. Wichtig sei die Hitze im Leib. Tragen von schweren Kisten und Schränken hätte auch schon so manchem Weib geholfen, versicherte er. Möglicherweise auch ein wilder Beischlaf. Man müßte eben alles versuchen.

Wenn Pietruschka und ich allein miteinander redeten, fielen wir unwillkürlich in die uns vertraute oberschlesische Sprechweise. Mir war leichter ums Herz, wenn Pietruschka sagte: »Werde ich dir nicht helfen, Mensch.« Und als ich ihn beschwor, mit niemandem über diese unerfreuliche Angelegenheit zu sprechen, streckte er mir seinen Totenschädel entgegen und meinte: »Was glaubst du, werde ich zu jemand quatschen, Szulik?«

Für Anissa begannen Tage großen Elends. Nicht die sportlichen Übungen und heißen Bäder waren es, unter denen sie litt. Es war die Lächerlichkeit des Tuns, das Bewußtsein der Entwürdigung, die aus dem einstmals heiteren Kind ein vergrämtes und verbittertes Weib machten. Sie war gereizt, aufbrausend und gab mir dadurch die Möglichkeit, sie unausstehlich, ja abstoßend zu finden. Wenn sie mit ihrem schwer gewordenen Körper auf dem Tisch stand, dann mit steifen Beinen hinuntersprang, weil sie ja nicht in den Knien federn durfte, anschließend hinaufkroch und wieder sprang, entbehrte das nicht der Komik und war doch wiederum sehr traurig.

Anissa hockte sich in eine Schüssel. Ich goß so heißes Wasser hinein, daß sie aufschrie, aber sie wich der Prozedur nicht aus, sondern ließ sie wimmernd über sich ergehen. Ich sagte ja, Anissa besaß einen robusten Körper und Willenskraft. Hingegen versagte sie, wenn ich mit ihr das machen wollte, was Pietruschka »wilden Beischlaf« nannte. Sie verschloß sich in jenen Tagen jedweder Zärtlichkeit.

»Du sollst nicht glauben, daß du mich heiraten mußt«, sagte sie.

Wenn ich sie küßte, ließ sie es geschehen, aber sie drückte ihre Handflächen dabei immer abwehrend gegen meine Brust. All dies spielte sich im Turmzimmer des Schlosses ab. Pietruschka hielt währenddes vor der Tür Wache, damit uns niemand überraschen konnte. Wenn der kleine Raum jemals seinen Namen »Hölle Buchenwald« zu Recht getragen haben sollte, dann an diesen Tagen für Anissa. Sie war kein

Mensch, sie war eine Kreatur. Was sie gebraucht hätte, um ihre Würde bewahren zu können, war Liebe. Ich aber gab ihr Gesten und leere Worte. Und sie war empfindsam genug, meine Lüge als Lüge zu erkennen.

Zehn Wochen waren vergangen. Die Sache fing an, bedrohlich zu werden. Anissa gab die albernen Turnübungen auf. Sie war immerzu müde und schlief während des Unterrichts ein. Auch ich schickte mich ins Unvermeidliche, nachdem zwei Ärzte mich aus dem Behandlungsraum geworfen hatten.

Da kam Hilfe von einer Seite, von der ich sie nicht erwartet hätte: von Pottich. Obwohl das bei seinem Charakter und seinen Erfahrungen keineswegs so verwunderlich war. Eines Tages bat er mich, ihn während eines Tanzvergnügens am Piano zu vertreten. Er hätte da ein Mädchen kennengelernt, sagte er, die sich recht zickig anstelle. Er wollte nur die erste Stunde mit der Band spielen, um die Kleine, wie er sie nannte, emotional weichzuklopfen. Dann sollte ich seinen Platz am Piano einnehmen, damit nicht ein anderer die reife Kirsche pflückte. Solche gegenseitigen Dienstleistungen waren ansonsten eine Selbstverständlichkeit. Aber an jenem Tag hatte ich nicht die Stimmung dazu. Ich sagte es Pottich und verschwieg auch nicht den Grund. Es gab keine Veranlassung mehr, Anissas Zustand länger zu verschweigen. Wer sie genau ansah, wußte eh Bescheid.

Pottich fragte nicht, wieso und warum und: Wie konnte das bloß passieren. Er fragte: »In welchem Monat?«

»Im dritten«, antwortete ich.

Und er: »Kein Problem.«

Du mußt dir vorstellen, Bai Dimiter, du suchst ein Leben lang den goldenen Vogel, und plötzlich setzt er sich auf deine Hand. So war mir zumute. Wenn ich für ihn Klavier spielte, meinte Pottich, wäre die Sache schon so gut wie ausgestanden.

Ich könnte fünfzig Mark aufbringen, sagte ich, und er mußte sich hinsetzen, so lachte er.

»Vielleicht auch siebzig«, sagte ich.

So was Blödes wie mich könnte es nur einmal auf der Welt geben, erklärte Pottich. Aber er würde die Sache regeln, auch ohne Geld.

Ich schwor, für ihn Klavier zu spielen, wann und wo immer er nur wollte. Er ging, lachte wie irre und stieß immer wieder mühsam hervor: »Siebzig Mark.«

Pottich kannte eine Krankenschwester, die so etwas machte. Das heißt, er hatte für kurze Zeit ein Verhältnis mit ihr gehabt. Sie war verrückt nach ihm. Man kann schon sagen, sie war ihm hörig. Mir gegenüber betonte er, nur um uns aus der Patsche zu helfen, würde er diesen Venusberg erneut besteigen. Er legte Wert darauf, daß ich sein Opfer entsprechend würdigte.

Ich glaube, er heuchelte nicht einmal. Die Frau bedeutete ihm nichts.

Anissa verlangte, daß ich mitginge. Allein könnte sie es nicht, sagte sie.

Ich weiß nicht mehr, wie die Frau hieß, habe nur in Erinnerung, daß sie groß war und kräftig, um die dreißig Jahre alt. Sie empfing uns sehr freundlich, tat, als wären wir gute Bekannte, plauderte über Kleider und Schuhe und Haarfrisuren, um Anissas Verkrampfung zu lösen. Nie und nimmer hätte ich bei dieser Frau vermutet, daß sie derlei verbotenen Geschäften nachging.

Als sie Anissa die Seifenlauge in die Gebärmutter spritzte, mußte ich die Küche verlassen. Der Eingriff dauerte nur wenige Minuten. Ich war überrascht, daß ich so schnell wieder hineingerufen wurde. Anissas Gesicht war entspannt. Sie lächelte sogar.

»Erledigt?« fragte ich und war keineswegs so ruhig wie Anissa, als ich erfuhr, daß wir die Nacht über dableiben müßten. Wir könnten jetzt nichts weiter tun, als auf die Geburt zu warten.

Die Wehen setzten früh gegen vier Uhr ein.

Wir hatten zuvor stundenlang nebeneinander gelegen und uns bei den Händen gefaßt. Ich redete unausgesetzt auf Anissa ein. Es wäre überhaupt keine Veranlassung zu Befürchtungen. Millionen Frauen auf der Welt machten so etwas. Anissa sprach kein Wort. Ihre Hand ruhte schlaff in der meinen. Ich weiß nicht, was sie dachte und fühlte. Ich spürte nur, wir waren einander fremd.

Schließlich muß ich doch eingeschlafen sein, denn ich schreckte hoch, als ich das Stöhnen neben mir hörte. Anissa lag zusammengekrümmt, atmete sicher auch falsch. Wir hatten beide keine Ahnung, was zu tun war. Ich wollte die Frau holen, aber Anissa klammerte sich fest an mich.

»Schrei doch«, sagte ich, »schrei.«

Aber sie biß sich die Lippen blutig.

Wieviele Stunden es dauerte, weiß ich nicht mehr, Bai Dimiter. Ich schwitzte und fror, und Anissa sagte: »Ich werde sterben.« Sie sagte es, nicht, weil sie sich vor dem Tod fürchtete, sondern, weil sie ihn herbeiwünschte.

Während dieser Stunden legte ich das Gelübde ab, Anissa zu heiraten, überstünde sie nur alles. Verzweiflung kann Zuneigung aufbrechen lassen. Leid macht einen anderen Menschen aus uns, aber oft nur für kurze Zeit. Das schnelle Vergessen ist unser Glück und unser Unglück.

Es war ein sonniger Morgen. Licht drang durch die Ritzen des Ladens. Im Zimmer herrschte jenes Halbdunkel, das für gewöhnlich beruhigend wirkt, in mir jedoch weckte es das Gefühl von etwas Bedrohlichem. Es muß sieben oder acht Uhr morgens gewesen sein, als Anissa, die mal saß, mal lag, dann wieder im Zimmer umherrannte, sich über den Eimer beugte und die schleimige, blutige Frucht abging. Ich trug Anissa ins Bett und legte sie auf die Gummimatte. Wir waren beide mit Blut beschmiert. Das Schreckliche war, Anissa hörte nicht auf zu bluten. Ich holte nun doch die Frau. Wir stopften Tücher und Decken zwischen Anissas Schenkel. Es half nicht viel. Anissas Gesicht war bleich, nahezu gelb. Sie hielt die Augen geschlossen. Wir redeten auf sie ein, aber sie reagierte nicht. Da schrie mich die Frau an, ich sollte nicht wie ein Idiot herumstehen, sondern Wasser holen. Sie legte Anissa ein feuchtes Tuch auf die Stirn, umwickelte ihre Handgelenke und massierte das Herz. Wir hätten sofort die Klinik anrufen müssen. Aber wir hatten Angst und setzten Anissas Leben aufs Spiel. Die Frau flößte Anissa irgendwelche Tropfen ein, gab ihr wohl auch eine Injektion. Ich stand in einer Ecke und betete, so wie ich in Wittenberg den lieben Gott um Hilfe angefleht hatte, als uns die Stalinorgeln ihren Segen schickten und den Schokoladen-Sobczyk in den Himmel.

Gerettet haben Anissa weder Medikamente noch ein Schutzengel. Ihr Körper wehrte sich gegen den Tod und siegte schließlich. Zehn Tage später saß sie wieder im Unterricht, blaß und schwach. Wir erzählten etwas von einer Gürtelrose, eine völlig blödsinnige Erklärung für Anissas Fehlen und ihr elendes Aussehen. Es glaubten uns auch nur die Naiven. Die anderen wußten Bescheid, sprachen aber nicht darüber, in unserer Gegenwart wenigstens nicht.

Pottich sagte: »Die ist ganz schön fertig, du.« Er meinte seine Freundin. Wir heirateten einen Monat vor Lehrgangsabschluß. Anissa trug ein langes weißes Kleid mit einem zarten Schleier, ich ein Gemisch aus Frack und Grabredner-Anzug. Alles zusammengeborgt. Pietruschka und Pottich waren unsere Zeugen. Sie sahen ganz respektierlich aus mit ihren steifen Kragen und frommen Gesichtern.

Ich habe mich später oft gefragt, was Anissa bewogen haben mag, mich zu heiraten. Wahrscheinlich hat sie mich trotz allem geliebt. Ich mußte es annehmen, weil sie nach unserer Scheidung nicht wieder geheiratet hat und mich niemals fortschickte, wenn ich voller Depressionen zu ihr kam. Aber eben diese Liebe, die frei ist von Sentimentalität und Kitsch, erniedrigt mich, und ich verabscheue sie, weil ich mich schäme. Anissas Leben verläuft leiser, doch es wird mehr von ihm zurückbleiben als von meinem, dessen Daten im Lexikon stehen. Wie weit habe ich Anissa eigentlich jemals begriffen?

Die Wochen nach dem Lehrgang waren die schönsten unserer Ehe. Viel Ferienzeit blieb uns nicht. Zwei oder drei Wochen. Mit geliehenen Rädern fuhren wir durchs Land. In einem Grenzort ließen wir die Räder bei einem Bauern zurück und schlichen nachts in die englische Zone. Anissa wollte den Kölner Dom sehen. Der war für sie so etwas wie für den Rom-Pilger die Audienz beim Papst. Sie war bis zur Umsiedlung nicht aus dem Sudetenland herausgekommen. Ein desertierter Soldat hatte ihr von Köln erzählt und dem Dom. Die abenteuerliche Wanderung zum Rhein war unsere Hochzeitsreise. Und am Rheinufer, in einer warmen Augustnacht, feierten wir unsere eigentliche Hochzeit. Die Ruinen der Stadt waren fern, der Dom stand verloren und kläglich in all den Trümmern. Über uns leuchteten die Sterne des Fuhrmanns. Das Wasser des Stroms war schwarz und schlug leicht gegen die Ufer. Damals war es, daß Anissa sagte: »Jetzt möchte ich mit dir hinabtauchen und im Meer erwachen.«

»In diesem Fluß liegt seit tausend Jahren der Schatz der Nibelungen«, sagte ich.

Und sie: »Hol für mich schwarze Perlen herauf. Solange ich sie trage, werden wir uns lieben. Ich werde sie immer tragen.«

Ich sprang ins Wasser, fand am Ufer einen kleinen schwarzen Stein und warf ihn Anissa zu. Sie küßte ihn, wickelte ihn in ihr Taschentuch, band es mit einem Faden zusammen und schmückte mit dem armseligen Fund ihren Hals.

Wie ich nicht mehr nach Zabrze fahre, so fahre ich auch nicht nach Köln, obwohl ich oft »drüben« war, wie man bei uns sagt. Ich habe

Angst vor der wieder aufgebauten Stadt, dem renovierten Dom, vor dem Wasser des Rheins, das nicht schwarz ist, sondern dreckig.

Anissa sagte, zu der schwarzen Perle gehöre ein schwarzer Tannenzapfen, und den fände man im Schwarzwald. Das Gebirge hieß deshalb so, weil dort eine riesige Tanne wüchse, an der schwarze Zapfen hingen. Nur zwei, die sich liebten, fänden den Baum. Pflückten sie eine Frucht, würde ihre Liebe niemals enden. So fuhren wir weiter nach Süden, kamen heil von der englischen in die französische Zone. Die Franzosen machten kurzen Prozeß. Sie steckten heimliche Grenzgänger in ihre Kohlegruben. Aber wer zur schwarzen Tanne wollte, mußte sich ebenso der Gefahr aussetzen wie ein Perlentaucher.

Wir fanden die Tanne. Zumindest legte sich Anissa eines Tages während der Mittagshitze unter einen Baum und meinte, hier müsse ich sie lieben, denn das sei der Ort. Es war eine banale Fichte, aber wir hochzeiteten ein zweites Mal. Nicht weit von uns schlängelte sich die Bergstraße. Eine Lastwagenkolonne mit französischen Soldaten raste auf ihr entlang. Wir hörten die jungen Burschen rufen. Jemand warf Zwetschgen nach uns. Sie schmeckten süß. Anissa steckte einen Kern in ihr Taschentuch und sagte: »Jetzt kann uns nichts mehr passieren.«

Über die amerikanische Zone kamen wir zurück nach Herzberg. Erst hier erinnerten wir uns daran, daß die Räder noch in der Altmark standen. Sie zu holen, brauchten wir drei Tage. Dann begann der Unterricht.

Ich lese, was ich geschrieben habe, und ich bin überrascht. Die Erinnerung macht mich glücklich. Solche Stunden in meinem Schreiben hier sind selten. Alles, was ich bisher erzählt habe, ist gekennzeichnet von Zerissenheit. Ich sehne mich nach Ungebrochenheit und Naivität.

Dr. Bork hatte uns beide zum Pädagogikstudium an die Universität nach Halle gemeldet. Anissa wurde damit nicht nur für ihre fachlichen Leistungen ausgezeichnet, sie war insgesamt beliebt, bei den Dozenten ebenso wie bei den Kursanten. Du hättest sie auch zum Studium vorgeschlagen, Bai Dimiter.

Ich nannte mich einige Seiten zuvor »Musterschüler«. Die Phase meines Lerneifers und meiner Disziplin dauerte nicht lange an, aber die Freundlichkeit, mit der man Anissa begegnete, übertrug sich auch auf mich. Ich möchte meinen, Dr. Bork delegierte mich Anissas wegen zum Studium. Er wollte unsere Ehe nicht gefährden. Die Aufnahmekommision an der Universität jedoch traf ihre Wahl nach anderen Grundsätzen. Anissa erhielt die Zusage, ich die Absage. Ich war bemüht, nicht zu zeigen, wie sehr mich der Entscheid der Universität in meinem Selbstgefühl traf. Sie könne selbstverständlich das Studium beginnen, erklärte ich. Mir bliebe das Dorf. Na und. Niemand habe das recht, dem Glück des anderen im Wege zu stehen.

Es wäre besser gewesen, Anissa hätte mich damals zum Teufel gejagt. Statt dessen verzichtete sie aufs Studium.

Sie bekam eine fünfte Klasse in Herzberg zugewiesen. Ich wurde nach Wehrhein geschickt, einem kleinen Dorf, vierzehn Kilometer von der Stadt entfernt. Dort gab es damals eine der üblichen zweiklassigen Landschulen. Ich hatte keine Ahnung, was ich mit den Kindern anfangen sollte. Als Kantor, so wurde ich gerufen, war ich für die Volksbildung eine Katastrophe. Schulleiter war ein Lehrer aus dem Böhmischen. In jener Zeit bevölkerten die Sudetendeutschen die Herzberger Gegend. Wer von ihnen während der Umsiedlung krank wurde, blieb dort zurück. Und da die Sudetendeutschen im Gegensatz zu den Oberschlesiern einen ausgeprägten Familiensinn haben, holte der eine in den folgenden Monaten nach, was es an Verwandtschaft gab.

Was ich im einzelnen in Wehrhein getrieben habe, weiß ich nicht mehr so genau. Mir ist nur in Erinnerung geblieben, daß ich mit den Jungen der oberen Klassen des öfteren Fußball spielte. Im Klassenraum befand sich ein Harmonium. Wenn ich mit meinen Kenntnissen in Biologie oder Geographie am Ende war, musizierten wir.

Höhepunkte meines Wehrheiner Daseins waren die Beerdigungen. Da zog ich mit den Schülern vor dem Sarg einher, und wir sangen: »So nimm denn meine Hände.« Ich war immer froh, wenn jemand starb, dann konnte ich den Unterricht zum Einstudieren des Totengesangs nutzen. Außerdem erhielt ich nach vollzogener Bestattung von der Familie des Verstorbenen Leberwurst, Schinken oder frische Eier. Daß ich Mitglied der SED war, störte weder mich noch die anderen.

Untergebracht war ich in einer Bodenkammer des Dorfgasthauses. Seit dieser Zeit hasse ich primitive Hotelzimmer wie die düstere Bude in der Straße des Ersten Mai mit dem Leninbild vorm Fenster.

Ich kann nicht behaupten, daß die Einheimischen sich mir gegenüber unfreundlich zeigten. Im Gegenteil, die Beerdigungen bekamen durch den Gesang meiner Schüler einen gewissen Glanz. Die Leichenzüge waren länger als zuvor. Das hob mein Ansehen. Trotzdem blieb ich im Dorf ein Zugewanderter aus dem Osten, was vor allem dadurch hervorgehoben wurde, daß ich jede Woche zu einem anderen Bauern Mittagessen gehen mußte. Das hatte der Bürgermeister verfügt. Wenn ich ein Hoftor öffnete, bellte ein Hund, zerrte wütend an der Kette, und eine Frau schrie dem Tier zu, es möge still sein. Im gleichen Ton rief sie mir zu, ich sollte halt reinkommen.

Die weltberühmte Courths-Maler hatte ihre großen Romanerfolge mit Geschichten, in denen sie vom traurigen Leben einer armen Verwandten oder eines Waisenkindes erzählt. So einen Menschen gab ich in Wehrhein ab. Mein Stolz wehrte sich dagegen, aber mein Hunger war stärker als meine Empfindsamkeit.

In diesem Elend war Anissa für mich die warme Hütte in der Kälte, die

Quelle im heißen Sand. Ich erwartete den Sonnabend mit immer größerem Verlangen. Beendete den Unterricht meist zwei Stunden früher als erlaubt, lief von Wehrhein nach Schlieben und fuhr mit der Kleinbahn nach Herzberg. Anissas Zimmer war ebenso dürftig eingerichtet wie meine Bodenkammer. Aber während dieser Wochen kam ich zu der Erkenntnis, daß weniger die Dinge selbst den Wert des Lebens ausmachen, sondern weit mehr das, was man in sie hineinzulegen fähig ist. Der schwarze Stein und der Zwetschgenkern bedeuteten Anissa mehr als Gold. In ein Taschentuch gewickelt, lagen beide in der Schublade einer alten Vitrine, und wenn wir uns ins Bett legten, trug Anissa sie um ihren Hals. Brachte sie mich sonntagnachts zur Bahn, nahmen wir voneinander Abschied, als müßte ich weit, weit fort in einen leeren Raum.

Der Oktober kam. Eine miserable Zeit auf so einem anhaltinischen Kaff. Es sieht aus wie ein Hund, der die Staupe hat. Deine Seele bekommt die Krätze, Bai Dimiter. Ich wollte zurück zur Bahn. Gleisbau erschien mir als etwas Ersehnenswertes. Ich war bereit, alle Schienen in der Ostzone zu demontieren. Ohne Anissa hätte ich durchgedreht.

Da erhielt ich das Schreiben von der Universität, in dem mir mitgeteilt wurde, ich wäre immatrikuliert. Ich brach sofort den Unterricht ab, schickte die Kinder nach Haus und lief aus dem Dorf, ohne mich beim Schulleiter abzumelden. Mich interessierte auch nicht, daß am Nachmittag der alte Gastwirt zu Grabe getragen werden sollte. Die Angehörigen des Toten hatten mich bereits drei Tage lang in Vollverpflegung genommen, damit die Schulkinder auch ja schön sängen. Während der Sarg ins Grab gesenkt wurde, sollte der anrührende Kanon gesungen werden: »Alles schweiget, Nachtigallen locken Tränen ins Auge, Schwermut ins Herz.« Nun rannte ich davon und dachte: Mögen ihm alle Hunde des Dorfes, die mich zum Mittagessen mit kläffendem Maul empfangen haben, einen Choral anstimmen.

Ich lief die schmierige Landstraße entlang. Regenwolken hingen tief über den kahl werdenden Bäumen. Aber ich genoß das Gefühl der Freiheit, ohne zu bedenken, daß ich mich einer Täuschung hingab. Ich wurde aus der Dorfschule geholt, um nach drei Jahren wieder in eine andere zurückzukehren. Aber für mich zählte allein die Gegenwart.

Nachdem Anissa den Grund meines plötzlichen Erscheinens erfahren hatte, sagte sie nur einen Satz: »Und was mache ich?« Ich wußte, was hinter Anissas Frage steckte. Ihren Studienplatz hatte man mir gegeben. Zumindest hätte es ihrer sein können. Ich ließ mir als Vorteil zukommen, was ihr gehörte. Aber ich wollte meinen Egoismus nicht eingestehen. Ich nannte ihr Verhalten kurzsichtig, ihre Gefühle kleinbürgerlich. Ich verstieg mich zu den unsinnigsten Anschuldigungen, bezeichnete die Sudetendeutschen als sklavische Menschen, deren Güte keine Güte sei, vielmehr Duckmäusigkeit. Ich redete und redete. Anissa schwieg. Plötzlich schrie sie: »Geh doch, hau doch ab!«


Vungja steckt ihren Kopf zur Tür herein. Mir fällt jetzt erst auf, wie dünn ihr Hals ist und wie schmal ihr Gesicht. Sie hat sich das Haar gekämmt, und ich muß an den Don-Kosaken denken, den Sohn eines ehemaligen Weißgardisten, der mit anderen Emigranten durch die Welt zog und in fremden Städten sang und tanzte. In Hindenburg, im Casino der Donnersmarck-Hütte, sang er »Sonja, Sonja, deine schwarzen Haare« und danach den »Zarewitsch«: »Hast du da droben vergessen auf mich.« Dieser verlorene Sohn der Konterrevolution sang sehr gut und stimmte mich damals recht wehmütig.

»Kommst du?« fragte Vungja.

»Ich werde dir ein Lied singen«, antworte ich.

Sie setzt sich auf Bai Dimiters Bett, und ich singe das Lied vom Zigeuner, der dem Kaiser kein Zins zu geben braucht. Ich bin froh und ausgelassen. Ich habe ein Stück meines Lebens mit Anissa aufgeschrieben. Zwei Tage habe ich dafür gebraucht.

»Du singst schlecht«, sagt Vungja.

Und ich sage: »Du hast dreckige Ohren. Guck in den Spiegel, dann siehst du, wie dreckige Ohren du hast.«

»Du bist ein Verrückter.«

»Sie klatscht in die Hände, und ich spucke ins Zimmer, weil ich plötzlich Wut habe, ohne zu wissen, worauf.

»Wenn du ins Zimmer kommst, klopfe fünfmal«, sage ich. »So geht man nicht zu Leuten. Ich kann gerade sonstwas machen, und du kommst.«

»Was machen?«

»Schreiben. Doktor Assa hat es mir verboten.«

»Lies mir was vor.«

»Lies selber.«

Ich gebe ihr die Blätter und weiß, daß sie nicht einmal bulgarisch lesen kann. Ich habe das Verlangen, Vungja zu demütigen. Warum bloß, warum?

Sie nimmt die Blätter und sagt: »Wie eine Zeitung.«

»Zeitungen lügen«, schrei ich. »Auf der ganzen Welt lügen sie«, und ich reiße ihr die Blätter aus der Hand.

»Kommst du?« fragt Vungja wieder.

»Es kann sein, sie werden dich nach mir ausfragen«, sage ich. »Männer werden kommen mit weißen Hemden und hellen Hosen. Sie werden wissen wollen, was ich dir erzählt habe. Es sind kluge Leute von der Universität und bedeutenden Zeitungen. O Vungja, Vungja, wenn sie dich fragen, spuckst du aus, so wie ich vorher gespuckt habe, und sagst, du kannst nichts verstehen, du hast dreckige Ohren. Das möchte ich erleben wollen, Vungja. Versprich mir, daß du es machen wirst.

»Ich kann dich nicht verstehen, ich habe dreckige Ohren«, ruft sie.

»Herrlich«, schreie ich, »herrlich.«

Wir wälzen uns auf den Betten und bemerken nicht, daß die kleine Welikowa hereinkommt, uns anstarrt, das Stethoskop vor dem Bauch.
Vungja sieht sie zuerst, wickelt den Kittel um ihren dünnen Körper und
läuft hinaus.

»Mnogo radost[1]«, sagte Welikowa.

»Ja«, erwidere ich, »ja, ja, ja.«


Ich möchte schreiben, und ich möchte trinken, und ich möchte lieben.
Ich habe den Wunsch, mich aus dem vollen zu zerstören.

Ich gebe der Alten, die mir das Abendbrot bringt, Rosen und Kirschen,
auf denen Fliegen sitzen, und Schokoladenbonboni. Ich krame in der
Schublade, finde eine Apfelsine und gebe auch diese der Frau, die das
alles nicht annehmen will, es dann aber doch tut, mir die Wange tätschelt und wieder sagt: »Ti si, moi sin«[2]. Sie nennt mich Sohn, wie es
Pietruschka getan hat, der arme Hund, der nicht einmal einen Grab-
stein bekommen hat und jetzt sicher schon ausgegraben ist und als
Weltstaub fortexistiert.

Kennst du das, Bai Dimiter, du möchtest alles verschenken, dein
Hemd, deine Haut, alles.


Ich schreibe den Satz hin: *Um nicht Lehrer sein zu müssen, wurde ich
Schulrat.* Auch, wenn es sich absurd anhört, so ist es doch wahr. Anissa
saß weiterhin in dem kleinen Herzberg, wo ihr Onkel in der Schwarzen Elster Katzenwelse fing, die er vom Haken nahm und wieder ins
Wasser warf. Anissas Mutter hatte ihre Schwester nach Herzberg geholt und diese ihren Mann und beide zusammen den Sohn, der in eine

---

[1] Viel Freude
[2] Du bist mein Sohn

Gastwirtschaft einheiratete und sich zu Tode soff, aber da war ich schon vom Schulrat zum Bauhilfsarbeiter aufgestiegen und goß in Kreppin Fundamente für den zweiten Karbidofen. Zu jener Zeit begann meine eigentliche Karriere als Schriftsteller. Ich war ja nun schreibender Arbeiter. Was die Redakteure zuvor von mir abgewiesen hatten, fand jetzt bei ihnen freundliche Aufnahme. Sie bedrängten mich sogar, Geschichten über den »schweren schönen Aufbau« des Sozialismus zu schreiben: Konflikte, Widersprüche, aber zugleich ihre Lösung, bittschön. Arbeiter, Schriftsteller, Prophet. Diese Dreieinigkeit nahm ich für mich an, ich war stolz, ja euphorisch. Als meine erste Kurzgeschichte in der Wochenendbeilage der Bezirkszeitung erschien, lief ich durch die Straßen und empfand die Stadt freundlicher, die Menschen hoffnungsfroher.

Du wirst nicht klug aus dem Wirrwarr, der auf dich einstürzt. Ich werde dir alles der Reihe nach erzählen. Aber ich hatte entsetzliche Kopfschmerzen, und der Kaschkawal[1] war zu fett.

Es klopft fünfmal. Vungja hält sich an unsere Abmachung. Ein herrlicher Witz, sie nimmt Schreiben noch als etwas Heiliges. Sie weiß nicht, daß sich die meisten Schreiber dem Satan verkaufen, was keineswegs so verwerflich ist, wären sie nur Faust und nicht Wagner.

»Kommst du?«

»Ja, Vungja. Wir werden uns auf einen Glarus setzen und mit ihm über den Ozean fliegen.«

Dein Haar riecht nach trockenem Berggras. Deine Brüste sind heiß wie die Mönchsfelsen in Belogradschik. Ich möchte mich in deinen Schoß wühlen wie in den schwarzen Sand hier am Meer. Aber ich bin ausgetrocknet wie ein Tümpel in der Glut der Sonne. Sieh mich an. Ich rasiere mich nicht einmal mehr. Ich blicke in keinen Spiegel. Aber ich weiß,

[1] Eine Art Käse

daß ich aussehe wie Gérard Philipe, als er den verkommenen Mediziner in dieser noch verkommeneren südamerikanischen Siedlung spielte.

Ich schreibe nachts. Iwan hat mir ein Gazefenster eingebaut, damit nicht Fliegen, Nachtfalter und Mücken über mich herfallen. Fünf Tage noch, dann werde ich entlassen. Ich werde in eine Wohnung ziehen, die mir das Gymnasium zur Verfügung stellt. Dr. Assa telefoniert jeden Tag mit der Botschaft in Sofia und dem Konsulat in Warna. Sie sollen mich nach Leipzig schaffen, verlangt er. Wenn ich den Sommer über am Meer bleibe, lehne er jede Verantwortung ab. Mein Gott, ich bin nahezu fünfzig Jahre alt. Aber Dr. Assa redet, als wäre ich ein Krippenkind. Der Botschafter schickt Leute her, die auf mich einschwatzen. Ich warte nur noch darauf, daß sie mir etwas von einem Parteiauftrag erzählen, mit dessen Liebe ich am Leben erhalten werden soll.
»Liebe Leute«, werde ich sagen. »Ich habe gesungen: Die Partei, die Partei, die hat immer recht, und sie hatte nicht immer recht. Ich habe Minister stürzen sehen, die sich sicher wähnten wie in Abrahams Schoß.« Aber sie werden mit mir nicht reden wie vor zwanzig Jahren. Sie werden sagen: »Du sturer Bock, wenn du durchaus krepieren willst, dann krepier ohne unseren Segen. Wir werden deinetwegen nicht ein Polizeiaufgebot nach Burgas schicken. Rechne nicht mit einem Staatsbegräbnis. Die Beatsendungen im Rundfunk gehen weiter.«

Etwas in Anissa war zersprungen. Ich spürte die Veränderung deutlich, wenn ich über das eine oder andere Wochenende von Halle nach Herzberg gefahren kam. Äußerlich war zwischen uns alles so wie früher. Anissa holte mich vom Bahnhof ab und brachte mich nachts zum Zug. Sie ließ sich küssen und schlief mit mir in einem Bett. Ich konnte ihr nichts vorwerfen. Sie gab mir die Hälfte ihrer Brotration und ihre Fleischmarken. Sie wusch meine schmutzige Wäsche, stopfte den zerrissenen Pullover. Nein, ich hatte keinen Grund, mich zu beklagen. Aber sie war so ganz und gar passiv. Ich glaube, das ist das richtige Wort, um ihre Veränderung zu benennen. Sie ließ sich streicheln, sie ließ sich küssen. Sie ließ sich lieben. Sie las meine Gedichte und sagte gar nichts. Wenn ich fragte, ob sie ihr gefielen, antwortete sie: »Doch.« Es machte mich wütend. Ich war gewöhnt, daß sie mich bewunderte.

Ich wünschte, daß Anissa ein Kind bekäme. Mir schien, es könnte dadurch alles zwischen uns gut werden. Aber Anissa wollte kein Kind. Entwürdigung und Demütigung bei der Abtreibung hatten sie derart erschreckt, daß sie ständig Furcht hatte, schwanger zu werden.

Ich habe dir erzählt, Bai Dimiter, daß Anissa schauspielerische Begabung besaß. Als ich von ihr fortgelaufen war, nahm sie wieder Kontakt zu den ehemaligen Freunden der Laienspielgruppe auf. Jungen und Mädel, die durch den grausamen Krieg gegangen waren, suchten etwas, was ihnen Hoffnung gab. Nenn es Wahrheit, Sauberkeit, eben ein Ideal, ohne das letztlich keiner leben kann.

Wenige Kilometer von der Stadt entfernt, auf einem sich lang hinstreckenden Hügel, wurde ein Dorf der Jugend errichtet. Erster Sekretär der FDJ-Kreisleitung war ein gewisser Erpbach, fünfundzwanzig Jahre alt oder achtundzwanzig, so genau weiß ich es nicht mehr. Er war einfallsreich und ein guter Organisator. Der Vorschlag, ein Dorf der Jugend zu errichten, kam von ihm. Daß man einen Ort aussuchte, wo es nicht genügend Grundwasser gab, war nicht seine Schuld. Auch nicht, daß der Verwaltungsleiter, ein junges Bürschchen, einige hunderttausend Mark verschleuderte, nicht, weil er ein Ganove war, sondern unfähig.

Aber das ist schon wieder eine neue Geschichte. Ich wollte sagen, Anissa mußte mit ihrer Enttäuschung fertig werden. Die Arbeit in der Schule genügte ihr nicht, zumal sie sich mit dem Direktor nicht vertrug. Bei ihrem Charakter eigentlich wunderlich. Ich empfand Reue.

Ein merkwürdiges Wort, Bai Dimiter. Ich habe es lange Zeit nicht gebraucht. Warum eigentlich? Es schreibt sich doch ganz leicht hin. Je länger ich von Anissa getrennt lebte, um so stärker wurde meine Sehnsucht nach ihr. Das Studium brachte mir nicht die Zufriedenheit, die ich davon erwartet hatte. Ich gehörte zu den ersten zweihundert Pädagogik-Studenten an der halleschen Universität. Keiner nahm uns so recht für voll. Wenn ich mein Stipendium abholte, fragte man mich in der Buchhaltung: »Sind Sie Student oder Pädagoge?« Zu den Oberseminaren wurden wir nicht zugelassen. Als ich die erste Philosophie-Vorlesung im Auditorium Maximum hörte, sprach der Professor, ein Kantianer, zwei Stunden lang darüber, ob synthetische Urteile a priori möglich seien oder nicht. Ich muß gestehen, ich weiß es bis heute nicht. Die Philosophiestudenten, Anglisten, Germanisten, Historiker und Theologen, zwischen denen ich saß, kritzelten die Seiten ihrer Kolleghefte voll. Der kleine alte Mann, mit langen Haaren wie Franz Liszt, stand neben dem Podium, hielt eine Hand in der Hosentasche und sprach ohne jegliche schriftliche Vorlage, als wäre »die Kritik der reinen Vernunft« eine Schulfibel.

Ein anderer Professor, noch älter, versuchte uns das Versmaß des Nibelungenliedes beizubringen. Er hüpfte von einer Seite des Podiums zur anderen und rief immer: »Ich hatt' einen Kamerâ-den ... Uns ist in alten Mär-en.« Niemand wagte zu lachen, der Professor war eine Kapazität auf dem Gebiet der frühdeutschen Literatur und Sprache, sein Name in Meyers Großem Lexikon vermerkt. Er durfte sich seine Kauzigkeit leisten.

Schwerer hingegen hatte es ein Doktor, der Pflichtvorlesungen über marxistische Philosophie hielt. Was er vortrug, konnte man wörtlich in Stalins Schriften wiederfinden. Manche Studenten hatten Bücher vor sich ausgebreitet und sprachen den Text halblaut mit. Der eifrige Mann vorn merkte es nicht oder tat, als merke er es nicht. Die Arme auf dem Rücken verschränkt, den Kopf vorgestreckt, die Augen geschlossen, schritt er vor seinem Pult hin und her. Fünf Schritt rechts, fünf Schritt links. Es war, als spräche er das auswendig Gelernte zu sich selbst, sozusagen als Bestätigung seines Denkens.

Ich will diesen fleißigen Doktor keineswegs lächerlich machen. Stalin war damals nun einmal die unumschränkte Autorität. Wenig später habe ich mich weit einfältiger gegeben als jener Dozent. Zunächst jedoch wollte ich so schnell wie möglich das Studium an den Nagel hängen und zu Anissa flüchten. Ich setzte mich kurzerhand in den Zug und war glücklich. Ich stellte mir vor wie ich Anissa umarmen und ausrufen würde: »Die Alma mater ist eine Stätte von Senilen, Narren und Dummen. Sei froh, daß du den ganzen Quatsch erst gar nicht mitgemacht hast.«

Aber Anissa war nicht zu Haus. Sie wäre in der Kreisleitung, sagte meine Schwiegermutter. Ich war enttäuscht, später wütend. Als Anissa gegen Mitternacht nach Hause kam, machte ich ihr eine Szene. Meine Erregung ließ sie kalt, nicht nur das, mir schien, ich wirkte auf sie lächerlich. Anissa zündete sich eine Zigarette an. Ich wollte nicht, daß sie rauchte, und schlug ihr die Zigarette aus dem Mund. Wo sie sich nachts herumtriebe, schrie ich, sie möge erst gar nicht versuchen, mir etwas vorzulügen. Anissa schwieg zu allem. Das machte mich noch wütender.

Wir besaßen nur ein Bett, und wir mußten schlafen. Anissas Unterricht begann um acht Uhr. Wir krochen wie immer unter die gemeinsame Decke, waren jedoch bemüht, einander nicht zu berühren. Es ist widerwärtig, so mit einer Frau schlafen zu müssen, Bai Dimiter.

Den folgenden Tag holte ich Anissa von der Schule ab. Ein alter Backsteinbau, gleich neben der Kirche. Er ähnelte der Friedhofschule, in die ich als Kind gegangen bin. Ob Hindenburg, Herzberg oder Berlin, diese Gebäude riechen alle nach Gefängnis und preußischem Kaiser.

Ich erinnere mich noch genau an den Ort, wo ich stehenblieb, Anissa die Schultasche abnahm, in der ein Packen Diktathefte steckte, und fragte: »Liebst du mich eigentlich noch?«

Es kam mir nicht in den Sinn, eine Entscheidung zu provozieren. Ich schwatzte nur so daher. Wir standen auf der Brücke, die über die Schwarze Elster nach Altherzberg führt.

Anissa sah mich an und sagte: »Ich weiß es nicht.«

Es war für mich der unerträglichste Satz, den ich bis dahin gehört hatte. Ich war fassungslos, bestürzt. Nein, das trifft nicht den Zustand, in den mich Anissas Antwort versetzte. Ich fühlte mich gedemütigt. Es war nicht allein der Satz, der dieses Gefühl in mir hervorrief, es war auch die Art, wie Anissa ihn sagte: furchtlos in sich hineinhorchend. Mir fiel jetzt erst auf, wie blaß sie war. Mich packte das Verlangen, die Tasche mit den Diktatheften in den Fluß zu werfen, gegen das Brückengeländer zu treten, Anissa zu schlagen. Aber ich tat nichts von all dem. Ich sagte: »Daß du mit Erpbach herumhurst, weiß ich schon lange.«

Das war dumm, Bai Dimiter. Ich hätte, kaum daß der Satz aus meinem Munde war, vor Anissa hinstürzen und ihren Schoß küssen mögen. Aber ich folgte nicht der Empfindung meines Herzens, sondern meiner Eitelkeit und dem, was ich als Mannesstolz ansah. Anissas Hilflosigkeit nahm ich als Blödheit, ihre Verzweiflung als Provokation.

»Du kotzt mich an«, brüllte ich und warf die Tasche einige Meter weit vor mir auf die Straße. Ich freute mich, daß gerade ein Lastwagen kam, und hoffte, er würde über das zerschabte Igelitzeug fahren, aber er wich der Tasche aus. Anissa sammelte die Hefte ein, die verstreut herumlagen, und ging, ohne etwas zu sagen, weiter. Ich wartete auf einen Erstickungsanfall, wie ich ihn bei ihr schon einmal erlebt hatte. Diesmal wollte ich mich nicht um sie kümmern. Bei diesem Gedanken verspürte ich eine gewisse Erleichterung. Aber Anissa fiel nicht um. Sie schrie alles Leid in sich hinein und ging wie immer, mit zu kurzen Schritten in den Hüften schaukelnd. Nur einmal knickte ihr Fuß um, aber dergleichen passierte ihr öfter.

Noch am selben Tag fuhr ich nach Halle zurück.

In den folgenden Wochen fühlte ich mich einsam und hilflos. Jedesmal, wenn ich nach der Vorlesung in mein kleines Zimmer kam, hoffte ich, Anissa vorzufinden oder doch wenigstens einen Brief von ihr. Aber auf jede Erwartung folgte die Enttäuschung. Ich redete mir ein, Anissa betrüge mich mit Erpbach. Ich dachte wirklich »betrügen«, dabei gab es für sie niemanden mehr, den sie betrügen konnte.

Vielleicht hat sie wirklich mit Erpbach geschlafen, vielleicht nicht. Anissa hat sich Verdächtigungen nicht entgegengestellt, obwohl sie es hätte tun müssen, denn wegen Erpbach wurde sie entlassen.

Erpbachs Fehler war die Angst. Deswegen fälschte er den Fragebogen. Während des Krieges war er keineswegs nur Obergefreiter gewesen, wie er angab, sondern Leutnant. Außerdem hatte man ihm das Ritterkreuz an den Kragen geheftet. Die ganze Geschichte wurde nur deshalb aufgedeckt, weil er als FDJ-Sekretär eine so gute Arbeit leistete, daß die Zeitungen über ihn schrieben. Sein Name wurde vor allem im Zusammenhang mit dem Bau der Jugend ständig genannt. Das konnte nicht gut gehen. Im Grunde genommen war er ein ehrlicher Kerl und litt unter der Lüge, mit der er leben mußte. Seine einzige Vertraute war Anissa. Es wurde offenbar, als man Erpbach verhaftete. Auch Anissa wurde kurzerhand in den Keller der sowjetischen Kommandatur gesteckt. Erpbach wollte sie aus allem heraushalten. Er gab zu Protokoll, Anissa hätte über seine wahre Vergangenheit nichts gewußt. Damit war ihr die Chance geboten, wieder als Lehrer arbeiten zu können. Aber sie nahm das Opfer ihres Freundes nicht an. Und als der sowjetische Major, der sie befragte, wissen wollte, warum sie sich selbst belastete, verblüffte sie ihn mit der Antwort: »Erpbach ist ein guter Mensch.« Anissa hat der Vernunft ihres Herzens immer stärker vertraut als dem nüchternen Verstand. Sie hat dafür viel Leid erfahren müssen.

Über Erpbachs Verhaftung und die Schwierigkeiten, in denen Anissa steckte, informierte mich meine Schwiegermutter. Die hilflose Frau kam nach Halle, weinte und beschwor mich, etwas zu tun, damit Anissa nicht ihre Stellung verliere. Natürlich wollte ich Anissa beistehen. Aber ich wußte nicht, wie ich es anstellen sollte. Ich war Student, hatte keine einflußreichen Freunde. Dr. Bork wohnte inzwischen in Berlin. Der Schulrat in Herzberg war ein Mann ohne Entscheidungskraft. Er war bemüht, wie man so sagt, mit dem Rücken an die Wand zu kommen. Niemals hätte er gewagt, dem Kommandanten gegenüber eine eigene Meinung zu äußern oder gar etwas zu riskieren wie Dr. Bork. Den größten Teil seiner Kraft und seines geringen geistigen Vermögens verbrauchte er dafür, herauszufinden, wie seine Vorgesetzten über einen Fall dächten, den er zu entscheiden hatte. Ich bin überzeugt, daß der Kommandant Anissas Entlassung nicht gefordert hat. Der Schulrat verbot Anissa zu unterrichten, weil er nicht wußte, wie der Major über die Angelegenheit dachte. Es schien ihm gebotener, sich streng zu geben als vernünftig. Dieser Mann bestimmte zwei oder drei Jahre die Geschicke der Lehrer in Herzberg und ist dann über Nacht fortgejagt worden, in einer Weise, wie er es zuvor mit anderen getan hat. Der Spruch gilt immer noch: »Wer in einem Jahr reich werden will, wird im zweiten gehenkt.«

Mit dem nächsten Zug fuhr ich nach Herzberg. Ich war entschlossen, vom Bahnhof aus sofort in die Kommandantur zu laufen und Anissas Freilassung zu fordern. Ich wollte beeiden, daß sie mit Erpbach nichts zu schaffen hatte. So großmütig hingegen war ich nicht, mich auch für diesen einzusetzen. Im Gegenteil, ich gönnte ihm sein Mißgeschick. Ja, ich triumphierte.

Es war ein später Nachmittag im Mai, als die Kleinbahn an den schiefen Häusern der Vorstadt entlangfuhr. Schon von weitem sah ich den massiven Turm der Kirche. Dort, in einer Seitenstraße, wußte ich die Kommandantur. Mich überfiel plötzlich Angst. Ich hatte keine guten Erinnerungen an dieses zweistöckige graue Gebäude, vor allem nicht an seine Kellerräume. Als Neulehrerstudent hatte ich mehrere Tage in einem solchen tristen Loch zubringen müssen. Nur wegen eines lächerlichen Stuhls.

Für gewöhnlich spielte am Sonnabend die Tibidabo-Band im Volkshaus zum Tanz. Ich stand zumeist an der Theke und trank auf Kosten von Pottich. Es war die Zeit meiner Einkehr. Ellen war vom Lehrgang gejagt worden, der traurige Habicht hatte versucht, sich zu töten, und Anissa las nicht ohne Bewunderung meine Gedichte. Noch wußte ich nicht, ob sie mich jemals lieben würde. Hatte Pottich im Gewühl des Saales ein Mädchen erspäht, das er gern ins Gras gelegt hätte, holte er mich ans Piano. Anissa war mit der Übereinkunft zwischen Pottich und mir nicht einverstanden. Seine Art, mit Frauen umzugehen, beleidigte sie. Anissa ekelte sich vor Pottichs behaarten Händen und schimpfte mich einen Sklaven. Damit provozierte sie nicht nur meine Erhebung gegen Pottich, sondern auch gegen die Besatzungsmacht. Als Pottich mir eines Abends von der Bühne her zuwinkte, holte mich Anissa zum Tanz. Pottich fluchte, aber ich drehte mich wild, mehr aus Furcht denn aus Vergnügen. Schweiß lief mir den Körper herab. Aber je länger ich tanzte, um so freier fühlte ich mich. Anissa lachte, und Pottich schlug mit seinen dicken Händen hart auf die Tasten. So frei wie während dieses Tanzes habe ich mich selten wieder gefühlt. Es war keineswegs nur der Kartoffelfusel, der mir ein derartiges Selbstbewußtsein gab. Freiheit und Unterjochung liegen in der Musik ohne

Grenze beieinander. Ich tanzte mit Anissa an der Bühne vorbei, auf der die Kapelle spielte. Pottich schrie etwas und spuckte mir vor die Füße. Ich konnte nicht aufhören zu tanzen. Mir erging es wie jenem König, den eine Zaubergeige zum Tanzen zwingt, er tanzt und tanzt, bis er tot umfällt.

Als die Musik aufhörte, torkelte ich. Anissa hielt mich für betrunken. Aber ich war es nicht, fühlte mich sogar sehr stark. Als wir zum Tisch zurückkehrten, fanden wir Anissas Stuhl besetzt. Ein sowjetischer Soldat saß darauf. Ich sagte, der Stuhl gehöre uns. Der Soldat grinste mich an. Er verstand mich nicht. Ich griff den Stuhl bei der Lehne, kippte ihn an, so daß der auf eine solche Attacke unvorbereitete Mann vom Sitz rutschte wie ein Paket. Er lag auf den Holzbrettern neben dem Tisch und war nicht weniger erschrocken als ich. Aber er stellte das wahre Kräfteverhältnis sehr schnell wieder her, indem er aufsprang, die Pistole zog und mich mit einem Schwall von Worten überschüttete, von denen ich nicht ein einziges verstand. Ich begriff nur so viel, daß ich mitzukommen hätte. Das machte er mir mit einem Tritt in die Kniekehlen deutlich.

Im Saal war es plötzlich sehr still. An der Theke klirrte kein Glas. Anissa war die einzige, die versuchte, etwas für mich zu tun. Sie sprach heftig auf den Soldaten ein, erklärte, alles sei ein Mißverständnis, ich Kommunist und betrunken, sie wolle mich sofort nach Haus schaffen. Ich sehe noch heute, wie sie mit dem Finger auf mich zeigt, und höre sie rufen: »Lehrer, Lehrer, Lehrer.« Damit wollte sie zu verstehen geben, daß ich unbedingt ein Freund der Roten Armee sei. Aber der Soldat drohte jetzt auch ihr mit der Pistole und stieß mich aus dem Saal.

Ich hatte so viel Angst, daß ich nicht einmal fähig war, auf jemand wütend zu sein. Auf Anissa zum Beispiel, die mich nicht zum Piano gelassen hatte. Dort hätte ich jetzt sitzen können und die Tasten schlagen. Statt dessen wurde ich durch die krummen Straßen der kleinen Stadt gejagt. Der Sergeant, diesen Dienstgrad hatte wohl der Soldat, fluchte unausgesetzt. Sein Atem roch nach Zwiebeln und Tabak.

Überall bist du heil durchgekommen, dachte ich, im Krieg, bei den Amerikanern, beim Russen, im Kuhstall, bei der Reichsbahn, nun packen sie dich doch.

So abgeführt zu werden ist erniedrigend, Bai Dimiter. Vielleicht wird es einmal eine Zeit geben ohne Gefängnisse, Zuchthäuser und Kellerräume, in die Menschen gesperrt werden. Ich habe Sehnsucht nach einem solchen Jahrhundert der Träume.

Drei Tage lang kauerte ich im Keller auf einer Pritsche, bekam morgens sechshundert Gramm Brot und mittags Suppe. Das Licht brannte Tag und Nacht. Selbst in den Wochen der Gefangenschaft hatte ich mich besser gefühlt. Hier war ich allein mit der Zeit und der Stille und wartete immerzu. Ich konnte nicht schlafen. Manchmal überkam mich eine solche Verzweiflung, daß ich den Kopf gegen die Steine schlug.

Der Kommandant, eben jener Major, der später befahl, Erpbach zu verhaften, ließ mich schließlich am vierten Tag vorführen. Ich mußte eine halbe Stunde neben der Tür stehenbleiben. Der Kommandant telefonierte, blätterte in Akten und schrieb, als existierte ich nicht. Schließlich redete er mich auf russisch an. Ich hatte Magenkrämpfe. Ein Leutnant kam. Der Kommandant sagte etwas zu ihm, und beide blickten mich an, als erwarteten sie eine Antwort. Sie machten mich mit ihrer Art völlig fertig.

»Wieso sind Sie hier?« fragte der Major schließlich.

Er sprach ein sehr gutes Deutsch.

»Ich weiß nicht«, antwortete ich.

Wieder redeten der Major und der Leutnant miteinander, und wieder blickten sie mich an und warteten.

»Der Stuhl gehörte uns«, sagte ich. Und da die beiden Männer nicht darauf reagierten, ich jedoch ihr Schweigen nicht ertragen konnte, sagte ich: »Er hat ihn weggenommen, obwohl er wußte, daß uns der Stuhl gehört.«

»Er kann sich hinsetzen, wohin er will«, entgegnete der Major. Er sprach leise. Es klang drohend, und ich dachte: Hier kommst du nicht mehr raus.

»Wohin er will«, wiederholte der Major.

»Ja«, sagte ich.

Ich hatte Angst vor dem Major, und er merkte es. Wahrscheinlich hatte er einen aufsässigen jungen Burschen erwartet. Nun stand ein Feigling vor ihm. Ihn dauerte die Zeit, die er mit mir verlor. Er ließ mich durch den Leutnant hinausbringen. Ich trottete den Flur entlang wie ein Pferd, das seinen Weg zum Stall allein findet. Keller, Sammellager, Ural. Ich begann mich mit meinem Schicksal abzufinden. Es klingt unglaubwürdig, aber ich war froh, daß eine Entscheidung gefallen war. Ich freute mich auf meine Pritsche und wollte schlafen. Doch der Leutnant führte mich über den Hof, der von einem grünen, hohen Bretterzaun umschlossen war, sprach einige Worte mit dem Posten, der ließ mich passieren.

Auf der Straße wartete Dr. Bork.

Im Schloß wurde ich empfangen wie ein verloren geglaubter Sohn. Pottich drückte mich an seine mächtige Brust, Pietruschka besoff sich vor Freude, und Anissa gab sich mir unter einem Schlehdornbusch zum erstenmal hin.

Ich muß aufpassen, Bai Dimiter, daß du mich noch verstehst. Ich möchte alles gleichzeitig aufschreiben, um mich von der Erinnerung zu befreien.

Trotz meiner Angst lief ich vom Bahnhof sogleich zur Kommandantur. Es sei keine Sprechzeit, gab man mir zu verstehen. So ging ich recht bedrückt nach Haus. In der Küche saß Anissa. Zwei Stunden zuvor war sie freigelassen worden, mit dem Hinweis, sich beim Schulrat zu melden. Der hatte nur einen Satz zu ihr gesprochen: »Ihnen ist doch klar, daß Sie entlassen sind!« Statt zu erwidern: »Nein, mir ist das keineswegs klar« oder sich auf andere Art zur Wehr zu setzen, hatte Anissa lediglich geantwortet: »Ja« und das Zimmer des kleingewachsenen Mannes verlassen, der bemüht war, sich als Revolutionär zu geben.

Ich setzte mich neben Anissa auf die alte Couch. Dr. Bork hatte uns dies Möbel geschenkt, als er von Gronitz nach Berlin zog. Es drängte mich, Anissas Hände zu nehmen, ihren Mund zu küssen. Aber ich wagte es nicht. Sie saß neben mir wie eine Fremde. Nur widerwillig erzählte sie, was vorgefallen war. Ich weiß nicht, ob ihre Abscheu mir galt oder dem Leben überhaupt.

»Es wird alles gut«, sagte ich.

Wenn Anissa in unserer Ehe etwas falsch gemacht hat, dann während dieser wenigen Minuten. Ich möchte glauben, daß wir damals beide zusammen hätten neu beginnen können. Aber meine Worte erreichten sie nicht.

Du magst einwenden, sie sei nicht fähig gewesen, sich mir gegenüber anders zu geben. Ich hätte Geduld aufbringen müssen. Sicher.

»Du hast dich wie ein Idiot benommen«, sagte Anissa später – wir waren bereits geschieden. Ich erwiderte: »Weisheit braucht Zeit. Du hättest merken müssen, daß ich an jenem Abend um Vergebung bat. Vielleicht nicht deutlich genug, aber du lebtest ganz und gar in deiner Enttäuschung. Das ist deine Schuld. Sie ist ebensowenig korrigierbar wie meine.«

Ich blieb drei Tage in Herzberg. Anissa schlief während dieser Zeit bei ihrer Mutter. Wir fanden es beide in Ordnung so. Ohne ihr Wissen ging ich zum Schulrat. Wir schrien einander an, in meinem Zorn trat ich nach dem Papierkorb. Der kleine Mann fürchtete, ich könnte über ihn herfallen, riß die Tür zum Flur auf und drohte mit der Polizei. Mit meiner politischen Einstellung sei ich für den Schuldienst ebenso ungeeignet wie meine Frau, rief er. Es wäre angebracht, mich in die Wismut zu schicken, statt auf Kosten des Volkes studieren zu lassen. Hatte für Anissa zuvor noch eine geringe Chance bestanden, nach einiger Zeit wieder als Lehrer eingesetzt zu werden, auf einem abgelegenen Dorf natürlich, so war jetzt alles verloren. Der Schulrat war nicht nur subaltern, er war auch nachtragend. Anissa sollte es noch zu spüren bekommen. Allerdings schien mir sein im Zorn hervorgebrachter Hinweis auf die Wismut so übel nicht. Die abenteuerlichsten Geschichten wurden erzählt. Ich wollte die Eintönigkeit des Studiums gegen die schwarze Romantik der Grubenarbeit eintauschen. Ich kannte ja das Leben der Bergleute in den Kneipen Hindenburgs. Aber ohne Anissa hatte ich nicht den Mut, das Wagnis auf mich zu nehmen. Und sie konnte sich nicht entscheiden, mit mir zu gehen.

Was soll ich weiter über die Geschehnisse in Herzberg erzählen. Wo Erpbach geblieben ist, weiß ich nicht. Er verschwand aus der Stadt. Der sowjetische Kommandant glaubte ihm die Story vom getreuen Eckart nicht, der seinen verwundeten General durchs Artilleriefeuer schleppt und dafür vom Gefreiten zum Leutnant befördert wird. Der FDJ-Sekretär Erpbach war für ihn ein verdammter Faschist, der das Durcheinander des Nachkriegs nutzt, um unter der Maske des Progressiven abzuwarten, wie sich die Geschichte in Deutschland und Europa entwickelte.

Ich fuhr zurück nach Halle. Die »Kritik der reinen Vernunft« war mir ebenso zuwider wie das Versmaß des Nibelungenliedes und der historische Materialismus. Ich schwänzte die Vorlesungen, schrieb, an einem wackligen Tisch in meinem Zimmer sitzend, Gedichte und mein erstes Theaterstück, das miserabel war. Von meinem kleinen Fenster aus blickte ich auf die graue Stadt, auf ausgebrannte Häuser und abgebrochene Türme. Mich ergriff eine wollüstige Traurigkeit. Ich hatte Mitleid mit mir selbst. Nun, da ich Anissa verloren hatte, fing ich an, sie wirklich zu lieben. Ich sehnte mich nach ihrer unkomplizierten Art, nach ihrem Lachen, etwa wenn sie vormachte, wie der Direktor ihrer Schule – er hieß Niklaus – den Klassenkampf gegen Christbaum und Weihnachtsmann führte. Selbst nach Anissas Sentimentalität sehnte ich mich. Die kitschigsten Filme brachten sie zum Weinen. Alle Verse, die ich schrieb, schrieb ich für Anissa. Ich schickte sie ihr ohne jedes Beischreiben. Aber ich bekam keine Antwort. Statt dessen erfuhr ich, daß sie mit Fabig zusammenlebte, einem Mann, der dem Alter nach ihr Vater hätte sein können. Fabig war Schauspieler und Regisseur. Während des Faschismus lebte er in Frankreich und hatte dort Verbindung zum Maquis. Ich weiß nicht, ob er sich seine schwere Krankheit während der Illegalität zugezogen hat oder bereits im spanischen Bürgerkrieg. Fabig sprach kaum über seine Vergangenheit. Er war in Herzberg gelitten, erhielt eine einträgliche Rente und zusätzliche Lebensmittelkarten. Er war aus westlicher Emigration heimgekommen, ein schweigsamer Mann, der mit seinem Krückstock durch die Straßen des Städtchens humpelte. In seiner kleinen Wohnung saßen ständig junge Leute. Obwohl Kommunist, fand er unter den eigenen Genossen wenig Freunde. Einige meinten, er sei ein Spinner, andere vermuteten in ihm einen Agenten der Amerikaner. Er war weder das eine noch das andere, vielmehr ein großartiger Komödiant. Fabig konnte nicht erzählen, ohne gleichzeitig zu spielen. So wie Sokrates in Athen Menschen suchte, so suchte Fabig in Herzberg Schauspieler. Er nahm das Theater als Podium, von dem aus er den neuen Menschen verkünden wollte. Selbst nicht mehr fähig, vor die Leute hinzutreten, suchte er Schüler, die seinen Geist hinaustrugen.

Noch heute steht auf Anissas Schreibtisch ein Foto Fabigs. Einmal sagte sie: »Ohne ihn wäre ich damals kaputtgegangen.«

»Sterben ist in diesem Leben ja nicht neu.
Leben freilich, das ist auch nicht neuer.«
Weißt du, daß ich schon einmal auf einem Felsen über dem Fluß gestanden habe? Der Mond hing kläglich am Himmel. Das Wasser war schwarz und roch nach Teer. Ich hatte mein letztes Geld für Zigaretten und Schnaps ausgegeben. Ich wurde nicht fertig damit, daß Anissa mit Fabig zusammenlebte. Er hatte eine Theatergruppe zusammengestellt. Sie führten »Die Illegalen« auf, »Raub der Sabinerinnen«, sogar den »Nathan«. Anissa spielte die Recha mit ebensolchem Erfolg wie die Mutter in Weisenborns Stück. Wenn ich an die »Illegalen« denke, höre ich Anissa sprechen. Sie sprach mit dunklerer Stimme, als ich es sonst von ihr gewöhnt war. Überhaupt hatte sich Anissa sehr verändert, seit sie mit Fabig zusammenlebte. Es schien, als beeilte sie sich, ein paar von den dreißig Jahren Leben nachzuholen, die er älter war. Ich habe bedeutende Schauspielerinnen kennengelernt. Jedoch keine hat mich so zu treffen vermocht wie Anissa mit jenen Worten: »Ich träumt, du lagst in einem Rübenfeld, und es fiel ein Schnee auf dich.« Sie wußte nicht, daß ich im Saal des Dorfgasthauses unter den Zuschauern saß. Ich war hingegangen mit dem Wunsch, Anissa schlecht spielen zu sehen. Ich glaubte nicht, daß sie es zuwege brachte, die von Sorgen gequälte Mutter eines Verfolgten darzustellen. Aber Fabig führte sie ausgezeichnet. Er zwang sie nicht, eine alte Frau zu spielen, sondern bekannte sich zu ihrer Jugend. Anissa spielte eine Mutter, die zugleich als Frau noch begehrenswert war. Angst um den gefährdeten Sohn und ihre Liebe zu ihm machten sie nicht alt, sondern jung. In ihr wuchs Kraft, und diese Kraft gab ihr Schönheit. Anissa erhielt Beifall auf offener Szene. Ich ging aus dem Saal, weil ich ihren Erfolg nicht ertragen konnte. Und

doch wollte ich von nun an immer dabei sein, wenn Anissa spielte. Ich vernachlässigte mein Studium vollends, borgte mir von überallher Geld und fuhr in die Orte, wo Fabig mit seinen Leuten auftrat. Ich stahl mich in den Saal, wenn sich der Vorhang hob oder wenn er zur Seite gezogen wurde. Ich ging, kaum daß die letzte Szene geendet hatte. Ich hörte nicht auf zu wünschen, Anissa möge schlecht spielen. Und manchmal glaubte ich, bei ihr Unsicherheiten bemerken zu können. Wenn es im Saal unruhig wurde, Betrunkene dazwischen riefen, bereitete es mir Genugtuung, zugleich jedoch machte es mich wütend.

Natürlich blieb meine Anwesenheit weder Anissa noch Fabig verborgen. Eines Tages stellte er mich nach der Vorstellung. Es war in einem Ort, halb Dorf, halb Stadt. Fabig schien mir erregt, obwohl er mich ruhig ansprach. Vielleicht etwas zu ruhig. An seinem Hals zeigten sich rote Flecke. Er lächelte unbeholfen, nahezu schüchtern.

»Bitte, kommen Sie nicht mehr«, sagte er.

Ich schwieg, und er redete plötzlich heftig auf mich ein. »Es bringt Anissa durcheinander«, sagte er. »Haben Sie nicht auch bemerkt, wie schlecht sie heute war. Sie hat Angst zu spielen, mein Gott, begreifen Sie doch.«

Fabig hatte im ganzen Gesicht rote Flecke. Sein Mund hing auf einer Seite herab. Ich begriff nicht, daß Anissa mit diesem Mann zusammenleben konnte. Er war klein und dürr und krumm.

»Sie gehört mir«, sagte ich. »Ob sie gut spielt oder schlecht, ich komme, wann immer es mir paßt. Anissa ist meine Frau, alles andere ist mir scheißegal.«

»Wenn du wiederkommst«, sagte Fabig, »laß ich dich aus dem Saal werfen.«

Er humpelte ins Gasthaus zurück. Ich schrie ihm einen Fluch nach. Aber er reagierte nicht darauf.

Ich haßte Fabig, zugleich faszinierte er mich.

»Illusionen, so verwerflich sind sie nicht. Streich sie weg aus unserem Leben, und es wird blaß. Das Reale ist nur erträglich durch das Irreale.« Zu diesen Sätzen Fabigs bekennt sich Anissa heute noch. Ungewöhnliche Maximen für eine Richterin – das ist sie inzwischen geworden –, ungewöhnlich, nicht wahr, Bai Dimiter.

Aber je älter ich wurde, um so mehr ging mir ihr Sinn auf. Fabig war durch und durch Künstler. Jener Rest Unvernunft in der Vernunft, der darf nicht verlorengehen, in keinem Buch, in keinem Bild, in keinem Film. Die Verdinglichung hölt uns aus. Fabig hat das damals schon erkannt. Mag sein, daß dieser Mann für Anissa zur Legende geworden ist. Sie haben nur wenige Monate miteinander gelebt. Der Alltag hat andere Farben, und den hat Anissa mit Fabig nicht kennengelernt. Vielleicht ist eben diese Illusion schuld, daß Anissa nie wieder ganz zu mir zurückgefunden hat. Immer stand Fabig zwischen uns, genauer: Anissas Bild von ihm.

Ich streite Fabigs Größe nicht ab, Bai Dimiter, heute weniger denn je. Ich beneide Menschen, die so ungebrochen leben können, wie er es vermochte, damals in Herzberg wenigstens. Ohne ihn hätte ich sicher niemals eine derart tiefe Zuneigung zu Imme empfinden können. Wenn ich Menschen nennen sollte, die maßgeblich mein Leben bestimmt haben, ich würde sagen: Anissa und Imme – von ihm werde ich noch erzählen. Fabig hätte der dritte sein können. Aber als er lebte, nahm ich ihn als meinen Feind, und als er tot war, versuchte ich ihn zu vergessen.

Ich habe geschrieben: »Ich haßte Fabig, zugleich faszinierte er mich.« Ich muß hinzufügen, daß ich nicht nur Anissas wegen die Veranstaltungen besuchte. Ich verspürte große Sehnsucht, in Fabigs Gruppe aufgenommen zu werden. Aber es kam anders.

Zur nächsten Vorstellung stellten sich mir drei Burschen am Saaleingang entgegen. Als ich versuchte, an ihnen vorbeizukommen, stießen sie mich auf die Straße und schlugen auf mich ein, bis ich aus Nase und Mund blutete. Ich kam ein zweites und ein drittes Mal. Immer wieder schlugen mich die Kerle zusammen. Anissa wußte sicher von all dem nichts. Ich hätte ihr schreiben können, aber ich wollte ohne ihre Hilfe mit Fabig fertig werden. Sollen sie mich totschlagen, dachte ich. Manchmal wünschte ich es geradezu.

Eines Tages dann hatte ich es geschafft. Der Weg in den Saal stand mir frei. Ich hatte gesiegt. Um meinen Triumph vollkommen zu machen, setzte ich mich in die erste Reihe. Ich wollte gesehen werden. Als die Vorstellung beginnen sollte, trat einer der Burschen, die mich ansonsten verprügelt hatten, vor den Vorhang und sagte: »Wir spielen heute für unseren Genossen Fabig. Er ist tot.« Er wollte noch etwas sagen, aber er mußte weinen und trat hinter den Vorhang zurück. Angekündigt war »Der Raub der Sabinerinnen«. Sie änderten jedoch den Plan und führten »Die Illegalen« auf. Es war, als säße der Tote mitten unter uns. Niemand im Saal wagte zu flüstern oder gar zu klatschen. Zwischen Bühne und Saal war die Grenze aufgehoben. Es gibt nur wenige solcher Theaterabende. Schauspieler und Zuschauer empfinden den gleichen Schmerz und das gleiche Glück. Als Anissa die Worte zu sagen hatte: »Ich träumt, du lagst in einem Rübenfeld, und es fiel ein Schnee auf dich«, war es, als friere sie. Vielleicht begriff nur ich ihre Einsamkeit. Leben und Spiel waren für sie in diesem Augenblick eins. Vielleicht würde ich heute über Anissas Spiel lächeln und über ihre Ergriffenheit spötteln. Sie spielte sich selbst, besaß keine Distanz zu ihrer Rolle und ließ sich vom Gefühl mitreißen. Aber mit meinem Wissen um die Abgründe der Kunst ging mir verloren, was unumgänglich notwendig ist, sie genießen zu können: Unbefangenheit und Naivität.

Vielleicht begreifst du jetzt, Bai Dimiter, warum ich in Burgas bleiben muß. Ich fürchte nicht den Tod, den Dr. Assa mir androht, ich fürchte das Leben, wie ich es bisher gelebt hatte. Ich brauche dich, ich brauche Vungja, die dicke Zigeunerin, die Tarator in den Ausguß kotzt, ich brauche die Glarusse und die ewige Bewegtheit des Meeres. Toren werden es Resignation nennen. Ich nenne es Aufbruch. Ich bin glücklich, Bai Dimiter, seit vielen Jahren glücklich. Ich habe erst jetzt das Recht, mich Dichter zu nennen. Ich genieße es. Ich möchte eine Flasche Mastika in mich hineinschütten, eisgekühlt, und mir wäre, als kaute ich Lakritze wie einst ein Junge in Hindenburg.

Nach der Aufführung damals traten die Schauspieler nicht vor den Vorhang, und die Leute verließen stumm den Saal. Ich ging hinter die Bühne, um Anissa zu suchen. Ich glaube, sie hatte mich erwartet, jedenfalls zeigte sie sich nicht überracht. Sie müsse sich abschminken, sagte sie, ich sollte draußen auf sie warten.

Ich bin versucht, die Begegnung mit Anissa so zu erzählen, als wären wir den Fluß entlanggelaufen, bis zum kleinen Wehr hin. Ich möchte unserem Beisammensein Sterne geben und Wolken, die unter einem vollen Mond dahinjagen. Ein wenig Heine, ein wenig Lenau: Die Zeit der Liebe ist verklungen, / die Vögel haben ausgesungen, / und dürre Blätter sinken leise.

Es war jedoch ein kalter Novembertag. Der Winter war früh gekommen. Auf den Feldern lag erster Schnee. Ich trug einen dünnen Mantel und fror. Ich hätte gern meinen Arm um ihre Schulter gelegt. Aber ich wagte es nicht.

Schließlich sagte ich: »Es tut mir leid, daß er tot ist.«

Ich meinte es aufrichtig. Fabig – ich sagte es schon – wußte, wofür er lebte, ich wußte es nicht. Anissa liebte ihn, ohne daß er um ihre Zuneigung buhlen mußte. Er gab sich, wie er war, ohne Lüge, ohne Sucht

nach spektakulärem Erfolg. Ich möchte meinen, Fabig war dem Leben
gegenüber so freundlich, weil er um den Tod wußte.

»Was wirst du jetzt tun?« fragte ich Anissa.

»Ich weiß es nicht«, sagte sie.

»Wenn du willst, leben wir wieder zusammen. So was passiert ja immer
mal.«

»Und wie stellst du es dir vor?«

»Du kannst es bestimmen.«

Frierst du auch so?« fragte ich Anissa.

»Ja«, sagte ich und nahm ihren Arm und wollte sie küssen.

»Ich möchte nicht«, sagte sie.

Wir liefen wieder nebeneinander her.

Ich zog den Mantel aus und hängte ihn Anissa um die Schultern. Auch
meinen Schal gab ich ihr.

»Du wirst dir den Tod holen«, meinte sie.

»Wennschon. Es kann mir nichts Gescheiteres passieren.«

»Sei nicht albern.«

Sie hieß mich den Mantel wieder anziehen, und ich gehorchte. Auch
den Schal wickelte sie mir um den Hals.

»Du kannst es mir nicht ewig nachtragen«, sagte ich.

»Ich trage dir nichts nach.«

»Warum willst du dann nicht zurückkommen?«

Anissa schwieg, und ich glaubte, sie hätte bereits einen anderen Mann,
mit dem sie leben wollte. Anders konnte ich mir ihr Verhalten nicht erklären. Ich war so verzeifelt, daß ich mich hinreißen ließ, sie nach diesem anderen zu fragen.

Anissa blickte mich müde an. Sie hatte entzündete Augen. Der Wind
war scharf und trieb ihr Tränen ins Gesicht.

»Ich muß zurück«, sagte sie, »die anderen warten auf mich.«

»Du mußt wieder in die Augenklinik«, sagte ich. »Eine Studentin aus meinem Studienjahr ist eines Morgens aufgewacht und sah alle Gegenstände nur halb. Jetzt ist sie blind.« Sie schwieg.

»Es kann doch nicht alles aus sein«, schrie ich. »Du liebst mich doch.«

»Nein.«

Ich blieb auf dem Feld stehen. Es begann leicht zu schneien.

Zwei Tage später stand ich in Halle auf jenem Felsen über dem Fluß. Im Puff hatte ich die Szene mit Ellen erlebt, von der ich dir erzählt habe. Ich ekelte mich vor Ellen, und sie haßte mich. Sie wußte, daß sie verloren war. Keine antifaschistische Ordnung und kein Sozialismus konnten sie retten. Es ist einfach lächerlich zu glauben, der Kommunismus wäre in der Lage, jeden Menschen vor der Zerstörung zu bewahren. Für diese Behauptung wette ich meinen Kopf, und ich würde ihn gern hingeben, hätte ich unrecht.

Wenn sterben, so wollte ich einen romantischen Tod. Mir fielen Eichendorffs Verse ein, die ich auf dem Rudaer Berg Wanda vorgesprochen und als meine eigenen ausgegeben hatte. Mir war, als wenn sich der Bogen meines Lebens über dem Felsen und dem Fluß schloß. Ich entblödete mich nicht, die Arme auszubreiten und auszurufen:

> Und meine Seele spannte
> weit ihre Flügel aus,
> flog durch die stillen Lande,
> als flöge sie nach Haus.

Jetzt hätte ich eigentlich springen müssen. Aber ich sprang nicht.

Unser Zimmer ist nicht mehr das, was es war, Bai Dimiter. Ich glaube mich in einem Irrenhaus, seit Georgiew in deinem Bett liegt. Er steht immerzu auf, kommt an mein Bett und starrt mir ins Gesicht. Ich glaube in der Tat, er ist verrückt. Wenn er liegt, redet er unausgesetzt vor sich hin. Er gibt irgendwelchen Leuten Anweisungen, dann wiederum murmelt er Zahlen, minutenlang Zahlen. Es gibt Stunden, da ist Georgiew ganz vernünftig. Ich kann mich mit ihm unterhalten wie mit dir oder mit Vungja oder der dicken Drugarka[1]. Dann plötzlich werden seine Augen leer. Er öffnet den Schrank, zieht die Schubkästen der Nachttische heraus, kriecht unters Bett und murmelt wieder seine Zahlen. Wenn ich ihn frage, was er sucht, starrt er mich an. Die letzten Tage hier fühlte ich mich gut. Ich fühlte mich sehr gut. Die Gegenwart war fortgerückt. Aber mit Georgiew kam sie wieder ins Zimmer.

Manchmal überfällt mich der Zwang, aus dem Fenster springen zu müssen. Ich stürze dann auf den Flur, werfe mich auf die kühlen Steine, und es gibt großes Geschrei bei den Schwestern. Dr. Assa hat die vollgeschriebenen Blätter unter meinem Kopfkissen gefunden. Er hat die kleine Ärztin beschimpft und mir ein starkes Schlafmittel in den Körper gespritzt. Das Präparat hat mich nicht beruhigt, es putschte mich noch mehr auf. Mein Mund war trocken, als wäre ich eine Woche durch die Wüste gelaufen ohne Wasser.

»Georgiew, Georgiew! Hören Sie auf, sich über Georgiew zu beklagen. Wir können nicht ein Krankenhaus für sie allein einrichten!«

Ich habe nicht gewußt, daß Dr. Assa so unfreundlich sein kann. Ich verlange ja nicht mehr, als daß ich entlassen werde.

»Und wer trägt die Verantwortung?«

»Jeder für sich selbst.«

»Ausgezeichnet.«

Dr. Assa läuft im Zimmer hin und her, setzt sich und steht wieder auf. Dann faßt er mich bei der Schulter und fragt: »Haben Sie denn niemand?«

---

[1] Genossin, in Bulgarien allgemeine Anredeform für Frauen

»Nein.«

»Das gibt es doch nicht.«

»Doch.«

»Georgiew wird morgen in die psychiatrische Abteilung gelegt. Sie sind wieder allein im Zimmer.«

»Bitte«, sage ich, »keine humanitären Tricks.«

»Ich bin Arzt, nicht von der Heilsarmee.«

»Danke.«

»Wofür?«

»Daß Sie mich aus einem Gefängnis entlassen.«

»Ich entlasse Sie in den Tod.«

Ein schöner Satz. Ein guter Satz. Es könnte der Titel eines Buches sein. Ich hatte oft Schwierigkeiten, für einen Roman oder ein Stück den richtigen Namen zu finden. Es ist keineswegs Zufall, daß es immer bei Arbeiten geschah, denen der poetische Punkt fehlte. Ich schrieb ohne den Menschen für den Menschen. Du wirst nicht verstehen, was ich meine, Bai Dimiter. Ich will sagen, ich habe die Geschichte schrecklich vereinfacht. Deswegen, siehst du, habe ich auch bisher nicht meine eigene Sprache gefunden.

Ich sitze auf der weißen Bank im Korridor. Die Neonröhre über mir summt. Das Fenster ist weit geöffnet. Ich spüre den Wind in meinem Nacken, ich fröstle. Der Tag heute hat mich erschöpft. Georgiew mit seinem Zählen und Dr. Assa mit seiner Logik. Ich habe nicht eine Zeile geschrieben. Mir ist, als stünden die Gestalten meiner Filme um mich herum, gestikulierten, redeten und schrien auf mich ein. Nur Esther ist still. Sie steht abseits in einem Winkel. Scheu und ängstlich. Wie in der Buchhandlung, in die ich sie eines Tages mitnahm. Sie schiebt ihre Hand in meine, weil sie auf die Frage des Verkäufers, was sie suche, keine Antwort weiß. Wann werde ich stark genug sein, das Eigentliche zu schreiben? Ich schiebe es vor mir her. Darstellung der Arbeiterklasse. Schippenschiß ist Arbeiterklasse. Esther ist Arbeiterklasse. Imme ist Arbeiterklasse. Wärst du hier, Bai Dimiter, würdest du fragen: Imme, wer ist Imme? Und ich würde antworten: Imme ist schuld, daß ich Schulrat wurde. Imme ist schuld, daß ich »Verdienter Lehrer des Volkes« wurde. Imme ist schuld, daß ich Bauhilfsarbeiter wurde. Eine revolutionäre Karriere. In unserem Land vollzieht sich Weltgeschichte: Hamlet, Marx, Kain und Abel.

»Ich entlasse Sie in den Tod.«
Dr. Assa ist ein guter Arzt, aber ein schlechter Philosoph. Er weiß nicht, daß der Tod die letzte Wahrheit ist.
Ich werde die letzte Nacht hier auf dem Korridor zubringen. Georgiew sucht sicher wieder in Schubläden und unterm Bett nach seinem verlorenen Leben, ißt Kirschen und spuckt die Kerne in die Blumenvase. Er hat noch eine größere Verschenkungswut als ich. Bonboni, Lewa, seinen Kamm, das Handtuch, selbst den Urinator drängt er mir auf. In seiner geistigen Verwirrung wähnt er sich glücklich wie der blinde Faust.

»Und das Leben ist gut, und das Leben ist schön.«
Das könntest du gesagt haben. Oder doch nicht. Majakowski war trauriger, als du je sein kannst. Eine solche Zeile schreibt man nicht in Zufriedenheit, sondern in Sehnsucht nach dem, was als Erfüllung auf uns wartet und zu dem wir uns durchkämpfen müssen, ohne zu wissen, wer von uns fällt und wer ans Ziel kommt.

Die Nacht über auf der Bank zubringen zu wollen ist purer Unsinn. Am Morgen habe ich Fieber, und Dr. Assa sperrt mich weitere drei Wochen ein. Ich werde Kopfkissen und Decke holen und mich auf die Pritsche in der Manipulatia[1] legen.

Kaum öffne ich die Tür zu meinem Zimmer, macht Georgiew Licht. Er richtet sich im Bett auf und fragt, ob ich Baschkow gesehen habe.

»Was für einen Baschkow?«

»Baschkow.«

»Ich kenne keinen Baschkow.«

Georgiew ist entsetzt, daß ich Baschkow nicht kenne. Er redet verworren. Mir ist, als hätte ich die gleiche Szene schon einmal erlebt: Georgiew, plump und schwer im Bett sitzend, den gestreiften Kittel aufgeknöpft, mit einer Hand die andere reibend, spricht flüsternd und hastig auf mich ein. Er ist verzeifelt, daß ich Baschkow nicht kenne. Im Zimmer liegen überall Kirschkerne, auf dem Fußboden, auf dem Tisch, in meinem Schubfach. Seinen Urinator hat Georgiew in meinen Nachtschrank gestellt. Es ist wie in einem Stück von Beckett.

Ich raffe Decken und Kissen zusammen und laufe hinaus.

Im Frauenraum brennt wie immer schwaches Licht, die Tür ist geöffnet. Ich empfinde Ekel vor dem säuerlichen Geruch, der das Zimmer ausfüllt. Im Korridor steige ich auf die Bank und atme am Fenster frische Luft. Sie riecht nach Meer und Linden.

Ich schwitze und friere. Ich habe plötzlich Angst, am Morgen das Krankenhaus zu verlassen.

»Was hast du?« fragt Vungja.

Sie steht barfuß auf den Steinen hinter mir, faßt nach meiner Hand und streichelt meine Finger.

»Kennst du Baschkow?« frage ich.

---

[1] Behandlungsraum

»Ja«, sagt sie, »er wohnt in Mitschurin, gleich am Wasser. Aber ich kenne auch einen in Sosopol. Meinst du den oder den anderen?«

»Den in Mitschurin.«

»Der in Sosopol ist besser.«

»Dann wird es der in Sosopol sein«, sage ich.

Vungja streichelt immer noch meine Finger und küßt mich auf den Arm. Sie ist verrückt, denke ich. Mir fällt jetzt erst auf, daß sie nicht ihren grauen Kittel trägt, sondern in dem langen Hemd vor mir steht, das weiß sein soll, aber grau ist und fleckig. Der säuerliche Geruch des Zimmers steckt in diesem Hemd.

»Leg dich wieder hin«, sage ich, »wenn uns hier jemand sieht, hast du Ärger.«

»Du auch.«

»Ich werde morgen entlassen.«

»Das ist nicht wahr.«

»Doch.«

Vungja hört auf, meine Finger zu streicheln.

Einem wirst du fehlen, denke ich. Es macht mich froh. Vungja erscheint mir körperlos unter dem langen baumwollenen Hemd. Ich habe das Verlangen, es ihr abzustreifen und meine Hand zwischen ihre Brüste zu legen. Ich möchte wissen, ob ihre Haut heiß ist oder kühl. Dr. Assa hat mich vor der Wildheit der Liebe gewarnt. Der physiologische Vorgang könne einen neuen Gefäßriß provozieren. Wir mußten beide grinsen, als er »physiologischer Vorgang« sagte. Ich weiß nicht, mit welchen Worten er es Vungja verboten hat. Sie hat die gleiche Krankheit wie ich. Dabei ist sie noch so jung.

»Du wirst weinen«, sage ich.

»Nein.«

Vungja lächelt, wie ich sie in den Wochen hier noch nie habe lächeln sehen. So mager wie ihr Körper und ihr Gesicht, so mager war auch ihr

Lächeln, eingefallen und eckig. Jetzt scheinen mir ihre Lippen voll, das Kinn rund. Die Augen sind sehr groß, und das Haar fällt über die Stirn bis fast zum Mund. Der Kürenberger kommt mir in den Sinn. Ich schwatze seine Verse:

>»Wenne ich stan aleine
in minem hemede
und ich gedenke ane dich,
ritter edele,
so erblüet sich min varwe.«

Vungja versteht mich nicht. Sie glaubt, ich lache sie aus. Und vielleicht tue ich es auch. Aber zugleich verspotte ich mich. Alles, was in dieser Nacht auf dem stillen Flur des Erstrangigen Bezirkskrankenhauses zwischen Vungja und mir geschieht, scheint mir ein großer Witz. Ich habe den Verdacht, irgend jemand, der stärker ist als wir, macht sich lustig über uns.

»Komm«, sage ich, greife Kissen und Decke und gehe den Flur entlang, vorbei am Zimmer der Nachtschwester, biege links in den Seitengang, halte mich dann rechts, dort, am Ende des Weges ist die Manipulatia. Ich blicke mich nicht um. Ich fürchte, Vungja könnte mir genommen werden, wie Orpheus Eurydike verlor, als er sie aus der Unterwelt holen wollte und seine Sehnsucht nicht bezwingen konnte.

Nein, ich liebe Vungja nicht. Sie liebt mich auch nicht. Das Krankenhaus hat uns müde gemacht und gleichgültig und stumpf. Wir wissen nicht mehr, wie das Leben ist, und Dr. Assa hätte nicht sagen dürfen, der »physiologische Vorgang« könne sich schädlich auswirken. Ich spüre die Nähe Vungjas, ihren Atem, ihre Hand. Ich höre das Schleifen ihrer nackten Füße auf den Fliesen und das Surren eines Nachtfalters, der immerzu gegen die Neonröhre stößt. Vungja und ich sind zwei verirrte Insekten, Bai Dimiter. Wir stoßen gegen die Dunkelheit in uns, gegen die Angst, außerhalb dieses Korridors nicht mehr leben zu können.

Die Manipulatia ist ein kleiner, weißgetünchter Raum mit einem großen Fenster. Waage, Medikamentenschrank, Waschbecken, Stuhl, Liege, alles ist weiß.

»Mach das Licht aus«, sagte Vungja.

»Nein«, erwidere ich, »in der Manipulatia brennt immer Licht, am Tage und in der Nacht.«

Vungjas Körper riecht nach Äther und Knoblauch. Mein Gott, denke ich, jetzt tust du's mit einer Zigeunerin. Ich sehe die alte, die Tarator in den Ausguß kotzt. Dann verlöschen alle Bilder und die Erinnerung. Ich fühle Vungjas Körper, ihr erhitztes Gesicht, und ich staune, daß ich nicht sterbe. Ich kann den Kopf heben, ich kann die Knie durchdrükken, ich kann die Arme bewegen, ich kann Vungjas Brust küssen, und ich lache. Ich erschrecke darüber, aber ich bin dem Lachen ausgeliefert. Sie wird dich mit Tritten von ihrer Seite jagen, denke ich. Doch Vungja preßt ihr Gesicht an meins, strampelt mit den Beinen, lacht wie ich und sagt immerzu »Boshe«[1]. Nur das eine Wort: »Boshe.«

Für uns ist Welikden[2]. Wir sind von den Toten auferstanden.

Die Freiheit, die große Freiheit, Bai Dimiter. Ich bin emphatisch. Aber das Understatement, ich führe es zum Richterbeil. Die Nüchternheit, ich verwerfe sie. Wir sind in unserer Kunst schon so unterkühlt, daß wir zu erfrieren drohen. Nirgendwo in meinen bisherigen Büchern und Filmen wirst du das Wort »Seele« finden. Nun drängt es sich fortwährend in meine Sätze, als wollte es sich für die Vernachlässigung rächen. Ich bekenne mich zu Heine, wenn er sagt, die Poesie ist eine Krankheit, wie die Perle eine Krankheit der Auster ist.

[1] O Gott
[2] Osterfest

Iwan hat mich mit seinem weißen Mercedes vom Krankenhaus abgeholt. Der kleinen Ärztin habe ich eine Rose geschenkt, den Schwestern Bonboni. Georgiew hat geweint, als ich ihm die Hand gab. Er zeigte auf seinen gürtellosen, grauen Kittel, dann auf meine Jeans und das bunte Hemd.

»Schtastie«, sagte er, »mnogo schtastie[1].«

Er tat mir leid.

»Ich weiß, wer Baschkow ist«, sagte ich.

Georgiew wischt sich mit dem Ärmel die Tränen aus dem Gesicht. Seine Augen leuchteten wie die eines Kindes, wenn es glücklich ist.

»Grüß Baschkow. Aber vergiß es nicht.«

»Nein, ich werde es nicht vergessen.«

Dr. Assa war zur Visite. Erst um halb elf ließ er mich in sein Zimmer rufen.

»Danke«, sagte ich. Mehr fiel mir nicht ein.

»Sie grübeln zuviel.«

Das war alles, was wir miteinander sprachen.

Vungja saß auf den Steinstufen, als ich mit vollgestopftem Netz, mit Karton und Koffer die Station verließ. Eigentlich hatte ich nicht der zarten Welikowa die Rose schenken wollen, sondern Vungja. Doch nach einer solchen Nacht schien es mir banal. So warf ich Vungja den Schokoladenkäfer in den Schoß, jenes zerquetschte Ding, das ich mit mir herumschleppe seit jener Autofahrt mit Esther. Vungja stand nicht auf, gab mir nicht die Hand, sah mich nur an.

Ich wohne in der Straße des Ersten Mai: Block zweihundertdreiundachtzig, Eingang vier. Nicht weit vom Freiheitsdenkmal, dort, wo die Straße leicht ansteigt. Du erkennst das Haus an den blauen und roten Farben der Balkons. Im Parterre befindet sich ein Möbelgeschäft. Mein

[1] Glück, viel Glück

Appartement liegt im dritten Stock. Ich habe alles, was ich brauche, sogar einen Fernseher und eine Dusche. Vom Fenster aus sehe ich das ehemalige deutsche Gymnasium. In den Klassenräumen unterm Dach ist es zu dieser Jahreszeit unerträglich heiß. Die Sonne brennt auf den Beton, du meinst, er fängt jeden Augenblick an zu schmelzen und tropft auf die Tische und die schwarzen Kleiderschürzen der Mädchen. Ich habe während des Unterrichts zumeist am offenen Fenster gestanden oder mich aufs Fensterbrett gesetzt. Von dort aus konnte ich über die Stadt blicken bis hin zum Hafen. Manchmal war ich unaufmerksamer als die Schüler. Wenn einer von ihnen las, deklinierte oder einen Text nacherzählte, hörte ich nicht hin. Auf dem Schulhof übte die Schalmeienkapelle, oder die Turnlehrerin schrie: Ras, dwa, tri. Ich habe ein Jahr gebraucht, um bei diesem Lärm und der Hitze unterrichten zu können.

Ich weiß nicht, wie spät es ist. Vielleicht sieben oder acht Uhr abends. Ich habe den ganzen Nachmittag über geschlafen. Meine Uhr ist stehengeblieben. Auf dem Hof spielen Kinder. Eine Alte wiegt ihr Enkelkind in den Armen. Ich könnte hinunterrufen und nach der Zeit fragen. Aber was gelten mir Stunden und Tage! Ich habe einen Stuhl auf den Balkon gestellt und einen kleinen Tisch. Ich werde meine Notizen durchblättern, ich werde mich erinnern, was ich dir erzählt habe, ich werde schreiben und schlafen und wieder schreiben. Nichts stört mich, nicht das Geschrei der spielenden Kinder, nicht die Radiomusik aus der Nachbarwohnung, nicht der Motorenlärm der vorbeifahrenden Autos.

Ich bin Laudse, bin Marc Aurel, bin Diogenes. Ich schreibe die Rousseauschen Bekenntnisse, die Tolstoische Beichte, Heines Geständnisse. Und ich weiß, daß weder Rousseau noch Tolstoi noch Heine ihre Gedanken, Gefühle und Taten der Welt ganz preisgegeben haben. Der

Mensch, behaupte ich, ist unfähig, sich rückhaltlos zu offenbaren, selbst wenn er es aufrichtig will. Die Liebe zu sich selbst verschließt ihm den Mund.

Es ist etwas Seltsames um das Schreiben. Ich habe es zuvor nie so empfunden wie jetzt. Überstandene Tragödien bereiten Vergnügen. Es wäre an der Zeit, über Esther und Schippenschiß zu erzählen. Ich fühle mich stark und frei von Hemmungen. Aber auch die Lust ist eine Gefahr. Sie liegt dem krankhaften Rausch sehr nah. Ich würde ebenso Falsches mit Richtigem mengen, als hätte ich noch Furcht vor der Wahrheit.
Erregend schreiben, aber nicht erregt!
Du siehst, ich nehme wieder ein Stück zurück von dem, was ich Abfälliges über Nüchternheit und Selbstkontrolle beim Erzählen gesagt habe. Der Umzug hat mich verwirrt, die neue Umgebung. Niemand, der mir vorschreibt: Tu das, tu jenes! Ich stehe nur mir selbst gegenüber. Bin Vergangenheit, Gegenwart und Zukunft.

Wenn nur die Heiterkeit bleibt und das Gefühl des Glücks bei der Arbeit ...
Imme. Ich nenne zum dritten Mal seinen Namen, und du sollst jetzt alles über diesen ungewöhnlichen Mann erfahren. Ohne ihn wäre mein Leben anders verlaufen. Ich habe ihn gefürchtet, und ich habe ihn geliebt.
Ähnliches habe ich über Fabig geschrieben. Aber ich erwähnte wohl schon, daß meine rasche Zuneigung Imme gegenüber nicht denkbar gewesen wäre ohne Fabig.
Imme kam aus dem Waldenburgischen. Während des Faschismus verbrachte er neun Jahre im Zuchthaus Brandenburg. Seine Frau verließ ihn, nahm ihm auch die zwei Kinder. Imme galt als konsequent, ja

unerbittlich, aber manchmal betrank er sich. Dann umarmte er mich, weinte, fluchte, streichelte mein Gesicht und sagte zärtlich: »Die Macht geben wir nicht mehr aus den Händen.« Sein eigentlicher Name lautete Immanuel Feister. Doch seine Freunde riefen ihn Imme. Mag sein, daß ihnen der Name zu lang war. Vielleicht trug auch Immes Aussehen dazu bei. Seine Augen, die behaarte Stirn erinnerten an eine Biene. Imme war ein Phänomen. Ich finde kein anderes Wort. So außergewöhnlich wie er lebte, so außergewöhnlich starb er.

Daß er gerade mich für die »revolutionäre Umwälzung« an der halleschen Universität auswählte, hatte sicherlich mehrere Gründe. Rührseligkeit. Gewiß. Die Schlesier waren durch die Folgen des Zweiten Weltkrieges hart getroffen worden. Das weckte in ihnen ein Gefühl der Zusammengehörigkeit. Außerdem wollte es der Zufall, daß Imme vor seiner Verhaftung Sekretär der KPD in Hindenburg war. Die Disziplin unter den Genossen dort sei katastrophal gewesen, behauptete er. Am Abend hätten sie die Internationale gesungen, am Morgen das TE DEUM. Er fühlte sich für meine Erziehung wie ein Vater verantwortlich. Überhaupt brauchte Imme stets jemanden, den er lieben konnte. Ausschlaggebend für Immes Entscheidung jedoch war letztlich mein Studieneifer, ich kann schon sagen, meine Arbeitswut. Ich wollte Karriere machen. In der Tat, Bai Dimiter. Höher und höher und höher. Nur Anissas wegen. Sie lehnte meine Bitte ab, einander hin und wieder zu besuchen. Sie wollte nicht einmal, daß ich ihr Briefe schreibe. »Was soll's«, sagte sie. Dabei erging es ihr in Herzberg miserabel: als Lehrer entlassen, von der Theaterhochschule fürs Studium abgelehnt mit der Begründung, seitens des Schulamtes lägen gegen die Bewerberin Bedenken vor, politisch wie moralisch. Man riet ihr, sich in einem Betrieb zu bewähren. Anissa erhob sich nicht gegen die Ungerechtigkeit und die Rachsucht des Schulrats, sie arbeitete als Hilfskraft in einem Armaturen-Werk.

Mein Fleiß also entsprang kindischem Trotz. Ich wollte Anissa beweisen, welch bedeutenden Menschen sie von sich stieß. Meine »Karriere« begann damit, daß ich eines Nachts die mittelhochdeutsche Grammatik hervorholte und bei Kerzenlicht anfing, die Ablautreihen auswendig zu lernen. Ich wohnte damals in einer der winkligen Arbeiterviertel Halles. Vom Fenster meines Zimmers blickte ich direkt auf das gelbe Gemäuer einer Kirche. Vieles in dieser Umgebung erinnerte mich an Hindenburg. Als Student der Germanistik hätte ich eigentlich Sartres »Fliegen« lesen müssen oder Hesses »Steppenwolf«. Der Existentialismus war gefragt. Aber ich deklamierte laut: belîbe – beleip – beliben, rinne – ran – runnen, bar – bâren – geborn.

Meine Studien hatten keinerlei System, weit eher waren sie selbstzerstörerisch. Ich besuchte Vorlesungen über Handschriftenkunde, Malerei der Renaissance, Gerichtsmedizin, schloß eine Wette ab, in zwölf Wochen das große Latinum abzulegen, und schaffte es. Damals machte ich die Erfahrung, daß Verlorenheit und Schmerz große Aktivität in sich tragen können. Ich schlief täglich nur drei oder vier Stunden, ging selbst mit Fieber zu den Seminaren und fiel den Professoren bald durch meine Antworten auf. Ich verfügte über kein tiefgründiges Wissen, aber ich konnte überall mitreden. Hatten mich zu Beginn des Studiums die philosophischen Termini von Kant, Leibniz oder Spinoza in Schrecken versetzt, so gefiel ich mir jetzt in einer höchst abstrakten Sprache. Wo immer möglich, versuchte ich, meinen Sätzen Glanz zu geben durch Wörter wie »in nuce«, »a priori«, »cum grano salis«. Und da mir das Lateinische nicht genügte, verblüffte ich die anderen bald auch mit Französischem. Von *c'est la vie* steigerte ich mich bis auf *c' est le ton qui fait la musique.*

Du kratzt verständnislos den Bauch, Bai Dimiter, und meinst, deine Söhne hätten sich auf der Universität besser betragen. Ich wünsche dir, daß du recht hast. Sie haben weder eine solche Verworrenheit in ihrem Leben durchmachen müssen, noch haben sie in einem so schrecklich zerstörten Land gelebt wie ich. Was gut ist und was böse, was gerecht und was ungerecht, die wenigsten von uns wußten es. Männer wie Imme gaben, was sie der Zeit und den herumirrenden Menschen geben konnten. Aber es reichte nicht aus, wie er zu schreien, zu flüstern, zu predigen: »Die Macht geben wir nicht mehr aus den Händen.« Und was er tat? Woher hätte er es besser wissen sollen?

»Mein Junge«, sagte er, »die revolutionäre Umwälzung muß gemacht werden, so oder so. Sie muß gemacht werden.«

Eines Tages wurde ich in die Landesleitung der Partei befohlen: »Am Mittwoch, dem neunzehnten, sechzehn Uhr, hast Du Dich im Zimmer 305 einzufinden. Feister.« Ich bekam Angst. Mir fiel die Szene mit dem Schulrat in Herzberg ein. Ich hatte gegen seinen Papierkorb getreten und den kleinen Mann bedroht. Aber das lag Monate zurück. Vielleicht brauchen sie dich als Agitator für die Volksbefragung oder für sonst eine politische Aktion, dachte ich. Eine solche Vermutung beruhigte mich wieder. Auf die Minute pünktlich klopfte ich an Feisters Tür.

Imme saß auf einem grünen Stuhl neben dem Schreibtisch. Für einen Augenblick dachte ich an den Rudaer Berg, als ich unbeholfen dem Hauptwachtmeister gegenüberstand und mein »Guten Tag« sagte. Hier schwieg ich, streckte Imme nur den Brief hin.

»Du bist also Jablonski«, sagte er.

»Ja.«

Er zeigte auf einen abgeschabten Sessel. Und da ich mich nicht von der Stelle rührte, schrie er: »Na.«

Eine Zeitlang saßen wir uns stumm gegenüber.

Plötzlich fragte Imme: »Was hältst du von Kant?«

Auf ein solches Examen war ich nicht vorbereitet. Ich schwatzte irgendwas daher. Vom Apriorismus Kants kam ich auf das »Ding an sich« zu sprechen, erwähnte Plato, merkte, daß Feister mich immer finsterer anblickte, und wurde noch unsicherer. Schließlich unterbrach Feister mein Gerede und rief: »Metaphysik.« Ich glaubte, Feister wolle nun von mir wissen, wie Kant zur Metaphysik stünde, und da ich das nicht wußte, versuchte ich Zeit zu gewinnen, erklärte, daß der Begriff »Metaphysik« eigentlich auf Aristoteles zurückginge, auf seine Schrift nämlich, in der er zuerst die Physik und danach die Philosophie bedächte. Ich war so ängstlich, daß ich wirklich »bedächte« sagte.

Imme unterbrach mich erneut.

»Scheiße«, sagte er. »Wie lange bist du in der Partei?«

»Zweieinhalb Jahre«, erwiderte ich.

»Da mußt du wissen, daß das Scheiße ist.«

»Ja«, sagte ich, weil ich nichts anderes zu sagen wagte. Ich meinte, der Mann, der wie ein Golem vor mir saß, müßte ein hervorragender Vertreter der philosophischen Wissenschaften sein. In Wirklichkeit bestanden seine Kenntnisse über die Philosophie allein in der Feststellung: Metaphysik ist Scheiße. Wobei Metaphysik für ihn alles war, was das Proletariat hindern könnte, die errungene Macht zu verlieren.

»Bist du für Stalin oder für Kant?« fragte Imme.

Seine Stimme klang heiser. Während der Einzelhaft hatte er verlernt, wie man sprechen muß. Er atmete falsch und schrie immerzu. Ob auf dem Markt von einer Tribüne oder in einem kleinen Zimmer, Imme brüllte, als wäre er Rübezahl.

Im Gebäude der Landesleitung vor eine solche Alternative gestellt, blieb mir nur eine Antwort.

»Für Stalin selbstverständlich.«

»Dann ist die Grundfrage klar, und die Organisation entscheidet.«

Mir war ziemlich kläglich zumute, denn ich wußte immer noch nicht, was Imme von mir wollte. Er schien mir ein mächtiger Mann, weil er im Gebäude der Landesleitung ein Zimmer für sich allein besaß.

Die »Organisation« leitete Imme damit ein, daß er aus einem Schrank einen Stoß Broschüren herbeischleppte, mir den Auftrag gab, die Schriften zu studieren und in einer Woche wieder bei ihm vorzusprechen. Er verkündete das in einem solchen Ton, daß ich nicht zu fragen wagte, warum ich dergleichen tun müsse.

Imme seinerseits hielt es nicht für zweckmäßig, mir den Sinn des Auftrags zu deuten. Aus Gründen der Konspiration, wie er später meinte. Ich hätte auf ihn den Eindruck eines zwar klassenbewußten, aber doch noch nicht gestählten Genossen gemacht.

So zog ich los. Rote Heftchen unterm Arm: Stalin.

Über ihn hatte ich schon manches gehört, nicht zuletzt von jenem braven Doktor, der mit geschlossenen Augen während der Vorlesung vor seinem Pult hin- und herlief, fünf Schritt rechts, fünf Schritt links, und über den Marxismus meditierte. Auch wenn es heute sonderbar anmutet: Werke von ihm hatte ich bislang nicht gelesen. Nun stürzte ich mich in die Gedankenwelt Stalins, der in jenem Vorwort, Nachwort und Beiwort als großer Feldherr, Staatsmann und Philosoph gepriesen wurde. Ich muß gestehen, ich fand Vergnügen an der Art und Weise, wie der Georgier das Leben interpretierte. Ich fand nichts, dem ich zu widersprechen vermochte. Alles war von eindringlicher Einfachheit und von einer suggestiven Methode, die keinen Zweifel zuließ. Um Kant zu verstehen, brauchte ich Kompendien, Lexika, Spezialuntersuchungen. Stalins Bücher hingegen konnte ich lesen, wie ich als Kind die Bibel gelesen hatte. Stalin – so verstand ich ihn – stürzte den Gott »Persönlichkeit« von seinem Thron und forderte das Recht und das Wohl der »Masse«. Es ist nicht übertrieben, wenn ich sage, daß ich zutiefst erregt war. Wie ich die Ablautreihen der mittelhochdeutschen Grammatik auswendig gelernt hatte, so prägte ich mir jetzt Sätze aus der Stalinschen Lehre ein: »Der Grundstein des Anarchismus ist die Persönlichkeit. Seine Losung lautet: Alles für die Persönlichkeit. Der Grundstein des Marxismus dagegen ist die Masse. Weshalb seine Losung lautet: Alles für die Masse.«

Ich besuchte keine Vorlesung, kein Seminar. Ich ging nicht auf die Straße oder an den Fluß. Ich las und las. Hätte ich gewußt, zu welchem Zweck Imme mir die Broschüren ausgeliehen hatte, ich wäre in die Psychiatrie gekommen. Unwissenheit und Naivität waren mein Glück.

Zur vereinbarten Zeit begab ich mich wieder zu Imme. Vom Flur aus hörte ich ihn schreien und traute mich nicht in sein Zimmer. Ich glaubte, drin vollzöge sich eine Besprechung von umfassender Bedeutung. In Wirklichkeit diktierte Imme Briefe.

Nach einer halben Stunde wurde es still. Feister trat auf den Flur und war überrascht, mich vor seiner Tür zu finden. Er hatte den Termin völlig vergessen. Nun fiel ihm alles wieder ein. Er umarmte mich, zog mich ins Zimmer, drückte mich in den abgewetzten Sessel, setzte sich auf den Schreibtisch und sagte: »Nun, mein Junge, alles klar?«

»Ich habe alles gelesen«, antwortete ich.

»Gelesen oder studiert?«

»Beides.«

Imme war zufrieden. Er riß sich ein Haar aus der Stirn. Das tat er stets, wenn er über etwas nachzudenken begann, als wollte er durch den kleinen Schmerz sein Gehirn zwingen, alle Gedanken herzugeben, die es bereit hielt.

Und so eröffnete er den Diskurs: »Wer ist Kant? Kant ist ein Vertreter der Bourgeoisie. Was fehlt ihm? Ihm fehlt das Verständnis für den Klassenkampf. Was versteht er vom Sozialismus? Er versteht gar nichts. Grinst du?«

»Nein.«

»Aber das sieht so aus. Guck gefälligst anders.«

Ich wußte nicht, wie ich anders gucken sollte. Ich grinste keineswegs. Imme beharrte jedoch darauf, daß ich grinse, und fing an, mich zu prüfen. Er wollte wissen, was Stalin über den dialektischen Materialismus schreibt, über die Revisionisten, über Parteidisziplin und warum Kant ihm nicht das Wasser reichen könne. Meine Antworten bezeichnete Imme als metaphysisch. Es sei höchste Zeit, meinte er, aus dem Sumpf bürgerlicher Philosophie herausgezogen zu werden. Er entnahm dem Schubfach seines Schreibtischs ein umfangreiches Buch, schlug es auf und las, dabei mit dem Zeigefinger jedes Wort gleichsam unterstreichend, wie jemand, der lesen lernt: »Alles Interesse meiner Vernunft (das spekulative sowohl als das praktische) vereinigt sich in folgenden drei Fragen: 1. Was kann ich wissen? 2. Was soll ich tun? 3. Was darf ich hoffen? – Kennst du das?«

»Ja«, sagte ich.

»Was heißt ja. Wo das steht, will ich wissen.«

»In der ›Reinen Vernunft‹.«

»Wo da?«

»Das weiß ich nicht.«

»Wieso studierst du Kant, wenn du nicht weißt, wo das steht. Wofür, glaubst du, kriegst du dein Stipendium?«

Ich wußte nicht mehr, war Imme für Kant oder gegen Kant. »Auf Seite achthundertachtzehn steht das. Klar?«

»Ja.«

»Und was antwortet Kant?«

Jetzt fühlte ich wieder Erde unter den Füßen. »Die erste Frage ist bloß spekulativ. Die zweite Frage ist praktisch. Sie kann zwar der reinen Vernunft angehören, ist aber nicht transzendental, sondern moralisch, mithin kann sie unsere Kritik nicht beschäftigen.«

Ich wollte noch auf die dritte Frage eingehen. Aber Imme legte das

Buch sanft auf den Schreibtisch, kam auf mich zu und sagte lächelnd: »Herrlich, herrlich, dieser Blödsinn. Was wir wissen, ist spekulativ, und was wir tun, gehört nicht in die Kritik.«

Er schlug sich auf die Schenkel und kicherte.

»Herrlich, herrlich«, wiederholte er. »Und jetzt hör dir an, was Stalin sagt. Stalin sagt: Die Welt ist erkennbar. Vier Wörter sagt Stalin. Er labert nicht tausend Seiten, er sagt vier Wörter. Und damit stellt er alles auf die Füße, was vorher auf dem Kopf stand. Ist das eine Wand?«

Imme schlug mit der Faust gegen die Steine.

»Ja, das ist eine Wand. Ist das ein Stuhl? Ja, das ist ein Stuhl. Setz dich, mein Junge, setz dich. Du wirst sehn, das ist ein Stuhl.«

Immes Argumentation war zwar albern, jedoch von faszinierender Zweckmäßigkeit. Ich war des metaphysischen Denkens ebenso überdrüssig wie der mittelhochdeutschen Grammatik. Ich sah keinen greifbaren Nutzen in meinen Studien. Ich wollte nicht mehr alles in Zweifel ziehen. Ich wollte »Ja« sagen können, »ja, ja, ja«. Ich beneidete Imme um seinen Eifer, seine Kraft, die Ausschließlichkeit, mit der er für seine Überzeugung lebte, so wie ich Fabig beneidet hatte. Was habe ich davon, wenn ich über das Ding an sich eines Stuhls nachgrüble, dachte ich.

Imme beobachtete mich. Er mußte merken, was in mir vorging. Er faßte mich um die Schulter, und ich kam mir in seinen Armen geborgen vor.

»Mein Junge«, sagte er, »an der Philosophischen Fakultät seid ihr zehn Genossen. Einer kennt nicht den anderen. Halt den Mund. Natürlich kennt ihr euch nicht. Du hast ein halbes Jahr keinen Parteibeitrag bezahlt. Ich weiß alles. Und trotzdem, denk ich, bist du der richtige Kerl. Du wirst im Hörsaal aufstehn und Melzer nebst seinem Kant zum Teufel jagen.«

Was Imme da sagte, war für mich so jenseits meines bisherigen Denkens, daß ich in meinem Unverstand zu lachen begann. Imme sah mich erstaunt an.

»Lach nicht, wenn es nichts zu lachen gibt«, sagte er.

Das Schicksal treibt mit uns seinen Spott.

Ich war in die Partei eingetreten, weil ich hundert Mark brauchte, um mich zu betrinken. Ich habe nicht gewußt, daß ich zweieinhalb Jahre später dafür die Folgen würde zu tragen haben. Im Zuge seiner »revolutionären Umwälzung« schickte mich Immanuel Feister gegen Immanuel Kant ins Feld, notdürftig ausgerüstet mit einigen Sätzen Stalins und Mao Tse-tungs. Das heißt, den Angriff sollte ich gegen Gotthold Melzer führen, jenen Philosophieprofessor, der über die synthetischen Urteile a priori zu sprechen vermochte wie du über Lukanka und Kaschkawal. Mit der ganzen Kraft seiner schwachen Stimme versuchte er, uns die Ethik und das kritische Denken des berühmten Philosophen nahezubringen. Gotthold Melzer hatte sich nicht nur den Geist Kants zu eigen gemacht, sondern auch seine Sprache. Manchmal war mir, Melzer spräche selbst die Punkte, Kommata und Satzklammern mit. Alles an ihm war asketisch, nur das weiße Haar wucherte. Es fiel bis auf die Schultern herab. Während des Faschismus hatte er seine Lehrtätigkeit aufgegeben. Nicht, daß er dazu gezwungen worden wäre – Kant bedeutete keine Gefahr für Hitler –, er tat es aus Protest gegen die Machthaber und in Übereinstimmung mit Kants kategorischem Imperativ. Melzer zitierte Aristoteles ebenso aus dem Gedächtnis wie den Schuster Jakob Böhme. Bei aller Schärfe des Denkens zeichnete ihn eine naive Gläubigkeit aus. Die Arznei, die unser krankes Volk gesund machen sollte, wähnte er einzig und allein in der Erziehung der Jugend zur Vernunft. Es verging keine Vorlesung, ohne daß er nicht ein Wort Kants aus dem philosophischen Entwurf über den »ewigen Frieden« mit einflocht: über die Mißhelligkeit zwischen Moral und Politik, die

Spannung zwischen Philosophie und Gewalt, das republikanische oder despotische Staatsprinzip, wobei er ganz im Sinne Kants die Demokratie dem Despotismus zurechnete.

Wenn Melzer las, drängten sich im Auditorium die Studenten. Wer keinen freien Platz fand, setzte sich aufs Fensterbrett oder auf die Stufen im Hörsaal.

Sicherlich war nicht nur Melzers idealistische Weltsicht für Imme ein Ärgernis, auch die Faszination, die er auf die Studenten ausübte, zudem seine Auffassung von der Persönlichkeit in der Geschichte. Melzer scheute sich nicht, Friedrich den Zweiten den Großen zu nennen. Er meinte, bei den Franzosen hieße der Preußenkönig noch heute Frédéric le Grand, und natürlich berief er sich dabei auf Kant, der die »hohen Benennungen, welche einem Beherrscher beigelegt werden«, keineswegs als Verführung zum Hochmut ansah, eher als Pflicht zur Demut. Friedrich hätte ja gesagt, er sei lediglich der erste Diener seines Staates.

Bei solchen Aussprüchen Melzers trampelten wir und trommelten mit den Fäusten auf die Bänke.

Gegen diesen Mann sollte ich angehen. Niemand hätte auch nur eine Stotinka auf meinen Erfolg gesetzt. Mit einer Ausnahme: Immanuel Feister. Für ihn war der Sieg gegen den Idealismus Melzers nicht eine Frage von geschickt und weniger geschickt vorgetragenen Thesen, sondern eine Frage der Macht. Alles andere galt nicht. Es war, um mit Imme zu reden: Scheiße.

»Das kann ich nicht«, sagte ich.

»Aber die Partei meint, du kannst es«, erwiderte Imme.

Dabei ließ er nicht den geringsten Zweifel aufkommen, daß er die Partei sei und die Partei er. Ob ich schon etwas von Parteidisziplin gehört habe, fragte er und fügte gleich hinzu, ohne meine Antwort abzuwarten, dieser Auftrag sei nicht irgendwas, sondern ein Kampfauftrag, zudem ein Vertrauensbeweis. Er redete und redete, sprach vom Klassenkampf und dem faschistischen Geist, der noch in den Hörsälen der Universität herumspuke, und daß wir auf keinen Fall die mit Blut und seelischen Leiden errungene Macht aus den Händen geben würden. »Es geht um den Sieg der Revolution, und du benimmst dich wie ein Deserteur, ein Feigling, ein Verräter«, rief Imme.

Ich muß zugeben, solche Worte trafen mich. Imme beobachtete mich genau. Bei aller Grobschlächtigkeit war er Psychologe.

»Jetzt denkst du, warum kommen sie ausgerechnet zu mir. Ich will es dir sagen, mein Junge, ich will es dir sagen. Dein Vater hat sich in der Grube geschunden, deine Mutter war Dienstmagd. Sie haben dich was lernen lassen, weil sie wußten, die Arbeiterklasse braucht Kader. Du hast ihr Brot gegessen und ihre Suppe gelöffelt. Jetzt läßt dich die Partei etwas lernen. Du ißt ihr Brot und löffelst ihre Suppe. Sollen wir da zu Fremden gehen und nicht zu dir kommen?«

Imme war erschöpft. Es nahm ihn sehr mit, daß ich mich so zaghaft zeigte, keineswegs als junger Revolutionär wie Pawel Kortschagin.

»Geh«, sagte er, »geh, geh.«

Er spielte mir keine Szene vor. Er war wirklich tief getroffen und schickte mich aus dem Zimmer, weil er vor mir sein Gefühl nicht preisgeben wollte.

Ich setzte mich wieder auf den Stuhl, von dem ich aufgesprungen war.

»Gegen Melzer komme ich nicht an. Sie werden mich auslachen«, sagte ich.

Imme rollte Tabak in einem Stück Zeitungspapier, paffte und gab mir die von seinem Speichel feuchte Zigarette.

»Laß mich nur machen«, erklärte er.

Er saß auf dem Schreibtisch, schlug mit den Füßen gegen das Holz und pfiff vor sich hin. Ich kannte die Melodie nicht. Später wurde sie mir sehr geläufig. Wir sangen das Lied oft zu Beginn einer Parteiversammlung: »Wir steigen trotz Haß und Hohn.«

Imme unterbrach das Pfeifen nur, wenn ich ihm für einige Züge die Zigarette gab. Ein Streifen Licht der Abendsonne zerschnitt das Zimmer. Imme drehte noch eine Zigarette, und wir rauchten auch diese gemeinsam.

»Ich werde es tun«, sagte ich.

Ich hatte zwischen zwei Männern zu entscheiden, ohne daß ich den einen begriff noch den anderen.

Gotthold Melzer bitte ich um Vergebung. Er ist tot und kann nicht lesen, was ich schreibe. Aber auf sein Grab, von dem ich nicht weiß, wo es sich befindet, lege ich statt einer Blume den letzten verschlungenen Satz aus jener Abhandlung Kants, die uns begreiflich zu machen der gute Mann nicht müde wurde: »Wenn es Pflicht, wenn zugleich gegründete Hoffnung da ist, den Zustand eines öffentlichen Rechts, obgleich nur in einer ins Unendliche fortschreitenden Annäherung wirklich zu machen, so ist der ewige Friede, der auf die bisher fälschlich so genannten Friedensschlüsse (eigentlich Waffenstillstände) folgt, keine leere Idee, sondern eine Aufgabe, die nach und nach aufgelöst, ihrem Ziele (weil die Zeiten, in denen gleiche Fortschritte geschehen, hoffentlich immer kürzer werden) beständig näherkommt.«

Und ich suche die alte Birke mit der weitausladenden Krone. An ihrem Fuße liegt das kleine Urnengrab Immanuel Feisters. Und zwischen die Stiefmütterchen, die darauf blühen, flechte ich Immes ungeheimen Artikel: »Die Macht geben wir nicht mehr aus den Händen.«

Vielleicht hätte manches glücklicher geschehen können, nicht nur für mich, sondern auch in unserem Land, hätten beide einander verstehen können.

Es war ein milder Spätsommertag, zigansko lato[1], würdest du sagen, Bai Dimiter. Der Himmel über der Stadt war blau. Die Menschen litten noch nicht so unter den Abgasen der Chemiekombinate wie heut. Im Fluß schwammen noch Fische, an den Ufern standen Angler. Am späten Abend lief ich zu den Felsen hinaus, von denen ich auf den Fluß und die dunkle Stadt blicken konnte. Die Kassiopeia stand direkt über mir, und ich mußte an Anissa denken. Ich kann nicht behaupten, daß ich aufgeregt war. Ich hatte das Gefühl wie vor einem Wettkampf, dessen Ausgang mir nichts bedeutete. Einzig der Wunsch bewegte mich, die Sache hinter mich zu bringen. Ich fand es angenehm, auf den Steinen zu liegen und Sätze aus Stalins Schriften vor mich hinzusprechen. Imme hatte mir erzählt, daß Stalins Sohn in faschistischer Gefangenschaft umgekommen sei. Sein Vater hätte ihn gegen hohe deutsche Offiziere austauschen können. Aber er hat den Sohn hingeopfert. Es schien mir eine schreckliche Tat, zugleich bewunderte ich die Unbedingtheit gegen sich selbst. Mir kam das Geschehen vor wie in einer griechischen Tragödie. Ich verstieg mich so weit, Stalin mit Ödipus zu vergleichen und mit diesem auszurufen:

>»Ihr alle leidet, und soviel ihr leidet, doch
> nicht eines Leiden unter euch dem meinen gleicht.
> Denn euer Schmerz ist auf den einen hingekehrt,
> nur auf sich selber, keinen sonst; doch meine Brust
> ist um die Stadt und mich und dich des Jammers voll.«

Ich schlief auf den Steinen ein und wurde wach, weil ich fror. Nebel lag über dem Wasser und dem Uferstreifen. Ich rannte den schmalen, steinernen Weg ein Stück hinab, und es wurde angenehm warm. Ich

---

[1] Zigeunersommer

sprang auf das Trittbrett einer fahrenden Straßenbahn, der Schaffner fluchte, und ich sprang wieder ab.

Melzers Vorlesung begann um zehn Uhr cum tempore. Bis dahin strolchte ich durch die Straße der Stadt. Ich kaufte mir zwei Brötchen, setzte mich in eine Kirche und begann zu essen. Eine Frau kam auf mich zu und sagte, so etwas gehöre sich nicht in der Kirche. Ich gab keine Antwort, kaute weiter, und sie wandte sich von mir ab.

Der Hörsaal war um zehn Uhr bereits völlig besetzt. Ich erfuhr erst später, daß Imme seine Leute hergeschickt hatte. Ihre Aufgabe bestand darin, mir Beifall zu klatschen und Melzer auszupfeifen. Die wenigsten von ihnen wußten etwas über Immanuel Kant. Sie waren auf Immanuel Feister eingeschworen und seinen kategorischen Imperativ: Die Macht geben wir nicht aus den Händen.

Als ich zum Podium ging, stolperte ich über eine Tasche. Mir drängte sich Banales auf: die schmutzigen Schuhe eines Mädchens, ein braunes Schaltuch, eine sehr große Brille. Jemand rief mir etwas zu. Ich sprach die ersten Sätze, und ich glaube, ich sprach sie sehr leise. Was ich sagte, weiß ich nicht. Ich habe später immer wieder versucht, mich an jene Minuten zu erinnern, den Vorgang exakt aufzugliedern in seine Details. Und fast möchte ich heute glauben, Imme war ein großer Hypnotiseur. Was ich tat, war meiner freien Entscheidung gänzlich entzogen. Mein Gedächtnis hat nur Nebensächliches behalten, bis auf einen Satz. Den sprach nicht ich, den sprach Gotthold Melzer. Ich weiß wieder, daß der anfängliche Lärm im Auditorium Maximum einer großen Stille wich. Einige scharrten mit den Füßen, nicht laut, aber man konnte es deutlich hören. Ich schleuderte auswendig gelernte Stalinsätze in den Saal, von dem mir schien, er sei außerordentlich klein. Ich weiß auch, daß mir Schweiß von der Stirn in die Augen rann und daß ich nach einem Taschentuch suchte, weil meine Augen brannten. Dann klatschte jemand, und plötzlich klatschten viele und schrien: »Weg mit der Metaphysik!«

Jemand pfiff wie ein Schiedsrichter. Und plötzlich war wieder alles still.
Und in diese Stille hinein sagte Gotthold Melzer: »Glauben Sie an das,
was Sie da deklamieren?«

Von diesem Augenblick an erinnere ich mich wieder an alles. Ich sehe
den überfüllten Hörsaal. An den Türen drängen und stoßen sich die
Studenten. Immer mehr wollen hinein. Sie wittern die Sensation. Sehr
viel Licht fällt durch die großen Fenster auf die Bänke und die Gesichter. Melzer steht im Mittelgang. Er sieht aus wie immer, ist erstaunlich
ruhig. Mir wäre es lieber, er würde schreien. Aber er lächelt. Wenigstens
glaube ich, daß er lächelt.

»Ja«, rufe ich, und mir ist, als müßte ich um Hilfe schreien wie ein
Ertrinkender in der dunklen Weite des Meeres, »ich glaube es.« Und
noch während ich das rufe, denke ich, du bist ihm in die Falle gegangen.
Cogito, ergo sum. Er wird dich mit Descartes aus dem Saal fegen. Rationalismus gegen Scholastik, Wissen gegen Glauben. Mit dem nächsten Satz macht er dich fertig. Melzer antwortet. Er macht den Mund
auf, führt die Hand zum Kinn, als erschrecke er vor etwas, was keiner
sonst im Saal sieht, kehrt mir den Rücken und geht. Die Studenten
drängen zur Seite. Eine Gasse bildet sich, durch die Melzer geht.

»Weg mit der Metaphysik!« ruft jemand. Aber niemand nimmt seinen
Ruf auf. Alle verlassen stumm das Auditorium, wie man den Theater-
saal verläßt, wenn auf der Bühne etwas sehr Trauriges geschehen ist,
das stärker nachwirkt als die Kunst der Komödianten. Ich bin allein,
möchte weinen und kann es nicht.

Dieser Sommer ist kein Sommer. In Sofia die Kälte, in Burgas eine solche Schwüle. Ich hänge nasse Decken auf den Balkon, sprenge Wasser
auf die Gardinen und auf den ausgebleichten Teppich. Der Ventilator
steht neben dem Fernsehapparat, dreht sich und surrt. Ich habe nicht
gewußt, daß die Hitze in der Wohnung mich so erschöpfen würde.

Einfach lächerlich, diese Schwäche und diese Angst. Wovor bloß? Ich fange an, die Sonne zu hassen. Ich grüße jede Wolke, die sie verdeckt. Ich grüße den Regen, der auf die heißen Steine fällt und die rissige Erde. Ich sauge Tropfen von den Fensterscheiben.

Iwan hat mir frische Eier gebracht, ein Hühnchen und Aprikosensaft. Er macht mich verrückt mit seinem: »Du mußt essen. Sieh mich an.« Jede Minute läuft er auf den Balkon, um nachzusehen, ob sein weißer Mercedes noch dasteht. Wenn Kinder den Wagen berühren, flucht er und droht mit der Faust. Er will, daß ich bei ihm wohne.

»Allein«, sagt er, »allein. Das geht nicht, allein. Komm zu mir. Wir trinken Rakia, essen gebackenen Fisch und Pile[1] und Agneschko. Du bekommst ein Zimmer, so ein Zimmer hat kein Präsident. Bei mir hast du Prijateli[2].«

Nie und nimmer werde ich in die Republikanska ziehen. Dort könnte ich keine Zeile schreiben. Ich ersticke in Iwans dicken Armen. Sterbe an seiner verfluchten Freundschaft, die nicht begreifen kann, daß ich keinen Rakia will, keine Oliven, kein Teleschko, kein Mese[3]. Ich würde ihm das Radio zerschlagen, das er den ganzen Tag über schreien läßt, um mir eine Freude zu machen. Überall, wo ich wohne, wohne ich mit Kraftfahrern zusammen, diesen bulligen Romantikern der Landstraße. Entsetzlich, wie gesund sie sind und wie gesellig. Wenn ich mich in einer Gaststätte an einen Tisch setze, sitzt dort ein Kraftfahrer. Die ganze Welt ist voll von ihnen.

Ich will zu dir, Bai Dimiter. In ein kleines, dunkles Zimmer am Rande der Stadt. Zwei Wochen schon lebe ich in dem buntbemalten Betonkäfig auf der Straße des Ersten Mai. Habe alles und habe nichts. Nimm mich nicht als undankbar. Ich fühle mich ja doch glücklich hier, in ei-

---

[1] Hühnchen
[2] Freunde
[3] Pikante Beigabe zum Getränk

nem solchen Maße, wie ich Glück noch empfinden kann. Burgas mit seinem Hafen, dem Bulvard, dem betäubenden Lindenduft: Ich bin ein Stück dieser Stadt. Ich bin vor zehn Jahren nicht fortgegangen und jetzt nicht eines Vortrags wegen zurückgekehrt. Ich bin so alt wie Burgas selbst. Esse in einer Sladkarniza Kifla[1], trinke saure Milch und stopfe morgens Baniza[2] in den Mund, während ich zur Arbeit laufe. Abends, wenn die Sonne hinter den Ölraffinerien untergegangen ist, setze ich mich auf die Stufen des Freiheitsdenkmals, kaue Sonnenblumenkerne und spucke ihre Schalen auf den Gehsteig. Träume, Bai Dimiter.

Ich habe nicht einmal den weiten Weg zu deiner Wohnung geschafft, und als ich zum Meer wollte, habe ich eine schreckliche Entdeckung gemacht. Meine Beine zitterten plötzlich, meine Hände hatten weiße Flecke. Auf dem Kyrill-und-Methodi-Platz mußte ich mich auf eine Bank setzen. Ich glaubte wieder das Rauschen in den Ohren zu hören. Ein kleiner Junge stürzte mit seinem Rad. Ich erschrak, als hätte sich ein großes Unglück ereignet. Ich kann nicht zum Meer. Und doch. Und doch. Und doch.

Ich wünschte, du wärst bei mir. Du würdest auf dem Balkon sitzen, mir Witze erzählen und kichern. Ich warte jeden Tag auf dich, wie ich auf den ersten blassen Stern am blassen Himmel warte. Der Mond zeigt sich ganz türkisch. Er weckt in mir das Bedürfnis, in Istanbul zu sein oder auf einem Schiff, das durch den Bosporus fährt.

Ich hasse das Schreiben, dem ich preisgegeben bin, dieser wahnsinnigen Lust nach Wahrheit. Ich weiß nicht mehr, was tatsächlich geschehen ist und was nur hätte geschehen können.

---

[1] Hörnchen
[2] Blätterteiggebäck

Imme. Iwan hat recht. Ohne Freunde ist das Leben leer, wie es ohne Liebe tot ist. Ich habe Sehnsucht nach Imme, wie ich Sehnsucht nach dir habe. Aber er wird nicht mehr kommen. Ich weiß nicht, was aus ihm geworden wäre, hätte ihn nicht der Stein getroffen. Er lag auf dem Marktplatz in Ronnburg. Sein Körper zuckte. Als ich mich über ihn beugte, schlug er noch einmal die Augen auf. Er wollte etwas sagen, jedoch er starb. Sein Stirnhaar war weiß.

Wuitscho wladika[1]. Aber Imme war kein Mann der Protektion. Was immer er tat, tat er im Glauben, es für die Revolution zu tun, für jenes Stück Leben, das er Kommunismus nannte. Sein Tod bedeutete meinen Sturz.

Laß es dir erzählen:

Nach jener politischen Aktion gegen Gotthold Melzer schloß ich mich in meinem Zimmer ein. Imme kam jeden Tag. Ich ließ ihn nicht herein. Ja, ich warf ihm vom Fenster aus das Parteibuch vor die Füße. Kurze Zeit später überfiel mich ein Nervenfieber. Als ich die Augen aufschlug, sah ich das zerfuchte Gesicht Immes. Er rieb seine Stirn und war sehr blaß.

»Mein Junge«, sagte er. Immer nur: »Mein Junge.«

Eine Schwester schickte ihn aus dem Zimmer.

Imme liebte mich wegen meiner Unfertigkeit. Er wollte aus mir einen Kommunisten nach seinem Bilde formen. Nur so ist zu erklären, daß er mir das Parteibuch zurückgab und mit niemandem über diesen Vorfall sprach. Ein außergewöhnliches Verhalten. Viele Genossinnen trugen damals das Dokument zwischen den Brüsten, denn wer es verlor, wurde behandelt wie jener Mann im Märchen, der seinen Schatten dem Teufel vermacht.

»Du mußt noch viel lernen, mein Junge«, sagte er. »Gefühl hin, Gefühl

[1] Du mußt einen Bischof zum Onkel haben

her. Die Geschichte kümmert sich einen Dreck um Gefühle, sie verlangt Tatsachen.«

Tatsache jedoch war, daß ich nach meiner Rückkehr an die Universität Verachtung und Demütigung zu ertragen hatte. Anfangs wenigstens. Viele Professoren hielten mich für einen Spitzel. Keiner wagte, mich durch eine Prüfung fallen zu lassen, aber jeder war bemüht, mir nachzuweisen, wie wenig Wissen ich besaß und wie erbärmlich ich war. Ich wurde in die FDJ-Leitung der Universität gewählt, doch selbst hier begegnete man mir mit Zurückhaltung. Immer wieder ging ich zum Haus in der Heide, wo Melzer wohnte. Ich sah den alten Mann im Garten Blumen pflanzen, ich sah ihn den Gartenweg entlangspazieren, ich sah ihn am Schreibtisch sitzen, er wedelte oft heftig mit den Armen, als wollte er Fliegen vertreiben. Einmal läutete ich an seiner Tür, lief dann aber davon, als Melzer durch den Garten kam, um zu öffnen. Damals verabscheute ich Imme. Ich gab ihm die Schuld an meinem Elend. Doch ließ ich mich von ihm umsorgen. Imme erhielt Pakete mit Zusatzverpflegung. Das meiste davon schenkte er mir. Er merkte, daß ich ihm auswich. Aber er fühlte sich nun mal für mich verantwortlich, mehr als zuvor. Da sich sonst niemand meiner annahm, faßte ich allmählich wieder Vertrauen zu Imme. Ja, ich fing sogar an, ihn zu lieben. Es verbreitete sich das Gerücht, ich hätte einflußreiche Männer zu Freunden, bis in die höchsten Spitzen der Partei, hieß es. Und schon bald merkte ich, daß viele mir freundlicher begegneten. Hatte ich nach Melzers Emeritierung in der Mensa oft allein am Tisch sitzen müssen, so war ich jetzt immer in Gesellschaft. Wenn ich lachte, lachten die anderen am Tisch auch. Sprach ich über politische Ereignisse: die Enteignung, den Kriegsverbrecherprozeß in Nürnberg, den Potsdamer Vertrag, benutzten die anderen meine Argumente. Ich gebe zu, es schmeichelte mir. Als ich später von der Kreisparteischule kam, begrüßte mich der Stadtschulrat mit ausgebreiteten Armen, nannte mich immerzu Genosse Jablonski und stellte mich an der Schule als Lehrer ein, die meiner Wohnung am nächsten lag. Das alles verdanke ich Imme, ohne daß er darum wußte. Aber ich war nicht willens, mich gegen etwas zu wehren, was mir ohne mein Zutun zum Vorteil gereichte. Eigentlich hätte ich seit dem Examen längst in einer Dorfschule unterrichten müssen. Eine Verfügung des Volksbildungsministeriums besagte, Hochschulabsolventen seien in ländlichen Gegenden einzusetzen. Imme jedoch hatte mich nach Abschluß des Studiums sofort für zwei Monate auf die Kreisparteischule geschickt. Ausbildung als Propagandist. Spezialgebiet: Stalinbiographie. Auf diese Weise blieb ich in der Bezirkshauptstadt. Imme hatte Bedeutendes mit mir vor.

Zu den Zirkellehrern, die ich mit meinem dürftigen Wissen anzuleiten hatte, gehörte auch Hermine Zeidler. Sie war stellvertretende Direktorin am neugegründeten Institut für Lehrerbildung, vierzig Jahre alt und außergewöhnlich groß. Wenn wir nebeneinander standen, mußte ich zu ihr hinaufblicken.

Der Vater ihres Kindes war ein chinesischer Händler. Sie behauptete, er hätte ihr die Ehe versprochen, wäre jedoch nach der Machtergreifung Hitlers ohne Angabe einer Adresse aus Deutschland verschwunden. Ob jener Chinese sich politisch verfolgt glaubte oder die Gelegenheit nutzte, Hermine zu entfliehen, wer will es wissen. Auf alle Fälle blieb in ihr ein großer Schmerz zurück und die Sehnsucht nach einem Mann, ihr Herz war voll unerfüllter Liebe.

Es fing damit an, daß Hermine nach einem Seminar, in dem ich Stalins entschiedenen Kampf gegen die Trotzkisten gerühmt hatte, zu mir kam und sich anbot, einen Knopf an meiner Jacke festzunähen.

»Er baumelt nur noch an einem Faden«, sagte sie und errötete.

Ich war ebenso verlegen, ließ aber geschehen, daß sie Nadel und Zwirn hervorholte und sich an mir zu schaffen machte. Sie hätte den herabhängenden Knopf schon während des vorhergehenden Seminars gesehen, sagte Hermine, sie wolle mich keineswegs beleidigen, ich schiene ihr nur verlassen. Das letzte Wort sprach sie langsam aus und blickte mich dabei bedeutungsvoll an. Während sie den Knopf an meine Jacke nähte, war sie bemüht, meinen Körper nicht zu berühren. Ich saß steif da und schaute auf ihre Hände. Sie waren breit und knochig, aber flink.

Nachdem Hermine das Nähzeug fortgepackt hatte, saßen wir beide betroffen im kahlen Seminarraum, als hätten wir soeben etwas Parteiwidriges getan. Ein seltsamer Zwang hinderte uns fortzugehen.

»Sie sind noch so jung«, sagte Hermine unvermittelt.

Ich war überrascht, daß sie nicht, wie es unter Genossen üblich war, »du« zu mir sagte.

Wir hätten den gleichen Weg, meinte ich und trug ihr an, sie ein Stück zu begleiten.

Wir schlenderten die breite Straße hinab zum Fluß, blieben auf der neuerbauten Brücke stehen, schauten aufs Wasser und auf die grünen Ufer. Ein Jagdflugzeug schoß aus großer Höhe auf die Stadt zu, fing sich über der Burgruine ab und stieg steil in den abendlichen Himmel.

»Kommen Sie«, sagte ich und führte Hermine die Steinstufen zum Flußweg hinunter. Die untergehende Sonne ließ die Wolken leuchten, und da mir nichts Besseres einfiel, sagte ich: »Heute rot, morgen tot.«

»Was Sie daherschwatzen«, rief Hermine. »Sie sind noch so jung.« Ihre mütterliche Art ärgert mich. Am liebsten hätte ich gesagt: »Scheren Sie sich zum Teufel.« Aber ich fühlte mich an jenem Tag wirklich verlassen. Anissa hatte vor Gericht die Aussöhnung mit mir abgelehnt.

Der Abend war schwül. Ich zog die Jacke aus, und Hermine sagte: »Ich halte Sie sicher auf.«

»Nein, keineswegs«, beteuerte ich.

Wir ahnten wohl beide, daß etwas geschehen würde, fürchteten uns davor und verlangten doch danach. Hermine begann plötzlich von ihrer Tochter zu erzählen, daß sie Anke hieße, achtzehn Jahre alt wäre und Schubert unvergleichlich schön auf dem Klavier interpretierte. Die alternde Frau wehrte sich gegen ihr Gefühl. Sie liebte mich und hatte zugleich Angst vor der Liebe. Ich weiß nicht, ob es Scham war oder Furcht vor einer Leidenschaft, die sie ins Unglück stürzen könnte. Wir setzten uns auf eine Bank. Wieder raste das Flugzeug auf die Stadt herab. Der Motorenlärm zerriß die Stille. Zwei Wildenten flogen schreiend über das Wasser.

»Wenn man bedenkt, was er im Leben hat durchstehen müssen«, sagte Hermine.

Die Finger ineinander verflochten, hob ich die Hände hinter den Kopf und starrte dem Flugzeug nach, das in einem weiten Bogen in die sich ausweitende Nacht stieg.

Hermine sprach von Stalin wie Goethes Lotte von Klopstock, gleichsam verzaubert.

Es war von mir nicht beabsichtigt, mit meinem Knie ihren Schenkel zu berühren. Es gab sich ganz zufällig. Ich hatte mich weit zurückgebeugt, mein Nacken lag auf der Rückenlehne der Bank. Ich suchte das Flugzeug, das ich hörte, aber das meinem Blick verlorengegangen war.

Hermine zuckte zusammen, brach mitten im Satz ab und saß aufrecht und starr da.

Auch ich war erschrocken.

»Verbannung, Revolution, Vaterländischer Krieg«, sagte ich. Und da Hermine schwieg, Körper an Körper mit mir blieb, legte ich meine Hand auf ihren Schoß. Ich spürte die Wärme ihres Fleisches durch den dünnen Stoff des Kleides. Hermine zitterte wie ein kleines, gefangenes Tier. Sie faßte nach meiner Hand, und ich dachte, sie wolle sie fortstoßen, aber sie streichelte meine Finger. Wir waren beide von Sinnen. Ich drückte meine

Hand zwischen ihre zusammengepreßten Schenkel, und Hermine stöhnte auf.

»Das dürfen wir nicht«, stieß sie hervor.

Dabei schlang sie ihre Arme um meinen Kopf. Ihr Herz jagte. Ich hörte wieder den auf uns zustürzenden Lärm des Flugzeugs.

»O Gott«, sagte Hermine, »o Gott.«

Ich weiß nicht, ob du Balzac gelesen hast, Stendhal oder Maupassant, Bai Dimiter. Sicher nicht. Aber du kannst es mir glauben, alles, was danach kam, hätte in einem französischen Roman stehen können. Nach jenem Abend am Fluß besuchte mich Hermine öfters in meinem Zimmer. Sie war immer sehr verstört, wenn sie zu mir kam, und doch voller körperlicher Gier. Sie schämte sich vor den Leuten im Haus und vor der Zimmerwirtin. Mich in ihre Wohnung einzuladen, hielt Hermine für ganz und gar ausgeschlossen. Ihre Tochter sollte nicht wissen, daß die Mutter mit einem Mann schlief, der ihr Sohn hätte sein können.

Ich würde lügen, wollte ich behaupten, ich empfände Hermine gegenüber ein Gefühl der Schuld. Ich habe diese Frau nicht gewollt. Sie wollte mich. Der schwüle Abend, meine Depression und meine Eitelkeit waren keine starken Waffen gegen ihr Drängen. Das Flugzeug, das auf die Stadt herabstürzte, hochstieg und wieder stürzte, weckte in mir Erinnerungen an amerikanische Jagdbomber, Sprenggeschosse, Stalinorgeln. Ich warf mich auf Hermine, weil ich Angst hatte. Lust empfand ich nicht, als ich auf ihrem trockenen Körper lag. Ihr fortwährendes »O Gott« machte mich wütend, und ich wollte alles schnell hinter mich bringen. Jemand ging an der Bank vorbei, leuchtete uns mit der Taschenlampe an und schnalzte mit der Zunge.

Ich bin kein Hofmeister, der sich selbst kastriert, um einer heuchlerischen Moral recht zu tun. Nicht, daß Hermine und ich auf einer Bank gelegen haben, war unrecht, sondern, daß man sie vom Institut jagte, Räson über menschliche Natur stellte. Hermine war achtzehn Jahre älter als ich. Man warf ihr vor, mich verführt zu haben, zu einer Zeit, da das Gericht bemüht war, Anissa und mich auszusöhnen. Sie, hieß es, hätte unsere Ehe endgültig zerstört. Was zwischen ihr und mir geschehen sei, könnte heute und morgen mit ihr und einem Studenten geschehen. Sie hätte während der entscheidenden Parteiversammlung alle, die sich den Mantel der Keuschheit umgehängt hatten, Pharisäer heißen müssen, aber sie nahm die Anschuldigung auf sich, einen jungen, befähigten, der Partei treu ergebenen Genossen in einem Augenblick der Verwirrung auf einen falschen Weg geführt zu haben. Statt zu schweigen, dazustehen wie eine, die zum Tode verurteilt werden soll und keine Gnade bei ihren Richtern erwartet, hätte sie ausrufen müssen: »Ich habe ihn aus ganzem Herzen geliebt, er hingegen hat mir die Tochter gestohlen. Es ist sehr viel, wenn nicht alles zwischen meinem Kind und mir zerbrochen, verstoßt mich, es kann mich nichts mehr treffen, meine Seele ist tot.«

Ich war in der Tat bereit, die kleine Chinesin, so nannte ich Anke, zu heiraten. Sie wußte nicht, was zwischen ihrer Mutter und mir geschehen war, und als sie es erfuhr, verlor sie fast den Verstand.

Kennengelernt habe ich Anke nach einem Parteiseminar. Sie holte ihre Mutter ab. Hermine war verlegen, als sie mich der Tochter vorstellte. Sie war so durcheinander, daß sie mich aufforderte, mit ihnen gemeinsam Abendbrot zu essen.

Zeidlers wohnten in zwei Mansardenstübchen am Rande der Stadt. Von den kleinen Fenstern aus sah man die sandigen Wege des Heidewalds. Die Abendsonne warf freundliches Licht auf die kleinen Sessel, den kleinen Tisch, die kleinen Blumen. Alles hier war klein. Hermine stakste zwischen den Möbeln einher. Sie paßte ebensowenig zu ihnen wie das große schwarze Klavier, das seitlich vorm Fenster stand. Mir ist für immer ein Rätsel geblieben, wie dieses klobige Ding in das kleine Zimmer unterm Dach gezwängt worden ist.

Während Mutter und Tochter sich in der Küche zu schaffen machten, saß ich lustlos vorm Fenster, hieß mich einen Idioten und sann darauf, möglichst bald von hier fortzukommen. Hermine wurde mir von Mal zu Mal – ich scheue mich das Wort hinzuschreiben, aber es bezeichnet meinen Zustand exakt – widerlicher. Insgeheim gab ich ihr häßliche Namen. Plötzlich jedoch war alles anders. Häßlichkeit und Schönheit liegen ja im Leben dicht beeinander. Anke bewirkte die Veränderung meines Gefühls. Sie spielte Mozarts Sonate A-Dur. Nie wieder habe ich das Andate grazioso von einem anderen so spielen hören. Ich habe mir Schallplatten gekauft, habe Konzerte besucht, aber niemand spielte den Anfang der Sonate so naiv, so rein wie die kleine Chinesin. Schon der erste Anschlag, das Zögern beim Cis, das Hinweghuschen über das D wieder zum Cis und das Atemholen beim E – es war wie ein Blatt, das im Wind steigt und fällt und weit fortgetragen wird.

Vielleicht war es auch nur der milde Abend, das offene Fenster, der Blick auf den Wald, daß ich die Musik so zu hören vermochte.

Anke spielte noch die erste Variation und einen Teil der zweiten, brach plötzlich ab und sagte: »Ich langweile Sie.«

»Bitte spielen Sie noch einmal das Andante«, sagte ich.

Sie lächelte, wiederholte den Anfang, aber er gelang ihr nicht mehr so, oder ich hatte mich verändert.

»Und jetzt den ›Türkischen Marsch‹«, sagte Hermine.

Anke zeigte keine Lust für diesen Teil der Sonate, aber Hermine bestand darauf. So machte sie sich über das Allegretto alla turca her, spielte es hastig und zu laut. Fast schien mir, sie wollte die Mutter ärgern.

»Das wird sie zum Schülerkonzert vortragen«, sagte Hermine. Sie war stolz auf ihre Tochter.

Du könntest meinen, Bai Dimiter, so wie ich über Hermine spreche, schildere ich sie ungerecht: der Name, der lange, dürre Leib, das kitschige »O Gott«. Ich wähle aus, was sie der Lächerlichkeit preisgeben muß. Eine alternde Frau, die einen um viele Jahre jüngeren Mann liebt, sich dessen schämt und doch der Gewalt ihrer Leidenschaft erliegt, gibt weit eher den Stoff her zu einer Komödie als zu einer Tragödie. Quod licet Jovi, non licet bovi. Was dem Mann erlaubt ist, steht keineswegs dem Weibe zu. Ich leugne nicht, daß ich auch heute noch der Versuchung erliege, Hermine zu verspotten, obwohl ich mich gegen die Selbstgefälligkeit wehre und mich ins Mitleid flüchte. Aber das eine ist nicht weniger verabscheuenswert als das andere. Ich glaube, Hermine ist seit ihrer Kindheit verspottet worden. Das hat ihre Seele scheu gemacht. Sie mußte lernen, ihre Gefühle zu verbergen und die Liebe zu einem Mann zu verstecken. Glaubte sie hingegen, sich frei geben zu dürfen, brach alle zurückgedrängte Zärtlichkeit mit Leidenschaft aus ihr hervor. Hermine gab sich dann ungeschickt, ja täppisch und lächerlich. Das ist die Wahrheit, Bai Dimiter. Ich bin überzeugt, der chinesische Händler ist nicht Hitlers wegen aus Deutschland geflohen, er flüchtete vor Hermines Übermaß an Liebe. Sie hat nie ein böses Wort über ihn gesprochen. Und ich bin gewiß, sie hat es auch nicht über mich getan. Sicher hat sie viel geweint, aber Haß lag ihr fern. Sie konnte nicht leben, ohne einen Mann zu lieben. Für eine kurze Zeit des Glücks nahm sie selbst die Lüge in Kauf.

Nach allem, was ich dir über mein Leben erzählt habe, mag es sich unglaubwürdig anhören, wenn ich behaupte, niemals versucht zu haben, Anke zu verführen. Das ist ein dummes Wort, aber mir fällt kein besseres ein. Du weißt schon, was ich meine. Als ich Ankes Lippen berührte, zitterte ich wie ein Schüler der achten Klasse, der zum erstenmal die Brust eines Mädchens umfaßt. Es war ein wunderbares Gefühl. Ich hatte geglaubt, alle Keuschheit verloren zu haben, nicht weniger verderbt zu sein wie Pottich, und nun eine solche Unschuld: du bist min, ich bin din, verloren ist das slüzzelin. Wenn es nicht über Hermines Kraft gegangen wäre, ich hätte die kleine Chinesin geheiratet und unberührt in die Ehe gebracht. Grinse, Bai Dimiter, grinse über soviel Rührseligkeit.

Hermine hätte eigentlich sehr bald merken müssen, daß ich nicht ihretwegen ins Heidehaus kam. Vielleicht hat sie auch nur die Wahrheit gefürchtet und deshalb jeglichen Verdacht unterdrückt. Ich vernachlässigte meine Unterrichtsvorbereitungen. Nachmittags saß ich meist in der Mansardenstube am Fenster. Anke spielte Klavier, dann fragte ich sie russische Vokabeln ab, wir erledigten sonstwelche Schulaufgaben, später liefen wir zu den Hünengräbern, und ich erzählte ihr etwas vom Pithecanthropus und den Endmoränen. Wir standen auch gemeinsam vor Gotthold Melzers Haus. Anke wußte, daß ich darunter litt, den alten Mann aus dem Hörsaal vertrieben zu haben. Eines Tages, als wir aus der Heide in das kleine Zimmer zurückkehrten, ging sie zum Klavier, verbeugte sich, als säßen viele hundert Menschen vor ihr, und sagte: »Ich spiele jetzt für Gotthold Melzer und den ewigen Frieden.« Sie spielte Schumanns »Träumerei«. Damals glaubte ich, es würde alles gut werden in meinem Leben, Irrtümer und Sünden lägen hinter mir. Aber ich hatte nicht den Mut, Hermine die Wahrheit zu gestehen.

Das Unglück begann mit jenem Konzert im Festsaal der Gesellschaft für Deutsch-Sowjetische Freundschaft. Schüler aus beiden Ländern musizierten. Die Veranstaltung hatte schon zum Jahrestag der Oktoberrevolution stattfinden sollen. Aber der von einer Brandbombe zerstörte Saal war nicht rechtzeitig wiederhergestellt worden. Inzwischen war der Februar herangerückt. Auf den Straßen lag Schnee, und es herrschte strenger Frost. Ich weiß nicht mehr, warum Hermine das Konzert nicht besuchte. Sie hatte sich all die Wochen zuvor darauf gefreut. Aber es gab wohl eine wichtige Versammlung am Institut. Ich weiß nur, ich war froh darüber, mit der kleinen Chinesin allein hingehen zu können. Wir trafen uns auf dem Markt vor dem abgebrochenen Turm. Der Roland dort trug auf dem Kopf einen spitzen Helm aus Schnee und starrte vor sich hin, als wären seine Augen zu Eis geworden. Anke war aufgeregt.

»Meine Hände«, rief sie, »die Finger sind ganz steif. Die Läufe, unmöglich, ich kriege die Läufe nicht hin. Sehen sie nur.« Sie zog die rechte Hand aus dem Fausthandschuh und ließ die Finger in der eisigen Luft über unsichtbare Tasten laufen. »Hier, immer wieder hier bleibe ich stecken. Die Umsetzung vom dritten auf den ersten Finger. Es geht einfach nicht.«

Ich nahm ihre Hand, steckte sie in meine Manteltasche und hielt sie dort fest. So gingen wir bis zum Haus der Deutsch-Sowjetischen Freundschaft. Anke plapperte über dies und jenes. Sie war nicht einen Augenblick still. Ich hörte nicht zu, war nur darauf bedacht, daß ihre Hand nicht aus meiner Tasche schlüpfte.

Als wir uns im Foyer trennten, wollte ich ihr sagen, daß ich nach dem Konzert auf sie warten würde. Aber ihre Musiklehrerin kam, und Anke vergaß, daß ich ihre Hand in meiner Manteltasche gewärmt hatte. Sie ließ mich stehn wie einen Fremden. Ich empfand plötzlich tiefe Traurigkeit und wollte fortgehen. Du machst dir etwas vor, dachte ich. Sie ist ein Kind. Für sie hat die Umsetzung vom dritten auf den ersten Finger mehr Bedeutung als die Wärme deiner Manteltasche. Ich setzte mich auf eine Bank, ohne recht zu wissen, was ich beginnen sollte. Die Garderobenfrau rief mir zu, es hätte bereits dreimal geklingelt. Ich warf den Mantel auf den Garderobentisch, gab der Alten eine Mark, meinte, den Rest könne sie behalten, und lief in den Saal.

Ich glaube, das Konzert war ein voller Erfolg. In den Zeitungen jedenfalls wurde viel über diese gemeinsame Veranstaltung geschrieben. Fast soviel wie über den Auftritt des Moissejew-Ensembles. Ich muß mich auf die Berichte der Journalisten berufen, obwohl ich die zwei Stunden im Saal miterlebte. Ich war unfähig, mich zu konzentrieren. Sicher täusche ich mich, wenn ich meine, Anke hätte den lautesten Beifall erhalten. Nicht nur sie mußte ein Dakapo geben. Anke behauptete später, sie hätte an zwei Stellen gewischt. Ich habe nichts davon gemerkt. Ich habe auf der Empore gesessen, habe auf Ankes Hände geschaut und habe daran gedacht, daß ihre Finger in meiner Manteltasche gesteckt und dort Wärme gesucht hatten.

Als ich an der Garderobe stand, um meinen Mantel zu holen, kam Anke inmitten einer Schar Mädchen die marmornen Treppen herab. Sie sprachen laut und lachten. Ich fühlte mich mit meinen dreiundzwanzig Jahren sehr alt, und es war mir peinlich, daß ich die kleine Chinesin liebte. Ich verbarg mich hinter einer Säule und ging erst auf die Straße, als ich annehmen konnte, Anke sei mit ihren Freundinnen fort. Vor dem Gebäude brannte nur ein schwaches Licht, aber der Schnee machte den Abend hell. Die Sterne erschienen mir größer, und der Mond hing weißer als sonst über der Stadt. Sicher, ich war nicht frei von Wehmut, denn ich hatte gehofft, die Stunden nach dem Konzert würden für mich glücklicher verlaufen, jetzt lagen sie grau vor mir wie die schmutzigen Häuser. Aber zugleich fand ich, das Schicksal spann einen guten Faden. Ich wollte Hermine nicht mehr in mein Zimmer lassen, Anke vergessen, das kleine Heidehaus, die Sonate, den Türkischen Marsch. Es war unsinnig, ein derartiges Spiel zu würfeln. Hat man auf die Mutter gesetzt, kann man nicht die Tochter gewinnen. Die Kälte draußen traf mich so heftig, daß meine Augen tränten. Ich lief einige Schritte, glitt über eine schmale, holprige Eisspur und griff in den Schnee.

Ich erschrak, als ich plötzlich Anke sagen hörte: »Was machen Sie? Ich habe Sie überall gesucht.«

»Ich spiele den Türkischen Marsch.«

»Im Schnee?«

Sie lachte.

Ich ließ meine Finger über den Schnee gleiten, daß er aufstäubte, und sagte: »Klingt es nicht wunderbar? Sehen Sie nur, die Sterne fangen an zu marschieren.«

Anke kauerte sich neben mich, faßte mich an den Händen und sagte: »Sie sind ja ganz kalt. Sie werden abfallen.«

Sie drückte meine starren Finger an ihr Gesicht. Ich wagte nicht, mich zu bewegen, weil ich fürchtete, ich könnte den goldenen Vogel erschrecken, den ich viele Jahre hindurch gesucht hatte und der nun freiwillig und ohne Scheu in meine Hände geflogen war.

»Ich friere«, sagte Anke.

»Wenn du willst, werde ich dich heiraten«, sagte ich.

Anke wollte meine Hände von ihrem Gesicht stoßen, aber ich preßte sie gegen ihre Wangen.

»Sie sind doch verheiratet«, rief sie erschrocken.

»Das war ein Irrtum. Vieles in meinem Leben war ein Irrtum.«

»Ich möchte gehen«, sagte Anke.

Sie stand auf. Ich blieb weiter im Schnee hocken. Plötzlich beugte Anke sich zu mir herab und küßte mich. Ihre Lippen waren kalt.

Heute besuchte mich Dontschew. Zwetlana hat ihm meine Adresse gegeben. Jeden Dienstag und Freitag kam sie für eine halbe Stunde zu mir ins Krankenhaus. Auf die Minute genau eine halbe Stunde. Jedesmal schenkte sie mir eine langstielige Rose. Dankbarkeit, Mitleid, Liebe: Ich weiß nicht, was sie dazu bewog. Zwetlana ist nicht mehr das schüchterne, vollbusige Mädchen mit der schwarzen Schülerschürze und dem schmalen, weißen Kragen darauf. Vor zehn Tagen ist sie nach Berlin abgereist. Sie arbeitet dort bei der bulgarischen Handelsmission. Dagegen ist Dontschew scheu geworden. Die Ablösung als Direktor des Fremdsprachengymnasiums muß ihn durch den dritten Kreis der Hölle getrieben haben. Bei so etwas geht man entweder kaputt oder wird aus der eigenen Asche neu geboren. Ich habe ihn nicht nach den Gründen seiner Ablösung gefragt. Warum auch. Es liegt hinter ihm, und die Schulpolitik in Burgas geht mich nichts an. Ich leite keine Klasse mehr am Fremdsprachengymnasium. Pädagogischer Rat, Elternbesuche, Zensuren, Rücksichtnahmen – vorbei. Nach zwei Monaten hatte Dontschew mich zurückschicken wollen. Der Brief an die Botschaft war schon diktiert. Ich erschien ihm uneinsichtig für die Empfindsamkeit einflußreicher Väter. »Prusez«, nannte er mich. Ich ein Preuße! Das war lachhaft. Er kannte doch meine Kaderakte. Wußte, daß ich vom Schulrat zum Hilfsarbeiter avanciert war und vom Hilfsarbeiter zum Schriftsteller, der aus einem Land floh, in dem er sich nicht mehr zurechtfand. Ich schimpfte ihn einen Dummkopf. Das wiederum imponierte ihm. Er schickte den Brief nicht ab.

Zehn Jahre haben wir uns nicht gesehen. Nun sitzen wir schweigend nebeneinander auf der Couch.

Die ersten Wochen am Fremdsprachengymnasium muß ich wirklich wie ein Prusez gegeben haben. Auf Zwetlana habe ich jedenfalls einen ähnlichen Eindruck gemacht wie auf Dontschew. Vor ihrer Abreise nach Berlin führte sie mich ein Stück durch die Stadt. Sie stützte mich wie einen Schwerkranken. Ich wehrte mich gegen ihre Fürsorge.

»Sie sind albern, Genosse«, sagte Zwetlana. Und kurz darauf: »Wissen Sie, wie Sie immer die Klasse betraten?«

Sie setzte ein forsches Gesicht auf, machte einige schnelle Schritte und warf ein gedachtes Klassenbuch auf einen gedachten Lehrertisch.

»Komplexe«, entgegnete ich. »Jeder kompensiert Hemmungen auf seine Art.«

Ich freue mich, daß Dontschew gekommen ist. Er macht auf mich den Eindruck, als lebte er jenseits von Gut und Böse.

»Glawata[1].«

Er stößt mit dem Finger gegen meinen Kopf. Die Eigenart hat er behalten, mit mir in Einwort-Sätzen zu reden, wie man es mit Kindern tut und Ausländern.

»Die Glieder machen's, der Kopf hat's auszutragen«, erwidere ich. Dontschew hat mir einmal eine Menge bulgarischer Sprichwörter und Redewendungen beigebracht.

»Aus der Partei geworfen haben sie mich nicht«, sagt er unvermittelt und hat wieder dieses Lächeln, das mich irritiert.

»Ich kenne das, Boris«, sage ich. »Mich hat man als Schulrat gefeuert, und Politbürosekretäre wurden von den eigenen Leuten geschmissen und sind heute wieder groß da. Es ist schon ein heißes Ding um die Gerechtigkeit. Wo ist die Grenze zwischen Revolutionär und Konterrevolutionär? Und wer bestimmt sie?«

Dontschew faßt mich um die Schulter, zieht mein Gesicht ganz nah an das seine, als wollte er mir etwas außergewöhnlich Wichtiges sagen: »Ich bin gelaufen, jeden Morgen gelaufen, quer durch den Meeresgarten und am Strand lang. Ich konnte nicht schlafen.«

»Und jetzt?«

»Stellvertreter an einem Institut. Wenn ich nicht gelaufen wäre …«
Er schlägt einige Male mit der flachen Hand gegen meinen Oberschenkel.

»Der mich geschmissen hat, steckt heut im Irrenhaus«, sag ich. »Schizophrenie. Und ich bin ein bekannter Mann. Staatspreisträger. Und bloß, weil ich vor zwanzig Jahren zum Staatsfeind erklärt wurde, gerade in dem Augenblick, als ich mich ganz und gar engagierte ohne jeden Vorbehalt. Verstehst du das?«

»Nein.«

[1] Der Kopf

»Kannst du auch nicht.«

Dontschew will, daß ich ihm mein letztes Fernsehszenarium schicke, und weiß nicht, wie sehr mich sein Wunsch trifft.

»Nein, nein«, sage ich heftig, »nein, nein.«

Dontschew sieht mich erstaunt an, und ich sage: »Du kannst es nicht lesen.«

»Das macht nichts, es ist etwas von dir. – Heiß«, sagt er und streichelt mit der Hand durch die Luft, als wollte er einen Käfer im Fluge fangen.

Ich stelle den Ventilator an.

»Mein Junge ist bei einer Jagdstaffel«, sagt Dontschew, »das Mädel Ingenieur. Und wir Alten?«

»Mir geht es nicht schlecht«, erwidere ich und zeige auf die umherliegenden Manuskriptblätter. »Ich fühle mich high, als wäre ich auf einem Trip. In Nürnberg habe ich einmal LSD geschluckt. Ich wollte wissen, wie das ist. Es war, ich weiß nicht. Intensiv, würde ich sagen, die ganze Welt intensiv. Und für eine Stunde war ich ein großartiger Dichter. Ich würde fixen, lebte ich drüben, todsicher, Boris. Und ich würde in der Gosse enden. Ich bin so einer.«

Dontschew sieht mich an, als erzählte ich von einem anderen. Und er hat nicht Unrecht mit seiner Vermutung. Ich lebe doppelt, als Jablonski und als Vorstellung von Jablonski. Ich weiß schon nicht mehr, ob ich wirklich LSD geschluckt habe oder ob meine Phantasie mir eine Wirklichkeit vortäuscht, die stärker ist als meine tatsächliche Existenz. Phantasie wird Leben und Leben Phantasie.

»Du wirst wieder richtig sdraw[1] werden«, sagt Boris und hebt beide Fäuste zum Zeichen dafür, wie stark und gesund ich wieder würde.

Und ich sage: »Weißt du, was Lenin einmal geschrieben hat? Wenn in

---

[1] gesund, kräftig

Zeiten der Revolution geschlagen werden muß, weiß man nicht immer, welcher Schlag schon zuviel ist. Und jetzt nenn mich einen Wahnsinnigen, Boris. Lenin war ein ganz Großer, er war sogar so groß, zur rechten Zeit zu sterben wie mein Freund Imme. Das mußt du können, mein Lieber. Diese Fähigkeit besitzen wenige.«

Dontschew umarmt und küßt mich, steht auf und ruft: »Chaide, dowishdane.«[1]

»Sbogom«[2], antworte ich.

Er blickt mich überrascht an, fast erschrocken. Ja, ja, ich habe »sbogom« gesagt, nicht zufällig, ganz bewußt, und ich weiß, daß man diesen Gruß spricht, wenn man Abschied für ewig nimmt.


Es wendet sich alles zum Guten, Bai Dimiter. Das ist ein unpassendes Wort. Aber ich pfeife auf die ganze Stilistik, das esoterische Gesäusel von Dichtern, die nachäffen, von Freiheit schwatzen und hinter selbst errichteten goldenen Gittern sitzen.

Dontschew hat mir Mut gemacht. Ich werde laufen wie er, jeden Morgen, jeden Abend. Ich bin, als er fort war, zum alten deutschen Gymnasium gelaufen. Ich bin die Treppen hinaufgerannt bis unters Dach, habe im Klassenraum gestanden, in dem ich einmal unterrichtete, und habe die leeren Bänke angesprochen, als säßen meine ehemaligen Schüler noch darin: die dicke Donka, der faule Nicolai, die schüchterne Tanja, der kurzsichtige Ljubo. »Leute«, habe ich gesagt, »euer Lehrer ist ein Versager. Keine Autorität, bitte. Zweifelt, zweifelt, zweifelt. Sagt er A, fragt ›warum‹, sagt er B, verlangt den Beweis. Formeln tragen die Eigenschaft in sich, den Geist einzulullen. Zerlegt und setzt zusammen und denkt, denkt, denkt.«


[1] Auf Wiedersehen
[2] Leb wohl

Nach dieser Rede bin ich die Treppen hinuntergelaufen und war außer Atem, aber nicht erschöpft wie sonst, wenn ich wenige Schritte gehe, Brot hole oder Milch. Ich habe keine Angst mehr, Bai Dimiter.

Gewöhnliche Leute und Königsebene, welche unsinnige Gegenüberstellung. Vor der Kunst stehen alle Menschen nackt.

Es waren zwei oder drei oder vier Stunden, länger dauerte das Glück mit der kleinen Chinesin nicht. Wir gingen in eine Eckkneipe. An den Tischen dort wurde gewürfelt und Skat gespielt. Anke und ich tranken Grog. Wir fühlten uns wohl im Lärm und Dunst der Gaststube. Ab und zu wurde es still an den Tischen, immer dann, wenn die Wirtsleute musizierten. Der Wirt spielte Geige, sie Klavier, und sie sang dazu alte, sentimentale Lieder. Die Frau hatte das Haar rot gefärbt. Sie mochte weit über fünfzig Jahre alt sein, sicher war sie einst an einem Provinztheater Operettenstar gewesen. Ihr Mann liebte und bewunderte sie noch immer. Er wurde zornig, wenn einer der Gäste redete, während die Frau sang. Anke und ich hielten einander bei den Händen und tauschten nach jedem Schluck die Gläser. Das war unsere ganze Zärtlichkeit. Kurz vor Mitternacht brachte ich Anke nach Haus. Im Mansardenstübchen brannte Licht. Ich drückte Ankes Hände gegen meine Augen, und sie küßte meine Nase.
»Du mußt jetzt gehen«, sagte sie.
Als die Straßenbahn anfuhr, blickte ich durch die Rückscheibe auf den dunklen Wald. Bald sah ich nur noch das Licht aus Hermines Wohnungsfenstern, zwei helle Punkte, die immer blasser wurden und schließlich verlöschten.
Es muß drei Uhr morgens gewesen sein, als die Hausglocke schrillte. Ich dachte, jemand wollte zu meinen Mietsleuten. Ich hörte die Wirtin etwas auf die Straße hinunterrufen, schlief wieder ein und wurde durch

heftiges Klopfen an meine Zimmertür geweckt. Die Wirtin schrie, ihre Wohnung wäre eine anständige Wohnung und kein Puff. Sie hätte schon längst gemerkt, was ich triebe, und sie würde auf keinen Fall dulden, daß die Weiber nun auch noch nachts angerannt kämen, auf keinen Fall würde sie es dulden. Diese lange Ziege sei unten, schrie sie, und ich sollte am besten gleich meine Sachen packen und mich fortscheren. Von einem Lehrer hätte sie mehr Feinheit erwartet, ganz und gar mehr Feinheit.

Ich zog die Hose an, streifte einen Pullover über und rannte die Treppen hinunter. Im fahlen Licht der Gaslaterne stand Hermine, zitterte. Ihre Haut sah aus wie weißes Leder.

»Ist sie hier?«, stieß sie hervor.

Ich begriff nicht, wer hier sein sollte. Hermine drängte mich zur Seite und lief die Treppen hinauf. Mein Gott, dachte ich, sie ist verrückt geworden. Ich wollte keine Szene im Hausflur. Im Korridor stellte sich meine Wirtin der Eindringenden entgegen. Aber Hermine war nicht aufzuhalten. Sie drang in mein Zimmer ein, durchsuchte alles, schaute selbst unters Bett. Ich war inzwischen völlig wach geworden und wußte, wen sie suchte.

»Sie ist nicht hier«, sagte ich.

Soviel Raserei hatte ich Hermine nicht zugetraut. Eifersucht, Angst, Bitterkeit stießen aufeinander und drohten, sie um den Verstand zu bringen. Ihre Ohren waren weiß, ihre Lippen, die Nase war noch spitzer als sonst. Ich griff nach Hermines Arm, wollte alles erklären. Aber sie schlug nach mir und brach dann schluchzend zusammen.

»Sie ist fort«, stammelte sie.

Auf dem Flur keifte noch immer die Wirtin. Ihr Mann versuchte vergeblich, die Frau ins Schlafzimmer zu zerren. Sie schrie etwas von Polizei und Huren und Lehrern und Partei. Ich dachte immer nur den einen Satz: Sie hat es ihr gesagt.

Hermine und ich liefen einige Stunden durch den Heidewald. Wir fanden Anke nicht. Am Morgen dann gaben wir bei der Polizei eine Suchmeldung auf.

»Liebe Frau«, sagte der Polizist zu Hermine, »wenn wir jedes achtzehnjährige Mädchen suchen sollten, das sich mit der Mutter gestritten hat und fortgelaufen ist, liebe Frau.«

Aber er nahm die Personalien auf: einsachtundfünfzig groß, schwarzes Haar, schräg im Gesicht sitzende Augen, dunkelblauer Mantel, weißer Schal, weiße Wollmütze, an der rechten Schläfe ein Leberfleck. Von diesem besonderen Kennzeichen Ankes wußte ich nichts.

Wenn du einen Menschen auf solche Weise der Polizei beschreibst, Bai Dimiter, glaubst du ihn schon tot. Ich hätte zum Unterricht gehen müssen. Aber ich schwänzte die Arbeit. Mögen sie mich rauswerfen, dachte ich. Ja, ich wünschte sogar, entlassen zu werden. Hermine lief vom Polizeirevier noch ein Stück neben mir her. Sie ging, als hätte sie keine Kraft mehr, ihren Körper aufrecht zu halten. Immer wieder schreckte sie zusammen, in jedem Mädchen mit einer weißen Wollmütze glaubte sie Anke zu erkennen. Plötzlich rannte sie fort. Ich ging zur Eckkneipe, in der ich tags zuvor mit Anke Grog getrunken hatte. Die Rolläden waren heruntergelassen. Ich lief auch zur Konzerthalle, hockte mich vor dem Gebäude in den Schnee und schloß die Augen, als könnte ich Anke dadurch herbeibeschwören.

Ich habe weder Hermine noch Anke wiedergesehen. Habe auch nie erfahren, was in jener Nacht zwischen Mutter und Tochter vorgefallen ist. Vielleicht hat Anke gesagt: »Ich heirate Jablonski.« Vielleicht hat sie auch gar nichts gesagt. Aber Hermine hat alles in ihrem Gesicht lesen können, hat die Beherrschung verloren und Anke geschlagen. Und ich kann mir vorstellen, daß Ankes Schmerz so groß war, daß sie nicht einmal zu weinen vermochte. Vielleicht kam sie erst wieder zu sich, als sie schon im Flugzeug saß, das sie von Westberlin zur Großmutter nach Hannover brachte.

Hermine, so wurde mir erzählt, hat dem Direktor des Instituts noch am gleichen Tage alles gestanden. Eine Woche nach ihrer Ablösung war auch sie fort, den Selbstgerechten und Pharisäern damit anscheinend recht gebend. Doch nicht ein ungerechtes Urteil hat Hermine aus einem Land ins andere getrieben, einzig die Liebe zu ihrer Tochter. Ohne Anke wäre sie hier gestorben.

Auch ich hatte mich vor der Parteigruppe meiner Schule zu verantworten. Hermines Verrat jedoch an der jungen Republik – so die Bezeichnung für ihr Verhalten – gereichte mir zum Vorteil. Ich hätte mich von sexuellen Trieben hinreißen lassen, hieß es im Protokoll, aber bei allem, was an meinem Verhalten zu tadeln sei, hätte ich doch meine Treue zur Partei unter Beweis gestellt und mich der Verantwortung nicht durch Flucht entzogen.

Der Parteisekretär wollte wissen, ob ich mich von jener verbrecherischen Westflucht der Zeidler distanziere.

Diese Frage hatte ich erwartet. Ich wußte, wie solche Versammlungen abliefen, und ich war gewillt, Hermine den Judaskuß nicht zu geben, alle Schuld auf mich zu nehmen und gegen mich selbst eine hohe Strafe zu fordern. Aber je länger die Genossen diskutierten, immer wieder hervorhoben, was unser Staat und die Partei für Hermine und ihre Tochter getan hatten, und nun ein solcher Dank, Hinwendung zum Klassenfeind, um so unsicherer wurde ich. Hermine hatte nun mal dem Gegner in die Hände gespielt, gewollt oder ungewollt. Zwei Studenten aus ihrem Institut waren Hermines Beispiel gefolgt. Unsere Probleme sind hier zu lösen, dachte ich. Niemand hat das Recht, persönliche Tragik der Gesellschaft aufzulasten. Flucht ist Verrat. Das ist die Wahrheit, und ich muß mich zu ihr bekennen.

Imme saß mir am langen Tisch im Lehrerzimmer gegenüber. Ich vermochte nicht, ihn anzusehen. Erst, als der Parteisekretär von mir verlangte, Hermine zu verstoßen, blickte ich kurz zu Imme hinüber. Er hielt die Hände vor sein Gesicht. So konnte ich nicht erkennen, was in ihm vorging. Für einen Augenblick war mir, Imme hatte Angst vor meiner Antwort.

Ich stand auf, merkte, wie alle mich anblickten, und sagte: »Ich distanziere mich von einer solchen parteifeindlichen Handlungsweise.«

Ich erschrak vor meiner eigenen Stimme.

Imme legte diesen Satz als Abscheulichkeit aus. Aber er selbst hatte mich doch gelehrt, die Partei niemals zu verraten. Und als ich seinen Rat brauchte, hielt er die Hände vors Gesicht. Er wußte selbst nicht, was richtig war und was nicht. Die Menschlichkeit kam mit der Menschlichkeit in Konflikt, deswegen schlug er mich am gleichen Abend noch zusammen und schlug damit sich selbst.

Als ich mich nach der Versammlung von ihm verabschieden wollte, gab er mir nicht die Hand. Ich möge um zwanzig Uhr zu ihm in die Landesleitung kommen, sagte er. Der Zeitpunkt schien mir für einen Besuch sonderbar, aber Imme – soviel wußte ich inzwischen von ihm – hielt nicht viel von festen Arbeitszeiten.

Es regnete an diesem Tage. Ich war durchnäßt, als ich Immes Zimmer betrat.

Er stand am Fenster. Sicher hatte er von dort aus beobachtet, wie ich von der Pförtnerstube über den Hof zum großen Backsteinbau gerannt war.

»Setz dich«, sagte er, leckte an einer selbstgedrehten Zigarette und warf sie mir zu.

Imme schien mir müde und traurig. Er stand immer noch am Fenster, hob leicht die Arme, und er sah aus, als sollte er gekreuzigt werden.

Eine Lampe warf schwaches Licht auf den Schreibtisch.

»Warum kenne ich deine Frau nicht?« fragte er.

»Es klappt nicht mit uns.«

»Was klappt nicht?«

»Es klappt eben nicht.«

Mich fröstelte. Imme hieß mich das Hemd ausziehen und warf mir einen Pullover zu.

»Kannst du behalten«, sagte er.

Sein Schrank enthielt weder Akten noch Dokumente, sondern war mit Hosen, Hemden, Tüchern, Tassen, Krügen und anderer Kramware vollgestopft. Ich weiß nicht, woher Imme das alles immer wieder zusammentrug. Ich weiß nur, daß er nichts für sich behielt, sondern nach eigenem Ermessen verschenkte, was er an Kleidungsstücken oder Kostbarkeiten jeglicher Art in seinem Arbeitszimmer verwahrte. Zu anderer Zeit wäre er sicherlich ein romantischer Räuber geworden, hätte Grafen und reiche Kaufleute überfallen und die Beute armen Bauern zugesteckt. Aber er hatte nicht über eine gerechte Güterverteilung zu entscheiden, sondern über Ethik, Philosophie und Volksbildung.

»Und da hurst du durch die Landschaft. Einfach so hoppeldipopp«, schrie er plötzlich und schlug mit beiden Händen flach auf den Tisch. Und ich schrie: »Was kümmert dich mein Leben. Ich bin nicht dein Paladin.«

Ich war plötzlich wütend auf Mauritius und den traurigen Habicht. Ein Unstern leuchtete über mir, seit ich so leichtfertig in die SPD eingetreten war. Die hundert Mark brachten mir miserable Zinsen. Von der SPD war ich zur SED gekommen, von der SED zu Immanuel Kant, von Immanuel Kant zu Imme, von Imme zu Stalin, von Stalin zu Hermine. Ihretwegen saß ich nun mit durchnäßten Hosen und einem geschenkten Pullover, dessen Ärmel mir zu kurz waren, in einem Zimmer der Landesleitung und mußte mich von Imme anschreien lassen. Dabei hatte ich mich sogar ohne sein Wissen zu einem Volksrichter-Lehrgang gemeldet, um Hermine zu entfliehen.

»Wenn du verheiratet bist, dann schlaf mit deiner Frau«, brüllte er. »Und wenn du schon zu einer anderen kriechst, dann treib's nicht auch noch mit ihrer Tochter.«

Je mehr Imme sich erregte, um so ruhiger wurde ich. Fast leise sagte ich: »Wenn es mir Spaß macht, schlafe ich mit einem Hund.«

Imme packte mich bei den Schultern und riß mich vom Stuhl hoch. Jetzt erwürgt er dich, dachte ich. Aber er rief nur einen Satz: »Und du bist in der Partei.«

Fünf-, sechsmal rief er den Satz.

»Ich scheiß auf die Partei«, sagte ich.

Imme nahm die Hände von meinen Schultern. Ich dachte, jetzt mußt du ihm ein Glas Wasser geben, der fällt um. Aber Imme fiel nicht um. Er schlug wie ein Irrsinniger auf mich ein, er traf mein Auge, meinen Mund. Ich blutete und stürzte zu Boden. Er trat mich in den Bauch. Ich verlor die Besinnung.

Als ich zu mir kam, sah ich, wie Imme den Kopf unter die Wasserleitung hielt. Haar, Gesicht, Nacken, Brust waren naß. Ich lag, wo ich hingestürzt war, zwischen Schreibtisch und Schrank. Ich schmeckte das Blut in meinem Mund.

»Denk nicht, daß ich dir hochhelfe«, sagte Imme. »Zeig mich an, meinetwegen, aber denk nicht, daß ich dir hochhelfe.«

Ich versuchte aufzustehen, doch ich verspürte heftige Stiche im Rücken. So kroch ich auf Händen und Füßen zum Wasserbecken. Imme warf mir einen nassen Lappen und ein Handtuch zu. Ich saß auf dem Fußboden und wischte mir das Blut aus dem Gesicht.

»Es tut mir nicht leid«, sagte Imme, »denk nicht, daß es mir leid tut.«

»Du hättest mich totschlagen können.«

»Hätte ich können.«

»Und dann?«

»Du lebst ja.«

»Aber wie.«

»Immer noch besser als die Zeidler.«

In einem alten Opel brachte er mich nach Haus.

»Wir wollten dich im neuen Schuljahr zum Direktor machen«, sagte er während der Fahrt. »Dir ist doch klar ...« Er spuckte aus.

Ich hatte immer noch heftige Schmerzen im Rücken und in der Brust. Als ich die Tür zum Hausflur aufschloß, rief Imme mir aus dem Wagenfenster zu: »Das mit dem Volksrichter schlag dir aus dem Kopf, du Idiot.«

Mein Gott, dachte ich, der weiß alles.

Kurze Zeit später wurde ich nach Ronnburg versetzt. Nicht in die Kreisstadt selbst, sondern in einen kleinen Ort, ganz nah dem Chemiewerk. Alles dort war trüb, die Sonne, die Häuser, die Bäume, der Himmel, die Menschen. Kam der Wind aus dem Westen, und er kam nahezu immer aus dem Westen, regnete Flugasche auf das traurige Nest herab. Es hieß Kreppin.

Manchmal lag ich in meinem dunklen Zimmer auf dem harten Bett und murmelte die Verse vor mich hin:

> »Wohl steigt die Sonne auf und nieder,
> doch dringt sie nicht zu uns herein.«

In einer Ecke des Lehrerzimmers hatte ich Gorkis »Nachtasyl« gefunden. Ganz Kreppin schien mir ein solcher Elendskeller, und ich fühlte mich als der greise Luka. In mir erwachte eine starke Gier nach Gutsein. Jenen Satz, den Luka zum raffgierigen Herbergswirt spricht: »Es gibt eben Leute, und es gibt Menschen« – ich nahm ihn als Leitspruch, brachte ihn bei jeder Gelegenheit an. Die Kollegen der Schule – neben dem Direktor gab es in Kreppin drei Lehrer – riefen mich bald Luka.

Aber ich war weit mehr einer jener Armen, die den gütigen Lügen eines Luka nachhorchen. Ich wünschte mir, das Land der Gerechtigkeit zu finden und alle Menschen dahin zu führen. Gorkis Bücher erschütterten mich. Später las ich Gladkow und Dostojewski und Solochow und Tolstoi. Es ist kein Witz, Bai Dimiter, ich fühlte mich als Prophet. Die Erfahrungen meines Lebens schmolzen zusammen mit den Erfahrungen, die mir die Literatur vermittelte. Lach mich aus, lach mich aus, eines Nachts wurde ich wach, sprang aus dem Bett und hielt eine große Rede. Es war ein Ruf an alle. Ich konnte nicht anders. Saulus war Paulus geworden. Es hätte nicht viel gefehlt, und ich hätte neben Marx und Lenin und Stalin den lieben Gott beschworen. Ein Professor mag vielleicht sagen, wie kann jemand Majakowskis Oktober-Poem fressen und zugleich die religiöse Schwärmerei eines Luka oder den verschwommenen Schlußtext aus Tolstois »Auferstehung«. Aber in mir tat sich kein Widerspruch auf. Ich sagte mit Luka: »Der Mensch lebt bald so, bald so. Wie sein Herz gestimmt ist, so lebt er.« Und wenn ich verzweifelt war, schrie ich mit Majakowski: »Und das Leben ist schön, und das Leben ist gut.«
Damals lernte ich Russisch.

Burgas macht mich fett, verführt mich zur Trägheit und Selbsttäuschung. Ich fange an, die Stadt zu hassen, wie jener Mann auf dem Kilimandscharo seine Geliebte haßte. Ich bin ein Fremder. Die Menschen sehen durch mich hindurch, als existiere ich nicht. Niemand, der mich braucht. Heute stellte ich mich in die Schlange vor dem Zeitungskiosk. Ich kaufte die Rabotnitschesko Delo[1], las das Datum – siebenundzwanzigster Juli – und warf das Blatt ungelesen wieder fort. Mich erschrecken keine Meldungen über Kriege, Erdbeben, Überflutungen,

---

[1] Zentralorgan der BKP

Hungersnöte. Ich lebe nur mir selbst. Zum erstenmal nach zwölf Wochen habe ich Sehnsucht nach dem Fischgeruch über Leipzig. Eine solche Umkehr des Gefühls habe ich nicht für möglich gehalten. Heimweh. Ich lache mich aus und betrinke mich. Jawohl, Bai Dimiter, ich habe nahezu eine halbe Flasche Mastika ausgetrunken und habe auf dem Balkon herumgegrölt. Weißt du, mit wem? Mit Vungja, ihrem Mann und ihren drei Kindern. Ich traf sie vor dem neueröffneten Kino. Barfuß und in bunte Fetzen gehüllt, hockte Vungja auf dem Gehsteig. Als sie mich sah, wollte sie fortlaufen, aber ich hielt sie fest. Ihr Mann hob drohend die Faust, die Kinder schrien. Eine Menge Leute sammelten sich um uns. Zwei Milizionäre packten Vungjas Mann und mich. Es war schwer, ihnen begreiflich zu machen, daß die Zigeunerin meine Freundin ist und daß ich nichts weiter wollte, als sie und ihren Mann in meine Wohnung einladen.

»Die Zigeuner sind lustig, die Zigeuner sind froh.«

Vungjas Kinder haben zum erstenmal in ihrem Leben ein Bad und eine Dusche gesehen. Anfangs hatten sie Angst, dann haben sie das Wasser in der ganzen Wohnung herumgespritzt. Der Mann hat kein Wort gesprochen, nur gegessen, getrunken und dann mit mir auf dem Balkon wie irre gelacht. Es war unsinnig, die Leute in meine Wohnung zu schleppen. Wir hatten uns nichts zu sagen.

Die Einsamkeit bringt mich um, Bai Dimiter.

Ich sitze nackt vor der Schreibmaschine, die mir der Direktor des deutschen Gymnasiums geliehen hat. Ich ordne, was ich bisher geschrieben habe, stelle um, werfe weg. Ein Wort des greisen Luka drängt sich mir auf: »Lieg nur hübsch still und sei nicht bange. Das Leben ist gut, aber der Tod ist für uns wie eine Mutter für ihre kleinen Kinder.« Während ich das hinschreibe, denke ich an Esther. Die Erinnerung an Imme hat alles andere verdrängt. So weit ist es mit mir gekommen: Ich beherrsche nicht das Schreiben, das Schreiben beherrscht mich. Vielleicht ist auch das verdammte Alleinsein daran schuld, daß ich ständig an Imme denke. Ich brauche einen starken Menschen um mich, weil ich selbst schwach bin. Und wenn er mich auch nach diesem dreckigen Kreppin geschickt hat, so hat er doch niemals seine Hand von mir genommen.

»Du mußt noch viel lernen, mein Junge. Tatsachen zählen, nicht Gefühle.«

Eine scheußliche Tatsache, dieses Kreppin. Wenn damals jemand zu mir gesagt hätte: »In dem Kaff wirst du zum Dichter werden, man wird dich feiern, und du wirst schuldig werden, an Menschen, die dir vertrauen – sieh dir die Qualmwolken über dem Kraftwerk genau an, die gelbe Fahne der Nitroseabgase, dort vor den schmierigen Werkhallen wird dein eigentlicher Aufstieg beginnen und später dein Abstieg«, – wenn mir das jemand gesagt hätte, ich hätte gelacht oder müde den Kopf geschüttelt.

Weißt du noch, wonach ich mich sehne? Nach einem Wort. Ich habe gehofft, weniger Zeit zu brauchen, um es hinschreiben zu können. Jetzt liegt es plötzlich so weit fort von mir, daß ich fürchte, es nicht mehr zu finden. Ich spanne einen neuen Bogen in die Maschine und tippe auf das leere Blatt: ENDE. Laß mir diesen Traum, Bai Dimiter. Ich will das Wort jeden Tag lesen und mir vorstellen, daß ungeschrieben dahinter ein zweites steht: ANFANG. Ich werde wieder zum Meer gehen und mich ins Wasser werfen können. Ich werde Kreppin überwunden haben, Esther und Schippenschiß. Ich werde freundlich an Imme denken und an Tscherwuchin. So elend, wie ich behaupte, war Kreppin nicht. Dort fand ich Tscherwuchin. Über ihn muß ich erzählen, wie Imme starb. Und wenn ich nicht erzähle, wie Imme starb, kann ich auch nicht über Esther und Schippenschiß erzählen.

Ich beherrsche nicht das Schreiben, das Schreiben beherrscht mich.

Tscherwuchin war einige Jahre älter als ich, im Zivilleben Lehrer in einem Dorf Westsibiriens, damals aber Kulturoffizier in der Kreiskommandantur. Ich habe mich nie wieder mit einem Menschen so schnell verstanden wie mit ihm, obwohl er, ganz im Gegensatz zu mir, Lehrer aus Leidenschaft war. Im Aussehen ähnelte er dem Mann mit der roten Pelzmütze. Es schien, als hätte er dem Maler Modell gesessen.

Tscherwuchin litt unter dem, was Heine Zahnschmerzen des Herzens nannte und dessentwegen sich Werther eine Kugel in den Leib schoß: Tscherwuchin liebte, ohne lieben zu dürfen. Es ist eine traurige Geschichte, Bai Dimiter, und sie hört sich an wie eine Erfindung. Aber sie hat sich wenige Jahre nach dem schrecklichen Krieg in dem dreckigen Kreppin zugetragen. Ich bin geneigt zu behaupten, Elisa, jene Freundin oder Frau oder Geliebte Tscherwuchins, ist die letzte Tote dieser Weltschlacht. Und der Sieger, Tscherwuchin, vielleicht heute noch ein trauriger Mensch. Er gehörte nicht zu denen, die leicht vergessen können.

Tscherwuchin bestand darauf, daß ich Schulleiter von Kreppin würde. Der bisherige Direktor war wenige Monate nach meinem Arbeitsbeginn eingesperrt worden. Die Gründe dafür haben selbst wir als seine Kollegen nicht erfahren. Einige sagten, er hätte im Suff auf Stalin geschimpft. Dann wiederum hieß es, er und sein Schwager, ein Ingenieur aus dem Chemiewerk, hätten Buntmetall nach Westberlin verschoben, um sich dort ein Konto anzulegen. Vielleicht war an allem etwas dran. Mich kümmerte es wenig, ich war als Verkünder des neuen Lebens unterwegs, hielt in Kulturbundveranstaltungen, Parteiversammlungen, Zusammenkünften der Gesellschaft für Deutsch-Sowjetische Freundschaft und in der Volkshochschule Vorträge über den sozialistischen

Realismus, die Geschichte der KPdSU(B) und über die Notwendigkeit, uns von kleinbürgerlicher Moral und Denkungsart zu befreien. Ich war kein Heuchler, Bai Dimiter. Ich wollte eine Schuld abtragen und verhindern, daß andere ähnliche Sünden begehen wie ich. Bei einem dieser Vorträge lernte ich Tscherwuchin kennen. Ich hatte den ernsten und sehr zurückhaltenden Mann schon des öfteren bemerkt, wenn ich sprach, ich fühlte mich gerade durch ihn auf meinem Weg bestätigt. Ein Bekehrter, dachte ich und war dann doch sehr überrascht, ja außerordentlich befangen, als er plötzlich in der Uniform eines sowjetischen Oberleutnants vor mir saß. Ich sprach zu Arbeitern über Gladkows »Zement«. Der Vortrag mißlang. Ich fühlte mich unentwegt von Tscherwuchin beobachtet. Tscherwuchin muß meine Unsicherheit bemerkt haben, denn er verließ nach kurzer Zeit den Raum, wartete jedoch draußen auf mich und fragte, ob er mich begleiten dürfe. Ich nahm seine Bitte als Befehl, aber er zwang mich nicht zu einem Gespräch. Wir gingen schweigend bis zu dem Haus, in dem ich wohnte. Dort reichte er mir die Hand und sagte plötzlich: »Sie sind ein Savonarola.«

Ich lud ihn ein, mit mir Abendbrot zu essen.

So begann unsere Freundschaft.

Tscherwuchin hielt mich für gebildeter und seinem Land mehr zugetan, als ich es war. Ich sagte ja, ich hatte angefangen, Russisch zu lernen, weil ich wissen wollte, wie es sich anhört, wenn Luka sagt: Es gibt Leute, und es gibt Menschen. Oder: Die Wahrheit, die Wahrheit ist aber nicht immer gut für den Menschen. Nicht immer heilst du die Seele mit der Wahrheit.

Ich gebe zu, ich wollte Tscherwuchin gefallen, allein aus dem Grund, weil er mir gefiel. Ich fühlte mich einsam in Kreppin, nirgendwo zugehörig. Und mir schien, Tscherwuchins Seele war meiner verwandt.

Als wir wieder einmal beisammensaßen und ich meine angelesenen

Sprüche von mir gab, fragte Tscherwuchin: »Sind Sie melancholisch?«
Ich fühlte mich beschämt. »Wieso?« fragte ich.

Statt einer Antwort zitierte Tscherwuchin Nietzsche:
»Ja, ich weiß, woher ich stamme,
ungesättigt, gleich der Flamme
glühe und verzehr ich mich...«

Mit einem Lächeln setzte er hinzu: »Alle bedeutenden Leute sind melancholisch.«

Sein Unglück bestand darin, daß er nicht in historischen Dimensionen dachte oder epochalen Notwendigkeiten – so heißt es doch, nicht wahr –, sondern Elisa liebte, ohne zu fragen, ob es die Staatspolitik erlaubte. Er verehrte Puschkin und Rilke, Majakowski und Hesse. Immer häufiger besuchte er mich. Wir tranken Wodka, aßen Brot und Speck und sprachen Verse, die uns gerade einfielen. Über den Krieg redeten wir nicht, eher über Sartre, die existentielle Angst des Menschen und ob nicht doch etwas daran sei, wenn Sartre behauptet, im Grunde genommen ist der Mensch hoffnungslos in sich selbst eingesperrt, in seine Feigheit und Angst. Er kann nicht leben ohne den anderen, und doch ist der zugleich seine Hölle. Der Krieg war schon Jahre vorbei, aber die Wunden, die er uns geschlagen hatte, waren weder in Tscherwuchin noch in mir geheilt. Sieger und Besiegter – unsere Füße waren noch zu müde vom langen Marschieren, der Mund trocken von der Hitze brennender Städte, die Ohren schmerzten vom Gedröhn der Stalinorgeln und Stukas...

Ich wollte nicht Schulleiter werden.

Es sei keineswegs ein Freundesdienst, den er mir mit derlei Beförderung erweise, sagte ich zu Tscherwuchin. Wenn er etwas für mich tun wollte, dann möge er dafür sorgen, daß ich endlich vom Lehrerdasein befreit würde. Strafverteidiger zum Beispiel, dafür fühlte ich mich geeignet.

Ich will nicht verschweigen, Bai Dimiter, daß ich meine plötzliche Zuneigung zur Jurisprudenz durch Anissa geweckt wurde. Von ihrem Betrieb war sie zu einem Richterlehrgang delegiert worden. Und wenn ich gesagt habe, ich hätte mich zu eben einem solchen Krieg gemeldet, um Hermine zu entfliehen, so ist das nicht die volle Wahrheit. Ich hatte gehofft, Anissa nahe zu sein. Ich begehrte sie mehr denn je. Vielleicht kann ich nur lieben, was mir verwehrt ist. Die Erfüllung tötet mein Gefühl.

Mich nannte Tscherwuchin einen Narren in Christo, einen Dostojewskischen Idioten, und da ich bei meiner Verweigerung blieb, wurde er dienstlich, schrie mich an und meinte, es ginge hier nicht darum, was ich für abstruse Wünsche hätte, sondern was erforderlich wäre. Er befehle mir, am folgenden Tag dem Schulrat meine Bereitschaft für diese Funktion zu erklären. Er habe mir gar nichts zu befehlen, erwiderte ich, einen Dreck habe er mir zu befehlen, eher ginge ein Elefant durch ein Nadelöhr, als daß ich Schulleiter in Kreppin würde. Daraufhin ließ Tscherwuchin mich verhaften.

So saß ich zum zweitenmal im Keller einer sowjetischen Kommandantur. Diesmal aber nicht als ängstlicher Naivling wie seinerzeit in Herzberg. Ich war gewillt, Starrheit gegen Starrheit zu setzen. Niemand sollte mehr das Recht haben, über mich zu verfügen, kein Imme, kein Tscherwuchin, einzig und allein ich selbst.

Nachts kam Tscherwuchin zu mir. Er setzte sich auf meine Pritsche. Ich blieb liegen und starrte zur Decke.

»Es tut mir leid«, sagte Tscherwuchin.

Ich gab keine Antwort.

»Es tut mir leid«, schrie er, »was willst du noch?«

Er duzte mich. Ich richtete mich auf, zog Hose und Schuhe an und verließ stumm den Kellerraum. Tscherwuchin folgte mir. Er gab dem Posten einen Wink, der ließ mich passieren.

Am nächsten Morgen rief mich der Schulrat in die Kreisstadt und teilte mir mit, die Partei habe beschlossen, mich zum Schulleiter in Kreppin zu berufen. Ich nahm die Funktion an. Noch am gleichen Tag bezog ich die kleine Wohnung, die in der Schule für den jeweiligen Direktor zur Verfügung stand. Am Abend ging ich durch das leere Gebäude, über die düsteren Flure, in jeden Klassenraum. Ich verstand mich selbst nicht, und ich verstand Tscherwuchin nicht und den Schulrat nicht und die Partei nicht oder wer immer sich als Partei ausgab. Ich war ein miserabler Pädagoge, aber niemand nahm mir diese Selbstbezichtigung ab, ich verabscheute meinen Beruf und wurde dafür ausgezeichnet.

In plötzlich aufkommender Wut schlug ich mit der Faust eine verschmierte Fensterscheibe ein, zerschnitt mir den Arm und blutete heftig. An diesem Tag betrank ich mich.

Wer sich einfallen ließ, Kreppin zu einem Beispiel für die Schulzentralisierung zu machen, weiß ich nicht. Fast möchte ich glauben, Imme steckte dahinter, denn ihm blieb nicht verborgen, daß ich befördert worden war. Er hatte sich nun mal in den Kopf gesetzt, aus mir einen Revolutionär zu machen, einen Pawel Kortschagin, den ich nie mochte. Manchmal besaß Imme die Gläubigkeit eines religiösen Menschen, obwohl er die Pfaffen haßte. Jawohl, in dieser Hinsicht war er dogmatisch und rücksichtslos. Für ihn war jeder Pfarrer ein Pfaffe und ein Feind der Partei. Das sollte noch Folgen haben.

Die Schule in Kreppin war ein alter Backsteinbau. Die Flugasche des Kraftwerkes hatte sich in jeder Fuge festgesetzt. Die Außenfronten der Häuser blieben unverputzt. Die rohen Ziegelsteine erwiesen sich vorteilhafter als Mörtel, der schon nach kurzer Zeit schwarz wurde. An einen Schulneubau war nicht zu denken. Es gab weder Geld noch Baukapazität. Bis heute hat sich die Meinung gehalten, ich hätte allen Schwierigkeiten getrotzt, den Schulneubau und die Zentralschule für die Kinder der Chemiewerker zustande gebracht. Doch nicht mir, sondern Tscherwuchin gebührt dieses Lob. Aber er wurde in seine Heimat nach Westsibirien zurückgeschickt, und ich wurde »Verdienter Lehrer des Volkes«. So verkehren sich die Dinge. Vielleicht gäbe es ohne Tscherwuchins Liebe zu Elisa diese Schule heute noch nicht.

Eines Nachts, im Dezember oder Januar, ich weiß nur, daß es sehr kalt war und wir mit Kohlen sparsam umgehen mußten, kam Tscherwuchin zu mir. Er blutete an der Stirn. Sein Uniformmantel war verschmiert und am Kragen aufgerissen. Zuerst glaubte ich, Tscherwuchin sei betrunken. Er redete russisch auf mich ein, aber ich verstand ihn nicht, da er sehr schnell sprach. Ich hieß ihn hereinkommen, denn ich stand im Schlafanzug an der Tür. Er drehte sich um, rief leise einen Namen, wiederholte ihn unwillig ein zweites Mal. Aus einem Winkel schob sich eine Gestalt, kam auf uns zu. Es war Elisa. Tscherwuchin drängte sie und mich ins Haus und schloß die Tür. Ich wußte mir das Geschehen nicht zu erklären, aber ich fror derart, daß ich nur im Sinn hatte, so schnell wie möglich in meine Kammer zurückzukehren. Ich lief die Treppen hinauf und kroch ins Bett. So in der Wärme geborgen, erwartete ich den ungewöhnlichen Besuch.

Tscherwuchin hielt Elisa an der Hand gefaßt.

Sie standen vor meinem Bett wie Hänsel und Gretel. Mein Gott, dachte ich, ist das komisch.

»Du mußt uns helfen«, sagte Tscherwuchin.

Ich erschrak, denn ich meinte, er wollte mich in eine Geschichte hineinziehen, bei der ich zuletzt das Opfer sein würde. Tscherwuchin hatte Armeen hinter sich, ich niemanden. Ich dachte an den Rudaer Berg, an die Flucht Wolodjas und an den Tod der Köchin. Aber warum sollte Tscherwuchin fliehen wollen und vor wem?

Elisa fror. Ihre Lippen waren blaß. Sie stand krumm da, die Schultern nach vorn gezogen.

Ich kroch aus dem Bett, rüttelte die Asche aus dem Kanonenofen, legte

Holz auf die Glut und schüttete Kohlen darauf. Ich machte alles sehr langsam.

»Wir wissen nicht, wohin«, sagte Tscherwuchin.

Und ich dachte: Warum dann zu mir?

»Es wird gleich warm werden«, sagte ich und kroch wieder ins Bett.

Elisa murmelte etwas vor sich hin. Ich verstand einzelne Wörter wie »Entschuldigung« und »peinlich«. Immer noch standen beide Hand in Hand vor meinem Bett.

»Nicht wahr«, sagte ich, »jetzt ist es schon ganz schön warm.«

In einem plötzlichen Anfall von Wut hob Tscherwuchin den Stuhl und schleuderte ihn krachend zu Boden.

»Wir lieben uns«, schrie er.

Es lag sehr viel Verzweiflung in seinem Schrei.

Das Leben ist so, mein Lieber, dachte ich. Du mußt es durchstehen, wie es ist.

Ich sah mir Elisa genau an. Neben dem großen, kräftig gebauten Tscherwuchin wirkte sie zart und zerbrechlich. Ich zeigte auf die Tür zur zweiten Kammer.

»Das werde ich dir nicht vergessen«, sagte Tscherwuchin.

Später hörte ich beide miteinander flüstern. Tscherwuchin, schien mir, war bemüht, Elisa zu beruhigen. Er kam noch einmal zu meinem Bett, fragte, ob er sich waschen könne.

»Fühl dich wie zu Haus«, erwiderte ich, drehte mein Gesicht zur Wand und versuchte zu schlafen. Ich wollte nicht wissen, warum Tscherwuchin blutete und sein Mantel verschmiert und zerrissen war.

Tscherwuchin löschte das Licht, als er zu Elisa ging.

Vielleicht erinnerst du dich an Paul und Ellen, Bai Dimiter, und daß ich durch die Tür mit anhören mußte, wie sie sich liebten. Damals empfand ich Ekel. Jetzt hatte ich bereits ein Leben hinter mich gebracht, wenn auch erst wenige Jahre vergangen waren. Ich wußte, daß Männer dabei grunzen, mit flachen Händen gegen das Fleisch der Frau schlagen oder wie Hunde bellen, Frauen hingegen nicht nur wie Ellen schreien, sondern lachen, falsch singen, pfeifen oder Zigaretten rauchen. Elisa weinte. Sie hatte einen Schluckauf wie ein kleines Kind. Ich kam mir unanständig vor, stand auf und lief in die frostklare Nacht.

Tscherwuchin und Elisa kamen anfangs einmal in der Woche zu mir. Später nahezu jeden Tag. Sie war in der Kaderabteilung des Chemiewerkes beschäftigt, ihr Mann seit den Kämpfen um Tscherkassy vermißt. Es ging das Gerücht, er wäre in einem sowjetischen Gefangenenlager an Typhus gestorben. Elisa wohnte bei ihrer Schwiegermutter, fünf Kilometer von Kreppin entfernt. Die Alte hätte Elisa aus dem Haus gejagt, wäre sie mit einem Russen angerückt. Tscherwuchin wiederum unterlag dem Befehl, daß kein Angehöriger der sowjetischen Besatzung anderen als offiziellen Kontakt zu einer deutschen Frau unterhalten dürfe. Auf die Einhaltung dieses Befehls wurde im Kreise Ronnburg strenger geachtet als anderswo. Der Kommandant, ein Major aus Leningrad, haßte die Deutschen. Ich glaube, selbst die deutschen Kommunisten.

Die Liebe zwischen Tscherwuchin und Elisa sei übersteigert gewesen, könnte man meinen, nahezu krankhaft. Ich aber möchte behaupten, Unverstand und Haß erforderten eine solche Unbedingtheit, sollte die Liebe von Wert sein. Tscherwuchin war ein stolzer Mann, und doch entwürdigte er sich Elisas wegen. Er verkleidete sich, drückte sich wie ein halbwüchsiger in Kellern und Schuppen herum, ließ sich prügeln, verjagen, alles, um Elisa streicheln, küssen, umarmen zu können. Sie dagegen gab Tscherwuchin ihren Leib auf schmutzigen Brettern, zerfressenen Lappen, ließ sich Nutte und Russenhure schimpfen und lebte in ständiger Angst, ertappt zu werden.

Das eben war in jener Nacht geschehen, als beide zu mir ins Schulgebäude flüchteten. Der Frost hatte sie in den Vorkeller eines Wohnhauses getrieben. Der Besitzer hielt sie für Einbrecher, schrie und schlug auf Tscherwuchin ein, der nicht wagte, sich zu wehren, sondern nur darauf bedacht war, mit Elisa zu entkommen.

Du kannst einwenden, ich habe Tscherwuchin und Elisa nicht selbstlos Unterschlupf geboten. Ja, ich hatte meinen Vorteil. Ich rede nicht von Wodka, Eiern, Speck und Zigaretten. Ich rede von der Zentralschule. Imme rief mich in regelmäßigen Abständen an. Er wollte wissen, wie es mit dem revolutionären Auftrag voranginge, und zeigte sich höchst unbefriedigt. Meine Einwände, es gäbe weder materiell noch kadermäßig hinreichende Voraussetzungen, nannte er dummes Geschwätz. Sicher, ich habe mich in meinem Leben auch als Ehrgeizling gezeigt, aber so verdorben bin ich nicht, daß ich mich für jede gute Tat bezahlen lasse. Tscherwuchin hat mir von sich aus Hilfe angeboten. Er war ein Mann, der zu seinem Wort stand. Und er hatte ja gesagt: »Das werde ich dir nicht vergessen.« Heute will mir scheinen, Tscherwuchin baute die Schule für Elisa. Die Kammer seiner Liebe sollte zum Schloß werden. Sein Lebensrausch ließ ihn scheinbar Unmögliches planen und durchführen.

Der Kommandant, ich habe vergessen, es zu erwähnen, war sein Freund. Tscherwuchin hatte ihm während der Straßenkämpfe in Berlin das Leben gerettet. Mit welchen Vorschlägen Tscherwuchin auch immer kam, der Major zeigte sich aufgeschlossen, und er hatte Einfluß und Überzeugungskraft genug, um im Werk Material für den Schulneubau freizumachen. Unter dem Aufruf: »Das Beste für unsere Kinder« begann im Kreis eine große Aktion für das Kreppiner Projekt. Baubetriebe übernahmen Zusatzverpflichtungen, der Kommandant beorderte sowjetische Soldaten im Wechsel zum Schulneubau. Das wiederum veranlaßte die Kreisleitung der Partei, zu Subbotniks aufzufordern. Zeitungsredakteure kamen, Rundfunkreporter. Alle Erfolge wurden mir zugeschrieben. Ich wurde fotografiert: mit sowjetischen

Soldaten, mit Arbeitern, mit Schülern, dem Elternbeirat. Ich drängte mich nicht nach solcher Ehre, ließ nicht ab zu erwähnen, daß mein sowjetischer Freund Tscherwuchin der eigentliche Held sei. Aber solche Äußerungen wurden mir als Bescheidenheit angerechnet, als Ausdruck tiefster Verbundenheit zur Sowjetunion. Ich war ein Held wider Willen. Der Minister berief mich in eine zentrale Kommission. Kreppin wurde Maßstab für die Republik. Natürlich erhielten wir einen Schulbus, Planstellen nicht nur für Lehrer, sogar für zwei Sekretärinnen. Delegationen besuchten uns, wie man einen Zoo besucht. Mit der Zeit hörte ich auf, mich gegen das Lob zu wehren, fing immer stärker an zu glauben, daß ich selbst die eigentliche Leistung vollbracht hätte. Zum erstenmal in meinem Leben erfuhr ich, wie angenehm Erfolg ist und wie verführerisch. Nicht nur, wer einmal aus dem Blechnapf frißt, ist gefährdet, auch jener, der vom goldenen Teller des Ruhms gekostet hat. Und eine zweite Erfahrung habe ich mitgenommen, Bai Dimiter: Nicht selten ist Ruhm Zufall. Du bist ihm ebenso ausgeliefert wie dem Mißerfolg.

Das Märchen nahm ein ungutes Ende. Zuerst für Tscherwuchin und Elisa.

Im Jahre 1952 wurden bei uns die Länderregierungen und Landesleitungen aufgelöst. Das Ganze trug den Namen Verwaltungsreform. Es gab viel Aufregung. Mancher lief über die Grenze und versuchte, in Bonn oder Hamburg Karriere zu machen. Imme kam als Erster Kreissekretär nach Ronnburg. Er konnte nicht aufhören, sich um mich zu kümmern. Bei aller Unerbittlichkeit war Imme ein Romantiker.

»Wir beide«, sagte er, »wir beide machen aus Ronnburg ein kommunistisches Paradies.«

Wenige Monate später war ich Schulrat, mußte die kleine Wohnung im Schulbau verlassen, und Tscherwuchin hatte kein Zimmer mehr für seine Liebe.

In Ronnburg wohnte ich in einem Zweifamilienhaus zusammen mit dem Agit-Prop-Sekretär der Kreisleitung.

Nein, der war kein Denunziant, nur sehr aufdringlich, zudem nicht übermäßig klug. Kaum hatte er herausgefunden, daß Tscherwuchin mich besuchte, bedrängte er mich mit seiner Hilfsbereitschaft. Seine Frau wusch für mich die Hemden, und selten verging ein Wochenende, da ich nicht zum Mittagessen eingeladen wurde.

Rothenberger war der Partei in Nibelungentreue ergeben. Einer von denen, die nicht lügen, sondern stets ehrlich überzeugt sind, heute so denken und morgen so, aus tiefstem Herzen meinen, die wahren Dialektiker zu sein. Ich trachtete danach, ihm zu entwischen, denn fing er mich ein, gab er mir eine Privatlektion über die Hinterhältigkeit des Klassenfeindes, insbesondere der Kirche. In der Auseinandersetzung um die Junge Gemeinde hätte sie sich eindeutig als Herd der Reaktion entlarvt, sagte er. Dunkelmännertum oder wissenschaftliches Weltbild, Papst oder Marx, das sei die eigentliche Frage. Saß Tscherwuchin bei mir, dauerte es nicht lange, und der Sekretär kam. Er wußte über die Sowjetunion besser Bescheid als Tscherwuchin. Lenin nannte er nie, ohne zugleich auch Stalin zu erwähnen, dessen sprachtheoretisches Heftchen damals zum Standardwerk unserer Philosophen, Philologen, Pädagogen, ja selbst der Hebammen und Zahnärzte erklärt wurde.

Tscherwuchin wagte es nur einmal, Elisa mitzubringen. Er stellte sie als Werksbeauftragte für Schulfragen vor. Der Sekretär zeigte sich überrascht, eine solche Funktion war ihm unbekannt. Tscherwuchin merkte, daß er zu weit gegangen war, erklärte, diese Angelegenheit trage einen mehr ehrenamtlichen Charakter, es sei ein erster Versuch, Arbeiterklasse und Schule enger miteinander zu verbinden. Lenin habe den polytechnischen Unterricht für ein Grundprinzip der sozialistischen Schule gehalten.

Elisa trank schüchtern ihren Tee. Welche Konzeption sie habe, wollte der Sekretär wissen. Damit brachte er uns alle drei in große Schwierig-keiten. Elisa, schien mir, verstand nicht einmal das Wort.

Ich weiß wirklich nicht, Bai Dimiter, was einen Mann wie Tscher-wuchin an diese Frau band. Sie sah weder gut aus noch besaß sie Geist. Ich hatte immer den Eindruck, sie sei aus dem Nest gefallen, säße auf einem Zaun und habe Angst zu fliegen. Ich gebe zu, ihre Hilflosigkeit hatte etwas Rührendes, und vielleicht war es das, was sie Tscherwuchin liebenswert machte.

Um der lästigen Neugier des Sekretärs zu entgehen, drängte Tscher-wuchin bald zum Aufbruch. In den folgenden Wochen bin ich ihm nicht begegnet. Ich weiß nicht, was er trieb und wo er für sich und Elisa Unterschlupf fand. Wir schrieben das Jahr dreiundfünfzig. Die Men-schen in unserem Land waren erregt. Die einen meinten, der Westen sabotiere unseren Aufbau und schüre die Konterrevolution. Die ande-ren hielten der Parteiführung und der Regierung eine falsche Innenpoli-tik vor, die unausgesetzte Steigerung der Arbeitsnorm sei irreal, hieß es, der Sozialismus breche dem Arbeiter lediglich auf andere Art als der Kapitalismus die Knochen. Zwei-, dreimal wöchentlich wurde ich in die Kreisleitung gerufen.

Eines Tages, es muß im Mai gewesen sein, das Werk schüttete seine Flugasche nicht nur auf Kreppin, sondern auch auf die Kreisstadt, schlug Imme mir auf die Schultern, rüttelte mich und rief: »Junge, es geht los.«

Ich hatte den Eindruck, er war froh, daß es losgehen sollte.

»Die Macht geben wir nicht mehr aus den Händen. Oder?«

»Nein«, sagte ich, »niemals.«

»Wer nicht mit uns ist, ist gegen uns. Oder?«

»Ja.«

»Nein und ja und ja und nein«, schrie Imme. »Was bist du, Schulrat oder ein Scheißer?«

Für ihn gab es nur immer das eine oder das andere. Kompromisse lehnte er ab.

»Komm«, sagte er und schleppte mich zu einem alten BMW. Er steuerte selbst. Wir fuhren nach Kreppin und hielten vor der neuen Schule. Imme schlug mit der flachen Hand gegen das Mauerwerk. So klopft man einem Pferd den Hals.

»Ein schönes Haus«, sagte er, »ein sehr schönes Haus.«

Ich wußte nicht, worauf er hinaus wollte. Aber seine Ruhe während der Fahrt und seine Freundlichkeit jetzt verrieten ihn. Soweit kannte ich Imme, unvermittelt würde er zuschlagen.

Eschenreuter, den ich als meinen Nachfolger eingesetzt hatte, kam uns entgegen. Er mußte uns vom Fenster aus gesehen haben, oder die Sekretärin hatte ihn über unsere Ankunft informiert.

Eschenreuter war sechzig Jahre alt und stammte aus Freudenthal – Geist vom Geiste der degenerierten österreich-habsburgerischen Monarchie, zuverlässig und treu. Er brauchte stets jemanden, der ihm sagte, was er zu tun hatte. Seine Söhne waren gefallen, seine Frau gestorben. Eschenreuter besaß nichts anderes als die Schule.

Wir gingen durch die hellen, mit Philodendron und Gummibäumen geschmückten Flure. Immes Gesicht wurde immer freundlicher.

»Schön«, sagte er, »sehr schön, wunderschön.«

Er ließ sich vom Keller zum Boden führen. Auch ich empfand Freude und Stolz, war ich doch nicht unbeteiligt am Zustandekommen dieser wirklich schönen Schule. Auch ihr Name stammte von mir: Schule der Deutsch-Sowjetischen Freundschaft. Mein Vorschlag war seinerzeit mit großem Beifall aufgenommen worden. Dabei hatte ich eigentlich mehr an Tscherwuchin, Elisa und mich gedacht, weniger an Politik.

»Fällt dir was auf?« fragte Imme.

Nein, mir fiel nichts auf. Ich sah die farbenfrohen Flure, die hohen Fenster, die Diagramme an den Wänden mit dem jeweiligen Leistungsstand jeder Klasse. Auch für diesen Wettbewerb war die Initiative von mir ausgegangen. Das heißt, ich hatte seinerzeit zu Eschenreuter gesagt: »Produktionssteigerung wird in den Betrieben groß geschrieben. Nächste Woche erwarten wir eine Inspektion. Der erste Eindruck entscheidet. Leistungskurven, an den richtigen Stellen angebracht, machen die Leute freundlich.« Und zur rechten Zeit prangten auf rotem Untergrund exakt gezogene Diagramme an einer bröckelnden Wand des Treppenaufgangs. Es war noch im alten Schulgebäude. Eschenreuter war ein Mann der Tradition und dankbar für empfangenes Lob. So hingen auch an den Wänden des neuen Schulgebäudes derartige Diagramme. Daneben Fotos von Bestschülern, so wie du heute in Kaufhallen Fotos der erfolgreichsten Verkäufer sehen kannst oder in den Betrieben Bilder von Aktivisten und Helden der Arbeit.

Imme blieb vor einem Foto stehen und tippte mit dem Finger darauf. Ein Junge blickte uns entgegen, sehr ernst, sehr schmal im Gesicht. Kleine Nase, fliehendes Kinn, große Ohren.

»Einskommaeins«, sagte Eschenreuter.

Imme betrachtete sehr aufmerksam das Jungengesicht.

»In der Schulgruppenleitung«, sagte Eschenreuter.

Imme verweilte noch eine Zeit vor dem Foto, ging dann weiter und fragte wieder nebenbei: »Vater?«

»Lüderitz.«

»Der Pastor?«

»Ja«, bestätigte Eschenreuter unbefangen.

Imme blieb vor einem zweiten Foto stehen.

»Einskommadrei«, sagte Eschenreuter.

»Schulgruppenleitung?«

»Selbstverständlich.«

»Selbstverständlich«, wiederholte Imme, und ich merkte, daß er Mühe aufbringen mußte, sich zu beherrschen.

»Ein hübsches Mädchen«, sagte er.

»Die Tochter von Doktor Rackwitz«, erklärte Eschenreuter.

»Dem Zahnarzt Rackwitz?«

»Ja.«

»Der Schwager von Lüderitz?«

»Ja.«

Es hörte sich an wie das Märchen von König Drosselbart. Ich dachte noch, du bist ein Trottel, Eschenreuter, da fing Imme auch schon an, am ganzen Körper zu beben. Er riß sich ein Haar aus der Stirn, und ich fürchtete, er könnte sich vergessen und Eschenreuter hier auf dem Flur zusammenschlagen wie mich seinerzeit in jenem Zimmer der Landesleitung. Doch Imme rannte davon, als wäre der Teufel hinter ihm her.

Wir fanden ihn im Direktorzimmer. Er saß aufrecht hinterm Schreibtisch, als hätte er die Schule okkupiert.

»Stehn Sie nicht herum, setzen Sie sich«, rief er Eschenreuter zu.

Der war gehorsam wie ein braver Schüler. Der alte Mann tat mir leid. Er sah aus, als wäre ihm soeben ein schweres Verbrechen nachgewiesen worden. Nach vorn überfallend, saß er auf seinem Stuhl. Er war in politischen Fragen naiv, so unerfahren aber wiederum nicht, um nicht zu begreifen, was ihm bevorstand.

»Wieviele Fotos hängen draußen?« fragte Imme.

»Sechzehn.«

»Wieviele zeigen Arbeiterkinder?«

»Ich weiß es nicht.«

»Zwei«, sagte Imme.

Er hob die Hand und streckte zwei Finger aus wie zum Schwur. »Wieviele Pioniere sind in der zentralen Schulgruppenleitung?«

»Vierzehn.«

»Wieviele Arbeiterkinder?«

»Ich weiß es nicht.«

»Eins.«

Imme brüllte, streckte den Daumen zur Decke und sprang auf. Eschenreuter wagte nicht sitzen zu bleiben, als Imme drohend vor ihm stand.

Plötzlich sagte Imme ganz ruhig: »Sie sind abgelöst. Die Macht geben wir nicht aus der Hand.«

Es stand nicht in seinem Ermessen, Schulleiter einzusetzen und abzuberufen. Aber solche Zuständigkeitsfragen kümmerten ihn wenig. Für ihn galt in allen Entscheidungen nur ein Grundprinzip: Wer – wen.

Er sah mich an.

»Oder?« fragte er.

Eigentlich war es keine Frage, sondern die Herausforderung zur Bestätigung seines Verhaltens.

Ich hätte antworten müssen: »So kannst du nicht mit Direktoren umspringen. Der Mann hat seine Verdienste. Was meinst du, wer die Schule geleitet hat, als ich mich um den Neubau kümmern mußte, die Bauern agitierte, damit sie ihre Kinder sieben und zehn Kilometer weit zur Schule schicken? Ja gut, Eschenreuter hat nicht gerade politischen Instinkt bewiesen, aber kannst du das immer von dir behaupten, und ich, bin ich besser?«

Heute würde ich mich nicht scheuen, so zu sprechen, Bai Dimiter. Aber damals?

Ich versuche herauszufinden, ob ich zu autoritätsgläubig war oder Eschenreuter in einer so ungewöhnlichen Zeit wirklich für ungeeignet hielt, eine Schule zu leiten. Ich wehre mich gegen den Verdacht, Furcht vor Imme gehabt zu haben, und doch . . . Wahr ist, daß ich Eschenreuter niemals hätte in seiner Funktion halten können. Ich wollte ihm einen ruhigen Posten geben, eine Arbeit, bei der er seine Nerven schonen konnte. So antwortete ich auf Immes provokatives »Oder«: »Eschenreuter, Eschenreuter, wo leben Sie.«

Ich hatte keine Ahnung, daß Imme noch mehr verlangen würde: Eschenreuters Entlassung aus dem Schuldienst überhaupt. Er hielt ihn für einen Parteigänger des Pastors Lüderitz. Mit der gleichen Verbissenheit, mit der Imme die Jugendweihe verfocht, kämpfte Lüderitz für die Ausschließlichkeit der Konfirmation. Imme hatte gedroht, mich zum Teufel zu schicken, wenn ich auch nur einen Absolventen der achten Klasse zur Oberschule zuließe, der die Jugendweihe ablehnte. Lüderitz hingegen weigerte sich, Jungen und Mädchen zu konfirmieren, die sich an der Jugendweihe beteiligten. Der eine war in gleichem Maße Fanatiker wie der andere. Die Schlacht breitete sich aus bis in die Büros, Forschungsstätten und Produktionshallen des Chemiewerkes. Der Macht Immes setzte Lüderitz jesuitische Schläue entgegen. Er gewann Ingenieure und Betriebsleiter als Verbündete. Diese Leute wurden dringend gebraucht, Bai Dimiter, und es gab die offene Grenze in Berlin. Gegen ihre Forderung: »Höchstes Bildungsniveau in der Kreppiner Schule« war nichts einzuwenden. Auch nicht, daß sie sich bereitfanden, im Elternbeirat und in den Elternaktivs mitzuarbeiten. Sie wählten Lüderitz in den Elternbeirat. Nein, nein, er trug nicht das Banner voran. Er kümmerte sich um Hygiene und Ästhetik. Die Toiletten waren sauber. Die Schmierereien dort verschwanden, seit Lüderitz die Verantwortung dafür übernommen hatte. Flure und Klassenzimmer schmückte er mit Schülerzeichnungen, Fotos von Wissenschaftlern, Künstlern, Politikern. Niemandem fiel dabei auf, daß Lüderitz sehr eigenwillige Kombinationen wählte. Gegenüber einer Stalinbüste hing eine Ikone: Sankt Georg tötet den Drachen. Neben Marx hing ein Breughel. Wer sich Zeit nahm, genau hinzusehen, konnte feststellen, daß Marx jenen berühmten »Zug der Blinden« anführte, die allesamt in einen Tümpel stürzen. Mehrere Eltern forderten für ihre Kinder Religionsunterricht. Das stand ihnen nach der Verfassung zu. Da Lüderitz in Ronnburg wohnte und Kreppin kein Gemeindehaus besaß, war es zum Gewohnheitsrecht geworden, daß nachmittags in einem der Schulräume Religionsunterricht erteilt wurde. Auch in der Zeit, da ich dort Schulleiter war. Ich fand es unsinnig, darum eine Auseinandersetzung zu führen. Lüderitz war mir nicht als Pastor unangenehm, sondern als Mensch. Mag sein, er hat in dem ungleichen Kampf damals keine andere Waffe gehabt als List und Hinterhältigkeit. Andererseits imponierte mir sein Einfallsreichtum, der sich voll entfaltete, als Imme zum Sturm blies. Um dessen Härte dem naiven Eschenreuter gegenüber zu erklären, muß der Gerechtigkeit wegen gesagt werden, daß zuvor in Kreppin noch etwas anderes geschehen war. Imme hatte erfahren, daß Lüderitz seinen Religionsunterricht in der Schule der Deutsch-Sowjetischen Freundschaft im Anschluß an die Pionierstunde erteilte. Auf diese Weise hatte er die Kinder beisammen.

Damals suchte Imme mich persönlich im Schulamt auf.

»Schaff mir den Pfaffen aus der Schule, oder du fliegst«, sagte er, kaum daß er das Zimmer betreten hatte. »Und warum trägst du keinen Binder? Wenn du Schulrat bist, trag gefälligst einen Binder.«

»Im vergangenen Monat haben sich fünf Ingenieure nach dem Westen abgesetzt«, entgegnete ich.

»Es werden noch mehr gehen.«

Imme war für klare Verhältnisse. Am liebsten hätte er die Hälfte aller Betriebsleiter aus dem Werk gejagt. Für ihn waren sie Saboteure und Agenten.

»Der Pfaffe fliegt«, sagte er.

Damit war das Gespräch beendet.

Ich telefonierte mit Eschenreuter.

»Aber was denn, was denn«, rief dieser ängstlich, »der Elternbeirat steht hinter Lüderitz.«

»Sie sind der Schulleiter«, erwiderte ich und gab ihm damit ebensowenig einen Rat wie Imme mir.

Der Schwarze Peter war ihm zugeschoben.

Ich hörte den armen Mann noch einmal rufen: »Ich will's ja machen, aber wie?« Da legte ich den Hörer auf.

Zwei Tage später stand Eschenreuter vor meinem Schreibtisch. Er sah zum Erbarmen aus: unrasiert, das Gesicht bleich, die Augenlider gerötet. Ich ließ für ihn Kaffee brühen. Seine Hand zitterte, wenn er die Tasse zum Mund führte. Er habe Lüderitz verboten, das Schulgebäude zu betreten, erklärte er, jetzt gäbe der Pastor seinen Religionsunterricht vor dem Schultor. Es sei April und kalt. Wenn die Kinder krank würden, sei ein Aufruhr unter den Eltern zu erwarten. Was er denn nun für Maßnahmen ergreifen solle, wollte er wissen. Ich wußte es auch nicht. Lüderitz kämpfte seinen Kampf nicht von der Kanzel, sondern auf der Straße. Er spekulierte darauf, daß ich die Nerven verlor. Gab ich die Schulräume für den Unterricht frei, galt ich als Revisionist. Imme würde nicht zögern, mir ein Parteiverfahren anzuhängen. Setzte ich die Staatsmacht ein, wie es so schön heißt, brachte ich einen großen Teil der Ingenieure auf und hatte eine Inspektion vom Ministerium auf dem Hals. Ich machte das Schäbigste, was man in einer solchen Situation machen kann, ich kniff. Auf keinen Fall dürfe er sich provozieren lassen, riet ich Eschenreuter, Ruhe bewahren und die Kinder von der Straße bringen.

»Aber wie, wie?«

Eschenreuter war verzweifelt. Er weinte, wirklich, Bai Dimiter, er weinte.

Ich tätschelte ihm die Hand und goß ihm eine zweite Tasse Kaffee ein.

»Entscheiden Sie nach den Gegebenheiten der Situation«, sagte ich, »mein Gott, Sie werden doch Verbündete haben.«

Mir kam der Umstand zu Hilfe, daß der Landrat eine Sitzung der Abteilungsleiter einberufen hatte. Es täte mir leid, meinte ich zu Eschenreuter, aber im Kreis gebe es noch wichtigere Probleme als den Religionskampf in Kreppin. Im übrigen hätte ich zu ihm volles Vertrauen. Damit ließ ich ihn allein.

Dieser Durst, Bai Dimiter, dieser Durst. Das Thermometer im Zimmer zeigt vierunddreißig Grad an. Ich trinke Sok und Airan[1] und Wasser. Bei jedem Geräusch schrecke ich zusammen. Ich stecke mir Ohropax in die Ohren, aber mein Kopf dröhnt. Ich möchte in einer Taucherglocke eingeschlossen liegen, hundert Meter tief im Meer. Der Schrei eines Kindes, das Aufheulen eines Motors, die Sirene eines Schiffes, ich höre sie mit der Haut. Über meine Manuskriptseiten kriecht eine Fliege. Ich stelle mir vor, ich bin es selbst. Wenn ich das Tier töte, töte ich mich. Warum hänge ich eigentlich so am Leben? Dieses Glücksland, in das jeder will, dieses verfluchte Glücksland. Alles, was wir tun, tun wir, um es hinauszuschieben, das Unumgängliche. Ich höre sie schreien, unsere Ethiker. Sie bedauern mich ob dieses Rückfalls in die Depression und den Zweifel. Und sie hoffen, daß ich dem negativen Entwurf einen positiven werde folgen lassen, der Lethargie die Tat. Sie begreifen nicht, daß alles, was ich hier schreibe, hoffnungsfroher ist als jede andere Zeile zuvor. Ich will nicht behaupten, ich sei zufrieden, aber manche Stunde bin ich glücklich, weil ich zu meiner Freiheit finde. Das macht mich zuversichtlich, nicht nur für mich. Ich bin gejagt und fühle mich verfolgt. Dabei sind alle Menschen, denen ich begegne, gut zu mir. Heute morgen brachte mir die Nachbarin Äpfel und einen grünen Baumzweig aus ihrem Garten.

»Mole.«[2]

»Merci.«

---

[1] Saft und Milchgetränk
[2] Bitte

Wie lange sich doch das französische Wort in der bulgarischen Sprache hält. Feudales Kulturgut und Sozialismus. Wir stecken alle voller Rudimente.

Der Zweig duftet nach Wiese und Wald. Ich will nicht sterben, Bai Dimiter. Ich werde Anissa schreiben, sie soll mich abholen. Wir werden einen Tag lang durch Jugoslawien fahren, auf dem Bahnhof in Belgrad Wasser trinken, an einem Zug entlanglaufen, der Gastarbeiter aus München in die Türkei bringt. Die Männer haben ihr Geld gemacht: Straßen gesäubert, Müll gefahren, Kloaken geleert, Würstchen verkauft. Jetzt kehren sie für einige Wochen heim, lassen sich bewundernd anfassen und schmeißen in der Dorfkneipe eine Lage. Für diesen Augenblick leben sie ein ganzes Jahr. Und dann die ungarische Ebene mit den langen Holzschwengeln der Brunnen in der Abendsonne, den kleinen Bahnstationen mit den merkwürdigen Namen, die ich nie auszusprechen vermag. Wenn wir über die Grenze in die Tschechoslowakei fahren, wird es Nacht sein. Ich werde schlafen, und Anissa wird die Zollbeamten bitten, mich nicht zu wecken. In Prag wird sie aus dem Fenster schauen, den Hradschin sehen und die Moldau, und sie wird Sehnsucht haben nach einer Zeit, die verloren ist und die zu suchen keinen Wert hat. Und obwohl sie es weiß, wird sie am Fenster stehenbleiben. Der Tag wird kommen, Děčín und die Elbe, und Anissa wird auf das Schloß zeigen, die Straßen der Stadt, den Fluß und wird sagen: »Hier bin ich zur Schule gegangen.«

Ich möchte wissen, ob Anissa mit einem Mann zusammenlebt. Nein, nein, ich bin nicht eifersüchtig. Warum denn auch. Ich möchte es nur wissen.

Ich stelle mir die rigorose Frage: Welchen Sinn hat das Schreiben? Werden die Schmerzen auf der Welt geringer, die Freuden größer, das Sterben begreifbarer? Ich finde keine Antwort, Bai Dimiter. Ich weiß nur, du hörst mir zu. Und vielleicht genügt es schon, daß jemand zuhört. Was er danach tut, ob er nachsinnt, ob er vergißt, steht nicht bei mir. Ich möchte vergessen können. Lethe trinken, ins Nirwana eingehen. Der Mythos kennt schöne Namen. Aber so oder so, ich bin verdammt, mich zu erinnern ...

Ich gehe mit Imme über den Hof der Kreppiner Schule und sage: »Niemals, entlassen, niemals.«

Ich fühle mich sehr schlecht. Eschenreuter hat geschwiegen, hat mich nur angesehen, als Imme ihn fragte, warum der Religionsunterricht immer noch in den Schulräumen gegeben würde. Trennung von Kirche und Staat. Bittschön. Sein Kompromiß mit Lüderitz: Religionsunterricht ja, aber nicht nach der Pionierstunde, sei eine faule Angelegenheit, ganz und gar faul.

Eschenreuter hatte darauf gewartet, daß ich mich zu ihm bekannte. Wahrscheinlich dachte er, das ist doch nicht möglich, so etwas gibt es doch nicht. Aber ich sagte lediglich: »Setzen Sie sich, so setzen Sie sich doch.«

Ich drückte den alten Mann auf einen Stuhl, holte Wasser und gab ihm zu trinken. Eschenreuter klammerte sich an meinem Arm fest. Ich glaube, er hatte gar nicht so sehr Angst davor, entlassen zu werden. Er hatte vor dieser Welt überhaupt Angst. Eschenreuter machte mir keine Scherereien. Ein anderer wäre vielleicht nach dem Westen geflohen. Die Anerkennung als politisch Verfolgter war ihm sicher. Dazu Lastenausgleich, eine hohe Pension. Aber er blieb. Ich bin nicht so vermessen zu behaupten, an seiner Entscheidung mitgewirkt zu haben. Wenn ich auch etwas tat, was Imme nicht erfahren durfte. Ich entließ Eschenreuter nicht, sondern beurlaubte ihn unter Weiterzahlung des Gehaltes. Ich wollte Zeit gewinnen, für ihn, für mich. Ich sehe ihn noch heute vor mir sitzen. »Ja, ja,«, sagt er, »ja, ja.«

Im Frühsommer dreiundfünfzig drohte in unserem Land die Emotion die Vernunft zu erdrücken. Stalin war gestorben. Die Pläne, Deutschland zu neutralisieren, waren gescheitert. Nato und Warschauer Vertrag. Rüstung. Rüstung. Rüstung. Es drohte ein neuer Krieg.

Der Generaldirektor des Kreppiner Chemiewerkes verdiente monatlich zwanzigtausend Mark, bewohnte eine werkseigene Villa mit Garten und Swimmingpool. Die Ingenieure hatten Einzelverträge, die Kumpel am Karbidofen entzündete Augen, eine bleiche Haut, mit Überstunden achthundert Mark Lohn, und die Norm wurde von Mal zu Mal erhöht. Wir waren ein armes Land, Bai Dimiter, und ich will nicht behaupten, daß ein Minister oder wer auch immer den Arbeitern nicht wohlgesinnt war oder gar in die eigene Tasche wirtschaftete. Die Ingenieure in Kreppin erhielten glänzende Angebote aus Nürnberg, München, Frankfurt, selbst aus Amerika. Manchmal will mir scheinen, der Klassenfeind kannte die Stimmung in unserem Volk besser als manch einer bei uns, der es hätte wissen müssen.

Damals suchte ich Tscherwuchin. Aber ich fand ihn nicht. Auch Elisa war verschwunden. Bei ihrer Dienststelle erhielt ich widersprüchliche Auskünfte. Einer sagte, sie sei krank, ein anderer meinte, sie arbeite in einem Zweigbetrieb, hundert Kilometer von Kreppin entfernt. In Wirklichkeit war Tscherwuchin bereits in sein Land zurückgeschickt worden und Elisa auf Geheiß des Kommandanten in einem Krankenhaus für sowjetische Bürger. Sie erwartete ein Kind. Es fehlte ihr an nichts. Aber ihre Krankheit konnte nicht behandelt werden. Sie starb an Sehnsucht, noch bevor sie das Kind gebar.

Eines Tages befahl mich der Kommandant zu sich. Er hieß Schatkin, war groß und kräftig, hatte eine Glatze. An der Uniformjacke trug er zwei Reihen Orden. Dieser Haß, Bai Dimiter. Vielleicht ist er an diesem Haß kaputtgegangen. Ich habe Bücher gelesen, in denen Menschen geschildert werden, die nicht weniger haßten als Schatkin. Ihnen hatten die Faschisten Frau und Kinder umgebracht. Aber Schatkin war nicht verheiratet. Ich glaube, er hat im Krieg einfach zu viele seiner Leute ins Feuer jagen müssen. Vielleicht fühlte er sich als Mörder und empfand Ekel vor sich selbst. Tscherwuchin hatte behauptet, Schatkin sei im Grunde genommen ein sensibler Mensch, eigentlich ungeeignet für einen Krieg, weil zu empfindsam. Er hätte immer den Tod gesucht, statt dessen aber eine Auszeichnung nach der anderen erhalten. Der Krieg hätte nicht seinen Körper getötet, wohl aber seine Seele. Ich möchte meinen, Schatkin war selbst die Fähigkeit verlorengegangen, eine Frau zu lieben. Er war ein einsamer Mensch, ob seiner Unbedingtheit geachtet, aber zugleich gefürchtet. Vielleicht stimmt gar nicht, daß Tscherwuchin und Schatkin Freunde waren. Tscherwuchin behauptete es, und ich plapperte es nach. Aber als Freund hätte Schatkin niemals ein Staatsprinzip über Tscherwuchins Liebe stellen dürfen. Doch vielleicht ist diese Behauptung auch schon wieder falsch. Vielleicht wollte Schatkin seinen Freund nur vor einer Gefahr bewahren. Der heiße Krieg war vorüber, es tobte der kalte. Und Schatkin hatte kein Vertrauen zu den Deutschen, auch wenn sie liebten.

Als ich vor dem Kommandanten stand, fiel mir jener Bauernhof ein, auf dem Männer, Frauen und Kinder herumstanden und ängstlich darauf warteten, was der amerikanische Offizier befehlen würde. Das lag acht Jahre zurück. Ich blickte auf Schatkin und dachte: Mein Gott, hört das niemals auf. Der Armenier hatte einen sowjetischen Oberleutnant auf einen Jeep werfen lassen wie ein Stück Holz. Aber Tscherwuchin hatte Elisa nicht vergewaltigt, er liebte sie, wie eben ein Mann eine Frau liebt. Da zählen nicht Grenzen, nicht Kriege, nicht Nationen.

Schatkin sprach deutsch, aber er rief nach einem Dolmetscher. Wann ich mit Tscherwuchin das letzte Mal zusammen gewesen sei, wollte er wissen. Auf diese Frage war ich nicht gefaßt. Ich hatte angenommen, er hätte mich herbefohlen, um sich nach dem Russischunterricht in den

Schulen zu erkundigen. Die Disziplin in diesen Stunden war zumeist schlecht. Eine junge Russischlehrerin hatte die Nerven verloren, war weinend aus der Klasse gelaufen und hatte gekündigt. Andere nahmen das zum Anlaß, ebenfalls zu kündigen. Sie zeigten sich wenig beeindruckt von meinen Beschwörungsformeln und meinem Appell an ihr pädagogisches Ethos. Ich verfluchte meine Funktion.

»Es ist schon eine Zeit her, daß ich Tscherwuchin gesehen habe«, antwortete ich.

»Was für eine Zeit.«

»Ich weiß es nicht. Eine Zeit eben.«

»Ich lasse Sie einsperren, dann fällt es Ihnen vielleicht ein.«

»Zwei Monate, vielleicht auch drei.«

»Was war in Kreppin?«

»Der Pastor hat auf der Straße Religionsunterricht erteilt.«

»Schaffen Sie mir den Mann aus den Augen«, schrie Schatkin.

Der Dolmetscher übersetzte: »Der Kommandant will wissen, wie oft Tscherwuchin mit dieser Frau bei Ihnen war.«

Ich hatte den Eindruck, Schatkin war bereits über alles informiert. Sein hartes Vorgehen gegen Tscherwuchin quälte ihn. Er suchte lediglich nach einer Selbstbestätigung.

»In Kreppin waren sie oft bei mir. In Ronnburg nicht mehr.«

»Warum nicht in Ronnburg?«

Schatkin rauchte, bot dem Dolmetscher eine Zigarette an, mir nicht. Er hielt mich wohl für eine Art Zuhälter.

»Warum nicht in Ronnburg?« wiederholte er ungeduldig.

»Ich weiß es nicht.«

Der Kommandant warf die Zigarette zum Fenster hinaus und griff nach einer neuen.

»Sie sind Verdienter Lehrer?«

»Ja.«

»Wofür?«

Was sollte ich darauf antworten? Solche Auszeichnungen fallen auf einen herab. Das statistische Gleichgewicht muß gehalten werden. Parteilose, Frauen, LPD, CDU, sie alle wollen berücksichtigt sein, Direktoren, Heimerzieher, Kindergärtnerinnen. Es hatte sich eben für mich eine günstige Konstellation ergeben. Ich zuckte die Schultern.

»Sie gehören nicht hierher«, sagte Schatkin.

Ich wußte nicht, was er meinte: die Kommandantur, das Schulamt, Ronnburg oder das Land überhaupt. Und wenn ich nicht *hierher* gehörte, wohin gehörte ich dann?

Ich wagte es, nach Tscherwuchin zu fragen.

»Weg.«

Schatkin schien plötzlich sehr müde. Mir fielen seine Augensäcke auf.

»Interessiert Sie das?«

»Er ist mein Freund.«

»Sie können gehen.«

Da ich stehenblieb, wiederholte er zornig: »Sie können gehen.«

Der Dometscher übersetzte es nicht mehr ...


Ich sage es offen heraus. Es war gut, daß ich entlassen wurde, gut nicht nur für die Lehrer von Ronnburg, auch für mich selbst. Und Schatkin steckte dahinter, da bin ich ganz sicher. Er war überzeugt, ich hätte Tscherwuchins Liebe zu Elisa genutzt, um mir Vorteile zu verschaffen. Er ließ mich beobachten. Ich glaube, meine Telefongespräche wurden abgehört. Es kann auch sein, ich bilde mir dies alles nur ein. Vielleicht nehme ich mich für bedeutender, als Schatkin es tat.


Der siebzehnte Juni begann für mich wie jeder Tag damals. Ich weiß nicht mehr, was für ein Wetter in Ronnburg war. Doch ja, es regnete in den Mittagsstunden, denn Immes Gesicht war naß. Der Wind stand ungünstig, drückte Qualm und Gestank vom Chemiewerk her auf Ronnburg. Ich war ahnungslos. Westnachrichten hörte ich nicht, und unsere Sender brachten an jenem Morgen frohe Weisen. Auch die Tage zuvor hatte ich mich wenig darum gekümmert, was in Berlin und der Republik geschah. In den Schulen des Kreises hatten die Abschlußprüfungen begonnen. Es lag mir daran, gute Durchschnittswerte melden zu können. Die Schlacht gegen die Junge Gemeinde und Lüderitz glaubte ich gewonnen. Der neue Direktor in Kreppin ließ den Pastor nicht mehr ins Schulgebäude. Lüderitz erteilte den Unterricht im Hause seines Schwagers. Die Abberufung Eschenreuters hatte kaum jemand zur Kenntnis genommen. Das sonst so unruhige Kreppin gab sich auffallend still.

Und da, gegen neun Uhr, kam einer meiner Inspektoren ins Zimmer gestürzt und rief: »Streik. In Berlin, in Halle, in Leipzig, überall.«

»Wieso?« sagte ich.

Es war eine ganz und gar dumme Frage. Aber ich sagte ja bereits, meine Welt waren die Schulen in Ronnburg, und dort fehlten Russischlehrer, Pionierleiter, Mathematiklehrer. Drei Direktoren hatten ihre Schüler vor den Prüfungen im Stich gelassen und mir von Westberlin herzliche Kartengrüße gesandt.

»Unsere Chemiewerker streiken auch«, rief der Mann und riß immerzu an seinem Ohrläppchen.

Später behauptete dieser Schulinspektor, ich hätte bei der Nachricht, die doch eigentlich geeignet genug gewesen wäre, wenn schon nicht zu erschrecken, dann doch sich zu empören, ich hätte gegrinst. Vielleicht habe ich wirklich gegrinst, aber keineswegs, weil ich den Aufstand erwartet hatte oder gar begrüßt, wie man mir nachzuweisen versuchte: Ich war eigentlich hilflos. Ich hielt nicht für möglich, was doch möglich war.

Und ich überblickte nicht die Tragweite des Geschehens.

Ich kann diesen Tag nur so schildern, wie ich ihn erlebt habe. Keine großen Zusammenhänge, keine Objektivität, nur ich selbst an diesem Tag, Bai Dimiter. Noch während der Schulinspektor bei mir war, an seinem Ohrläppchen riß und ich angeblich grinste, schrillte das Telefon. Der Pförtner meldete sich. Bei ihm seien zwei Männer und zwei Frauen, sie wollten zum Schulrat, ob er sie durchlassen sollte. Dieses Wort betonte der gewissenhafte Alte, sagte es noch einmal, als ich nicht gleich antwortete.

»Das ist die Konterrevolution«, rief der Schulinspektor.

Er meinte die Vorkommnisse auf der Straße, keineswegs die Lehrer, die selbst an einem solchen Tag meiner Anweisung folgten, um neun Uhr im Schulamt zu erscheinen. Dabei wußten sie, ihnen drohte die Entlassung, sie hatten an einer Wochenendschulung des Pastors Lüderitz teilgenommen und zudem gegen die Jugendweihe agitiert. Sicher empfanden sie Genugtuung, Lastkraftwagen mit Streiklosungen beklebt durch die Ronnburger Straßen fahren zu sehen. Sie mußten den Zufall loben, der sich ihnen so günstig zeigte. Der Pförtner, der das Wort »heute« aussprach, als hingen an jedem Laut Gewichte, der Schulinspektor, der am Ohrläppchen riß, eine Konterrevolution in dem jämmerlichen Ronnburg, vier Lehrer, die als brave Beamte vor ihrem Exekutor erscheinen, ich selbst hinter einem alten Schreibtisch mit Blick auf den vierten Klassiker des Marxismus, den toten Josef Wissarjonowitsch, der uns noch sein sprachtheoretisches Werk als Testament hinterlassen hatte, das alles wirkte so albern auf mich, daß ich lachte. In der Tat, Bai Dimiter, ich lachte und erschrak zugleich darüber. Der Schulinspektor hörte auf, an seinem Ohrläppchen zu reißen, und sagte: »Das ist kein Witz, du. Ich habe es selbst gesehen. Die stehen auf Lastwagen und schreien: ›Kreppin streikt, schließt euch an!‹ Es sammelt sich eine Menge Leute.« Er hatte Sorge, ich könnte ihm nicht glauben. Der Pförtner wußte auch nicht, was er von mir halten sollte, und rief: »Also laß ich sie durch.« Das wollte ich keineswegs. Was sollte ich jetzt mit den Lehrern! Ich wünschte, sie wären nicht gekommen. Ihr Gehorsam schien mir eine Provokation. Ich wollte dem Pförtner die Weisung geben, die Lehrer nach Haus zu schicken, aber der Alte hatte bereits den Hörer aufgelegt.

Alles an diesem Tage machte ich falsch, obwohl ich alles richtig machen wollte. Es war falsch, den Schulinspektor lediglich mit dem Hinweis auf die Straße zu schicken, er möge beobachten, was dort vor sich ging. Ich hätte ihm Order geben müssen, auf dem Marktplatz von Ronnburg mit der erregten Menge zu diskutieren. Meine Anordnung, so wurde es während des späteren Disziplinarverfahrens ausgelegt, war eine Aufforderung zur Passivität. Ich habe, hieß es, dem Klassenfeind die Straßen der Kreisstadt überlassen. Es war falsch, die Lehrer zu empfangen. Wenn ich sie aber schon empfing, hätte ich niemals sagen dürfen, sie könnten wieder unterrichten. Der Kampf zwischen Kirche und Staat sei wohl auf beiden Seiten nicht frei von Überspitzung gewesen. Das mindeste, was man von Lehrern verlangen müsse, sei Loyalität. Es war falsch, nicht von Parteilichkeit zu reden, während die Konterrevolution versuchte, die Macht in Ronnburg an sich zu reißen. Vom Marktplatz her schallte der Lautsprecher. Abwechselnd Musik und Meldungen. Irgendein Westsender. Es war falsch, die Kreppiner Schule zu schließen, obwohl der Befehl dazu telefonisch von der Kommandantur gekommen war. Schüler hatten Bilder von den Wänden gerissen. Der Anrufer konnte später nicht ermittelt werden. Vielleicht bin ich wirklich einem Provokateur in die Falle gegangen.

Du mußt nicht glauben, Bai Dimiter, ich grolle dem Urteil einer voreingenommenen Kommision. Ich gebe zu, ich habe es nach meiner Entlassung getan. Ich habe den Leuten geflucht, die sich während der verwirrenden Tage in Sitzungsräumen aufhielten, keine Fehler machten, weil sie nichts entschieden, und drei Monate später als die Bewahrer der

Revolution auftraten, die Furchtlosen, die Konsequenten. Ich habe meinem Land geflucht. Ich habe der Partei geflucht.

An jenem Tag ist mir in Ronnburg nur ein Mann aufrichtig und entschlossen begegnet: Imme. Mag er einfältig gewesen sein, wenig gebildet. Für eine halbe Stunde war er ein Held. Um diese kurze Spanne seines Lebens beneide ich ihn. Ohne die Erinnerung an Imme hätte ich nicht ertragen, was ich in meinem Land ertragen mußte. Die Depression nicht und nicht den Ruhm.

Nachdem ich die Lehrer wieder in ihre Schulen geschickt hatte, lief ich auf die Straße. Der Pförtner, ein weißhaariger, zusammengeschrumpfter Alter mit einer Beinprothese, rief mir zu: »Hier kommt keiner rein. Ich sage dir, Genosse, hier kommt keiner rein.« Ich hörte das Dröhnen des Lautsprechers. Im Gebäude der Staatssicherheit waren alle Fenster aufgerissen. Akten flogen auf die Straße. Der Wind trug lose Blätter. Ein Mann blutete im Gesicht. Eine Stimme neben mir sagte: »Auf diesen Tag habe ich gewartet.« Wiederholte immer wieder diesen einen Satz. Neugierige standen herum. Alle gafften auf die offenen Fenster des runden Backsteinbaus. Vor dem Tor brannte ein Berg beschriebenen Papiers. Fotos lagen verstreut umher, eine Frau warf auch sie ins Feuer. Ein kleines Mädchen klatschte in die Hände. Es ging alles sehr still vor sich. Nur der Lautsprecher auf dem Markt schrie.

Und da kam Imme. Er zerrte mich am Arm: »Los, los!« rief er.

Ich dachte, er wolle mit mir in das Haus, um die dort verbliebenen Akten zu retten. Aber Imme hatte das Gebäude der Staatssicherheit aufgegeben. Er lief zum Markt. Ich rannte hinter ihm her, froh, jemand zu haben, der mir sagte, was ich tun sollte. Von überall her drängten die Menschen zum Markt. Das Gerücht verbreitete sich, dort fände eine Kundgebung statt. Jeder wartete darauf, daß endlich etwas geschähe. Einer mußte auftreten, der Weisung gab. Der Lautsprecher war ein Stück Blech. Man konnte die Musikanten nicht sehen, den Kommentator nicht anfassen. Es kamen immer mehr, vielleicht zehntausend. Sie standen herum, hatten ratlose Gesichter, böse Gesichter, gleichgültige Gesichter, lachende Gesichter. Wir schoben uns durch die Menge. Imme sprang auf eine Bank, merkte, daß er nicht hoch genug stand, um zu den Leuten reden zu können, erblickte einen Holzmast und kletterte mit einer Behendigkeit hinauf, die ich ihm nicht zugetraut hätte. Und jetzt begann ein ungewöhnlicher Zweikampf. Imme versuchte, den Lautsprecher zu überschreien.

»Hört doch mal her«, brüllte er, »macht doch mal das Ding aus, macht doch mal das Ding aus!«

Aber niemand schaltete den Lautsprecher aus. Imme schrie, und ich dachte: Dem springt der Kopf auseinander. Sicher haben ihn nur einige hundert Menschen gehört. »Leute«, schrie er, »Leute, nehmt Vernunft an. Laßt nicht den Karbidofen ausgehen. Den Karbidofen.« Vielleicht hielten einige Imme für einen Verrückten. Sie lachten. »Bürger«, schrie er, »Bürger, ihr seid doch Arbeiter. Begreift ihr nicht, nichts begreift ihr, begreift doch.«

Er streckte den Arm nach dem Lautsprecher aus, als wollte er einen Unsichtbaren zu Boden reißen.

»Das ist der Feind.«

Imme fand nicht die richtigen Worte. Und vielleicht waren in einer solchen Situation auch keine richtigen Worte zu finden. Solange Imme schrie, war er der Verlierer. Erst, als der Stein ihn traf, Imme in einem Reflex nach der Stirn griff, vom Mast stürzte und mit aufgerissenem Mund stumm dalag, war er der Sieger.

Es war plötzlich sehr still auf dem Markt. Immes Gesicht war weiß und naß. Der Regen lief in seinen Mund.

»Imme«, rief ich, »mein Gott, mach doch keinen Quatsch. Du kannst doch nicht so einen Quatsch machen.«

Aber es war vorbei, auch wenn meine Augen den Tod nicht sehen, meine Hände ihn nicht fühlen wollten. Der Regen wurde sehr stark. Ich hielt Immes Kopf.

Nicht ich habe die Leute vom Marktplatz getrieben. Es war Immes Tod und der Regen.

Wäre ich Maler, ich würde jeden Tag als einen leeren Marktplatz malen, darauf ein Holzmast und ein riesiger Lautsprecher. Darunter liegt Imme. Er reißt den Mund auf. Aber beide sind stumm. Der Lautsprecher und der Tote ...

Die Macht geben wir nicht mehr aus den Händen.

Anissa kommt. Mein Gott, ich hätte ihr nicht schreiben dürfen. So nicht schreiben dürfen: »Es gibt kein Schicksal, das durch Verachtung nicht überwunden werden kann.« Was für ein Unsinn, mich auf Camus zu berufen, um Kraft zu demonstrieren. Sie hat hinter den Satz geschaut. Es gilt, was immer galt: Wenn ich mich elend fühlte, kroch ich zu Anissa. Ging es mir gut, lief ich davon. Ich will ihr Mitleid nicht. Diese verfluchte Güte. Sie liebt mich nicht. Wie hätte sie sonst rufen können: »*Du* gehörst vor Gericht, nicht der unglückliche Schippenschiß!«

»Scher dich zum Teufel – stop.« Ich werde ein solches Telegramm abschicken. Ich bekenne mich zu Camus' Verachtung des Schicksals. Wenn ein Gericht, dann bestimme ich den Ort. Und der heißt Burgas. Die Anklageschrift setze ich selbst auf. Verurteilter und Richter in einer Person.

»Scher dich zum Teufel! Meine Stunde ist noch nicht gekommen. Stop.«

Imme liegt auf dem Marktplatz. Ich schreie, wie er noch kurz davor auf dem Holzmast geschrien hat. Aber niemand hört mich. Der Platz ist leer. Ich hasse. Ich bin bereit zu töten. Alle Angst ist von mir gewichen, aller Skrupel. Ich habe nur eins im Sinn: Rache. Und wieder ist alles falsch, was ich mache. Dabei denke ich immerzu an Robespierre: Habt ihr eine Revolution ohne Revolution gewollt! Ich bin tollwütig, ein Linksradikaler. So schnell wandelt sich ein Mensch. Ich entlasse einen Tag später fristlos die vier Lehrer, die ich gerade erst wieder zum Unterricht in ihre Schulen geschickt hatte. Ich verweise alle Pastorenkinder von der Oberschule und provoziere damit im Werk einen zweiten Streik. Aber ich meinte, solches Imme schuldig zu sein.

»Die revolutionäre Umwälzung muß gemacht werden, mein Junge, so oder so. Aber sie muß gemacht werden.«

Und ich werde davongejagt als Revisionist und Anarchist, als Titoist und Linksradikalist, als Feigling und Barrikadenstürmer. Ich weiß nicht mehr, wer wahnsinnig ist, die Welt oder ich.

Es ist Nacht. Ich liege auf einer Bank unter einer gewaltigen Platane. Vor mir Klein Manhatten, das neue Wohnviertel von Burgas, ein geschwungenes Band, über mir die Kassiopeia, die sich am Himmel hinzerrt. Hinter mir höre ich das Meer. Jede Nacht gehe ich ein Stück weiter auf den Strand zu. Ich bilde mir ein, von dem Augenblick an, da ich meinen Fuß ins Wasser setze, habe ich die Vergangenheit überwunden.

Du sitzt neben mir, King Lear. Deine Frau ist gestorben. Ich habe heute eine Stunde vor deinem Haus auf dich gewartet. Trauerzettel klebten an der Tür, und ich habe gedacht: Warum? Tot ist tot. Man schreit seinen Schmerz nicht in die Stadt hinaus. Aber du wirst das Bild der Toten an der Tür hängen lassen, bis Sonne, Regen und Wind es auslöschen.

Ja, Bai Dimiter, deck meine Füße zu. Ich habe schon als Kind immer an den Füßen gefroren. Wir beide kommen nicht mehr voneinander los, wie der Mond nicht von der Erde. Er leuchtet wie eine riesige Orange. Über den Betonklötzen von Klein Manhatten wirkt er deplaciert, nahezu reaktionär. Imme würde zu ihm hinaufbrüllen: »Die Macht geben wir nicht mehr aus den Händen.«

»Umherirrend geh ich durch die Welt, die ich liebe.«

Nein, jetzt lüge ich dir und mir etwas vor. Ich bin ein Flüchtender. Ich bin nach Burgas gefahren, um zu vergessen. In jeden Winkel unserer Erde wäre ich geflogen. Vortragsreise, Studienreise, Kongreß, Kulturaustausch. Jedes Angebot hätte ich begrüßt. Und ich zweifle nicht, überall auf der Welt wäre mir Ähnliches passiert wie hier.

Weißt du, warum ich heute bei dir war? Ich wollte dich fragen, ob ich ein so böses Telegramm an Anissa abschicken soll. Wir sind alt geworden, sie und ich. Wir suchen und fliehen einander, gequält von Erinnerung und getrieben von Hoffnung. Sie soll kommen und mich aus der verdammten Hölle der Einsamkeit herausholen.

> Alles, was war,
> waren einsame Sterne
> verlorener Jahre.
> Und niemand fragt.

Ich werde diese Verse Anissa schenken. Vielleicht wird sie spöttisch lächeln. Vielleicht wird sie schweigen. Ihre Augen sind traurig geworden wie meine.

Geh nicht fort, Bai Dimiter, geh nicht fort. Ich habe Tag um Tag geschrieben, Woche um Woche. Ich habe keine Kraft mehr. Jede Seite scheint mir plötzlich ein neuer Irrtum. Mich packt die Lust, alles zu vernichten, die Blätter dem Meer preiszugeben. Wasser und Himmel und Unendlichkeit, Wahrheit, was ist Wahrheit? Und Glück? Und Leben? Wofür? Für wen? Ich hätte meine Kraft nicht an die Vergangenheit verschleudern sollen. Gelebtes ist bedeutsam, Ich leugne es nicht, nein, nein. Aber veränderbar ist allein das Gegenwärtige. Ich werde meinen letzten Film zurückziehen, auch wenn die Voraufführung ein Erfolg war und die Zeitungen ihn bereits rühmen.

*Die Kunst ist wahrer als das Leben.*

Diesen Satz kehre ich um. Er hat sich für mich nicht bewährt. Er hat mich verführt, dem Bitteren auszuweichen. Das gelobte Land, Bai Dimiter, ist es ein Verbrechen, seinen Verlockungen zu unterliegen? Ich muß den Film neu schreiben. Es gilt der Satz:

*Das Leben ist wahrer als die Kunst.*

Deswegen, siehst du, will ich, daß Anissa mich von hier wegholt. In sieben Tagen landet ihre Maschine auf der holprigen Piste von Burgas. Bis dahin werde ich aufschreiben, wie die Geschichte von Schippenschiß und Esther wirklich gewesen ist. Alles andere, was ich dir über mein Leben sonst noch erzählen wollte, ist für den Augenblick belanglos. Ja, das ist das richtige Wort: *belanglos*. Entlassung als Schulrat, Bewährung auf der Baustelle, schreibender Arbeiter, Nationalpreis, Akademiemitglied. Und immer wieder der mißlungene Versuch, dem Leben auf den Grund zu kommen.

Die Hoffnung liegt hinter Dornen. Als ich das Drehbuch über Esther und Schippenschiß schrieb, habe ich das noch nicht gewußt. Ich wollte Ideale geben und gab Idole. Vielleicht werden spätere Literaturkritiker sagen: »Jablonski war ein Opportunist.« Sie haben gar nichts begriffen, Bai Dimiter, gar nichts. Ich gehe, Alter. Schluß mit dem esoterischen Geschwätz. ich weiß nicht, was auf mich wartet. Das Leben oder der Tod. Aber ich habe keine andere Wahl. Sieben Tage. Anissa soll kommen. Sie soll kommen. Bis dahin werde ich das Letzte aufgeschrieben haben.

Schippenschiß war Anlagenfahrer, davor Kulturplastikdirektor, davor Aluminiumwerker, davor Heizer auf einer Lok und in dem Wirrwarr seiner Entwicklung auch noch Nationalpreisträger. Ein Gefeierter und ein Geprügelter. Genau der Mann, den ich für mein Filmszenarium suchte. Ich drängte darauf, in sein Zimmer gelegt zu werden.

Das geschah vor drei Jahren in Kreppin, in eben jenem dreckigen Kreppin, wo ich einst den greisen Luka zitierte: *Es gibt Leute und Menschen,* wo mir Tscherwuchin begegnete, ich Schuldirektor war und später Bauhilfsarbeiter.

Ein Film zum Staatsfeiertag.

»Einen rigorosen?«

»Einen wahren.«

»Also dann.«

Schippenschiß war so alt wie ich. Wir hatten sogar am selben Tag Geburtstag. Die Frau hatte ihn aus der Wohnung geworfen, seine Kinder wollten nichts von ihm wissen. Dabei war sein Bild einmal in allen Zeitungen auf der ersten Seite abgebildet gewesen, denn er gehörte jenem berühmten Kollektiv an, das einst jene berühmte Losung verkündete, wie man im Sozialismus zu leben, zu arbeiten und zu lernen habe. Natürlich hieß Schippenschiß nicht Schippenschiß. Sein wirklicher Name lautete: Willi Hutkessel. Im Grunde genommen ebensowenig Ehrfurcht einflößend. Niemand wußte zu sagen, wer Hutkessel den Namen beigegeben hatte, unter dem er litt und der ihm seit mehr als zwanzig Jahren anhing wie sein eigener Schatten. Manchmal schien mir, Hutkessel hätte nur deshalb den Nationalpreis angestrebt, um sich von Schippenschiß wieder in Hutkessel verwandeln zu können. Aber er hätte Kombinatsdirektor oder Minister werden können, die Leute hätten gesagt: »Seht mal an, was aus Schippenschiß geworden ist.« Es war töricht von ihm, gegen einen Namen aufzubegehren, den er auf so natürliche Weise erworben hatte. Während seiner Zeit als Heizer auf einer Lok fragte ihn jemand: »Was machst du denn, wenn's dich ankommt? Du kannst doch nicht den Hintern in den Wind hängen?« Hutkessel antwortete treuherzig: »Ich scheiß auf die Schippe, und rein ins Feuerloch.« Alle, die dabeistanden, wollten sich einpissen vor Lachen. Seit jenem Tag hieß Willi Hutkessel »Schippenschiß«. Es kränkte ihn so, daß er bei der Reichsbahn kündigte. Aber die Flucht half ihm nicht. Er hätte nach Kanada auswandern können, nach Australien, auf eine gottverlassene Insel, der Name wäre ihm vorausgeeilt.

»Jablonski.«

»Hutkessel.«

So verlief unsere beiderseitige Vorstellung.

Es war an einem trüben Nachmittag. Der Südwestwind drückte Qualm, Abgase und Wasserdampf auf das Kombinat. Die Straßen waren schwarz und schmierig. Im Wohnheim stank es nach Phosphinen. Wenn ich im Werk war, hatte ich stets einen fettigen Geschmack auf den Lippen und Magenschmerzen.

Schippenschiß trank Bier, aß Harzer Käse, und ich warf Koffer und Bettzeug auf einen Stuhl. Ich war gewohnt, bei der Nennung meines Namens neugierig angesehen zu werden, Hutkessel jedoch gab sich teilnahmslos. Einige Tage später sagte er: »Was willst du überhaupt im Wohnheim?« Ich fing an, etwas von Arbeiterklasse daherzureden, vom Künstler, der die Tiefen des Lebens sucht, die Wahrheit, die Wirklichkeit, all das übliche Geschwätz, das mir von der Zunge ging wie einem Kind das Eiapopeia. Und Schippenschiß grinste.

»Junge, Junge«, sagte er, »Junge, Junge.« Und nach einer Weile: »Vergiß nicht das positive Ende, das nicht, bloß nicht.« Ich dachte: Was verstehst du schon. Wenn du erst den Film auf dem Bildschirm siehst, begreifst du mehr. Ich mach dich groß, ganz groß.

Lügt meine Kunst, oder ist sie unwissend?

Der Film. Ich hatte nichts anderes mehr im Sinn als den Film. Er sollte schockieren. Die Trommel schlagen. Ich war besessen und rührselig. Ich fühlte mich im Kombinat nicht als Besucher, vielmehr als einer, der dazugehört. Noch am ersten Tag lief ich zum zweiten Karbidofen, berührte die feuchte Erde, unter der die Fundamente liegen. Einige Tonnen Beton hatte ich in den Jahren meiner Verbannung gießen helfen, einige hundert Schalplatten geschleppt und genagelt. Schippenschiß war Jablonski und Jablonski war Schippenschiß. Wir hatten eine ähnliche Karriere hinter uns: Kulturpalastdirektor – Anlagenfahrer. Schulrat – Hilfsarbeiter. In seinem Leben steckte mein eigenes. Und in unser beider Leben das unseres Landes.

Wie Schippenschiß aussah? Verbraucht. Plattgedrückte Nase. Ein alt gewordener Boxer, der auf ein Comeback hofft. Wenn er getrunken hatte, saß er traurig auf seinem Bett, schüttelte den Kopf und wiederholte immerzu einen Satz, der von Laudse hätte sein können: »Man wird so schnell alt und so langsam weise.«

Schippenschiß liebte Esther. Sie lernte ich kennen, nachdem ich bereits vier Wochen im Kombinat »Studien getrieben« hatte – so will ich es einmal nennen. Geil und scharf. Alles Unsinn, Bai Dimiter. Esther war voller Verlangen nach einer Welt, die es nicht gibt. Ihr Herz war klüger als ihr Verstand. Sie gab sich derb und grob, weil sie sonst ihr Leben nicht hätte ertragen können.

Ja, ich habe sie und ihn zerstört. Die Kunst ist unmenschlich.

Die ersten Tage redeten Schippenschiß und ich kaum miteinander. Hatte er Frühschicht, schlief ich zumeist noch, wenn er sich wusch und hastig frühstückte. Hatte er Spätschicht, schlief er, während ich mich anzog. Er wußte nicht, daß ich seinem Leben nachforschte. Wo auch immer eine Spur von ihm zu entdecken war, ließ ich mich sehen, fragte die Leute aus, blätterte in Akten. Ich war ein bekannter Mann, dem Generaldirektor vom Zentralkomitee avisiert, alle Türen standen mir offen. Man empfing mich freundlich, wenn auch nicht frei von Mißtrauen.

Ich bedrängte Hutkessel nicht, tat, als interessiere er mich nicht. Denn
soviel wußte ich um die Menschen: Man muß warten können, damit sie
sich einem auftun.

Unsere Freundschaft begann eines Nachts zwischen drei und vier. Zu
einer Zeit also, wo dir selbst zehn Tassen Kaffee nicht helfen, Arme und
Beine schwer werden und der Kopf immer wieder nach vorn überkippt. Der Minister war für den kommenden Tag angekündigt. D 69
war der Paradebetrieb im Kombinat wie seinerzeit meine Zentralschule. Selbstverständlich sah das Protokoll des Ministers einen Besuch von
D 69 vor. Zu diesem Zweck mußte die Nachtschicht unentwegt vor
den Produktionshallen die Wege kehren und mit Wasserschläuchen
gegen die Flugasche ankämpfen. Auch ich machte mit. Ich wollte
die Stimmung unter den Männern und Frauen »erkunden«. Gärtner
pflanzten Stiefmütterchen in provisorisch aufgeschüttete Rabatten.
Während die anderen fluchten, schwieg Schippenschiß. Ich blieb
immer an seiner Seite, hielt die die Schaufel, wenn er Asche darauf
kehrte.

»Wozu das alles?« sagte ich.

Er zuckte die Schultern.

»Meine Güte«, sagte ich, »ein Minister.«

»Ein Minister ist eben...«

»Was?«

Schippenschiß warf plötzlich den Besen gegen ein Rohr und sagte:
»Leck mich doch am Arsch, leckt mich doch alle am Arsch.« Ohne sich
weiter um mich zu kümmern, ging er in die Produktionshalle. Ich folgte Hutkessel und setzte mich neben ihn auf eine Karre. Er stank
entsetzlich nach faulen Eiern. Mir war übel. Er gab mir eine Flasche
Milch.

»Trink«, sagte er, »du siehst aus, Mann, siehst du aus.«

»Denk nicht, mir ist es weniger dreckig ergangen. Es steht nur nicht in den Lexika.«

Ich war erstaunt, daß ich so sprach. Es lag kein Anlaß vor, mich derart vor ihm zu öffnen. Mag sein, es war die Müdigkeit, der Gestank, die Wut über den Minister oder einfach Dankbarkeit für die Milch und die Art und Weise, wie Schippenschiß mir die Flasche zureichte.

»Hätten sie mich als Schulrat nicht geschaßt, wäre ich heute vielleicht auch Minister«, sagte ich.

Ich wünschte, Schippenschiß sollte wenigstens grinsen, aber er reagierte nicht.

»Immerhin begann am Karbidofen meine Karriere als schreibender Arbeiter.«

»Ja, ja«, sagte er, »man wird so schnell alt und so langsam weise.«

Ich wußte nicht, ob er mich verspotten oder sich selbst Trost zusprechen wollte.

An jenem Morgen frühstückten wir zum erstenmal gemeinsam, legten uns dann schlafen und standen erst am späten Nachmittag auf.

Diese Hast! Ich rase selbst im Schlaf. Drei Entwürfe habe ich zerrissen. »Die Zeit ist kein Maßstab für die Kunst.« In fünf Tagen kommt Anissa.

Schippenschiß und ich verbrachten viele Abende im Schuppen. Wir fühlten uns in der Kneipe – einer alten Holzbaracke – wohler als im Kulturpalast. Für mich war der Schuppen mit seinem Zigarettendunst, dem Geschrei der Kumpels und der dicken Jutta hinter der Theke Nostalgie, für Schippenschiß seit langem ein Asyl, von dem Zeitpunkt an, da er als Direktor des Kulturpalastes entlassen und aus der Partei gestrichen worden war. Die Wände des Schuppens hatten sich in vierzig Jahren vollgesaugt mit allen Gerüchen des Kombinats. Jutta wußte, was sie vor uns hinzustellen hatte. Wir tranken immer das gleiche: einen doppelten Weißen, ein Bier, einen doppelten Weißen, ein Bier, bis Schippenschiß mir um den Hals fiel oder ich ihm. Wenn wir so herrlich betrunken waren, schlug Schippenschiß sich zweimal heftig auf die Schenkel, beugte sich zu mir herüber und flüsterte: »Man wird so schnell alt und so langsam weise.« In solchen Augenblicken erinnerte er mich an Imme und seine Beschwörungsformel: »Die Macht geben wir nicht mehr aus den Händen.«

Im Schuppen erzählte mir Schippenschiß auch seine Geschichte. »Mensch«, sagte er, »Mensch, Sachen gibt's, die gibt's nicht. Wenn du das aufschreibst, hast du einen Film. Die vergessen glatt den Staatsfeiertag, so einen Film hast du.« Alles erzählte er mir: wie er zu seinem Namen gekommen war und wie sie das große Ding durchgezogen hatten, das ihm den Nationalpreis einbrachte. Ihm und einigen anderen Alu-Werkern. »Ich habe nicht geglaubt, daß so etwas möglich ist«, sagte er, »mit so einem Haufen. Verstehst du das, nein, das verstehst du nicht. Ehemalige Sträflinge, Arbeitsbummelanten, Säufer. Mach mal daraus eine Losung. Nicht irgendeine. Die hatten uns da was an den Hals gehängt. Mir war, wie soll ich dir das sagen, aus Dreck Gold machen, so war mir. Wir haben gelebt wie in einem Kloster. Nein, schlimmer. Planerfüllung hundertzwanzig Prozent, nicht saufen, nicht huren, keine Bummelschicht, Dichterlesung, Beethoven und Neues Deutschland. Nach einem Monat liefen die ersten davon. Ich weiß nicht mehr, wie viele durchhielten. Keine fünfzig Prozent. Und von denen, die durchhielten, blieben die meisten nur wegen der Prämie. Mensch, wir haben doch nicht daran gedacht, daß wir den Nationalpreis bekommen. Kein Mensch hat daran gedacht. ›Banner der Arbeit‹ ja, aber doch nicht so was. Und dann machten sie mich zum Kulturpalastdirektor. Sie waren ganz verrückt auf mich. Im Alu-Werk, da war ich was, wirklich. Ein As, du. Ich hätte noch einen Nationalpreis bekommen. Ich war doch niemals ein Kulturpalastdirektor. Niemals. Verstehst du das? Nein, das verstehst du nicht.«

»Doch«, sagte ich, »doch, doch!« und dachte: Den Film nimmt dir keiner ab. Mein Gott, so ein Film, wer nimmt ihn dir ab.

»Was meinst du, wie ich die Weiber gebumst habe«, sagte Schippenschiß. »Gesoffen und gebumst und wieder gesoffen. Ich war nach diesem frommen Leben ganz wahnsinnig im Kopf. Und da geben sie mir den Kulturpalast und ein Auto und Geld. Die haben keine Psychologie. Ich sage dir, überhaupt keine Psychologie.«

Er lachte und machte eine obszöne Bewegung. Dann hatte er plötzlich müde Augen und sprach den ganzen Abend kein Wort mehr. Draußen schneite es. Der Schnee gab den dreckigen Werkhallen einen freundlichen Glanz.

Jutta setzte sich zu uns an den Tisch. Sie war alt und dick geworden. Um ihre Krampfadern hatte sie eine breite Binde gewickelt.

»Du bist ja nun ein berühmter Mann, vor zwölf Jahren hast du hier noch Beton gemischt«, sagte sie. Und plötzlich: »Den laß, der ist nichts für dich.«

Sie strich Schippenschiß das feuchte Haar aus der Stirn.

»Was soll ich lassen?«

»Stell dich nicht blöd«, antwortete Jutta. »Der muß aus Kreppin weg. Es passiert sonst was. Du hast doch Einfluß.«

Sie tätschelte mit ihren kurzen fetten Fingern meine Wange, und ich sagte: »Wie du hat's keine mehr mit mir gemacht.« Sie lächelte müde. Sicher dachte sie wie ich an jene Zeit, die ein Leben zurück lag, und an die damalige Starbrigade »Siebter Oktober«. Objektlohn und Durchsetzung des Dreischichtsystems. Unsere Truppe war nicht weniger wild als die von Schippenschiß, mit der er seine ethische Revolution durchgezogen hat. Ein Fleischer, ein Bäcker, ein Dachdecker, ein Ingenieur aus Dortmund – in die DDR gewandert, weil er Fahrerflucht begangen hatte –, ein entlassener Schulrat. Ein solches Angebot wie den Alu-Werkern hätte man unserem Haufen neunzehnhundertvierundfünfzig machen sollen. Wir hätten eine sozialistische Moral entwickelt, so eine sozialistische Moral gibt es auf der ganzen Welt nicht. Für einen Nationalpreis wären wir sogar Kirchgänger geworden.

»Weißt du noch«, sagte Jutta.

»So fangen alle Gespräche unter Toten an«, erwiderte ich.

Jutta stand auf und watschelte zur Theke, um Bier auszuschenken. Ich spürte einen süßlichen Geschmack im Mund. Es roch nach Venylchlorid. Ich hatte plötzlich das Gefühl, nichts ist anders geworden. Ich sitze im Schuppen wie eh und je. An der Theke steht Jutta, noch prall im Fleisch, um mich sitzen die Kumpel der Brigade »Siebter Oktober«, und wir versaufen das Honorar für meine »Kreppiner Novelle«. Es ist Eigentum der ganzen Brigade, ebenso wie der Förderungspreis, den ich für das schmale Bändchen bekommen habe. Glaub nicht, wir waren Gauner, Säufer und Hurenböcke. Jeder hatte seinen Traum, Bai Dimiter. Es war ein verdammt kalter Winter. Im Frost klirrten selbst die Schalplatten. Wir hatten Schwierigkeiten mit dem Beton. Aber wir gossen weiter, selbst nachts. Das Dreischichtsystem zogen wir durch, auch wenn wir Material verschoben. Verpflichtung war Verpflichtung. Wem das Blut einzufrieren begann, der durfte in die warme Bude zu Jutta. Damals hat sie einen Monat lang mit uns in der Wohnbaracke gehaust. Mit jedem von uns, der halb erfroren durch die Tür stolperte vollführte Jutta die gleiche Prozedur: warmkneten, raufhocken und rauchen. Einen Zug du, einen Zug ich. Jutta blieb auch, als alles Geld durchgebracht war.

»Schreib mal wieder was Schönes«, sagte sie.

Und ich wurde abgestellt, etwas »Schönes« zu schreiben. Ich brauchte nicht mehr am Mischer zu stehen, mußte keine vereisten Schalplatten schleppen. Die Brigade »Siebter Oktober« arbeitete nicht nur im Drei-schichtsystem und im Objektlohn, sie leistete sich auch Kultur. Jutta schüttete mich im Schuppen mit Nordhäuser Korn voll, und ich schrieb die »Helden«. War ein Kapitel abgeschlossen, mußte ich es vor-lesen. Jeder wollte sich vorteilhafter gestaltet sehen, als er war. Ich wur-de beschimpft, mußte ändern, streichen. Trotzdem, der Roman war für die Durchsetzung des Dreischichtsystems von großer Bedeutung. Er fand nicht nur bei den Ökonomen Anerkennung, auch bei Professoren und Kulturpolitikern. Ich war rehabilitiert, bewarb mich als Auslands-lehrer und wurde nach Burgas geschickt. In Wirklichkeit floh ich. Ich ahnte, daß die Brigade »Siebter Oktober« auffliegen würde. Und so ge-schah es. Lohnbetrug und Material-Verschiebung. Der Brigadier, drei-facher Aktivist, wurde eingesperrt, zu der Zeit, als die »Helden« vom Fernsehen ausgestrahlt wurden.

Es war eine wilde Zeit, Bai Dimiter. Noch heute wird erzählt, im Schuppen hätten alle einen schwarzen Binder getragen, als der Briga-dier verhaftet worden war. Jutta soll einen Salome-Tanz aufgeführt ha-ben, und als der siebte Schleier fiel, hätten die Kumpel geweint und die Internationale gesungen.

Legende oder Wirklichkeit. Die Brigade »Siebter Oktober« ist tot. Jedoch geblieben von ihr sind in Kreppin der zweite Karbidofen und das Dreischichtsystem.

Was Schippenschiß wollte, war ein neuer Anfang. Er litt unter seinem einstigen Versagen. Und er hatte Angst, nicht mehr die Kraft aufzu-bringen, aus seinem Elend herauszufinden, in das er nicht ohne eigenes Verschulden gestürzt war. Was Esther ihm auf diesem Weg bedeutete, habe ich damals nicht gewußt. Qual und Freude, Haß und Liebe, Tod und Leben, es sind siamesische Zwillinge.

Ich flüchte mich in den Gedanken, daß die Tragödie auch ohne mein

Dazwischentreten geschehen wäre, nur eben einige Zeit später. Esther hätte ihn betrogen, Schippenschiß hätte wieder angefangen zu trinken, Esther hätte ihn erneut betrogen und so fort. Eine solche Vorstellung tröstet mich. Sie gibt mir die Chance, mich freizusprechen wie der Staatsanwalt, der erst gar nicht in Erwägung zog, gegen mich Anklage zu erheben.

Esther besaß in ihrem Leben keine andere Freude mehr als die halben Stunden der Liebe. Deswegen warf sie ihren kleinen Körper nicht während der Wollust, sondern streckte ihn, starb einfach hin. Es war ihre Art der Philosophie. Zu schwach für ein Leben, das ihr aufgezwungen war, flüchtete sie in die Liebe, betrog und wurde betrogen, fügte anderen Leid zu und wurde selbst gequält. Das Geschwätz über sie stimmte und stimmte auch wieder nicht. Ihre Sehnsucht waren Kinder, ein Mann, eine Wohnung mit Blumen vorm Fenster und Wände ohne Wasserflecken. Das hört sich sehr bescheiden an, aber es ist viel, was sie da wollte, verdammt viel.

Schippenschiß war es, der mich mit Esther zusammenbrachte. Früher einmal hatte sie auch in D 69 gearbeitet, doch die Essigsäure vergiftete ihr Blut. So wechselte sie in den Chromatbetrieb, ein finsterer Winkel im Kombinat, der finsterste eigentlich.

Hutkessel hatte ihr geschworen, das Saufen zu lassen, in einem Übermaß an Zuversicht beteuert, er würde sich wieder hochrappeln. Zu einem zweiten Nationalpreis nicht, das war vorbei, aber doch zum Aktivisten. D 69 wurde erweitert und rationalisiert. Die Chance für Neuerervorschläge war günstig. Er kannte sich an allen Produktionsstufen des Betriebes gut aus. Auch Esther, so wenigstens schien es mir, sah im Zusammenleben mit Schippenschiß ein mögliches Glück.

Als wir in den Chromatbetrieb kamen, stand Esther recht verloren im großen Laborraum. Sie kochte Analysen oder titrierte. Ich verstehe davon nichts. Es interessierte mich auch nicht. Ich war neugierig auf die

Frau, von der es allenthalben hieß, sie sei eine »Scharfe«. Sprachen zwei Männer über Esther, grinsten sie einander an. Ich hatte einen Vamp erwartet, statt dessen streckte mir eine kleine, dürre Frau die Hand hin und fragte, ob sie uns einen Kaffee machen solle. Hutkessel sah mich mit kindlichem Gesicht an, als wollte er fragen: »Na, habe ich dir zuviel versprochen?« Ich verstand nicht, was er an Esther anziehend fand. Lachte sie, sah man zwei schwarze Zähne. Zweiunddreißig, dachte ich, mein Gott, so, wie sie aussieht, kann man ihr zehn Jahre zuschlagen. Ich beobachtete Esther vom ersten Augenblick unserer Begegnung an: wie sie durch den Laborraum lief, wie sie versuchte, beim Sprechen ihre schadhaften Zähne zu verbergen. Ihre Stimme klang herb, in ihrem Tonfall war Ostpreußisches gemischt mit Anhaltinischem. Vielleicht deutete Esther meine Aufmerksamkeit falsch. Sie wußte nicht, daß sie mich nur interessierte, weil mich Schippenschiß interessierte und weil der Fernsehdramaturg immerzu anrief und nach dem Exposé fragte.

Die Schriftstellerei ist mir zum Laster geworden. Ich bin unfähig, die Welt naiv zu sehen. Ich nutze sie nicht, ich benutze sie. Heut weiß ich, daß ich mir damals zeitweilig etwas vorlog, als ich meinte, der Film zum Staatsfeiertag sei mir ganz und gar gleichgültig. Ich suchte unaufhörlich nach einer Fabel. Und ich besaß jenes Maß an Routine und Erfahrung, daß ich sofort erkannte, mit Schippenschiß einen Helden gefunden zu haben, aus dem genügend gesellschaftliche Brisanz herauszuholen war. Ein Pferdehändler reißt einem Gaul das Maul auf und sieht sich sehr genau die Zähne des Tieres an, bevor er es kauft. Ich kaufe Seelen, forme sie um und verkaufe sie mit fünfzehn Prozent Aufschlag. Aber das verstehst du ja doch nicht, Bai Dimiter. Es genügt, wenn ich dir sage, an jenem Nachmittag im Labor des Chromatbetriebes, während wir Kaffee tranken, Hutkessel verlegen nach Esthers Hand griff, die Frau mich ansah und nach einem Zögern ihm die Hand entzog, an jenem Nachmittag wußte ich plötzlich, wie das Drehbuch auszusehen hätte. Der Film würde das werden, was man eine »harte Geschichte« nennt. Ein gescheiterter Nationalpreisträger, eine durch die Hölle enttäuschter Liebe gegangene Frau, gemeinsam suchen sie ihre Selbstverwirklichung. Das private Schicksal eingebettet in die Widersprüche einer der Vollendung zustrebenden Gesellschaft. Leid und Hoffnung im Sozialismus. Der Schluß des Filmes sollte offenbleiben. Kein Happy-End. Nur ein Ahnen um das Mögliche. So eine Story hatte in unserem Land noch niemand zu schreiben gewagt. Ich war hochgestimmt, legte meinen Arm um Esthers Schulter. Sie blickte mich erstaunt an, und ich rief Schippenschiß über den Labortisch zu: »Da gratuliere ich dir. Mit der hast du was gefunden, Mann hast du was gefunden.«

Schippenschiß brachte Esther an diesem Tag mit dem Motorrad nach Haus. Sie wohnte neun Kilometer von Kreppin entfernt. Erst gegen Morgen kam er ins Wohnheim, warf sich ins Bett und schnarchte wenig später. Er war zufrieden, und ich gönnte ihm sein Glück. In den Stunden des Alleinseins hatte ich die ersten Szenen zum Film geschrieben. Es war gut gelaufen, wie man in unserer Berufssprache sagt. Dumper und Lastkraftwagen lärmten auf der nahegelegenen Straße. Durchs Fenster sah ich den blaß werdenden Mond. Während des Einschlafens dachte ich an Esther. Ich wollte ihrem Leben nachforschen. Ich brauchte es für den Film.

Die folgenden Tage hatte ich Aussprachen mit dem Generaldirektor, dem Parteisekretär und einigen Betriebsleitern. Kreppin ist ein ziemlich mieses Kombinat. Ich meine nicht die Leute dort, ich meine die veralteten Anlagen. Immer wieder mal kommt es zu einer Havarie. Die Straße vor dem Werkstor ist zu schmal für den Verkehr: Fußgänger, Radfahrer, Elektrokarren, Dumper, PKW, Schichtbusse. Jedes Jahr sind zwei bis drei Verkehrstote eingeplant.

Der Schichtwechsel dort erinnerte mich stets an das Chaos einer fliehenden Armee.

Ich habe mir immer eingebildet, mein zweiter Besuch im Labor des Chromatbetriebes hätte sich zufällig ergeben, auf dem Weg zur Ostküche mußte ich an dem schmutzigen Bau vorbei. Die Wahrheit ist, ich hatte Schippenschiß gegenüber ein schlechtes Gewissen, weil ich ohne ihn zu Esther ging. Aber sie hatte Nachtschicht. Ich war eigentlich froh darüber, Esther nicht anzutreffen, und doch war ich auch wieder von einer seltsamen Unruhe getrieben. Immer, wenn ich schreibe, fühle ich mich gehetzt, trinke, rauche und habe Kreislaufstörungen. Ich will allein sein und fürchte mich zugleich vor der Einsamkeit.

Den Nachmittag verbrachte ich im kleinen Restaurant des Gästehauses, schrieb am Szenarium, schaffte jedoch wenig. Mich störte die Musik im Radio und das Gespräch zweier Ingenieure am Nebentisch. Ich war gereizt, stritt mit dem Ober – ich weiß nicht einmal mehr, worüber –, raffte meine Blätter zusammen, lief zum Auto und fuhr nach Perchau. Dort wohnte Esther. Ich kannte nicht ihre genaue Anschrift, wußte nur, daß sie der Schule gegenüber wohnte in einem alten Haus. Es war nicht schwer, Esther in dem kleinen Ort zu finden. Ich wünschte nicht mehr, als mit ihr zu reden. Außerdem brauchte ich für den Film die Atmosphäre, in der ich die Heldin ansiedeln wollte. Bisher wußte ich lediglich, daß Esther mit ihrer Mutter zusammenlebte und zwei Kinder hatte, einen dreijährigen Jungen und ein zehnjähriges Mädchen.

Es war ein heller Sommerabend, die Schule – ein kleiner Neubau – in einer Seitenstraße gut auszumachen, ebenso das schiefe, einstöckige Haus gegenüber mit dem grünen Hoftor. Als ich aus dem Wagen stieg, sah ich Esther zwei Wassereimer schleppen. Sie lief ganz krumm. Perchau hat Fernsehantennen, eine Kaufhalle, aber keine Wasserleitung. Esthers Junge wollte der Mutter beim Tragen helfen, klammerte sich am Rand eines Eimers fest und machte der Frau die Last nur noch schwerer. Sie schrie ihm etwas zu, aber der Kleine gab den Eimer nicht frei, sondern mühte sich noch mehr. Esther erschrak, als sie mich so unverhofft dastehen sah. Vielleicht schämte sie sich, denn sie trug einen alten Kittel, und ihr Haar war nicht gekämmt.

»Wollen Sie zu mir?« fragte sie.

»Nein«, erwiderte ich, »eigentlich nicht.«

Der Junge zerrte am Eimer. Wasser spritzte auf meine Hose und meine Schuhe. Esther stellte die Eimer ab und schlug das Kind auf die Hand. Es begann zu weinen. Esther nahm den Jungen auf den Arm und küßte ihn.

»Kommen Sie, na kommen Sie schon«, sagte sie.

Sie ging voran. Ich trug die Eimer.

Später gestand Esther, ich wäre ihr in jenem Augenblick lästig gewesen, überhaupt, etwas an mir hätte sie abgestoßen, sie wüßte nicht, was.

Es war ein Hof mit alten Schuppen und Holztoiletten. Die Steinstufen zum Hauseingang bröckelten, die Tür hing schief, im Flur gab es kein Licht. Ich möchte Esthers Haus mit dem Wandas vergleichen, nur roch es hier nicht nach Wanzen und Terpentin, sondern nach schmutzigen Kleidern. In den Wänden fraß der Salpeter.

»Ich habe Nachtschicht«, sagte Esther.

»Ich weiß.«

Mehr sprachen wir nicht. Der Junge schluchzte noch einmal auf.

In der Küche brannte eine Vierzig-Watt-Birne, vielleicht noch eine schwächere. Zuerst sah ich das Mädchen. Es lag ausgestreckt auf dem Sofa und starrte mich an.

»Sie ist nicht ganz richtig«, sagte Esther.

Mir schien, sie war wütend über meinen Besuch, wünschte mich zum Teufel. Sie kam sich entblößt vor. Ich gehörte nicht hierher.

»Ein Bekannter von Hutkessel«, sagte sie zu ihrer Mutter, und als die mich nicht einmal anblickte, fügte sie hinzu: »Er macht Filme und schreibt Bücher.«

Es war eine peinliche Szene, Bai Dimiter. Ich stand mit den Eimern in den Händen an der Tür und verfluchte meinen Einfall, nach Perchau zu fahren.

»Sie können sich ja hinsetzen«, sagte die Alte und stopfte dem Mädchen ein Stück Brot in den Mund.

Esther schloß das Fenster. »Es zieht Ihnen vielleicht«, sagte sie.

In dieser Küche werden wir drehen, dachte ich, nicht im Atelier. Ich werde dafür sorgen, daß für die Frau Geld herausgerückt wird, viel Geld. Wenn Schippenschiß und sie heiraten, werde ich ihnen meine Datsche schenken. In meinen Absichten war ich an jenem Abend ein außergewöhnlich guter Mensch.

Die Alte wusch den Jungen. Mit dem gleichen Wasser hatte sie sicher zuvor das Mädchen gewaschen. Die Pumpe stand fünfzig Meter vom Haus entfernt auf der Straße. Wer wollte da schon so oft hinlaufen.

Das Schweigen in der Küche war bedrückend. Der Kleine versteckte sich hinter der Großmutter, das Mädchen starrte mich weiterhin an. Esther zog ihren Kittel aus, stand eine Weile im Unterrock vor mir und streifte dann ein rotes Kleid über. Sie liebte grelle Farben, wie ich es von den Zigeunern her kenne und den Beduinenfrauen. Es genierte sie nicht, sich vor mir umzukleiden. Meine Existenz in der Küche galt nicht. Esthers Wertordnung stand außerhalb üblicher Normen. Das Leben hatte sie müde gemacht. Ich möchte sogar meinen: stumpf, obwohl das hinwiederum so absolut gesagt nicht zutreffend ist.

»Die Seele ist ein Abgrund«, sagte Büchner, »es schaudert einem, wenn man hinabblickt.« Was ich über Esther gefunden habe, sind Äußerlichkeiten. Erst ihr Tod offenbarte mehr von ihr, aber da war es bereits zu spät. Sie wollte mir während der Wochen, da wir Schippenschiß betrogen, immer wieder Briefe zeigen. Es ist nie dazu gekommen. Ich war daran nicht interessiert. Es waren Briefe ihrer ehemaligen Männer und Liebhaber. An denen war mir nichts gelegen. Außerdem wollte ich unbefangen bleiben für den Fernsehroman, meine Phantasie nicht einschränken lassen durch Naturalismen.

Was sonst an jenem Abend in Esthers Küche geschah, ist nicht erzählenswert. Ich versuchte, die Gunst des Jungen zu gewinnen, kroch mit ihm auf dem Fußboden herum, ließ Autos fahren, Flugzeuge fliegen, Raketen steigen. Das Mädchen sah uns zu und plapperte sinnloses Zeug. Dann aßen wir Abendbrot. Ich weiß noch, die Brote waren mit Blutwurst belegt. Ich verabscheue Blutwurst, jedoch ich tat, als schmeckte sie mir bestens.


Ich habe ein Telegramm erhalten: Voraufführung des Films großer Erfolg – stop – begeisterte Zustimmung – stop – gratulieren – stop – komm ganz schnell zurück...

Zwei Jahre zuvor hätte mich eine solche Nachricht in Euphorie versetzt. Jetzt ruft sie in mir Angst hervor. »Diesen Film widme ich meinem Freund S.« Darauf habe ich bestanden, daß ein solcher Satz im Vorspann steht. Aber letztlich sind derartige Worte ohne Sinn. Wer weiß schon, was dahintersteckt. Vom vierten Teil an stimmt die Dramaturgie nicht mehr. Nein, nein, die Dramaturgie wohl, aber das Schicksal der Menschen nicht. Die Handlung verläuft exakt nach den Regeln der Fernsehdramatik, so logisch, daß sie schon wieder unlogisch ist. Und ich frage mich, was von meiner Forderung nach unbedingter Wahrhaftigkeit geblieben ist. Kunst und Leben. Leben und Kunst. Ich hätte kein optimistisches Ende finden dürfen, sondern das tragische belassen müssen, damit es andere hindert zu tun, was ich getan habe. Solches glauben und hoffen zu können ist der eigentliche Optimimus der Kunst. Ich hätte den Film so nicht freigeben dürfen. Niemals.

Die Nachtschicht begann um zweiundzwanzig Uhr, aber ich fuhr Esther schon zwei Stunden früher ins Kombinat. Sie war nicht weniger froh als ich, der Küche entfliehen zu können. Ich hielt vor einem Dorfgasthaus. Für Esther bestellte ich Bier, für mich einen Kaffee. Wir rauchten, wußten nichts Rechtes miteinander anzufangen.

»Was wollen Sie eigentlich?« fragte Esther nach einer Weile.

Ich war neugierig, ja. Aber ich war auch auf der Suche, ganz sauber, ohne Hintergedanken. So, wie ich bisher geschrieben hatte, schrieb ich am Leben vorbei. Das war mir in den wenigen Wochen hier bewußt geworden. Es wäre notwendig gewesen, mit Esther darüber zu sprechen. Doch ich wußte nicht, wie, glaubte auch nicht, daß sie mich begreifen könnte. Zudem fürchtete ich, sie könnte mißtrauisch werden, sich mir gegenüber verschließen, während ich doch gerade die Wahrheit über sie erfahren wollte. So zuckte ich auf ihre Frage hin nur die Schultern.

»Mein Gott«, sagte Esther, »es ist doch alles beschissen.« Ich hatte das Verlangen, ihre dünnen Finger zu streicheln. Aber ich fürchtete, sie könnte es mißdeuten. Im Auto dann, als wir auf die Lichter des Kombinats zufuhren, legte Esther plötzlich ihre Hand in meinen Nacken. Ich wagte nicht, den Kopf zu bewegen.

»Ich möchte immer so fahren«, sagte sie, »fahren, fahren.«

Der Sinn dieses Satzes kann sich dir erst dann erschließen, Bai Dimiter, wenn du um Esthers Vergangenheit weißt. Mit zweiunddreißig Jahren hatte sie ein Leben hinter sich, so ein Leben haben vier Achtzigjährige nicht zu bieten. Die erste Schwangerschaft mit sechzehn. Abtreibung. Dann Heirat. Einen Hochstapler. »Er sah immer so gut aus«, sagte sie oft. »Oh, sah der gut aus.« Er trug eine gelbe Jacke, einen Schal und blaue Hosen. Aber er war impotent und deswegen wahrscheinlich ein Hochstapler. Esther betrog ihn und bekam ein Kind von einem, den sie an der See kennengelernt hatte und der es gut konnte. So gut aber wiederum nicht, um ihr ein gesundes Kind zu machen. Das Mädel kam schwachsinnig zur Welt. Vielleicht war auch das viele Chinin daran schuld, das Esther geschluckt hat. Sie wollte das Kind nicht, schon allein aus Angst vor ihrem Mann. Der warf sie auch bald aus dem Haus. Nicht, weil sie ihm ein Kind anbrachte, sondern weil es schwachsinnig war. Das ging gegen seinen Stolz. Und wieder Heirat, aber der zweite Mann fuhr mit dem Motorrad gegen einen Baum. Sie hatte wirklich Pech mit ihren Männern. Er blieb am Leben, war jedoch gelähmt. Sie hatte Mitleid mit ihm, pflegte ihn und betrog ihn und war nicht froh dabei. Dann starb er, und Esther verliebte sich in einen Strafgefangenen, der in D 69 arbeitete. Er behauptete, Goldschmied zu sein. War es wohl auch einmal gewesen, hatte dann aber seinen Meister bestohlen, war entlassen worden und arbeitete danach in einer Papierfabrik. Ich weiß nicht, was für ein Ding er dort gedreht hat, jedenfalls steckte man ihn für drei Jahre ins Gefängnis. Ich sagte schon, Esther hatte Sehnsucht nach einem Zuhaus. Die Mutter war dem Pfarrer hörig. Einen Mann durfte sie der Alten nicht in die Wohnung bringen. Das schwachsinnige Mädchen belastete Esthers Herz und Nerven. Niemals sonst wäre sie mit diesem Strolch nach Quedlinburg gezogen, obwohl alle sie warnten: die Mutter, der Betriebsleiter, die Kollegen. Sie glaubte immer noch an die Liebe. Drei Jahre später kehrte sie mit einem zweiten Kind nach Kreppin zurück, ein abgewirtschaftetes Weib. Sie ließ sich monatelang von keinem Mann anfassen, war fix und fertig. Und da lief ihr Schippenschiß über den Weg. Ob sie ihn liebte? Soweit sie noch lieben konnte. Er war einfach gut zu ihr. Gläubig wie ein Kind bei allem, was er durchgemacht hatte. Sie waren dabei, an ein Ufer zu kriechen, das für beide noch offen war, ein zweites Leben zu finden. So wie ich es in meinem Film gestaltet habe und was mir Lob und Preis einbringt. Das Leben jedoch, Bai Dimiter, das Leben …

Ich verkaufe Träume als Realität.

Wie beginnt eine Liebe? Ich habe es noch nicht herausgefunden. Sie ist einfach da. Überrascht dich, du erschrickst und bist froh. Treibst ruhelos durch die Straßen, fliehst und rennst ihr entgegen. Vielleicht begann es damit, daß Esther in der Dorfgaststätte sagte: »Mein Gott, es ist doch alles beschissen.« Diese Frau, das spürte ich an jenem Abend, lebte gegen ihren eigentlichen Charakter, oder genauer, die Umstände zwangen sie dazu. Statt solche Worte zu gebrauchen, hätte sie viel lieber gesagt: »Den Himmel, Jablonski, es gibt ihn. Lach mich nicht aus, aber ich weiß, daß es ihn gibt.«

Zwischen Esther und mir geschah an diesem Abend nichts weiter. Sie stieg am Werktor aus, winkte mir nicht einmal zu. Und doch hatte ich Schippenschiß gegenüber ein schlechtes Gewissen. Ich verschwieg ihm, daß ich mit Esther zusammengewesen war. Als ich ins Wohnheim zurückkehrte, saß er über ein Blatt gebeugt, kritzelte Formeln und Skizzen aufs Papier und schrie, kaum daß ich durch die Tür trat: »Ich habe da ein Ding, Mensch, hab ich ein Ding.« Er erklärte mir etwas von Rücklaufgewinnung, Umweltvergiftung und Einsparung an Devisen. Als ich nichts verstand, sprang er auf, küßte mich auf beide Wangen und sagte feierlich: »Esther und ich werden heiraten.« Dann kramte er im Schrank, holte ein Sparbuch heraus und offenbarte mir sein Guthaben. Es war lächerlich wenig, zwölfhundert Mark, nicht mehr, aber Hutkessel fühlte sich wie König Feisal. Er tat, als könne er Esther und ihren Kindern dafür eine Insel im Pazifik kaufen.

Schippenschiß nahm seit zwei Monaten keinen Aussetzer, fuhr Überstunden, mehr, als gesetzlich zulässig. Aber in Kreppin fehlten Arbeitskräfte, da sah niemand so genau hin. Er hat sich für Esther und sein kleines Glück mit ihr geschunden auf andere Weise als Woyzeck, der für seine Marie Tag um Tag Erbsen aß. Er versagte sich den Schnaps, obwohl er danach gierte. Einmal entdeckte ich ihn in der Kaufhalle. Er hielt mit beiden Händen eine große Flasche Korn umfaßt, steckte sie schließlich in den Korb und lief schnell zur Kasse. In irgendeinem Winkel des Werkes betrank er sich, kam nachts ins Zimmer, weckte mich und sagte: »Der Mensch ist ein Mensch, Jablonski.« Dann setzte er sich auf mein Bett, murmelte etwas vor sich hin und lallte: »Du bist ein Dichter, dann mußt du auch wissen, warum das alles so ist.«

»Wie ist?«

Er winkte ab, torkelte zu seinem Bett und warf sich angezogen auf die Kissen. Ich lauschte in die Dunkelheit, meinte, Schippenschiß atme laut und unregelmäßig im Schlaf, aber er weinte...

Kreppin ist meine Universität. Das hinzuschreiben ist nicht sehr originell. Trotzdem, so wie ich mich von Herzberg nicht befreien kann, nicht von Burgas und Hindenburg, so bin ich auch an Kreppin gekettet. Ich sagte ja, mein Leben ist dadurch gekennzeichnet, daß ich es an stinkenden Flüssen zubringen muß: Schwarze Elster, Beuthener Wasser, Mulde. Aber ich übertreibe. Hier habe ich den Rapotamo und die Wellen des Meeres. Und in Kreppin gab es nicht nur die Mulde, sondern auch jenen stillgelegten Tagebau mit dem klaren Wasser und dem hellen Ufersand und einem Streifen junger Birken.

Jener Morgen ist mir geblieben. In D 69 hatte es eine Havarie gegeben. Aus einer Anlage war Gas geströmt. Ich war unerfahren. Bevor ich begriff, was vor sich ging, war ich allein in der Halle, fand nicht mehr den Ausgang, sondern brach bewußtlos zusammen. Als ich wieder zu mir kam, sah ich als erstes das Gesicht von Schippenschiß. Er war verschwitzt und ölverschmiert.

»Blöder Hund«, sagte er immerzu, »blöder Hund.«

Ohne ihn wäre ich in der Halle verreckt. Er brachte mich ins Ambulatorium. Aber dort wurde ich nach einer halben Stunde wieder entlassen. Ich sollte zum Wasser gehen, sagte die Ärztin und meinte eben jene Senke, die armselige Adria des Kombinats. Schippenschiß fuhr mich mit seinem Motorrad hin. Die Wolken färbten sich zart rot hinter den Schornsteinen. Der Wasserdampf aus den Kühltürmen stieg kerzengerade in den Himmel wie der Opferrauch Abels. Schippenschiß bettete mich ins schüttere Gras und sprang nackt ins Wasser. Frösche lärmten. Ein Wildentenpaar schwirrte erschreckt auf.

Schippenschiß prustete. Das Wasser war kalt, die Luft über dem Teich frisch. Nichts von dem fauligen Geruch der Emulgatoren, dem Gestank der Phosphorpentasulfidschuppen in D 69, den ätzenden Dämpfen der Essigsäure. Die Kohlepumpen taugten nichts. Kaum hatte man sie eingebaut, liefen sie wie ein Sieb. Ich hatte plötzlich das Verlangen, mich den Abhang hinunter zum Wasser zu rollen. Auf dem Sandstreifen breitete ich die Arme aus, lag auf dem Rücken wie ein toter Vogel. Wenn du die Augen aufmachst und du siehst einen Fetzen blauen Himmel, dann ist es ein Zeichen, dachte ich. Ich blinzelte über das Wasser, und hoch über mir zwischen den Wolken erblickte ich einen blauen Fleck.

Schippenschiß sah mich eine Weile an, als versuchte er, herauszufinden, was da in meiner Seele vorging.

»Mensch«, sagte er, »bin ich froh, daß du lebst.«

Sicher denkt er heute anders. Bereut, daß er in die Halle gestürzt war, um mich auf die Straße zu zerren. Oder er denkt überhaupt nicht mehr an mich, lebt nur vor sich hin mit dem Wunsch zu sterben. Immer, wenn ich ihn in der Strafanstalt besuchen wollte, lehnte er ab, mich zu empfangen. Nur Esthers Kindern schickte er Geschenke. Dem Jungen einen Kran, einen Sattelschlepper, dem Mädchen Stoffpuppen. Von dem wenigen, was er verdient, läßt er der Alten Geld zukommen. Esthers Grab, so wünscht er, sollen Blumen schmücken, sommers wie winters.

Niemals gehört Schippenschiß in ein Gefängnis. Nicht nur sein Verteidiger, selbst der Staatsanwalt wollte ihn davor bewahren. Aber er drängte geradezu darauf, eingesperrt zu werden, blieb bei seiner Aussage, Esther ohne ihr Wissen die Schlaftabletten eingegeben zu haben. Sie hätte, völlig betrunken, nicht mehr gewußt, was mit ihr getan wurde. Er habe, so behauptete Schippenschiß, seine Geliebte aus Eifersucht getötet, in einem Anfall von Verzweiflung und Haß. Erst dann hätte er seinerseits Schlaftabletten genommen. Nein, es täte ihm nicht leid, Esther getötet zu haben; leid täte ihm nur, nicht auch gestorben zu sein. Die Ärzte hätten ihm nichts Gutes damit bereitet, ihn am Leben zu erhalten. Auf den Hinweis, es existiere aber ein Brief Esthers an den Schriftsteller Jablonski, in dem sie schreibe, sie wolle in den Tod gehen, erwiderte Schippenschiß nichts. Er schüttelte immer nur den Kopf. In diesem Augenblick sprang ich im Gerichtssaal auf und schrie: »Ich, ich hab sie gemordet.« Und noch bevor der Richter mich zur Ordnung mahnen konnte, sagte Schippenschiß laut in den Saal: »Du bist ein armer Hund, Jablonski. Du wirst an dir selbst krepieren.«

Ich bin sicher, Bai Dimiter, er hat während der Gerichtsverhandlung gelogen. Esther war es, die ihn verführte. Ein ungenaues Wort. Ich muß sagen: überredete, bedrängte, lockte. Allein zu sterben hatte Esther Angst. Es gab nur einen, der mit ihr gehen würde. Schippenschiß.

Zum dritten Mal denselben Traum: Ich träume, ich bin Kain und schleppe meinen Bruder Abel über die heißen Steine des Kassiun-Berges, durch den harten Sand, der rot wird von unser beider Blut. Damaskus liegt unter mir und die Olivenhaine am Barada. Der Himmel ist weit und blau und rein, und es lebt nichts als nur ich und das Wasser des Barada und die entsetzliche Einsamkeit der nackten Berge. Meine Füße sind trocken und rissig wie die Erde. Der Tote ruht schwer auf mir. Ich hasse und liebe ihn, möchte ihn von meiner Schulter werfen, ihn hinabrollen lassen zum Fluß, der ihn forttragen soll aus der Ghuta, dem Garten Edens. Aber unsere Körper sind aneinandergewachsen. Und so trage ich meinen ermordeten Bruder das Tal des Barada entlang, Tag um Tag, steige aus dem Schatten der Bäume wieder auf die Berge zum Libanon hin und rufe und schreie, aber erhalte immer wieder nur meine eigene Stimme zur Antwort. Ich möchte sterben und muß leben. Und weiß nicht, wie. Und weiß nicht, wie...

Ich frage mich, warum Schippenschiß nicht mich getötet hat.
Diesen Satz schreibe ich hin und möchte ihn sogleich wieder ausstreichen. Er ist banal, zeigt, daß ich nichts von dem eigentlichen Schmerz des Mannes begriffen habe.
Ich fand Blätter im Spind. Schippenschiß hatte darauf seine Neuerervorschläge hingekritzelt, die er niemals weitergereicht hat, weil es ihm ohne Wert schien, etwas zu tun, was nicht zugleich Esthers Leben betraf. Was er tat, tat er für Esther. Was er dachte, dachte er für sie. Ähnliches sagte sie, als ich über den dicken Paul aus Rostock sprach und über Ellen. Schippenschiß war klüger als Paul, sensibler, sah den Riß, der durch unsere Welt geht. Deswegen litt er stärker. Er redete auch nicht so viel, fraß alle Bitterkeit in sich hinein, auch das Glück trug er stumm. Nur seine Augen sprachen. Manchmal waren sie schmal und glanzlos, dann wieder sehr weit offen: »Mensch«, sagten sie, »warum tut alles nur so weh. Ich möchte allen Haß nehmen, alle Liebe, alle Schwäche, alle Kraft und möchte jedem geben, was ihm zukommt: dem Gerechten Gerechtigkeit, dem Liebenden Liebe, dem Hoffenden Erfüllung, dem Irrenden Wahrheit, dem Verzweifelten Mut.« Über die Formeln und Skizzen auf den Blättern stand mit ungelenker Hand geschrieben: »Die Liebe ist ungerecht, ohne Dank. Sei nicht kitschig, Schippenschiß.« Er nannte sich bei dem Namen, gegen den er aufbegehrte.

Ich erinnere mich an einen Ausspruch von ihm. Esther und ich waren den Tag über im Harz gewesen. Hutkessel ahnte wohl bereits, daß wir ihn betrogen. Er stand am Fenster, als ich nachts ins Wohnheim kam, blickte in das Licht der Scheinwerfer auf der Baustelle, wo das neue Kraftwerk errichtet wurde. Ohne mich anzusehen, sagte er: »Hast du Angst vor dem Tod? Der Tod ist der Tod, sonst nichts.«

Ich erschrak. Es ist ein elendes Gefühl, mit einem Menschen zusammenzuleben, der dir wert ist und den du hintergehst. Du willst aufrichtig sein, ehrlich und gut. Nimm alle edlen Wörter unserer Sprache. Aber du bist deinem Charakter ausgeliefert. Es kehrt sich alles um. Es ist ein großes Elend um das Mensch-sein-Wollen. Ich hätte an jenem Abend, da Schippenschiß solche Worte sagte, sprechen müssen. Die Wahrheit ist eher zu ertragen als eine düstere Vermutung. Aber ich dachte: Wozu, die Zeit zwischen ihm und Esther läuft weiter. Meine Uhr in Kreppin ist stehengeblieben. Ich werde fortgehen, denn das darf nicht geschehen, was zwischen Paul und Ellen geschehen ist. Ich will nicht schuld sein, diesmal nicht.

So primitiv war ich in meinem Empfinden, daß ich wirklich glaubte, mit einem abrupten Weggang sei aller Konflikt aus der Welt...

Diese Zerfahrenheit! Das Unvermögen, auch nur eine Stunde vor der Schreibmaschine zu sitzen. Mir geht es wie einem Läufer, der, das Ziel vor Augen, es doch nicht erreicht, sondern hinstürzt und daliegt mit gebrochenen Augen. In zwei Tagen kommt Anissa.

Ich bin nicht sicher, ob Esther mich geliebt hat. Es kann sein, sie hatte die Fähigkeit verloren, einen Mann zu lieben, wie Schatkin durch den Krieg das Lieben verlernte. Einmal rief der Betriebsleiter Esther in sein Büro und hielt ihr einen Vortrag über sozialistische Moral, Würde und Selbstverwirklichung der Frau. Esther hörte sich die gutgemeinte Rede eine Weile an, dann sagte sie: »Herr Doktor, ich weiß nicht, was das ist, Ihre Selbstverwirklichung. Ich weiß nur, daß mir jeder die Hosen herunterziehen will. Und so unangenehm ist mir das nicht. Ich habe da ein ganz klares Gesetz: Wenn ich will, will ich, und wenn ich nicht will, will ich nicht. Das ist meine sozialistische Moral, sehen Sie, und meine Würde.«

Wenn Esther mich aber nicht geliebt hat, warum kam sie dann nach Leipzig? Eines Nachts stand sie vor meiner Tür, den schlafenden Jungen auf dem Arm. Ich war überarbeitet, nervös, hatte zwei Rundfunkaufnahmen hinter mir und sechs Stunden am Szenarium geschrieben. Immerzu dachte ich an den Film. Ich wollte ihn so schnell wie möglich hinter mich bringen und dann fortfahren, irgendwohin, Kaukasus, Hohe Tatra, Rhodopen. In die Berge jedenfalls. Der Film sollte nicht nur ein Neubeginn in meiner Kunst sein, auch in meinem Leben. Ich glaubte ihn gefunden zu haben, den schmalen Grat zwischen Wahrheit und Irrtum. Bei aller Anstrengung vergangener Tage war ich froh, ja glücklich. Esther und Schippenschiß, so glaubte ich, würden mich vergessen, wie ich dabei war, sie zu vergessen. Wir waren uns begegnet, wie man im Leben eben Menschen begegnet. Vorbei. Und nun stand Esther vor mir in ihrem roten Kostümanzug.

Wir steckten den Jungen ins Bett, saßen uns dann gegenüber und rauchten. »Sag was.«

Ja, ja, aber was. Mir fiel nur banales Zeug ein. Sollte ich sagen: »Du siehst gut aus. Alle aus D 69 werden Schippenschiß um dich beneiden.« Sie hatte sich verändert. Aus der blassen abgehärmten Erika war Esther geworden. Den Namen hatte ich ihr gegeben. »Erika«, das Wort mochte ich nicht. Es erinnerte mich an Sagan, ein Städtchen im Niederschlesischen, das Panzergelände dort, wo Wysgol und ich auf den Fronteinsatz vorbereitet wurden. Wir stampften durch knöchelhohen Sand, hatten die Gasmaske umgestülpt und schrien jenes dumme Lied von dem Blümlein in den Filter, das auf der Heide blüht und Erika heißt. Esther fand ich besser, nicht weil jüdische Namen heutigentags modern geworden sind. Ich kam durch D 69 darauf. Der Betrieb stellte als Zwischenprodukt Essigesterverbindungen her.

Sie sah in jener Nacht wirklich gut aus. Das Kinn nicht mehr so spitz, die Lippen voll. Ihre Augen waren grün wie die der Drusenmädchen, die ich in den Bergen, an Abels Grab, habe tanzen sehen. Es zog mich zu Esther hin, aber zugleich dachte ich: Was soll's. Der Morgen schmeckte fade. Jeder Abschied ist ein kleiner Tod. Man muß ihn mit Würde tragen. Esther sah mich aus schmalen Augen an. Vielleicht dachte sie an Rostock, Sanssouci, Buchenwald, Thale, an all die Orte, wo ich sie hingefahren hatte, weil die Flugasche in Kreppin nicht nur die Häuser zuschüttete, sondern auch Esthers Seele. Ich übertreibe nicht, Bai Dimiter, wenn in sage, Esther kannte von der DDR nur Kreppin, Quedlinburg und Prerow. Ihre Sehnsucht war, einmal in Thale mit der Seilbahn zum Hexentanzplatz zu fahren. Im Betrieb wußte sie sich zu wehren, war selbstbewußt, ja provozierend frech. Verließ sie das Kombinat, klammerte sie sich Schutz suchend an mich. Ich erzählte vom Kreuz des Südens, dem Kassiunberg in Damaskus, den Sümpfen Sibiriens. Esther bewunderte mich. Manchmal schob sie schüchtern ihre Hand in meine. Einmal den eigenen Wünschen leben können, im Kaufhaus nicht das Geld zählen, im Interhotel die Bedienung zum Bett kommen lassen, im Theater in der Ehrenloge sitzen, dann war alles leichter zu ertragen: das Gezänk der Mutter, die Wohnküche, in der sie schlief, das gelähmte Kind, das dreckige Labor im Kombinat. Sie träumte sich in ein Märchen hinein, hielt mich für einen Prinzen und sich für die arme Ziegenhirtin.

»Sag was.«

Weißt du, was wir den ganzen Tag über in Thale gemacht haben? Wir sind Seilbahn gefahren, zehnmal rauf und runter. Der Himmel war verhangen. Wenn wir über dem Abgrund schwebten, hielten wir uns umschlungen. Es war ein glücklicher Tag. Kreppin existierte irgendwo in der Galaxis, wo es nach Pentasulfiden stank und Methanol und Flugasche die Augen stumpf machte. Wir hingegen waren Ikarus und Gagarin, Mephisto und eine Walpurgisnachthexe, das Seil war der Besenstiel, die Gondel eine Weltraumkapsel.

»Gagarin ist nicht als Ikarus gestorben, sondern als Dädalus.«

Ich sagte das, während wir steil aufschwebten. Esther verstand mich nicht. Sie war beneidenswert ungebildet, besaß jedoch den Wissensdrang des Kindes, das immerzu fragt: »Was ist das?«

»Ikarus und Dädalus sind zwei Prinzipien in der Welt.«

»Was für Prinzipien?«

»Sterne und Gassen.«

Esther schwieg. Und ich weiß nicht, ob sie schwieg, weil sie verstand, was ich damit sagen wollte, oder still war, weil sie mich nicht verstand.

»Sag was.«

Mein Schweigen machte ihr begreiflich, daß sie von mir mißbraucht worden war. Ich hatte ihr Sterne gezeigt, nun ließ ich sie in die Gasse zurückfallen. Sie wehrte sich dagegen, unbeholfen und schüchtern, schämte sich wohl vor sich selbst, daß sie sich erniedrigte und mir nachlief. Aber sie hatte einfach Angst vor dem Sturz aus der Illusion in die Wohnküche nach Perchau mit der Wasserpumpe auf der Straße, dem dunklen Hausflur, der Toilette auf dem Hof, dem geistesgestörten Kind und der bigotten Mutter. Vielleicht hatte sie mein wahnwitziges Geschwätz nicht vergessen, das für den Augenblick sogar einer ehrlichen Empfindung entsprungen war.

Wir übernachteten in Weimar. Aus einem mir selbst nicht zu erklärenden Drang heraus weckte ich Esther und sagte: »Ich muß mein Leben ändern. Mag sein, ich bin verrückt, aber ich möchte zu dir in die Wohnküche ziehen. Vielleicht wirfst du mich nach zwei Tagen bereits heraus. Aber ich möchte alle Brücken hinter mir abbrechen. In D 69 eine ordentliche Arbeit aufnehmen.«

Esther antwortete darauf nichts. Sie umschlang mich nur mit ihren dünnen Armen. Und sie verstärkte damit mein sentimantales Gefühl. Mein Gott, dachte ich, du lebst in einem goldenen Turm und schwenkst die rote Fahne. Wenn du Kunst machen willst, mußt du mit deiner Klasse leben, mit ihren Sorgen und ihren Gedanken. Privilegien korrumpieren letztendlich dein Herz. Ohne Herz aber bleibt alles, was du schreibst, hohles Geschrei.

Ja, damals in Kreppin ahnte ich die Gefahr, der ich mit meinem Schreiben ausgesetzt war.

»Sag was.«

Esther saß in einem Empire-Stuhl meiner Leipziger Wohnung.

»Du kannst natürlich bleiben«, sagte ich.

»Und dann?«

Ich mußte daran denken, daß ich einmal zu Ellen gesagt hatte: »Wenn du willst, heirate ich dich.«

Auch ihre Antwort war mir in Erinnerung: »Wir beide, das wäre ein Witz.«

»Und dann?« wiederholte Esther.

Und dann, und dann. Ich war wütend. Ja, was denn: und dann. Ich komme nicht nach Perchau und sie nicht zu mir. Das war die Wahrheit. Was also *und dann*.

»Ich weiß kein Ende«, sagte Esther.

»Geh mit Schippenschiß nach Piesteritz. Dort bekommt ihr eine Wohnung. Du siehst eine neue Welt. Wenn ihr Geld braucht...«

Da sprang Esther auf, riß den Jungen aus dem Bett und lief davon. Ich hörte das Kind auf dem Flur weinen. Es gibt sich. Es gibt sich alles, dachte ich. Den nächsten Tag wollte ich zu Schippenschiß fahren, wenn nicht den, dann den folgenden. Und wenn nicht den folgenden, dann . . . Das Szenarium mußte beendet werden. Jeden Tag erhielt ich einen Anruf von meinem Dramaturgen . . .

Anissa. Ich bin heute zum Tabso-Büro gelaufen. Die Maschine landet morgen siebzehn Uhr fünfunddreißig. Wir werden nicht mit dem Bus in die Stadt fahren. Wir werden ein Stück laufen und dann ein Taxi nehmen.

»Was stellst du an, Jablonski?«

Seit unserer Scheidung hat sie mich nie mehr mit meinem Vornamen gerufen.

»Es gibt eine Gerechtigkeit, jenseits aller Gesetze«, werde ich antworten.

»Große Worte, Jablonski, große Worte.«

»Und es gibt eine Realität, jenseits unseres Begreifens. Wenn du den schwarzen Stein finden willst, mußt du ganz tief runter. Bis auf den Grund.«

Sie wird schweigen, und ich werde das Schweigen nicht ertragen.

»Sag was.«

»Du bist krank. Und du warst zu lange allein.«

»Ja, ja.«

»Mein Gott, reg dich nicht gleich wieder auf.«

Ich bin ruhig. Kein Schmerz ist so groß, daß man ihn nicht erträgt. Ich stehe am Fenster deiner Wohnung, schaue vom zwanzigsten Stockwerk hinab auf die Lichter der Stadt. Du hast eine Platte aufgelegt. Vivaldi. Du nimmst mich doch auf? Natürlich nimmst du mich auf. Du hast mich ja auch nicht nach meiner Entlassung als Schulrat umkommen lassen, als ich anfing zu trinken, mich mit Polizisten herumschlug. Ich habe dir dafür die ›Kreppiner Novelle‹ gewidmet. Jene Geschichte von der Liebe des Oberleutnants Tscherwuchin zur

DDR-Bürgerin Elisa. Erinnerst du dich? Es war kein Meisterwerk. Den Schluß nanntest du ›optimistisch aufgemotzt‹. Und doch hast du dich über mein Geschenk gefreut. Weswegen hast du nicht wieder geheiratet? Du nimmst mich doch auf. Sag was! So sag doch was!«

Ich höre das Meer. Und der greise Luka sagt: »Wenn ein Mensch dem andern nichts Gutes tut, dann handelt er eben schlecht an ihm. Warum bist du so auf Wahrheit erpicht? Überlege doch: die Wahrheit, die kann für dich zur Schlinge werden.« Ein Glarus kreischt…

*Die Kunst ist unmenschlich.*

… Hier bricht das Manuskript ab …

Es blieb unvollendet wie Jablonskis Leben. Der letzte Satz ist ein Aufschrei. Nicht für den Leser bestimmt, möchte ich meinen. Der Autor hätte ihn sicher wieder gestrichen wie manches andere auch in dem unfertigen Roman. Es blieb ihm keine Zeit mehr dazu. Er hat das Meer, nach dem er sich sehnte, noch einmal gesehen, aber er hat das Wasser nicht mehr berührt, so wie es ihm nicht vergönnt war, das eine oder das andere in seinen Aufzeichnungen zu verdeutlichen. Mancher Widerspruch bleibt. Meine Bemühungen, Dunkles aufzuhellen, waren von geringem Erfolg. Vielleicht ist ein solcher Versuch auch gar nicht im Sinne Jablonskis. Während einer Akademietagung unterbrach er mein Referat und schrie: »Vernunft, Vernunft! Die Kunst lebt von der Unvernunft.«

An dieser Stelle muß Anissa Jablonski gedankt werden. Sie brachte das Manuskript aus Burgas mit und übergab es dem Verlag zur Veröffentlichung. Darüber zu spekulieren, welchen Weg Jablonski in der Kunst künftig beschritten hätte ist müßig.

DER TOD IST EXAKT

Rainer Maria Rilke

# Anhang

# Drei Aussagen über Jablonski

## I. *Der Dramaturg M.*

Keineswegs hat der Herausgeber recht, wenn er in seinem Vorwort von der »plötzlich auftretenden Besessenheit Jablonskis nach Wahrhaftigkeit« spricht. Ebenso zweifle ich die Richtigkeit der Behauptung an, dieses hinterlassene Manuskript Jablonskis sei »ein letzter Versuch, sich die Wertschätzung seiner Leser und Fernsehzuschauer zu erhalten, denen er mit seiner Kunst so manchen Schein als Wahrheit angeboten hat«. Sicher, Jablonski ist in der unvollendet gebliebenen Arbeit von einer Konsequenz, die auch mich zutiefst betroffen, ja ich möchte sagen, erschreckt hat. Ich meine aber, daß der Herausgeber Charakter und Schicksal Jablonskis auf andere Art ebenso einseitig betrachtet wie Dr. Assa. Mehr als zehnjährige Zusammenarbeit zeigten mir den Mann, der sich hier so rückhaltlos offenbart, als einen Grübler. Er war niemals frei von Depression und Zweifel. Mit ihm zu arbeiten war schwierig ob seiner Eigenwilligkeit, Labilität, seines Ehrgeizes, überhaupt seiner Gefühlsschwankungen. Er litt unter einer zunehmenden Zerrissenheit. Die Naivität des Künstlers Jablonski stritt mit seiner politisch-historischen Einsicht, seine Unbedingtheit stritt mit Besonnenheit, sein Schrei nach radikaler Wahrheitsverkündung mit der Frage: Wem zum Wohle? Ich stelle mich gegen Jablonskis eigene Behauptung, er sei ein Opportunist gewesen, ohne dabei seine Vergehen zu entschuldigen oder gar zu verteidigen. Wer einen solchen Film um Schippenschiß und Esther schafft, widerspricht sich selbst, wenn er sich der Lüge, der Feigheit und leichtfertiger Anpassung bezichtigt. Der Fehler Jablonskis, so meine ich, lag darin, daß er unfähig war, sich zu bescheiden, das Morgen im Heute wollte. Daran ist er zerbrochen. Die schon zur Floskel gewordene Formulierung, dieses oder jenes Stück habe einen zum Scheinoptimismus hin verbogenen Schluß, läßt mich nach der Genauigkeit einer derartigen Aussage forschen. Könnte dieser auf solche Weise »denunzierte« Schluß nicht Ausdruck echter Sehnsucht eines Künstlers nach dem sein, was man schlechthin Hoffnung nennt? Wäre es nicht möglich, daß ein Schriftsteller unter dem Unvollkommenen in unserer Gesellschaft leidet und daher nach einem grünen Ufer greift, um auch seine Zuschauer und Leser in das »gelobte Land« zu führen oder ihnen doch wenigstens den Weg dahin zu zeigen? Ich sehe so manchen beim Lesen dieser Zeilen lächeln. Und ich gebe zu, die letzten Sätze sind nicht frei von Pathos. Billige ich jedoch der Kunst notwendigerweise Kritik und Skepsis zu, warum dann nicht Pathos und Idylle? Zum Hinausschreien der Wahrheit – und was ist Wahrheit? – mag zweifellos Mut gehören. Wer aber dürfte aufstehen und behaupten, daß Schweigen immer Feigheit ist. Freilich, der Grat zwischen Opportunismus und moralischem Exhibitionismus ist nicht weniger schmal als der zwischen Wahnsinn und Genie, Mut und Leichtfertigkeit, Wahrheit und Irrtum. Wir sind befangen im Guten wie im Bösen, im Wissen wie im Unwissen. Jablonski hat die Qual eines solchen Zustands ausgelebt. Manchmal floh er vor dem Unausweichlichen eines solchen Daseins in eine Welt des schönen Scheins, das kann nicht bestritten werden. Aber er kehrte immer wieder zur Wirklichkeit des Lebens zurück, das er haßte und liebte. Ein Übermaß an Sehnsucht hat ihn getötet.

Ich bin verwirrt. Ich fühle mich nicht in der Lage, etwas Gültiges zu sagen. Als mich Jablonski nicht vom Flughafen abholte, hatte ich das Gefühl, es ist etwas Schreckliches passiert. Der letzte Satz, den er hinschrieb, ist mir nicht neu. Nur wenigen ist bekannt, wie sehr Jablonski unter der Kunst litt. Der Zweifel an sich selbst hat ihn krank gemacht. Ob ich ihn liebte? Ja, ich habe ihn einmal sehr geliebt. Und dann? Ich weiß nicht. Vielleicht tat er mir leid. Ich finde keineswegs, daß Mitleid einen Menschen entwürdigt. Jablonski hatte viele Freunde, und doch fühlte er sich einsam. Nein, er spielte mir nichts vor. Ich meine, er war nicht rührselig. Wenn er mich besuchte, und er besuchte mich oft, schwieg er zumeist, stand am Fenster und blickte auf die Stadt. Er beschreibt es ja. Einmal verglich er sich mit Hemingways Mann auf dem Kilimandscharo. Er sagte: »Ich habe keine Geliebte, die mich aushält. Bei mir tut es die Gesellschaft.« In letzter Zeit trank er sehr viel. Er redete dann unkontrolliertes Zeug. Mich schimpfte er einen »gläubigen« Menschen. Dabei war er nicht weniger gläubig, nur auf andere Art. Ich kann nicht leben ohne Hoffnung. Keiner kann es. Ob durch ihn mein Leben verdorben wurde? Das ist doch Unsinn. Ohne Jablonski wäre ich einen anderen Weg gegangen, sicher. Ob einen besseren, weiß ich nicht. Er war egoistisch, aber nicht schlecht. Auf seinem Weg zur Kunst hat er sehr vieles zertreten. Ich weigere mich, alle Vergehen eines Künstlers mit seiner Eigenwilligkeit und der Spezifik seines Schöpfertums zu rechtfertigen. Ja, deshalb habe ich abgelehnt, den Prozeß gegen Willi Hutkessel zu führen. Recht und Gesetz klaffen in diesem Fall für mich auseinander. Es ist unwahr, wenn Jablonski behauptet, er hätte gesagt, *er* müsse gerichtet werden, nicht Willi Hutkessel. Ich erkläre mich lediglich für befangen. Wissen Sie, Jablonski hat geglaubt, die Seele einer Frau zu kennen. Wer sein Buch liest, mag es auch glauben. Aber er hat wenig begriffen, weil er letztlich doch zu sehr Beobachter blieb oder Besucher. Einer, der am Fenster steht und von hoch oben auf die Stadt schaut. Und lieben, bis ins letzte lieben konnte er nicht. Er benennt diese Frage in seinem letzten Buch sehr häufig. Deswegen komme ich überhaupt zu einer solchen Überlegung. Die Unfähigkeit, lieben zu können, unterstellt er im Manuskript zum Beipiel Schatkin und Esther. Aber es war immer eine Eigenart Jablonskis, den eigenen Charakter hinter den Figuren seiner Bücher zu verbergen. Er konnte nur Liebe zurückstrahlen wie der Mond das Licht der Erde. Er wußte um diesen Mangel. Daher manchmal seine Übersteigerung und die Sehnsucht, sich hinzuopfern. Es wäre mir unmöglich gewesen, mit ihm auf die Dauer zusammenzuleben. Vielleicht hätte ich mehr für ihn tun müssen. Aber ich hatte Angst vor seiner Unrast. Er suchte ständig etwas. Das ist gut, ja. Aber Jablonski lief dem Leid nach, weniger der Freude. Vielleicht tue ich ihm Unrecht. Ein Schriftsteller muß den Menschen lieben, nicht irgendeinen, den Menschen überhaupt. Es bleibt sonst alles, was er schreibt, leer und trostlos, nicht wahr. Jablonski hat viel Liebe genommen und wenig gegeben. Vielleicht ist er daran gescheitert.

### III. *Willi Hutkessel, genannt Schippenschiß*

Nein, ich habe den Film nicht gesehen. Nein, ich habe das Buch nicht gelesen. Nein, ich habe über Jablonski nichts zu sagen. Er ist tot.

# N A C H W O R T

von Carsten Wurm

Als Werner Heiduczek mit seiner Frau im Januar 1978 während einer
Reise nach Indien, Pakistan und Sri Lanka auf dem Frachtschiff »MS
Schwarzburg« in Madras an Land ging, erwartete ihn zu seiner Freude postlagernd ein Exemplar des neuen Romans »Tod am Meer«. Er
zeigte es dem Kapitän, der es wie nach ihm fast die gesamten 40 Mann
der Besatzung als willkommene Abwechslung las. An den betroffenen
Reaktionen merkte er, daß ihm ein ungewöhnliches Stück Literatur gelungen war. Nach fünf Monaten an Bord im April 1978 in die DDR zurückgekehrt, holte ihn der Leiter des Mitteldeutschen Verlages Eberhard Günther mit den Worten »Werner, ich glaube, das schlimmste haben wir hinter uns!« auf den Boden des realexistierenden Sozialismus
zurück. Günthers Hoffnung war allerdings verfrüht, wie sich heraus-
stellen sollte.

Heiduczek wurde von der Idee zu dem Werk während eines Kranken-
hausaufenthaltes in Bulgarien gepackt, zu dem er wie sein Held nach
einem Gefäßriß im Gehirn gezwungen war. »... als ich im Mai 1974
im ›Erstrangigen Bezirkskrankenhaus Burgas‹ lag, mich nicht rühren
konnte, immer nur ins Blau des Himmels starrte und der alte Bai Dimiter nachts aufstand und mir die Decke über die Füße streifte, da war
plötzlich der erste Satz der Urfassung zum Roman da: ›Angesichts des
Todes beginnt das Verhalten des Menschen rein zu werden.‹ Ich habe
ihn später wieder gestrichen, weil ich inzwischen erfahren mußte, daß
dieser Satz so nicht stimmt. Die Angst vor der Wahrheit, die sich angesichts des Todes unverhüllt zeigt, kann größer sein als die Angst vor
dem Sterben. Der Tod bringt das Schweigen, nicht unbedingt die
Wahrheit.« Er hatte die Bulgarienreise nach einigen politischen Nak-
kenschlägen depressiv angetreten. So wurde ihm auf Grund einer ab-

fälligen Äußerung über Honeckers Machtantritt in der Hallenser Bezirksorganisation des Schriftstellerverbandes ein bereits durch Ministerium und Zentralkomitee der SED genehmigter Syrien-Einsatz als Sprachlehrer im letzten Moment gestrichen – die Absage enthielt den Passus, daß das Ehepaar Heiduczek auch für andere Auslandseinsätze nicht mehr vorgesehen sei. Nach Heiduczeks literarischem Durchbruch mit dem Roman »Abschied von den Engeln« (1968) wurden Anfang der siebziger Jahre mehrere neue Werke durch Verlage und halbamtliche Kritik schlecht aufgenommen. So war seine Erzählung über einen jugendlichen Aussteiger »Mark Aurel oder Ein Semester Zärtlichkeit« 1971 vom Mitteldeutschen Verlag abgelehnt worden. Die Cheflektorin bekannte: »Werner, wir sind enttäuscht von dir!« Später im Verlag Neues Leben veröffentlicht, wurde sie im »Neuen Deutschland« verrissen – ein Vorgang, der in der Literaturgesellschaft der DDR fast einem Verdikt gleichkam. Gleichzeitig wurde eine dramatisierte Fassung der Erzählung am Halleschen Theater abgesagt. Ähnlich erging es der Erzählung »Das zwölfte Buch« und dem Kinderbuch »Der kleine häßliche Vogel«, das zwei Jahre keine Druckgenehmigung erhielt, weil nach Lesart der Zensur die Individualität gegen den Kollektivgeist ausgespielt werde. Es wurde nämlich von einem Vogel erzählt, der auf Grund seiner Häßlichkeit nur nachts singen durfte. Die Neuerzählung des »Parzival« (1974) half Heiduczek über die Schaffenskrise hinweg und vermittelte ihm wieder Lust am Fabulieren und einen abgeklärteren Blick auf die Gegenwart. Während der Arbeit kündigte sich bereits das Thema des kommenden großen Romans an. An entscheidender Stelle heißt es über den zur Kommunikation unfähigen Parzival, »daß er nichts Eigenes zu denken wagte, Glauben für Wissen nahm und Nachäffung für menschliche Würde«.

Nach den bedrückenden Erfahrungen mit dem Literaturapparat, der nicht nur mit Verboten arbeitete, sondern auch den Autor durch steten

Druck zu opportunistischen Verhalten verführte, beschloß Heiduczek wie zuvor Jurek Becker (»Irreführung der Behörden«, 1973) und Günther de Bruyn (»Preisverleihung«, 1972) die Haltung des Schriftstellers selbst zu thematisieren. Bereits 1969 hatte er sich in der Kurzgeschichte »Das zwölfte Buch« erstmals mit der Lage des Schriftstellers im Sozialismus künstlerisch auseinandergesetzt. In dem mit »Tod am Meer« in unmittelbarem Zusammenhang entstehenden Parabelstück »Das andere Gesicht« (1976) stellte er einen Bildhauer ins Zentrum, der bei den Vorarbeiten zu einer in Auftrag gegebenen Porträtplastik zu einer ganz anderen Auffassung von dem Objekt kommt als die Auftraggeber.

Um ein Beispiel aufrechten Schreibens zu liefern, wollte Heiduczek außerdem die Geschichten vom schweren Anfang der Republik und der Partei, der Hilfe der Sowjetunion und vom Wandel der durch den Nationalsozialismus verführten Generation auf radikal neue, desillusionierende Weise erzählen. Heftiger Einwände gegen seine Sicht auf die Gründerjahre der DDR gewiß, entschied sich Heiduczek im Interesse der Glaubwürdigkeit und der Stringenz des Bildes, den Protagonisten mit seinen eigenen biographischen Erfahrungen auszustatten. Im Streitfall konnte er somit auf die Authentizität des Stofflichen verweisen. So gleicht der Weg Jablonskis in verblüffender Weise der seines Erfinders: Kindheit im oberschlesischen Kohlenpott, Flakhelfer, Tod des Bruders beim Reichsarbeitsdienst, Neulehrerschulung in Herzberg, Beitritt zur SPD 1946, Studium in Halle, Lehrerberuf und Schulratstätigkeit mit den beschämenden Verwicklungen in die Politik der SED im Vorfeld des 17. Juni bis hin zu den Erfolgen als Schriftsteller und den Bulgarienaufenthalten. Wie aus den jüngst veröffentlichten Tagebuchaufzeichnungen und autobiographischen Texten ersichtlich, scheute Heiduczek selbst davor nicht zurück, seiner Figur ganz persönliche Bekenntnisse in den Mund zu legen, meist sentenzenhaft aus dem Erzählfluß heraustretend.

Dennoch darf der Roman nicht als kaschierte Autobiographie oder gar als Konfession im Rousseauschen Sinne mißverstanden werden. Vielmehr handelt es sich um den für die deutsche Literatur seit Goethes »Leiden des jungen Werther« typischen Vorgang des Umschlags von Wahrheit in Dichtung, der poetischen Sublimierung von Erlebtem und Erfahrenem. Nicht umsonst zitiert Heiduczek schon im Titel jene melancholisch-düstere Novelle »Der Tod in Venedig«, die ebenso auf Thomas Manns eigener seelischer Erschütterung wie auf der Verarbeitung von Details anderer Künstlerbiographien gegründet ist. Auf sie trifft zu, was Mann an »Doktor Faustus« kennzeichnend fand: »das eigentümlich Wirkliche, das ihm anhaftet, und das … spielende Bemühen um die genaue und bis zum Vexatorischen gehende Realisierung von etwas Fiktivem«.

Als Heiduczek sich Ende 1974, ausgerüstet mit einem Projektstipendium aus Mitteln des Kulturfonds der DDR, an die Arbeit machte, verfolgte er anfangs zwei verschiedene, parallel laufende Projekte, den Roman über eine Jugend im Krieg und Nachkrieg für den Mitteldeutschen Verlag sowie ein Reisebuch über Bulgarien, das er mit dem Verlag Neues Leben vertraglich vereinbart hatte. Nachdem sich beim Schreiben des Romans immer stärker die Krankenhausatmosphäre und die Charaktere der mitleidenden Bulgaren aufdrängten, kündigte Heiduczek das Reisebuch kurzerhand auf, um sich nicht fortwährend Details für den einen oder anderen Plan aufheben zu müssen. »Es muß die ›Schuld‹ und das ›Versagen‹ des Mannes gerade auch in der unmittelbaren Gegenwart gezeigt werden (also der Gedanke der ›Verführung‹). Das gibt dem Vorhaben eine andere Dimension und Poesie. Er soll – so scheint es mir zur Zeit wenigstens von der Erzählhaltung konsequent – gar nicht mehr aus Bulgarien zurückkehren, sondern dort den physischen Tod erleiden, nicht aber den geistigen …«, heißt es im Absagebrief an den Verlag Neues Leben vom 9. April 1975.

Als ideelle Quelle wirkte ein drittes, nicht ausgeführtes Projekt, das auf einen Studienaufenthalt im Kombinat Bitterfeld, einem der größten Industrieunternehmen der DDR, 1973 zurückging. Frucht dessen war das Schauspiel »Maxi oder Wie man Karriere macht« sowie ein Fragment über einen räsonierenden Schriftsteller, der nach manchen literarischen Lorbeeren ins Kombinat zurückkehrt, um hier seine geistige Ermattung durch erregende Erlebnisse an der Basis zu überwinden. Diese Fabel widersprach zu sehr Heiduczeks befremdlichen Erfahrungen mit der sozialistischen Arbeitswelt, wie er sie in dem mittlerweile publizierten Bitterfeld-Tagebuch niederschrieb, als daß sie tragfähiges Gerüst für eine größere Arbeit sein konnte.

Um die Provokation des Textes zu verhüllen, bat der Verlag den Autor, sich in geeigneter Form erzählerisch von den Sarkasmen des Protagonisten zu distanzieren. Heiduczek konnte sich widerwillig nur dazu verstehen, der Ich-Erzählung Jablonskis einen relativierenden Rahmen zu geben. So entstanden das Vorwort des Herausgebers und die drei Kommentare von dem Dramaturgen M., Anissa und Schippenschiß am Ende des Romans, über die der Autor so wenig glücklich war, daß er sie bei den drei späteren Neuausgaben stark kürzte und erst auf Bitten des heutigen Verlages wieder in originaler Länge drucken läßt. Zu stark wiegt bis heute die Abneigung gegen die halb und halb oktroyierten Passagen, als daß er ihre Nützlichkeit für die Objektivierung der Konfession sieht. Eine auktoriale Erzählweise vermeidend, war es Heiduczeks Bestreben gewesen, den Leser aus der Lektüre nicht mit dem beruhigenden Gefühl zu entlassen, daß der Moribunde seinen nihilistischen Betrachtungen nur durch den nahenden Tod verfallen sei.

Nach dem Zensurverfahren der DDR brauchte der Verlag, der sich nach diesen Ergänzungen für den Text entschieden hatte, ein sogenanntes Außengutachten einer möglichst einflußreichen Persönlichkeit des literarischen Lebens. So trat man an die Sekretärin für Literatur des Schriftstellerverbandes der DDR, die Literaturwissenschaftlerin Renate Drenkow heran, die nach erster Lektüre versprach, ein kritisches, aber befürwortendes Gutachten zu verfassen, wenn der Autor, wie der Verlag versicherte, auf der vorliegenden Fassung bestehe. Sie werde aber die erste sein, die ihm nach Erscheinen des Buches die »Forderung nach mehr Präzision um die Ohren hauen« würde. Während Heiduczeks langjähriger Lektor Harald Korall ein einfühlendes, positiv interpretierendes Gutachten vorlegte, verhehlte Drenkow ihren Groll nur wenig. Offenbar um nicht wieder einen neuen Fall von Zensur zu haben, plädierte sie für Auseinandersetzung der Literaturkritik mit Autor und Text. Hier lag sie auf einer Linie mit entscheidenden Kräften im Kulturapparat, die nach den verheerenden Verwerfungen infolge der Biermann-Affäre 1976/77 die Lage entspannen wollten. Wie aus einer späteren Aktennotiz aus der Personalakte des Ministeriums für Staatssicherheit ersichtlich, beschäftigte das Manuskript weitere einflußreiche Persönlichkeiten: »In der Zeit der Arbeit am Roman wurde dieser von vielen gelesen. Dem IM sind erinnerlich: K. Höpcke (Stellvertretender Minister und Leiter der Hauptverwaltung Verlage und Buchhandel), Lucie Pflug (Leiterin des Sektors Verlage im ZK der SED), Dr. Dahne (Abteilungsleiter in der Hauptverwaltung Verlage und Buchhandel), M.-W. Schulz (Schriftsteller und Vorstandsmitglied des Schriftstellerverbandes), Erik Neutsch (Schriftsteller und Mitglied der SED-Bezirksleitung Halle) u. a. Im Urteil dieser Personen spielten antisowjetische Interpretationen des Manuskriptes nie eine Rolle. Im Mittelpunkt der Kritik standen: Haltungen zur Partei (Aufnahme in die SPD), Jablonski könne sogar vorm Fenster ein Leninbild ertragen, Bezug zu Lenin-Stalin-Mao, schmutzige Frauenfiguren, Abtreibungsgeschichten, Marxismus-Grundstudium an Universitäten.« Angesichts des folgenden Verbots erstaunlich, spielten die Szenen über das rabiate Verhalten der sowjetischen Besatzungstruppen keine explizite

Rolle. Drenkow: »Das findet sich schon bei Ehrenburg und wirkt hier wie Klischee«.

Das Buch wurde für die kleine Medienwelt der DDR erstaunlich zahlreich und intensiv besprochen, was allein schon für seine Substanz spricht. Die meisten Rezensenten hielten sich in der ersten Phase der Kritik, die bis zum VIII. Schriftstellerkongreß Ende Mai 1978 reichte, mit Wertungen auffällig zurück, vermieden bei der Wiedergabe des Stofflichen scheu alle brisanten Episoden, die in eklatantem Widerspruch zur offiziellen Darstellung der DDR-Geschichte standen. Stilles Übereinkommen schien zwischen ihnen gewesen zu sein, nicht durch Herausarbeitung des politischen Sprengstoffes schlafende Hunde zu wecken. Meist beschränkte sich die Wertung darauf, den Roman als einen wichtigen Diskussionsbeitrag zum Kongreß zu bezeichnen.

Symptomatisch sind die beiden ausführlichen Besprechungen des Romans in der »Neuen Deutschen Literatur« (Heft 3/1978) von Hans Joachim Bernhard und Werner Liersch, die der inneren Stimmigkeit der Selbstdarstellung Jablonskis nachgehen, ohne die Korrespondenz des Erzählten mit der DDR-Wirklichkeit zu reflektieren.

Ausnahmen bildeten die Rezensionen im »Sonntag« (Nr. 16/1978) von Renate Drenkow, die ihrem Versprechen aus dem Gutachten treu blieb, und im »Morgen« (11./12. März 1978), in der Christoph Funke bekannte, daß ihm Heiduczeks Bitterkeit befremdlich bleibe: »Flache Zukunftsgläubigkeit, billige Vereinfachung, Langeweile also, wechselt er aus gegen eine verbitterte Suche nach seelischer Verwundung, nach innerer Verkrüppelung, nach gesellschaftlicher Härte und Uneinsichtigkeit.« Bedrohlich las sich vor allem, was der Chefideologe an der Akademie der Gesellschaftswissenschaften des ZK der SED, Hans Koch, in einem Grundsatzreferat zum bevorstehenden Schriftstellerkongreß dozierte: Inakzeptabel sei, wenn die frühen DDR-Jahre wie in »Tod am Meer« »als eine Häufung von Begebenheiten (erscheine), die zu moralischer Bedrückung und Scham Anlaß bieten, als eine Art Taumelpfad zwischen Unrecht und Anmaßung, wenn ein Buch in seinen wesentlichen Intentionen so beschaffen ist, dann wird dadurch nicht nur, gewollt oder ungewollt, ein Gesellschaftsbild des realen Sozialismus in Frage gestellt«, so nachzulesen in »Neues Deutschland« (15./16. April 1978).

Krisenstimmung herrschte schon zu diesem Zeitpunkt in Leipzig, hatte doch nach Heiduczek ein weiterer führender Autor der Stadt soeben einen Roman mit dem Titel »Es geht seinen Gang« vorgelegt, der von den Frustrationen eines Aussteigers im lokalen Milieu und verdrängten Kapiteln aus der DDR-Geschichte der Stadt erzählt. Anfang Mai veranstaltete der Bezirksverband des Schriftstellerverbandes zusammen mit Literaturwissenschaftlern eine Aussprache zur Vorbereitung des Kongresses, in der nach Augenzeugenberichten der Roman massiv des Geschichtsrevisionismus bezichtigt wurde. Heiduczek, der nicht anwesend war, erhielt von dem Kunstkritiker und Erzähler Horst Drescher einen privaten Sitzungsbericht, in dem die Worte fielen, daß »Flaubert noch vor ein ordentliches Gericht für seine ›Madame Bovary‹« kam, während heute Literaturdiskussionen anberaumt werden. Offenbar hatte von den Literaturwissenschaftlern einzig der Universitätsprofessor Claus Träger, der dem Autor spontan nach der Lektüre gratuliert hatte (»Die besonnte Vergangenheit der ... ›Aula‹ ist unwiederholbar. Bräunig ist an dieser Problematik zerbrochen, Du hast es auf anständige Weise geschafft.«) ein positives Wort über den Roman geäußert. Zwei Jahre später ließ derselbe sich allerdings in einem Artikel der »Leipziger Volkszeitung« dazu hinreißen, kritische DDR-Autoren mit Krankheitsherden zu vergleichen, die man im Interesse der Körpergesundheit zu bekämpfen habe. Mit einem zynischen Wortspiel prophezeite er ihnen, der Vergessenheit »anheymzufallen ..., wovon niemand erloest.«

Nachdem die Brisanz des Buches innerhalb des Apparates bekannt geworden war, lud die Leiterin der Abteilung Kultur des ZK der SED, Ursula Ragwitz, am 23. Mai 1978 den Leiter der Hauptverwaltung Verlage und Buchhandel, Klaus Höpcke, zu einer Aussprache ein, in der festgelegt wurde, daß »von diesem Titel keinesfalls eine Nachauflage erscheint.« Um die Atmosphäre vor dem Kongreß nicht zu vergiften, entschloß sich Höpcke vermutlich auf eigene Verantwortung, diese Entscheidung vorläufig vor Verlag und Autor, und damit der literarischen Öffentlichkeit, geheim zu halten. Eine Gefahr schien darin nicht zu liegen, hatte ihm doch der stellvertretende Abteilungsleiter Zydoreck glaubwürdig versichert, daß die ersten beiden Auflagen mit zusammen 25 000 Exemplaren ausgeliefert und die dritte und vierte Auflage erst für den Herbst dieses Jahres und Frühjahr nächsten Jahres geplant seien. Höpcke konnte einerseits hoffen, daß das heute Unvermeidliche unter veränderter Konstellation doch zu vermeiden sein würde, andererseits, daß sich der Autor bei passender Gelegenheit zur Glättung des Textes überreden ließe.

Nicht gerechnet hatte Höpcke mit der Ungeduld einiger besonders engstirniger Ideologen im Parteiapparat, die mit dem Verlauf des Schriftstellerkongresses und dem samtenen Kurs der Kulturbürokratie im Vorfeld unzufrieden waren. Nach einer gezielten Denunziation aus dem Apparat, deren Urheber bis heute nicht eindeutig verifiziert ist, griff der sowjetische Botschafter und Statthalter Breschnjews in der DDR, Pjotr A. Abrassimow, in die Wirkungsgeschichte des Romans entscheidend ein, indem er das ihm vorgelegte vierseitige denunziatorische Papier über das Buch vom 9. Juni 1978 an das Politbüro der SED weiterreichte, vermutlich mündlich kommentierend. Diktion, Struktur und Inhalt dieses Pamphlets bestätigen, daß es sich bei dem Verfasser mit großer Wahrscheinlichkeit um einen geübten, ideologisch bewanderten deutschen Gutachter handelte. Übersetzt und mit em-

phatischen Anstreichungen versehen, wurde es in Umlauf an alle Polit-
büromitglieder gegeben.

Der Zorn richtete sich sowohl gegen das Bild von der sowjetischen
Besatzung als auch gegen die Darstellung der SED-Herrschaft. Als
Delikte werden im einzelnen aufgelistet: die Beschreibung von Verge-
waltigungen deutscher Frauen und anderer Übergriffe auf die deutsche
Bevölkerung durch sowjetische Soldaten; das Mitleid für die deutsche
Bevölkerung nach dem Krieg, während »kein Wort der Verurteilung
des von Hitler gegen die Sowjetunion entfesselten Raubkrieges« falle;
die bessere Beurteilung des amerikanischen als des sowjetischen Be-
satzungsregimes; »geringschätzige« Bemerkungen über die deutsch-
sowjetische Freundschaft und über die Gesellschaft für deutsch-
sowjetische Freundschaft; »abwertende« Bemerkungen über Lenin,
Dimitroff und das bulgarische Volk; »feindselige und zynische« Äußerungen über »Maßnahmen« der SED; die Darstellung des 17. Juni
1953; »verächtliche« Charakteristiken von SED-Funktionären und
sowjetischen Besatzungsoffizieren. »Der Roman Heiduczeks ›Tod am
Meer‹ ist in einer eindeutig tendenziösen Form verfaßt, er enthält un-
freundliche, ja teils feindselige Aussagen über die UdSSR und das So-
wjetvolk. Der Verfasser legt es darauf an, die Beziehungen zwischen
der DDR und der UdSSR in einer abwertenden, zynischen Art und
Weise zu verzerren und in ein schlechtes Licht zu rücken, die Sowjet-
armee zu verunglimpfen, die großen Verdienste zu banalisieren, die
sich die Sowjetunion mit der uneigennützigen Hilfeleistung bei der
Bildung und Entwicklung des ersten sozialistischen Arbeiter-und-
Bauern-Staates auf deutschem Boden – der Deutschen Demokrati-
schen Republik – erworben hat.«

Ähnliche diplomatische Einsprüche bestimmten mehrfach in der Geschichte der DDR-Literatur das Schicksal literarischer Werke, so wurde Volker Brauns Stück »Che Guevara« nach einem Vorstoß der kuba-

nischen Botschaft viele Jahre auf Eis gelegt, ein zweites Stück »Dmitri« auf Grund der befürchteten Invasion der Sowjetunion in Polen 1980 nicht uraufgeführt. Dieselbe Akte, die im Bundesarchiv das Heiduczek-Gutachten enthält, bewahrt eine andere Abrassimow-Intervention, die sich gegen ein Programm des Berliner Kabaretts »Distel« richtete, in dem ebenfalls das hohe Gut der Liebe zur Sowjetunion verhöhnt worden sei. Auffällig an dem Fall »Tod am Meer« ist, wie gut der Vorstoß Abrassimows in das Konzept der Scharfmacher im Apparat paßte. Nach Ende des Schriftstellerkongresses wurde das Lustspiel »Flüsterparty« von Rudi Strahl kurz vor der Premiere abgesetzt, die vertraglich vereinbarte 2. Auflage des Romans »Es geht seinen Gang« von Erich Loest aufgekündigt sowie die gesamte Redaktion der FDJ-eigenen Zeitschrift für junge Talente »Temperamente« unter Leitung von Karl-Heinz Jakobs, die kritischen jungen Autoren das Wort gegeben hatte, fristlos entlassen.

Zu einem mittleren Skandal kam es, als sich herausstellte, daß die zweite Auflage von »Tod am Meer« entgegen Klaus Höpckes Annahme vom 23. Mai noch gar nicht ausgeliefert war, und der Verlag am 29. Juni, also drei Wochen nach Eingang der sowjetischen Demarche im Politbüro, die Litfaßsäulen in ganz Leipzig mit der Ankündigung der Nachauflage plakatieren ließ, die Plakate ein ganzes langes Wochenende hängenblieben, weil ein Sondereinsatz der Klebekolonnen kurzfristig nicht durchzusetzen war. Verantwortlich für den »Affront« gegen die Sowjetmacht war ein Mißverständnis zwischen Verlag und dem stellvertrenden Abteilungsleiter der Hauptverwaltung Zydoreck sowie die Schlitzohrigkeit des Werbeleiters des Verlages, der die mit viel Kraftaufwand angeschobene Plakataktion nicht sogleich abbrechen ließ, als die Hauptverwaltung Ende Juni das vorläufige Verbot des Titels an den Verlag durchstellte. Während der Verlagsleiter und Cheflektor mit Parteistrafen davonkamen, wurde der Abteilungsleiter der

Hauptverwaltung, dem es an »revolutionärer Wachsamkeit« mangelte, strafversetzt. Auf den Rückruf der Auflage aus dem Buchhandel mußte verzichtet werden, weil laut Krisenbericht der Abteilung Kultur des ZK an Kurt Hager vom 6. Juli 1978 die »Vertraulichkeit« in diesem Fall nicht durchzuhalten gewesen wäre, zudem die Buchhändler die meisten der 15 000 Exemplare nach Gerüchten über ein zu erwartendes Verbot des Werkes in Windeseile verkauft hatten. Der Autor erfuhr von dem vorläufigen Ende des Buches am 23. Juni 1978 von Klaus Höpcke, wie ein Abhörbericht in der Stasi-Akte festhielt. Obwohl sich der stellvertretende Minister von 13.40 bis 16.30 Uhr über die sowjetische Stelle in salomonischen Andeutungen erging (»Höher geht's nicht.«), verschwieg er, daß schon vor der sowjetischen Intervention die Stornierung der Nachauflagen zwischen ihm und der Abteilung Kultur des ZK beschlossene Sache war.

Seine Hände mit Hinweis auf Abrassimow in Unschuld waschend, trug Höpcke seinen Vorschlag zur Veränderung des Textes vor. Nach Art eines Metternichschen Bürovorstehers hatte der Zensor, der keiner sein wollte, mit Kugelschreiber alle Passagen durchgestrichen, die für eine Nachauflage unbedingt zu eliminieren waren: S. 78–82 (»In der Nacht holten sie Ellen ...« bis »›Sie bringen sich gegenseitig um‹, sagte jemand.«), S. 175 (»Er sprach leise ... ›Ja‹, sagte ich.«), S. 248 (»Der Kommandant, ein Major aus Leningrad, haßte die Deutschen. Ich glaube, selbst die deutschen Kommunisten.«) und S. 263–266 (»Damals suchte ich Tschwerwuchin ...« bis »Vielleicht nehme ich mich für bedeutender, als Schatkin es tat.«) Da Heiduczek diesem faulen Kompromiß bei Strafe des Verlustes seines literarischen Rufes nicht zustimmen konnte, wurde der Roman auf Jahre zu einer unerwünschten Erscheinung.

Der Vorstoß Abrassimows zog auch in der Literaturkritik einen Stimmungsumschwung nach sich. Nach dem maßvollen Umgang vor dem Schriftstellerkongreß – mit der Ausnahme Hans Koch – folgte eine rigide Phase, in der der Literaturprofessor Werner Neubert in der »Berliner Zeitung« vom 8/9. Juli 1978 unter der Überschrift »Die Wirklichkeit steht dagegen« die schärfste Attacke ritt. Heiduczek habe ein »Zerrbild« der DDR-Geschichte als historische Wahrheit ausgegeben. Die Figur des Jablonski sei eine »Halde für extremen Subjektivismus«, sie speie »auf den geschichtlichen Weg, den wir beim Aufbau unserer Republik mit Opfern und Mühen erfolgreich gegangen sind«. Bei der Darstellung der Roten Armee tauche Heiduczek »in den Morast der Verleumdungen durch unsere Gegner« ein. Der »Neue Tag«, Frankfurt/Oder, und auch die »Tribüne«, Berlin, in der im März Eberhard Scheibner eine verständnisvolle Rezension veröffentlicht hatte, brachten empörte Leserbriefe. Selbst die satirische Wochenzeitung »Eulenspiegel«, Berlin (Nr. 35/1978), druckte eine gar nicht humorige Besprechung von Lothar Creutz, der Heiduczek und den zugleich besprochenen Bodo Homberg ins »Klimakterium« gekommen sah, »verfallen einer Art Waschzwang«. Ein Wort von Homberg aufgreifend, fand er: »In der Phase verschärften Klassenkampfes schmeißt man seinem Gegner keine Munition zu.«

Ein Regisseur des Fernsehens der DDR, der mit dem Autor einen Film über die realen Handlungsorte des Romans vereinbart hatte, gab ihm am Gartenzaun das Ende des Projekts bekannt. Kulturhäuser, mit denen Lesungen fest vereinbart waren, schrieben lapidar ab. Ein Dramaturg des Mecklenburger Staatstheaters, der den Roman auf die Bühne bringen wollte, schwieg erschrocken, nachdem der Autor ihm die Stellung der Behörden zum Werk beschrieben hatte. Der Mitteldeutsche Verlag mußte die Nummer 45 seiner Werbezeitschrift »Aspekte« makulieren lassen, weil darin Heiduczek und Loest genannt wurden. »Wenn es heißt, keine Auflagen mehr, sind sie vor allen Medien denunziert. Mein Name ist sieben Jahre in den Zeitungen nicht mehr aufgetaucht«, rekapitulierte Heiduczek später die böse Zeit nach dem Verbot.

Damit nicht genug, verschärfte die Literaturabteilung des Ministeriums für Staatssicherheit nach der Aufregung um das Buch die Observation des Autors. Bereits im Januar 1977, nachdem Heiduczek Bedenken gegen die Biermann-Ausbürgerung angemeldet hatte, war die Abhörung des Telefons angeordnet worden, im März des gleichen Jahres die Installierung von Abhöranlagen in der Wohnung. Am 22. August 1978 eröffnete man schließlich einen Operativen Vorgang »Schreiber«, mit dem die politische Isolierung Heiduczeks erreicht werden sollte.

Der Schriftstellerverband, den Heiduczek im Besitz eines gültigen Vertrages über die beiden Nachauflagen um Hilfe anrief, schwieg sich aus. Hermann Kant, seinerzeit neugewählter Präsident, bekannte 1992: »Ich habe mich einfach weggedrückt.« Immerhin distanzierte sich das Präsidium des Verbandes, dem Neubert angehörte, vorsichtig von dessen Rüpeleien, wie einem Sitzungsprotokoll zu entnehmen ist. Am 2. Oktober 1978 schrieb der 1. Sekretär des Verbandes, Gerhard Henninger, im Auftrag des Vorstandes einen Brief an Kurt Hager, in dem er in untertänigem Ton für eine Beilegung der Konflikte in Leipzig, unter anderem dem mit Heiduczek, plädierte. Im Sinne der Verbandspolitik Kants, der seine Funktion damals als die einer »Kläranlage« definierte, wollte man Burgfrieden schließen, mit der einen Ausnahme Erich Loest, den Henninger zum Austritt aus dem Verband nötigen wollte. Damit waren die schweren Auseinandersetzungen des Jahres 1979, die Ausschlüsse der neun Berliner Schriftsteller (Stefan Heym, Rolf Schneider, Joachim Seyppel u. a.) aus dem Verband und die Zerreißprobe im Leipziger Bezirksverband, der sich mehrheitlich lange Zeit hinter Loest stellte, vorprogrammiert.

Ein Nebenkampfplatz tat sich auf, als Günter Kunert in einem Artikel »Deutschkunde« für den »Sonntag«, der nur in der Hamburger »Zeit« erscheinen konnte, den »hysterischen« Neubertschen Rezensionsstil auf obrigkeitsstaatliche Denk- und Sprachstrukturen untersuchte. Da der Sozialismus nach Neubertscher Lesart heilig war, hatte jeder DDR-Autor ihn und seine Geschichte zu lieben. Kunert schrieb: »Selbst wenn etwas empirisch Nachprüfbares und Belegbares wie ›historische Wahrheit‹ existierte, anstelle schwankender Interpretationen vergangener Ereignisse, so wäre sie doch an sich völlig ungeeignet, die ästhetischen Ergebnisse künstlerischer Kreativität vorherzubestimmen. Diese Forderung erheben heißt: Rücknahme der Aufklärung, Re-Installation von Glaubenspostulaten. Oder bedeutet, daß jemand, dem Kunst als Gegensatz zur persönlichen Depravierung unerträglich ist, den Zwang verspürt, sie zerstören zu müssen. Die innere Mechanik immerhin gleicht der des Denunziantentums: Wer selbst schwerem inneren und äußeren Druck ausgesetzt ist, versucht, diesen abzuleiten, weiterzugeben, indem er andere, die scheinbar angstlos tun, was er nicht wagt, dem gleichen Druck unterworfen sehen will.« Kunert wurde in die Verbands-»Kläranlage« bestellt, wo man ihm die Instrumente zeigte, um ihn vor weiteren Stellungnahmen in den Organen des Klassenfeinds zu warnen.

Anders als die offizielle Kritik bedankten sich viele Leser beim Autor für die erregende Lektüre, teilweise überschütteten sie ihn mit langen Beichten. Schriftstellerkollegen beglückwünschten ihn zum gelungenen Werk und zum Mut zur Wahrheit. Auf einen heute als IM bekannten Erzähler wirkte das Buch wie die Kafkasche »Axt, die das Eis in uns bricht«: »Es enthält die Wahrheit und die Lüge von uns allen. Es enthält vieles, und es enthüllt vieles schonungslos ...« Der junge Leipziger Autor Bernd Igel entwickelt in einem Leserbrief in Auseinandersetzung mit dem Roman eigene Schreibstrategien. Wolfgang Schreyer, ein erfolgreicher Erzähler abenteuerlicher Geschichten, verfaßte eine Denkschrift, die er zur Weiterleitung an den Verlagsleiter Eberhard Günther richtete, in der er die immer unüberschaubarer werdende Hierarchie der

Zensur anprangerte: »Ein vorübergehender Wettersturz für engagierte DDR-Literatur? Möglich, aber über diesen wiederkehrenden Klimaverschlechterungen werden wir allmählich alt und grau, ohne mit dem zu Wort zu kommen, was wir zur Entwicklung unserer Gesellschaft zu sagen haben. Mich erschreckt die Tatsache, daß diesmal bereits erteilte Druckgenehmigungen faktisch annulliert und damit Ihr Verlag wie die HV des MFK (Hauptverwaltung Verlage und Buchhandel des Ministeriums für Kultur) für letzlich unbefugt erklärt worden sind.«

Als sich der Verlag Hoffmann & Campe, Hamburg, im Spätherbst 1978 anschickte, den Roman in Lizenz für die Bundesrepublik zu publizieren, versagte das Büro für Urheberrechte, eine der Zensur nachgeordnete Behörde zur Kontrolle der Außenbeziehungen von DDR-Künstlern, diesen Wunsch. »Dabei wurde berücksichtigt, daß die in Ihrem Roman gestaltete Sicht Haltung und Gefühle von Menschen verletzt, die sich mit ganzer Kraft für die Sache des Sozialismus und des proletarischen Internationalismus einsetzen.« (19. Januar 1979). Zwar war von dem angemahnten »Verständnis für unsere Entscheidung« beim Autor keine Rede, doch um die Belastung seiner Familie nicht weiter zu verstärken und nicht wie viele Kollegen aus der DDR hinausgeekelt zu werden, gab er vorläufig nach: »Wie hätte Liechtenstein der Sowjetunion den Krieg erklären können!?« kommentiert Heiduczek 1995 seine damalige Haltung. Nachdem sich die Wogen einige Jahre später geglättet hatten, schloß 1982 mit dem Schweizer Verlag Huber, Frauenfeld und Stuttgart, einen Vertrag über den Roman, der wieder die Behörden auf den Plan rief. Das Büro für Urheberrechte, das Wind von dem Projekt bekommen hatte, verlangte von ihm eine Stellungnahme sowie den Abbruch des Projektes. Diesmal setzte sich der Autor höflich, aber entschieden über die Drohgebärden der Behörde hinweg. Durch die permanenten Krisen zunehmend zahnlos, raffte sich der Leiter der Hauptverwaltung Verlage und Buchhandel, Klaus Höpcke, nach Erscheinen des Buches 1983 nur zu einer Mißbilligung auf: »Es hätte Dir doch bewußt sein müssen, daß sich daraus nur Ungutes ergeben kann – für Dich wie für uns alle.« (Brief vom 17. März 1983) 1987, mehrere Jahre nach Abrassimows Abberufung (1983), nahm der Mitteldeutsche Verlag einen neuen Anlauf zur Durchsetzung des Romans in der DDR. Auf der Leipziger Buchmesse wurde ein neues Buch von Heiduczek so plaziert, daß es Politbüromitglied Kurt Hager bei seinem rituellen Rundgang auffallen mußte. So mit ihm zwanglos ins Gespräch gekommen, fragte Verlagsleiter Eberhard Günther nebenbei, ob nicht »Tod am Meer« neuaufgelegt werden könne. Hager, der unter dem durch die Perestroika aufgezwungenen Entscheidungszwang litt, antwortete mit einem delphischen Orakel: »Nun, prüft und entscheidet!« Nachdem Hermann Kant den Neudruck am 6. April 1987 schriftlich befürwortete und auch Klaus Höpcke sein Wohlwollen äußerte, legte Günther das Orakel als Freibrief aus. So kam 1987 die dritte Auflage auf den Markt, als dem Werk ein Teil der politischen Brisanz durch die Enthüllungen von Glasnost genommen war, es andererseits aber noch nicht als Dokument einer untergegangenen Zeit gelesen werden konnte.

Heiduczek hielt zwanzig Jahre danach seine Erfahrung mit dem Buch fest: »Was ich mit Gewißheit sagen kann: ›Tod am Meer‹ nahm mir Freunde und gab mir andere, bescherte mir Einengung und schenkte mir Freiheit, zerstörte zeitweilig meine Familie und führte uns auf bessere Art wieder zusammen. Ich erfuhr Niedertracht, und ich erfuhr Aufmunterung. Etwas Besseres kann einem Schriftsteller eigentlich nicht passieren. Allerdings, um das sagen zu können, muß zwischen den Vorgang und den Betroffenen eine Menge Zeit gelegt werden, denn die Verletzungen sind groß. Und es gibt Augenblicke, da brechen die Wunden wieder auf, ganz unvermittelt, obwohl man doch glaubte, schon jenseits von Gut und Böse zu stehen.«

Werner Heiduczeks Roman TOD AM MEER erscheint als zweiter Band der DDR-BIBLIOTHEK im Verlag Faber & Faber / SISYPHOS-PRESSE, Leipzig 1995, unter Mitwirkung von Dr. Ulrich Wechsler, München

Die Gesamtausstattung der DDR-BIBLIOTHEK liegt in den Händen von Juergen Seuss, Niddatal bei Frankfurt am Main

Das Buch wurde bei Franz Spiegel Buch GmbH, Ulm, gedruckt und gebunden / Die Satzarbeiten oblagen der Druckerei Richard Wenzel GmbH, Goldbach bei Aschaffenburg / Als Schrift kam die Borgis Garamond auf System mft 4000 der Firma Berthold zur Verwendung / Das 90 g Werkdruckpapier (Paganini) wurde von Geese-Papier, Hamburg, bezogen / und / das Hansa-Gewebe für den Einband von der Firma Gustav Ernstmeier GmbH, Herford, zur Verfügung gestellt / Printed in Germany 1995 / ISBN 3-928660-43-8

Von jedem Band der DDR-BIBLIOTHEK erscheint eine Vorzugsausgabe von 300 Exemplaren. Diese ist in gelbes Buch-Leinen gebunden, mit einem separat eingelegten originalgraphischen Blatt versehen und wird im Schuber geliefert. Den Holzschnitt zu diesem Buch entwarf Wolfgang Mattheuer, Leipzig. ISBN 3-928660-50-0